특허받은
무당왕

특허받은 무당왕

가프 장편소설

5

前生房

도서출판 청어람

목차

프랑스 문화계를 관통하다

신당으로 돌아온 미류는 연주를 불렀다. 경건한 마음으로 함께 석명의 부적함을 열었다.

"어머!"

연주가 놀랐다.

그럴 만도 했다. 진귀한 부적이 많았다. 재료도 있었다. 특히 괴목을 종이처럼 얇게 썰어둔 것들이 눈길을 끌었다.

"이거 괴목으로 만든 거죠?"

연주가 물었다.

"그래."

"세상에… 한 장 한 장 깎아내신 건가 봐요."

연주의 표정에서 감탄이 떠나지 않았다.

석명 만신…….

이걸 구하기 위해 얼마나 많은 산을 휘돌았을까? 석명이야말로 현대 부적의 아버지로 불러도 손색이 없을 사람이었다.

부적들은 하나하나 석명의 신기가 어린 것들이었다. 이걸 들고 나가 팔았더라면 궁색한 생활은 면할 수 있었을 석명. 하지만 그는 부적을 돈으로 생각지 않는 사람이었다.

"필요한 거 있으면 사진 찍어."

미류가 연주에게 특권을 주었다.

기다렸다는 듯이 연주의 카메라가 작렬을 했다. 정리가 끝나자 함께 부적 공부를 했다. 귀한 것은 나눠야 한다. 미류의 지론은 부적 스승의 유품에서도 다르지 않았다.

부적 중에는 조선 시대까지 사용하다 사라진 것들도 있었다. 생활의 변화로 부적의 경향도 바뀌었지만 그렇다고 기본이 바뀔 리 없었다. 그때나 지금이나 사람은 사람이다. 희로애락 역시 환경이 변한 것이지, 그 원천은 그대로였다.

직접 지도를 받듯 하나하나 그려보았다.

그사이에 미류의 헐렁한 곳들이 메워졌다. 스승이 부적을 남겨준 이유를 알 것 같았다. 그 역시 미류를 마음에 담고 있었던 것이다.

"스승님!"

연주가 연습한 부적을 보여주었다. 괜찮았다. 미류는 고개를 끄덕거려 주었다.

"그리고 굿 말이에요, 특징만 살릴 수 있도록 테마를 잡아보았어요."

"어떻게?"

"초부정거리를 하고 대신거리… 그리고 건너뛴 다음에 지전춤으로 마무리를 할까 하는데, 어떠세요?"

"지전춤?"

"예, 서울 쪽 굿에서는 별로 안 하는 거지만 문화로서의 굿이라면 외국인들이 좋아할 거 같아서요. 더구나 스승님이 지화의 대가이기도 하잖아요."

"대가는 무슨……."

"허락하신 거예요?"

"알았어. 수고해 줘."

"헤헷, 오늘 밤새우게 생겼어요. 춤도 연습하랴, 부적도 연습하랴……."

연주는 행복한 얼굴로 신당을 나갔다. 그게 보기 좋았다. 성공하는 자와 실패하는 자는 한 가지가 다르다. 전자는 연습과 노력을 즐거워하고 후자는 지겨워한다.

미류는 컴퓨터를 켰다.

프랑스의 문화계 거물들.

고작 이틀 남은 시간에 불어를 배울 수는 없었다. 하지만 그들에 대해서는 알아야 했다. 박혜선이 공을 들인 자리라 더욱 그랬다. 한국의 무속을 소개하는 자리에서 불쾌감을 줄 수는 없는 일이었다.

—프랑스인에게 빨간 장미는 함부로 주어서는 안 됨.

빨간 장미는 구애의 표시란다.

—카네이션 선물도 안 됨.

우리나라와 달리 장례식에서 쓴단다.

엄선한 자료를 읽어나갔다.

프랑스는 다민족으로 구성되어 다양한 사고방식을 가지고 있다. 로마인과 게르만족, 노르망족 등으로부터 기질을 받았다. 그렇기에 그들은 자신의 국가가 세계의 중심이며 가장 우수하다는 자부심을 가지고 있었다.

풋!

거기서 웃었다.

세계에서 가장 우수하다고 생각하는 민족은 왜 이다지도 많은가?

과거의 독일이 그랬고 중국도 그랬다.

아무튼 프랑스인들은 낙천적인 편이며 사교적이다. 나아가 시간개념이 정확한 민족이었다. 국교가 없는 나라지만 종교 색깔이 깃든 선물은 피하는 것이 좋고 특히 단청오리 같은 선물은 금물이란다. 프랑스에서는 오리가 바람둥이 동물의 상징이라나?

가장 곤란한 건 음식이었다.

프랑스… 요리의 왕국이다. 봉평댁의 장국수 또한 맛으로는 손에 꼽히는 요리. 하지만 그들은 촉촉한 것보다 고소하거나 바삭한 음식을 좋아한단다. 그렇기에 입에 붙는 송편이나 떡, 곶감은 멀리하는 게 좋다고 한다. 따라서 장국수는 물 건너가 버렸다.

"이모!"

별수 없이 봉평댁을 불렀다.

"왜?"

봉평댁이 거실로 나왔다.

"혹시 외국 손님들이 간단하게 먹을 수 있는 바삭한 음식이 뭐가 있을까요?"

"바삭하면 튀김?"

"튀김 말고는요?"

"튀기지 않으면 말린 건데 다른 게 있나? 프랑스 손님 대접하려고?"

"예, 그런데 그 사람들은 촉촉한 게 비호감이라네요."

"에우, 여기가 신당이 아니면… 삼겹살 바짝 구워서 소주 한 잔이 최고인데."

"삼겹살은……."

"그럼 비빔밥으로 갈까?"

"비빔밥요?"

"내가 프랑스 국기 색깔 살려서 나물 마련할게. 거기에 복분자 한 잔… 바삭지는 않지만 여기 요리 먹자고 오는 건 아니잖아?"

복분자… 어찌 보면 레드 와인과도 닮은 술…….

"그게 좋겠네요."

봉평댁의 아이디어는 괜찮았다.

패션업계 사람들이니 프랑스 국기의 색감을 살린 요리라면 호기심으로라도 받아들일 것 같았다.

준비를 끝낸 미류가 방으로 들어섰을 때였다. 박혜선으로부터 전화가 걸려왔다.

―법사님, 주무시는 건 아니죠?

"예, 아직은……."

―일이 좀 생겼어요.

"일이라고요?"

―프랑스 쪽에서 연락이 왔는데 국영방송 기자가 동행한다네요. 제가 굉장한 분이라고 했더니 법사님 소개를 제대로 하려나 봐요.

"과장이 심했군요."

―과장이라뇨? 제 생각 같아서는 사실 인간 모습을 한 신이라고 말하고 싶었어요.

신?

허얼!

"그럼 촬영을 한다는 건가요?"

―그럴 거 같은데요. 촬영하면 안 되나요?

"그게……."

머리에 파뜩 연주가 스쳐 갔다.

아직 애동제자로 불리는 연주의 일천한 경험, 거기에 외국인 기자가 카메라를 들이대면? 잠시 고민이 되었지만 미류는 긍정 쪽으로 가닥을 잡았다. 기왕에 하는 일이니 쉽게 가는 것만이 능사가 아니었다. 어쩌면 그녀의 배포도 키울 수 있는 기회였다.

"해보죠. 뭐, 숟가락 하나 더 놓으면 되는 일 아닙니까?"

대답하는 미류의 목소리는 낭랑하기만 했다. 혜선에게 전체적인 얼개를 설명하고 통화를 끝냈다.

'코쟁이 프랑스인들…….'

미류는 무신도를 바라보았다.

'우리 홈에서 쫄 필요 없겠죠?'

미류가 웃었다. 무신도도 따라 웃는 것 같았다.

금요일 저녁, 간단한 리허설을 가졌다.

미류 신당에 모인 사람은 많았다. 쌍골과 꽃신, 옥수부인과 타로 등이 구경을 온 것이다. 마당 가운데는 미류와 하라, 연주가 자리를 잡았다. 물론, 박혜선도 왔다. 친구인 하수정도 동행이다. 귀띔을 들은 송송탁구방 멤버들도 네 명이나 달려왔다. 좁은 마당이 가득 찰 지경이었다.

첫 시작은 하라가 맡았다. 흰 무복에 긴 소매를 달고 흰 고깔모자를 씌웠다. 긴 소매 휘적이며 날아다니니 한 마리 흰 나비 같았다.

다음으로 연주가 나왔다. 임시로 마련한 부적 병풍 앞에 선 그녀는 비장해 보였다.

"인상 풀고… 지금 천도제 하는 거 아니거든."

미류가 주위를 환기시켰다.

"김치이, 아니, 치이즈!"

타로가 누런 이빨을 드러내며 분위기를 띄웠다.

둥두당당!

장구채는 미류가 잡았다.

잘 치지는 못하지만 장단 맞출 정도는 되었다. 황 선생과 선모는 내일 오기로 되었다. 연습이라고 해도 장구가 빠질 수는 없는 것이다. 옆에는 병풍도 세웠다. 신을 부르는 청문 대신 부적 문양으로 장식한 병풍이었다.

그 앞으로 연주가 나왔다. 무복을 단정히 갖춰 입고 소매를 너울거리기 시작했다. 초부정거리였다. 굿의 맨 처음. 신들이 강림하기 전에 잡귀 잡신을 깨끗이 물리는 의식이었다.

둥당다당!

가락을 따라 대신거리로 들어갔다.

연주의 춤이 펄쩍거리기 시작했다. 마지막은 지전춤이었다. 하라 키만큼 긴 수십 장의 지전이 바람을 휘저었다. 흥에 겨운 하라가 꼽사리를 끼었다.

흰옷의 하라가 흰 지전을 흔드니 구색이 더욱 맞았다. 둘은 같은 동작으로 지전을 풀썩이다 마감을 했다.

다당!

미류의 장단과 함께 춤이 끝났다.

짝짝짝!

여기저기서 박수가 터져 나왔다.

"굉장한데요?"

혜선은 만족스러운 모습이었다.

"연습입니다. 재비들이 오고 상차림을 갖추면 짜임새가 있을 겁니다."

"솔직히 기대 이상이에요. 저도 막 영감이 오는 것 같네요. 특히 마지막 지전춤……."

혜선은 계속 뭔가를 스케치하고 있었다.

"그럼 구경들 와주셨으니 간식 드셔야죠?"

미류가 좌중을 바라보았다.

"어머, 간식도 있어요?"

반색하는 건 송송탁구방 멤버들이었다.

마당에 임시 테이블이 퍼졌다.

봉평댁이 바빠지기 시작했다. 연주와 규희도 그녀를 도왔다. 물론 하라도 빠지지 않았다.

테이블에 놓인 건 삼색 비빔밥이었다. 푸른색 나물과 흰색 나물, 붉은 나물이 프랑스 국기처럼 올라간 그릇이었다.

"키야!"

감탄의 시작은 타로였다. 참깨와 참기름이 들어간 비빔밥은 먹기도 전에 고소함이 등천을 했다.

"하이고, 비빔밥도 춤을 추는 것 같네. 아까 연습 굿판하고 딱 어울리는 찰떡궁합이야."

구영미는 비주얼에 빠져 먹을 엄두도 내지 못했다.

"맛 좀 봐."

봉평댁이 미류 옆에서 권했다. 미류의 심사를 기다리는 것이다. 쓱쓱 힘차게 비빈 미류가 한 입을 넣었다.

"어때?"

"하라는?"

미류는 대답을 하라에게 넘겼다. 하라는 밥을 입안 가득 문 채 엄지 척으로 말을 대신했다. 송송탁구방 멤버들도 그랬다.

"깔끔해요. 이 정도면 입맛 까다로운 프랑스 사람들도 좋아할 것 같네요."

혜선도 만족스러운 표정이었다. 리허설은 성공이었다.

모두가 돌아간 저녁, 미류는 신당에 앉았다.

마음을 달래기 위해 석채화를 그렸다. 연주에게 줄 선물이었다. 연주의 몸주는 업왕대감. 다시 신당을 차리면 신단에 걸 그림이었다. 한 번 실패한 그녀…….

'이번에는 잘되기를…….'

미류는 오롯한 소망을 붓 끝에 실었다.

다음은 부적이었다.

석명이 주고 간 부적함을 열었다. 어제 미뤄둔 게 있었다. 바로 상사망부(想思忘符)였다.

이루지 못한 사랑의 아픔을 잊게 하는 부적…….

상사병은 사랑으로 일어나는 마음의 병이다. 오늘 이 순간에도 만나고 헤어질 수많은 사람들. 전생과 현생의 인과로 인해 인연은 필연적이지만 일부에게는 상사병이 치명적일 수도 있었다. 그걸 삭히지 못해 일상을 망치거나 생을 망치는 사람도 많았다.

상사망부를 보니 예전 일이 스쳐 갔다.

석명에게는 첫사랑이 있었다. 그러나 상당수 무속인이 그렇듯 석명의 애정운도 그리 좋지 않았다. 전도유망한 재원의 첫사랑을 떠나보냈다. 하지만 그녀에 대한 애정은 뼛속에 남았다. 현재의 딸은 그 이후에 만난 여자와의 결실이었다. 그녀는 석명의 마음에 다른 여자가 든 것을 알고 딸을 낳고 떠나갔다.

어쩌면 석명 만신, 첫사랑을 잊기 위해 모질게 험산준령을 돌아다닌 건지도 모른다. 사회에서 멀어짐으로써 그녀에게 향하는 마음을 꺾은 것이다. 그래도 차마 그녀를 잊지 못해 상사망부를 쓴 것인가?

상사병의 기원은 춘추시대의 강왕이 시작이다.

그의 시종 중에 한빙이 있었다. 한빙의 아내 하 씨는 천하절색의 미녀였다. 그녀를 본 강왕은 권위를 앞세워 후궁으로 뺏었다. 한빙과 하 씨는 못내 그리워하다 한빙이 먼저 자살을 하게 되었다. 그 말을 들은 하 씨 역시 성루에서 몸을 던져 죽었다. 그녀의 옷에는 유언이 적혀 있었다.

—왕은 사는 것이 행복이겠지만 나는 죽는 것이 행복입니다. 제 뼈는 한빙과 함께 묻어주세요.

화가 난 강왕은 일부러 둘의 무덤을 떨어뜨렸다. 그러자 하룻밤 사이에 두 무덤에서 나무가 자랐다.

나무는 단 열흘 사이에 아름드리로 자라 위로는 가지가 얽히고 아래로는 뿌리가 닿았다. 둘은 죽어서도 기어이 만난 것이다. 사람들은 그 나무를 상사수라고 불렀다.

그러고 보면 아픔과 시련은, 무속인에게도 필수였다. 그걸 넘어야 큰 무속인이 되는 것이다. 미류는 석명의 뜻을 받아 상사망부를 그려 나갔다.

세상에는 음양이 있다.

사랑도 그랬다.

—이루고 싶은 마음을 담은 사랑부.

—그 사랑을 잊기 위한 부적.

참으로 오묘한 게 인생이 아닐 수 없었다.

미류의 신당은 신새벽부터 깨었다.

전물상차림 때문이었다. 상차림은 장난이 아니다. 제대로 차리려면 조무 서넛이 사나흘을 매달려야 했다. 봉평댁은 밤을 새웠다. 그나마 꽃신선녀가 신딸 한 명을 남겨둔 것이 도움이 되었다. 공부로 삼겠다며 옥수부인도 두 팔을 걷어붙였다.

대감상의 굿판이라면 시루팥떡과 돼지머리, 명태와 막걸리가 주를 이룬다. 그러나 층층이 올라가는 과일 같은 것만 해도 보통 일이 아니다. 게다가 흠이 있거나 못생긴 것은 골라내야 했다. 신에게 올리는 음식이기 때문이었다.

하나하나 정성으로 쌓아 올리는 음식들. 거기에 지화까지 달아야 했으니 진이 빠지고도 남을 일이었다.

그래도 봉평댁은 한숨 한 번 쉬지 않았다. 오히려 행복했다. 미류의 신당으로 온 후로 꽁 먹고 있다고 생각하던 그녀였다. 예약을 관리하고 식사를 책임졌지만 그것으로 성이 차지 않았다. 그러니 모처럼 실력 발휘를 하는 이 순간이 행복했던 것이다.

봉평댁의 입에는 하미가 물려 있었다. 흰 창호지를 접은 종이였다. 원래는 작두날을 세울 때 무는 종이였다. 행여나 허튼말로 부정이 탈까 봐 방지하는 관습이었다.

그 하미를 문 건 미류에 대한 마음의 표시였다. 이제 프랑스 손님까지 오는 미류의 신당. 어떻게든 미류에게 광영이 비추게 하고 싶은 것이다.

오후 2시, 혜선에게서 전화가 들어왔다.

―아침에 도착해서 잠깐 쉬고 방금 일어났대요. 호텔에서 간단히 차를 마시고 출발할 거예요.

차분하던 혜선의 목소리가 흔들리고 있었다. 제법 의연하던 박혜선. 그러나 일생일대의 접대가 될 수도 있었으니 그녀라고 긴장하지 않을 수 없었다.

미류는 전화를 끊었다. 그리고 놓았던 붓을 다시 잡았다. 마당의 전물상차림은 마무리 단계였다. 그건 미류가 마지막 점검만 하면 될 일이었다. 미류는 붓을 재촉했다. 프랑스인들에게 보여줄 회심의 부적이었다. 그 부적의 마무리가 필요했다.

—이제 네게 명부의 생명을 줄 터이니 이국 사람들의 마음을 사로잡거라.

마지막 경면주사에 저승의 느낌을 찍은 미류가 주술 같은 소망으로 한 획을 그었다. 부적은 금세라도 튀어나와 온 세상을 압도할 것 같았다.

그때, 문 밖에서 연주의 목소리가 들려왔다.

"스승님, 손님들 도착하셨어요."

세 여자와 한 남자.

프랑스인들의 그림이었다. 넷은 한결같이 금발이었다. 푸른 눈동자와 초록 눈동자, 거기에 노란 눈동자를 반짝거리니 확실하게 구분되는 외국인들이었다.

"봉쥬르!"

미류가 그들을 맞았다. 할 줄 아는 프랑스어 중 하나였다.

"봉쥬르, 꼬멍싸바."

선글라스를 쓴 아르노가 대표로 인사를 전해왔다. 50대 후반으로 보이는 그녀가 무리의 리더였다.

그들은 허공을 가로지르는 무명천의 줄을 따라 시선을 옮겼다. 신의 하강로를 표시한 줄이니 관심을 끄는 모양이었다.

봉평댁이 차를 내왔다. 상큼한 계피차였다. 계피차의 맛은 오묘하다. 굿의 오묘함과 어울리는 것이라 미류가 허락을 했었다.

"독특하다는군요."

그들의 말을 혜선이 통역해 주었다. 프랑스어를 듣는 것도 나름 재미가 있었다.

사실 차에 대한 그들의 반응은 그저 그랬다. 하지만 반전은 그다음에 있었다. 찻잔 받침이었다. 그 문양이 바로 부적의 일부였던 것이다.

"오우!"

넷의 입에서 첫 감탄이 나왔다. 차를 마시던 기자가 카메라를 들이댔다. 필이 왔다는 뜻이었다.

'그렇다면 조여야지.'

매사에는 타이밍이라는 게 있다. 굿도 그렇다. 잡귀를 잡을 때는 사정없이 몰아쳐야 한다. 대충 어물쩍거리다가는 오히려 역습을 당할 수 있었다.

둥당!

안에서 북과 장구 소리가 들려왔다. 손님들이 고개를 들었다.

둥두당당!

풍물 소리 울리며 나온 건 황 선생과 선모였다.

풍물패처럼 차려입은 그들 모습은 원숙미를 풍겼다. 둘은 아직 대형 흰 천으로 가려진 전물상 앞에서 신나게 몸을 풀었다. 그 뒤로 나풀나풀 흰 나비가 끼어들었다. 하라였다. 흰 한복에 붉은 소맷깃을 단 하라가 가락을 따라 맴돌이를 했다.

팽글팽글!

짝짝짝!

팽팽글!

시원하게 맴돌이를 한 하라가 벽안의 손님들을 향해 공손히 매조지를 했다.

짝짝짝!

손님들은 아예 기립한 채 박수를 보내왔다. 이번에는 홍철릭에 꽃 갓을 쓴 연주가 등장을 했다. 그녀는 무지개를 밟듯 사뿐거리며 전물상 앞에 섰다. 미류는 그 반대편으로 걸어갔다. 호흡을 맞춘 두 사람이 흰 가림막을 걷었다.

"우!"

병풍과 전물상이 드러나자 프랑스인들의 입이 쩌억 벌어졌다.

열두 폭 병풍이었다.

중앙에는 삼색 전생신이 펼쳐지고 좌우로 무속신들이 도열되었다. 단청처럼 화려한 색감은 그에 못지않은 총천연색의 전물상과 일체를 이루고 있었다. 서로 어깨를 맞댄 듯 사이좋게 쌓인 수십 가지 제물들은 오방색의 향연이었다. 그것도 모자라 각각의 제물마다 지화가 탐스럽게 매달렸다. 그야말로 색의 천국이었다.

백미는 돼지머리였다. 봉평댁이 직접 나가 고르고 고른 작품이었다. 홀쩍 드러난 콧구멍 위로 지그시 눌러 감은 눈은 흡사 부처의 미소처럼 자비로웠던 것이다.

두당!

황 선생의 장구가 시작을 알렸다.

두둥둥!

선모의 북이 그 뒤를 따라갔다. 연주가 전물상 앞으로 나왔다. 그녀의 시작은 당연히 초부정거리였다.

"워어이!"

첫마디가 터졌다.

주변의 잡귀를 제압하는 팽팽한 목소리였다. 그녀는 신의 위엄으로 주변을 압도했다. 혜선은 미류의 자료를 손님들에게 설명하느라 바빴다. 초부정거리의 의미를 알려주는 것이다.

둥두당당 둥둥다당!

가락이 빨라지면서 대신거리로 넘어갔다.

연주는 신을 청했다. 미류는 보았다. 연주 그녀, 지금 퍼포먼스를 하는 게 아니었다. 그녀는 진짜 신을 청하고 있었다. 천하대신, 지하대신, 벼락대신, 용궁대감, 삼불제석, 석관도사, 금문도사, 문간대감, 백마장군…….

그녀의 청을 따라 무명줄이 흔들렸다.

"신이 내려오고 있습니다."

미류가 혜선에게 전했다.

바람 한 점 없는 마당, 그러나 흰 무명줄들은 마치 누가 흔드는 듯이 출렁이고 있었다. 여러 신들이 무명줄을 타고 하강하는 것이다.

"워어이!"

그 마지막은 당연히, 연주의 몸주 업왕대감이었다.

신들이 좌정하자 연주의 춤에 힘이 실리기 시작했다. 하지만 보는 사람들에게는 더욱 가볍게 보였다. 어쩌면 그녀의 발은 허공에 뜬 듯이 보였다.

기자는 바빴다. 무명줄부터 연주까지 쉴 새 없이 찍고 있었다.

그러다!

연주가 돌연 춤을 멈췄다. 집중하던 프랑스인들은 숨을 멈췄다.

"거기 너!"

연주가 불같은 일성을 뿜었다.

회까닥 까뒤집힌 눈자위에 강철을 비트는 듯한 쉰소리. 연주의 손이 아르노를 가리키고 있었다.

"나?"

아르노가 어리둥절한 표정을 지었다.

"옷만 불란서지 대가리는 재팬이구나. 재팬 좋아하다 달군 프라이
팬에 빠져 골 팰 팔자니 눈 제대로 뜨고 살거라!"

"……?"

"그리고 너!"

이번에는 카메라 기자를 가리키는 연주.

"얼마 전에 약쟁이를 만났구나. 당장 멀리 하지 않으면 네 영혼이
썩을 것이다."

카랑카랑 뒤틀린 말을 쏟아낸 연주, 기자에게 다가서더니 부채로
이마를 후려쳤다.

대신거리는 원래 소소한 일에 대해 공수를 내리기도 하는 과정.
놀란 기자가 뒷걸음질을 치자 미류가 부축해 주었다.

연주의 마지막은 지전춤이었다.

꽹꽹꽤꽤꿩!

장구에서 꽹과리로 바꾼 황 선생이 가락을 높여 나가는 사이에 연
주가 옷을 갈아입었다. 하라와 똑같은 흰색의 무복이었다. 머리에는
고깔 대신 목단 지화를 붙인 머리띠를 묶었다. 둘은 수십 장의 기다
란 지화를 양손에 쥐고 전물상 앞에 도열했다.

꽤갱꽤갱갱갱갱!

황 선생이 기약 없이 질러가기 시작했다.

선모도 빈틈을 메우며 흥을 올렸다. 프랑스인들이 일어섰다. 저절
로 어깨춤을 들썩거린다. 재비의 위력이었다. 내공이 높은 재비들은
선무당도 가락 속으로 이끈다. 신이 내려와 인간의 소망을 돌아볼
분위기에 일조를 하는 것이다.

귀빈들의 어깨가 점점 빨라졌다. 신은 대개 어깨로 오는 것. 그들
도 최소한 절반의 강림을 경험하고 있었다.

한바탕 춤을 마친 하라와 연주가 테이블로 다가왔다. 지전춤은 원래 한풀이에서 주로 사용하는 것. 연주와 하라는 그걸 응용해 손님들의 소원풀이로 바꾸었다.

"네 소원이 무엇이냐?"

"건강이면 건강, 사랑이면 사랑, 재물이면 재물, 모두모두 욕심껏 이루어질 것이다."

둘은 합창의 목소리로 축원을 주고 물러섰다.

꽤꽹!

황 선생의 꽹가리와 함께 짧은 굿판이 끝났다. 하라와 연주는 손님들을 향해 공손히 절을 올렸다.

"원더풀!"

귀빈들은 엄지를 세우며 찬사를 보냈다. 기자 역시 카메라를 내리고 박수 치느라 바빴다.

"고맙습니다."

미류가 나서 대표 인사를 했다. 귀빈들은 다시 한 번 뜨거운 박수로 화답했다. 그리고 드디어 미류의 차례가 시작되었다.

"이제부터 부적 시간입니다. 부적은 괴황지라는 노란 종이에 경면주사를 주원료로 그리는 문자와 그림, 기호의 종합편입니다. 한국 무속에서는 악령을 쫓거나 행운을 가져온다고 믿는 주술적인 것으로……."

혜선이 나와 설명을 붙였다.

미류는 커다란 괴황지를 펼쳤다. 옆에서 연주가 보조를 했다.

붓과 도구는 조금 달랐다. 미류가 석명의 것을 꺼낸 것이다. 그 자신, 평생을 부적을 위해 바친 부적의 대가 석명. 그는 자신의 혼 같은 도구를 미류에게 남겼다. 그렇다면 이렇게 뜻깊은 자리에서 써주는 게 스승에 대한 예가 될 것 같았다.

미류는 괴항지를 귀빈들 코에 가져다댔다.

"냄새를 맡으라는 겁니다."

혜선이 말했다. 다음에는 경면주사 갠 것을 코앞에 내밀었다. 그 또한 냄새를 확인시키는 작업이었다.

'명부의 오묘함으로!'

신기를 모은 미류가 일필휘지로 부적을 그려 나갔다.

신문지 크기에 새겨진 것은 칠륭신의 형상화였다. 칠륭신은 장독대의 신이다. 간장과 된장, 고추장 등의 맛을 보살펴 준다. 프랑스인들은 요리를 중요시한다. 그 요리의 바탕은 소스였다. 그렇기에 일상에서 가장 바탕이 되는 무속 신앙으로 스타트를 끊은 미류였다.

항아리를 뜻하는 문자에 새끼줄이 꼬이고, 고추와 숯덩이, 버선 도형까지 그려졌다. 허술한 듯 질박한 듯하면서도 우아한 각을 이룬 부적의 탄생이었다.

버선과 고추, 숯은 장맛을 보장하는 지킴이였다. 실제로 과거에는 버선본을 오려 거꾸로 붙이고 왼새끼를 둘러 잡신을 막았던 것이다.

미류가 붓을 놓았다. 연주가 부적을 들고 귀빈들 코앞을 지나갔다.

"와우!"

귀빈들이 소스라쳤다.

냄새 때문이었다. 아까는 나지 않았던 장의 냄새가 난 것이다. 미류의 부적에 신기가 깃든 것이다.

귀빈들은 미류의 첫 부적에서 눈을 떼지 못했다.

혜선의 설명을 듣고서는 더욱 그랬다. 귀빈들이 부적 가까이 다가섰다. 서늘한 서기(瑞氣)가 풍겨 나왔다. 그건 종이 위에 그림 문양이 아니었다. 하늘의 힘과 전생신의 힘이 실린 신물(神物)이었던 것이다.

다음 차례에서 연주가 신칼을 내밀었다. 반듯한 상자 위에 흰 무명을 바친 칼이었다. 정화수 한 모금을 입에 문 미류가 그 칼을 받았다. 귀빈들의 시선은 미류에게서 떨어지지 않았다.

신비로운 동양의 부적을 그리던 미류. 이번에는 난데없는 칼이었다.

"흐랏싸!"

미류는 칼로 허공을 몇 차례 베었다. 그런 다음 동쪽을 향해 입에 문 물을 뿜었다.

푸우웃!

물은 허공에서 무지개를 그렸다. 무지개가 지기 전에 미류의 주문이 이어졌다.

"적적양양 일출동방… 급급여율령……."

주문의 끝에 칼 대신 붓을 들었다.

단숨에 부적이 완성되었다. 그것은 진악몽부였으니 사악한 기운을 없애는 힘을 가지고 있었다. 다시 귀빈들이 확인에 나섰다. 이번 서기는 아까보다 강하게 느껴졌다. 귀빈들의 감탄은 점차 경건함으로 변하고 있었다.

마무리는 대형 괴항지였다. 미류가 붓을 들었다. 괴항지를 노려보는 미류의 눈은 마치 백호의 그것과 같았다.

파앗!

햇살 한 줌이 붓 끝에 머무는 순간, 미류는 붓을 놀리기 시작했다. 카메라는 미친 듯이 미류의 행적을 쫓았다. 연주 역시 머릿속에 미류의 손놀림을 복기했다. 그녀로서도 처음 보는 일이기 때문이었다.

쭉쭉 시원하게 뻗는 붓을 따라 문양이 나왔다.

귀빈들의 시선이 얼어붙기 시작했다. 기다란 수염이 강철처럼 빛나고 우람하게 뻗은 이빨은 세상의 모든 악을 물어뜯을 듯한 문양이었다. 옆으로 시원하게 내려온 문자 도형이 끝나자 미류의 붓이 마지막

한 점을 찍었다.

유종지미(有終之美)!

전율스러운 숭고함이 실린 마무리였다.

"아아!"

귀빈들이 일제히 휘청거렸다.

부적은 압도적이었다. 촬영을 하던 기자까지도 카메라를 떨어뜨릴 뻔했다. 부적은 액막이 대동부적이었다. 부적 안에서 호랑이가 신안(神眼)을 번득이고 있었다. 지상의 모든 액과 살, 흉이 눈빛 하나에 무너질 지경이었다.

"오, 마이 갓!"

부적의 신력에 질린 쟈클린은 리앙의 어깨에 기대고 말았다. 아르노 역시 몸서리를 쳤다. 신묘함에 마비된 그들의 정신 줄을 풀어준 건 지화였다. 하지만 그 순간은 아주 짧았다. 미류의 지화가 또 한 번의 마법을 부린 것이다.

파랑!

하양!

빨강!

세 가지 색으로 접은 지화들은 신비롭게도 고요히 떠올랐다. 그리고 세 귀빈 앞에 멈췄다.

"손을 내밀어보라는군요."

혜선이 미류 뜻을 전달했다.

그들이 손을 내밀자 지화는 얌전히 손바닥에 내려앉았다. 쟈클린은 끝내 기절하고 말았다. 이제 그들은 박수를 치지 않았다. 미류의 무속 능력에 뻑 가버린 것이다. 그들에게 있어 미류는 더 이상 한 사람의 점술사가 아니었다.

딸깍!

신당의 문은 귀여운 하라가 열어주었다. 이제 오늘의 백미로 꼽히는 전생점을 볼 차례였다. 첫 주자는 쟈클린이었다.

하라가 그녀를 신단 앞까지 데려왔다. 하라가 합장을 하자 쟈클린도 따라 했다. 하라는 나가고 혜선이 남았다. 통역을 위해서였다.

"분위기가 자못 엄숙하다는군요."

쟈클린의 말을 혜선이 전해왔다.

"제 몸주는 삼생을 관장합니다. 전생과 현생과 내생……."

신방울을 잡은 미류가 말했다.

절겅!

방울이 울리자 쟈클린이 움찔 흔들렸다.

"그럼 그 세 가지 생을 다 볼 수 있냐고 묻는데요?"

이번에도 역시 혜선의 통역.

"몸주의 뜻을 다 받으려면 눈 세 개를 떠야 하는데 저는 아직 한 눈밖에 뜨지 못했습니다. 그러니 전생만 볼 수 있다고 전해주세요. 다만, 영적 파장이 잘 맞는 사람은 미래의 한 부분도 볼 수는 있습니다."

미류의 설명은 쟈클린에게 전해졌다.

그녀의 눈은 더욱 진지해졌다. 문 앞에서는 카메라가 돌아가고 있었다. 기자의 입실은 미류가 허락했다. 굿과 부적, 지화를 공개한 마당에 신당을 베일 속에 둘 필요는 없었던 것이다.

"그럼 시작해 볼까요?"

미류가 소매를 들어 올렸다. 그러자 쟈클린이 또 흠칫거렸다. 미류 손짓을 따라 피어오르는 푸른빛을 본 것이다.

"영적 에너지라고 소개해 주세요."

미류가 말하자 기자가 다가왔다. 그녀는 근접 촬영으로 빛을 찍고 물러섰다. 그사이에 미류는 쟈클린의 전생륜을 뽑아냈다. 푸른 눈의 외국인이자 금발의 소유자. 그 전생륜은 어떨까 싶었지만 한국인의 그것과 하나도 다르지 않았다.

게다가!

그녀의 전생에는 한국이 있었다.

한국!

조선의 궁궐이었다.

긴 처마를 따라 풍경이 울렸다. 나인들이 줄지어 가는 모습이 보였다. 그들을 이끄는 침방 상궁이 바로 쟈클린이었다. 그녀의 세 번째 생이었다. 조선에서의 이름은 숭녀. 침방나인을 거쳐 상궁이 된 신분이었다.

그녀의 솜씨는 궁궐은 물론, 멀리 중국에까지 정평이 나 있었다. 왕비와 공주의 옷뿐만 아니라, 외국 사신들에게 바칠 옷도 전문으로 만들었다. 그녀는 특히 용과 까치, 도깨비 문양을 좋아했다.

그다음 생도 연결 선상에 있었다.

이번에는 남미의 토속 부족이었다. 그녀는 전통 문양의 대가로 일컬어졌다. 태피스트리를 짜도 차원이 달랐다. 이때도 역시 이웃 부족으로 보내는 문양을 도맡았다.

전생령을 먼저 파악한 미류가 용 그림 하나를 꺼내 보였다. 쟈클린은 바로 반응을 했다. 다음으로 까치와 도깨비 그림을 보였다. 그 또한 친구를 만난 듯 반가워했다.

"좋아하는 문양이죠?"

미류가 물었다.

"그렇다네요."

대답은 혜선이 대신해 주었다.

"쟈클린의 전생에서 온 인과라고 전해주세요."

"내 전생요?"

쟈클린은 믿을 수 없다는 표정을 지었다. 그렇다면 보여주는 수밖에. 그녀의 눈을 감기고 전생 감응에 돌입했다.

조선 시대의 침방 상궁이었다. 그녀는 학구파였다. 바느질 솜씨가 좋다고 소문난 규수들의 옷감을 사들이는가 하면, 종종 육의전 등에 나가 옷감을 살폈고, 그 조각들을 구해다 실과의 친화성을 연구했다. 빨간색 비단이라고 무작정 빨간색 실로 박음질을 한 게 아니었다. 그녀의 옷이 더 우아하고 견고할 수밖에 없는 이유였다.

그녀의 실에는 때로 아교가 먹여졌고, 홍화나 치자 등으로 색을 더하고 뺐다. 그것들을 민어의 부레에 담가 견고함을 더하기도 했다. 색이 과하면 탈색하는 방법도 썼다. 한마디로 그녀는 바느질에 자신의 모든 것을 쏟고 있었다.

문양도 쉴 새 없이 만들었다.

고려 시대부터 이어오는 문양은 물론이거니와 민간에서 나온 문양도 공부의 대상으로 삼았다. 그랬기에 늙고 또 늙은 후에도 침방 상궁의 자리를 굳건히 지켰다. 나라가 혼란해 임금이 세 번이나 바뀌는 사이에도 그녀의 침방은 아무런 부침이 없었다. 오직 한 길, 외길을 간 보답이었다.

그녀에게는 단 하나의 비밀이 있었다. 베개 속에 넣어둔 도깨비 문양이 그랬다. 궁궐에 처음 왔을 때 한 나인이 건네준 선물이었다.

그 베개를 베면 왠지 마음이 편하고 피로가 가셨던 것.

그녀가 도깨비 문양을 바라보는 장면에서 전생 감응을 끝냈다. 남미 쪽의 전생은 연결하지 않았다.

"와우우!"

쟈클린은 서양인 특유의 과장된 감탄사를 연발했다. 자신이 과거 한민족이었다는 사실이 신기한 모양이었다.

"어쩐지 어릴 때부터 한류가 좋았다네요. 그것도 도깨비 문양을 본 후로……."

혜선이 통역을 전해왔다.

"어떻게 봤다고 하나요?"

"한국에서 전학을 온 친구가 짝꿍이 되었대요. 그런데 그 아이의 손수건에 도깨비 문양이 있었대요. 그걸 보는 순간 머릿속에 불이 번쩍 들어왔고, 한국에 대해 호감을 갖기 시작했대요."

혜선의 통역에 쟈클린이 고개를 끄덕였다.

도깨비 문양…….

그걸 보여준 사람은 전생의 나인이었을 것이다.

둘은 이 생에서도 스쳐 가듯 만났다. 그걸 계기로 그녀의 전생 기억이 살아났다. 뭔지 모르지만 아련하게 친숙한 기억… 그렇기에 그녀는 박혜선과 닿았고 미류와도 만났다.

"사실 쟈클린은 수제품의 명인으로도 유명해요. 첫 성공작이 할리우드 여주인공의 수제품 드레스였거든요. 그때 뉴욕 타임스까지 난리가 났다네요. 법사님이 보여준 전생을 보니 이해가 된다고……."

"도깨비 문양이 그렇다면 용과 까치도 그럴 겁니다."

미류의 말이 쟈클린에게 건너갔다. 그녀는 숨김없이 자신의 생각을 털어놓았다. 미류의 짐작대로였다. 혜선의 통역이 없어도 보디랭귀지로 알 수 있었다.

"다만 이분은 전생에서 이어진 인과로 인해 어깨 통증이 쫀쫀하게 따라왔어요. 여쭤봐 주세요."

미류가 말했다. 작은 신통력을 보여줄 차례였다.

"그렇다네요. 스무 살이 넘으면서 시작된 건데 직업병이래요. 프랑스 최고 병원에서도 어쩌지 못해 친구처럼 달고 산다고 해요."

"제가 비방을 쳐드리지요."

미류가 부적을 꺼내놓았다. 질병퇴치부 중에서 알맞은 것을 골랐다. 그걸 큰 파스 안에 붙이고 혜선에게 넘겨주었다.

"아픈 어깨에 붙여 드리세요. 저절로 떨어질 때까지 붙이고 다니시면 어깨 통증이 사라질 겁니다."

미류는 숙녀(?)를 위해 돌아앉았다. 혜선이 쟈클린의 옷을 당겨 어깨에 파스를 붙였다. 부적이 붙은 파스였다.

"팔 움직여 보세요."

미류가 말했다.

"어머!"

팔을 움직이던 쟈클린이 동작을 멈췄다.

"왜요?"

혜선이 물었다.

"이것 봐요. 조금 아프지만 잘 올라가요. 팔이 아파서 여기까지 올라가지도 않았는데… 어머머머, 이제는 직각으로도 올라가잖아요?"

쟈클린은 하늘을 찌른 상태에서 아이처럼 좋아했다.

빙고!

첫 귀빈의 전생 감응은 대성공이었다.

두 번째로 아르노가 들어왔다.

일본 문화에 심취했다는 그 여자였다. 그녀는 인상부터 달랐다. 속된 말로 미개한 사회를 보는 듯한 눈빛을 하고 있었다. 신당에 대한 소감 또한 도발적이었다.

"조악하군요."

조악하다고?

미류의 눈에 파뜩 격랑이 일었다.

"저는 일본의 주술사들을 여럿 알아요."

아르노가 발칙한 포문을 열었다.

"그 사람들의 신당은 신비감이 가득했지요. 어쩐지 인간의 본성과 운명의 오묘함이 느껴지는 분위기들이었어요. 심지어는 신단의 작은 물건들까지도……."

아르노의 도발은 계속 이어졌다.

"아까 그 여자 샤먼의 말은 제법이었어요. 내 겉은 프렌치지만 속은 재팬이라고요? 하지만 너무 뜬구름 잡기 아닌가요? 추상적인 추측은 운만 좋으면 맞는 경우가 많지요. 컴퓨터 검색도 도움이 되는 세상이고요."

"……."

미류의 눈매에 힘이 들어가기 시작했다. 순수하게 전했던 연주의 공수, 그마저 검색으로 얻은 건지 의심하는 투가 역력했다.

"일본의 주술사들은 곤충술사부터 목각 인형술사까지 프로페셔널했어요. 마치 운명의 설계자나 대행자라고나 할까요? 박 선생의 말을 듣고 기대를 많이 했지만 신당은 실망이네요."

아르노의 입가에 냉소가 스쳐 갔다. 아니, 어쩌면 멸시로 보였다.

그러나 미류는 웃었다. 그 이유를 간파한 것이다.

아르노…….

이 여자의 전생은 일본의 쇼군이었다. 그냥 쇼군이 아니라 조선 침략의 선봉에 선 인간이었다. 그는 아들과 함께 참전을 했다. 열아

홉 아들은 이유 없는 적의로 살상을 일삼았다.

그러다 전주성의 양갓집에서 달아나는 쌍둥이 처자들을 겁탈했고, 그때 동생에게 도끼를 맞아 절명했다.

아들의 주검을 본 쇼군은 눈알이 뒤집혔다. 처음에는 병사와 장정만을 베었지만 이후로 모든 조선인 참살을 명령했다.

그에게는 다섯 참모가 있었다. 그들이 선봉에서 죄악을 저질렀다. 쇼군이 지나간 고을은 우물까지 핏물로 물들었다.

쇼군령. 그 전생 카르마가 강력하게 깃든 현생이었다. 그렇기에 그는 한국이라든가 한류에 대해 호의적이지 않았다. 이번 방한도 한국에 대한 호의라기보다는 우월감을 누리기 위함이라는 것이 분명해 보였다.

문제는 이 인간이 이번 귀빈들 중에서 가장 영향력이 크다는 데 있었다. 다른 사람도 중요하지만 그녀를 녹여야 박혜선의 바람이 이루어지는 것이다.

미류도 다르지 않았다. 그녀의 힘이 크다면 다른 사람들의 호감에도 영향력을 미칠 수 있었다. 예컨대 다른 셋이 한국 무속에 호의적이라고 해도, 그녀가 딴죽을 걸면 도로아미타불이 되는 것이다.

"마담 아르노!"

미류는 온화한 표정으로 그녀를 불렀다. 지금까지의 감정은 향의 연기에 실어보낸 눈빛이었다.

"말하세요."

그녀의 목소리가 퉁명스럽게 흘러나왔다.

"한국과 일본의 무속… 다릅니다. 분명히 다르지요."

"맞아요… 다른 분야도 그렇지만 무속도 한국은 일본보다 아래네요."

혜선의 통역이 바쁘게 건너왔다.

"무속에는 아래와 위가 없습니다. 참된 무속은 바람과 같아 위이면서 동시에 아래이기도 하니까요."

"무슨 궤변이죠? 당신이 혹시 티베트의 환생 거승이라도 된다면 몰라도."

티베트의 환생 거승이라면 밍규르 린포체다.

미류도 그를 알고 있었다. 환생 제도를 주창한 티베트의 종파에서 근래 들어 가장 유명한 승려였다. 물론 본 적은 없다. 하지만 환생을 주창하는 종파라면 전생신을 몸주로 모신 미류가 폄훼당할 일은 아니었다. 미류는 그 방면의 특허권자가 아닌가?

"당신은 지(地), 수(水), 화(火), 풍(風) 중에서 어떤 것이 가장 강하다고 생각하나요?"

미류는 울컥 올라오는 감정을 누르고 물었다.

"그야 물론 불이죠."

"좋은 걸 골랐군요. 불은 마음을 상징합니다. 하지만 불보다는 바람이 위에 있습니다."

"……?"

"불이 마음이라면 바람은 영혼을 상징하지요. 눈에 보이지 않지만 우리는 모두 느낄 수 있습니다. 그래서 불보다 바람의 격이 더 높은 것입니다."

"풋, 무슨 말을 하려는 건지……."

"당신은 일본의 주술사 신당에서 신비감을 느꼈다고 했습니다. 그리고 또 무엇을 느꼈습니까?"

"그야 그분들의 설법에서 마음이 정화되는 걸……."

"그 마음으로 무엇을 보았습니까?"

"이봐요!"

미류의 질문이 꼬리를 물자 아르노가 짜증을 냈다.

"일본 주술사가 당신에게 뜨거운 불을 보여주었다면 나는 바람을 보여주겠습니다. 눈에는 보이지 않지만 인간의 영혼으로 볼 수 있는 또 하나의 숭고함."

"……?"

"평가는 그다음에 하시면 되겠습니다."

미류가 가만히 손을 들어 올렸다.

이번에는 강력한 푸른빛의 궤적이 으르렁거렸다. 지금까지의 궤적보다 몹시 선명한 빛이었다. 미류의 작심이었다.

아르노는 서양인이었다. 게다가 일본을 추앙하는 성향이 있다. 그런 사람에게는 선명한 이적(異蹟)을 보여주어야 하는 것이다.

─보거라!

─내 몸주의 힘을.

─네가 추앙하는 일본.

─네가 그 일본인으로서 어떤 짓을 자행했는지.

아르노의 눈을 감긴 미류는 거칠게 감응으로 돌입했다.

"일본 주술사의 신당을 보듯, 세밀하게 감상하시기 바랍니다."

친절한 멘트도 잊지 않았다.

바다가 나왔다. 조선의 바다였다. 함포가 터지고 화살이 날아갔다. 일대 기습을 펼친 일본 함대는 어렵지 않게 조선 땅을 밟았다.

"진군!"

쇼군의 명령이 떨어졌다.

아들이 흑마를 타고 질러 나갔다. 그러다 그 아들의 주검이 보였다. 하의가 올라간 조선 처자 옆이었다. 처자는 능욕을 당하면서 혀를 물고 죽었고 아들은 뒤통수에 도끼를 맞아 죽은 모습이었다.

광분하는 쇼군이 보였다. 그는 장수가 아니었다. 그저 살인귀의 수장에 불과했다. 적의가 없는 노인은 물론이고 갓난아기도 죽였다. 심지어는 임신부까지 예외를 두지 않았다.

"조선인의 씨를 말린다!"

광기와 광기…….

그것은 사실 이 전생에서의 일만이 아니었다. 쇼군의 바로 직전 전생과도 얽혔다. 그 생에서 쇼군은 도공이었다. 그는 조선 도기의 우수함에 사로잡혀 유학을 왔었다. 사신단을 따라와 간청을 하여 눌러앉은 것이다.

하지만 그는 조선 도예가들의 발끝에도 범접할 수 없었다. 그들의 손과 눈은 수준 자체가 달랐다.

3년이 지나 일본 사신단이 다시 들어온다는 소식이 들렸고, 그는 그 하루 전에 목을 매었다. 3년 동안 발전한 게 없었던 까닭이었다. 그 열등감이 쇼군의 카르마에 자리 잡고 있었다. 그 열등감이 쇼군을 전장의 살귀로 각성시킨 것이다.

"우워어억!"

쇼군은 달아나는 어린아이들을 베고 그 피로 목을 축였다. 인간이 아니라 야수였다.

야수!

그 악귀의 모습에서 감응을 끝냈다.

"전생 여행은 끝났습니다."

미류의 목소리는 냉혹했다. 그러나 아르노의 귀에는 들리지 않았다. 그녀는 허공에 내민 두 손을 지향 없이 휘저었다.

"아르노!"

혜선이 그녀를 흔들었다. 아르노는 그제야 제정신으로 돌아왔다.

"······!"

그래도 눈은 풀리지 않았다. 경련하는 육체도 마찬가지였다. 자리에서 일어선 미류가 그녀의 머리에 물을 부어버렸다.

"법사님!"

혜선이 놀랐지만 미류는 미동도 없이 대꾸했다.

"정화수입니다. 그녀에게 필요한 물이지요."

미류의 눈은 아르노를 꿰뚫고 있었다. 무슨 전생을 본 걸까? 혜선은 불안했지만 아르노의 입에서 나온 말은 믿기 어려운 한마디였다.

"법사님!"

"······."

"한 번 더 부탁합니다."

한 번 더!

못 할 것 없었다. 미류는 신단에 있던 정화수를 아낌없이 부어주었다.

촤악!

"푸하!"

아르노가 물을 뿜어냈다.

혜선의 시선은 미류에게 꽂힌 채 어쩔 줄을 몰랐다. 귀빈 중에서도 프랑스 문화계에 최고의 영향력을 지닌 사람. 그런 사람에게 한 번도 아니고 두 번이나 물세례라니······.

하지만 그녀의 우려는 바로 해소가 되었다. 아르노가 머리를 싸잡고 울먹였기 때문이었다.

"내가··· 내가 전생의 재패니스?"

그녀의 웅얼거림은 계속 이어졌다.

"게다가 그 많은 조선인을······."

우욱!

그녀의 눈에서 마른 눈물이 나왔다.

"마담 아르노!"

그녀를 내려다보던 미류가 공수를 뽑았다. 아르노는 신의 부름이라도 받은 듯 고개를 들었다. 그녀의 눈에 오만이나 우월감 같은 것은 티끌만큼도 엿보이지 않았다.

"보이는 것과 보이지 않는 것의 차이를 알았습니까?"

"……."

"당신의 전생은 일본인, 그러니 일본이 끌리는 것은 당연한 일이었습니다. 어쩌면 당신은 일본을 위해 많은 일들을 해왔겠지요?"

"……."

"당신이 전생에 저지른 악행은 씻을 수 없는 것. 언젠가 다른 생에서 기필코 그 카르마를 받게 될 겁니다."

"……."

"그러나 당신은 행운을 만났습니다. 내 몸주께서 당신의 머리를 열어주셨으니……."

"머리를 열었다고요?"

"당신은 보았습니다. 당신의 지난 행적… 그렇다면 당신이 이 생에서 할 일이 무엇인지도 알았겠지요."

"……."

"제 점사는 끝났습니다. 다음 분을 위해 나가주시겠습니까?"

"법사님!"

"하라야, 다음 손님 모시거라."

미류는 더 대꾸하지 않았다.

구구한 말이 필요 없는 자리였다. 그녀는 미류의 신당을 찾았다.

따지고 보면 자발성은 아니었다. 그렇다고 해도 그녀는 구원의 기회를 얻었다.

그것을 자기 것으로 만들고 말고는 그녀가 선택할 일이었다.

이번에는 유일한 남자인 리앙이 들어왔다.

그의 전생은 과격했다. 검투사의 생도 있었고 전사의 생도 있었다. 그는 상대방 검투사의 철퇴에 맞아 죽었다. 그때 그는 피를 쏟으며 생각했다. 다음 생에는… 좀 아름다운 일을 하고 싶다고.

그 바람이 이루어져 패션 디자이너가 된 경우였다.

"와우!"

검투사의 전생을 본 그는 대만족을 표시했다. 검투사의 기질이 남아 전투적인 디자인 경향이 있는 그는 전생점에 홀딱 반한 채 신당을 나갔다.

라스트는 기자의 몫이었다. 그녀의 감응에 보인 것은 로마 시대였다. 원형 경기장에서 검투 대회가 열리고 있었다.

그는 원로원 위원의 심복이었다. 이 의원은 내기를 좋아했고, 승률을 위해 각 검투사의 특징이 필요했다.

그리고 기자가 그 일을 맡고 있었다. 그녀는 검투사의 모든 것을 알아야 했다. 심지어 하루 섹스를 몇 번 하고 화장실은 몇 번이나 가는지까지도. 그 정도는 되어야 능력을 인정받는 것이다.

기사를 쓰는 사람이니 하나 더 인심을 썼다.

이번에는 수도원이 나왔다. 그는 촛불 아래서 필경을 하고 있었다. 고대의 책이나 신부님들의 책을 똑같이 필사하는 것이다. 그녀는 진지했고 직업에 만족하고 있었다.

쩔렁!

방울 소리와 함께 감응이 끝났다.

"쎄 땅크화이아블루!"

기자가 소리쳤다.

"믿을 수가 없다네요."

통역하는 혜선이 웃었다. 기자는 미류의 두 손을 잡고 마치 교황이라도 바라보는 듯 존경의 마음을 표시했다.

"한국에 이런 무속이 있는 줄 몰랐다네요. 초능력이라면 중국이 최고라고 생각했는데 이거야말로 기적이라고… 전생을 영상으로 찍을 수 없는 게 너무 안타깝다네요."

혜선이 통역하자 미류가 한마디를 보태주었다.

"당신 마음에 찍었지 않습니까? 그건 영원히 지워지지 않을 기록입니다."

거실로 나간 기자는 귀빈들의 소감 취재에 열을 올렸다.

자신만 기적을 본 게 아니었다. 다른 귀빈들도 같았다. 그 자신에게만 일어난 일이 아니니 착각은 아니었다. 무슨 환각제 같은 것을 먹인 것도 아니었으니 사술도 아니었다.

"아아!"

기자는 신당에서 눈을 떼지 못했다.

한국 무속 체험의 마지막은 삼색 비빔밥이었다.

봉평댁의 차례가 돌아온 것이다. 그녀는 꽃밭을 차려놓았다. 얼핏 보면 프랑스 국기를 담은 것 같은 놋그릇. 하지만 국기에는 명암까지 새겨져 있었다.

푸른 채소의 색감은 왼쪽에서 오른쪽으로 채도가 부드러워졌다. 색조가 다른 나물 세 가지로 푸른색 속에서도 농도를 조절한 것이다. 흰색은 비슷했지만 붉은색도 그랬다. 붉은 나물의 끝 라인에는 선홍의 식용 꽃이 놓였다.

모두 일곱 가지 나물로 그려놓은 프랑스 국기풍의 나물 비빔밥. 그 가운에 떡하니 자리 잡은 계란 노른자에 둘러진 참기름 냄새는 귀빈들의 후각을 잡아채고도 남았다.

"원더풀!"

귀빈들은 음식에도 압도되었다. 반주로 나온 복분자와 막걸리, 녹파주는 완벽한 궁합이었다. 술 또한 붉은색, 하얀색, 푸른색으로 구색을 맞춘 것이다.

"원 모어!"

귀빈들 중 셋이나 한 그릇을 더 청했다. 술은 맛을 보는 정도에 그쳤지만 비빔밥은 마음을 사로잡은 모양이었다.

식사까지 끝나자 마당의 전물상 앞에서 기념 촬영을 했다. 하라도 끼고 연주도 끼었다.

그들은 특별히 무속 도구에 관심이 많았다. 무복도 그랬고 신방울과 명두도 그랬다. 그중에서도 관심의 핵심은 부적과 지화였다. 리앙과 기자는 직접 지화를 접어보는 체험도 했다. 프랑스인들의 신당 체험은 성황리에 끝을 맺었다.

"혜선!"

신당을 나서기 전, 아르노가 혜선을 불렀다.

"말씀하세요."

혜선이 그녀 앞에 다가섰다. 전생을 체험한 후부터 말수가 적어졌던 그녀였다.

"미안해요."

"예?"

"사실 그동안 한국 패션에 대해 무시하던 측면이 있어요. 파리 컬렉션 후보에 올라온 혜선의 작품을 빼버린 것도 나고……"

"······."

혜선은 침묵했다. 그건 어느 정도 알고 있던 일이었다. 그러나 상대는 프랑스 문화 예술과 패션의 거장. 그의 마음에 드는 작품을 만드는 수밖에 없었다.

"여기 와서 법사님을 통해 내 전생을 보고 많이 깨달았어요. 내 삐뚤어진 한국에 대한 감정··· 그게 치유가 되었다고 할까요?"

"······."

"세 달 후에 내가 추진하는 스페셜 패션쇼, 알고 있나요?"

"말은 들었습니다."

"세계적인 디자이너 여섯 명만을 초대해서 새로운 패션 진로를 열려는 야심찬 시도예요. 그 여섯은 각 대륙에서 최고의 디자이너를 의미하지요."

"······."

"아시아 대표로 일본의 유키토를 생각했는데 당신을 추천합니다. 기한이 짧지만 도전해 보겠어요?"

"아르노······."

"기왕이면 저기 저 부적들에서 모티프를 땄으면 좋겠군요."

아르노가 미류의 부적을 가리키며 웃었다.

"고맙습니다. 내 혼을 다해 만들어볼게요."

혜선이 소리쳤다.

"법사님!"

다음 차례는 미류였다. 혜선은 한달음에 날아올라 미류 품에 안겼다.

"고맙습니다. 다 법사님 덕분이에요."

혜선이 미류 가슴에서 울먹이자 하라의 입술이 삐죽거렸다. 또 하나의 경쟁자가 반갑지 않은 것이다.

"영광이었습니다, 미류 법사님!"

차 앞에 선 귀빈들이 미류를 향해 엄지를 세워주었다. 힘이 가득한 엄지 척이었다.

프랑스 언론!

그 위세는 대단했다.

프랑스 유력지와 방송에 미류가 나가자 미국과 영국 등지의 특파원 기자들도 미류를 찾아왔다. 중국도 그랬다. 무려 여덟 명의 취재진을 보낸 중국은 미류 신당의 명도까지도 찍어갔다.

그 뉴스는 고스란히 한국으로 돌아왔다. 유럽에 떨친 한국 무속 문화. 무속의 이적(異蹟) 능력이 우선시된 것이 아니니 사람들의 반감도 크지 않았다.

귀신을 잡았대요!

…가 아니라…….

독특한 무속 문화!

…로 소개가 된 것이다.

그렇다고 전생점이 빠진 것은 아니었다. 네 명의 귀빈들은 저마다 프랑스에서 방귀 좀 세게 뀌는 명사들. 그들은 한결같이 최상급 영상보다 선명했던 미류의 전생 감응에 경이로움을 표했다.

그 이후 혜선과 미류는 프랑스 방송에 나갔다. 서울 특파원들의 요청이었다. 미류는 수천 년 무속 문화의 독특함을 말했고 혜선은 거기서 영감을 얻은 패션 작품들을 선보였다. 상호 대박이었다.

더욱 대박은 그녀와의 담소 자리에서 나왔다.

이 자리에는 연주도 끼게 되었다. 그녀의 굿판 또한 호평을 받았으니 그만한 지분이 있었던 것이다.

"좋은 일이 너무 많아서 뭐부터 말씀드려야 할지 모르겠어요."

혜선은 들떠 있었다.

"그럼 천천히 얘기하세요."

미류는 조용히 배려했다. 시간 바쁠 일도 없는 자리였다.

"우선은 이거요."

혜선이 내민 건 봉투였다. 안에는 수표가 들어 있었다.

"쟈클린과 아르노 덕분에 의상 수입 의뢰가 많이 들어왔어요. 게다가 할리우드 스타들도 두 명이나 레드 카펫 의상을 맡기겠다고 하지 뭐예요."

"와아!"

연주가 추임새를 넣었다. 할리우드 스타들의 의상이라면 초대박 제의였다. 그건 세계적인 디자이너들이 꿈꾸는 일 중 하나였기 때문이었다.

"몇 군데서 계약금을 받았는데 딱 잘라서 절반을 법사님 봉투에 넣었어요. 원래는 다 드리고 싶지만 저도 사업가니까 제 몫은 챙겨야죠?"

혜선이 웃었다. 생기와 열정이 뚝뚝 흘러내리는 살아 있는 미소였다.

"그리고 아르노가 프랑스에 초대를 했어요. 법사님을 꼭 납치해서 오라는데 가실 수 있어요?"

"어, 저는 프랑스 말 못한다니까요."

"제가 있잖아요. 법사님은 몸만 가시면 돼요."

"그건 좀 생각해 보겠습니다. 유럽이라면 신당도 오래 비워야 할 테고……."

"그럼 법사님 편하신 대로 하시고요, 연주 씨……."

혜선의 눈길이 연주에게 옮겨갔다.

"예?"

"연주 씨도 프랑스 유력 잡지사에서 취재를 하고 싶대요. 응하시겠어요?"

"저를요?"

"기자가 찍어간 영상에 뻑 간 사람이 많은가 봐요. 특히 굿판의 춤 말이에요."

"내림굿이나 살풀이 같은 건 잘하는 만신님들이 많으신데……."

"그분들은 뭐 날 때부터 만신인가요? 이런 기회 거치면서 커가는 거죠. 저 보세요. 저도 미류 법사님 만나기 전에는 맨날 헛발질만 하는 허접한 디자이너였어요."

"그래도 신당도 없는 제가… 차라리 꽃신선녀님이면 몰라도……."

연주는 계속 얼굴을 붉혔다.

"좋아요. 서두르지 않아도 되니까 그 일은 미뤄두고… 이제 진짜 대박 뉴스를 공개할게요."

'대박 뉴스?'

미류와 연주가 혜선을 바라보았다.

"올 때가 되었는데?"

혜선이 시계를 보았다. 그러자 레스토랑의 문이 열리는 게 보였다.

"여기요!"

혜선이 손을 흔들었다. 40대 초반의 턱수염이 멋진 남자가 다가왔다.

"인사하세요. 여기는 대한민국 넘버원 무속인 미류 법사님, 이쪽은 역시 대한민국 넘버원 건축가 한택근 선생님."

'건축가?'

미류의 시선이 남자를 보았다. 굵은 뿔테 안경에 점잖은 기풍. 눈이 맑은 사람이라 뭘 해도 일가를 이룰 만한 인상이었다.

"안녕하세요?"

둘은 인사를 하고 자리를 잡았다.

"한 선생님은 사실 우리 사촌 오빠 동창이세요. 원래 독일에서 건축 공부를 하다가 한국에 들어왔는데 이번에 법사님 방송을 보고 무속 문화에 관심을 갖게 되었다지 뭐예요."

혜선이 설명을 시작했다.

"예……."

"그래서 제가 엄포를 좀 놨어요. 미류 법사님은 아무나 범접할 수 없는 분이다. 내가 만나게 해드릴 테니 그분 요양원 짓는 데 설계 좀 맡아서 눈도장 찍어라 하고 말이죠."

"설계를요?"

"아직 어디 맡긴 거 아니죠?"

혜선이 물었다.

"그렇기는 하지만……."

"그럼 택근이 오빠… 아니, 한 선생님께 맡기세요. 보기에는 날라리 같아도 솜씨는 끝내주거든요. 몇 해 전에 독일 최고의 건물로 꼽힌 건축도 이 오빠 작품이에요."

"그런 분에게 어떻게 감히……."

"걱정 마세요. 이 오빠 내 말이면 끔뻑 죽거든요."

"예……."

"언제 신당으로 보내 드릴게요. 전생점 한번 봐주시고 요양원 설계도 그려내라 하세요."

혜선이 웃었다.

반은 농담이지만 반은 진담 같았다. 대지 확보, 건물을 지어줄 사

람도 거의 확보, 거기에 생의 마감을 안락하게 보낼 수 있도록 만드
는 설계까지 더하면…….

대박!

한마디로 최고였다.

예지몽의 여자

"연주 씨!"

혜선이 떠난 길을 연주와 둘이 걸었다. 미류보다 어린 연주, 가꾸지 않아서 그렇지 몸매는 좋았으니 꽤 어울리는 연인처럼 보였다.

"네, 선생님!"

연주가 미류의 팔짱을 꼈다. 조금 어색했지만 그냥 두었다.

"우리끼리 차 한잔 더 할까?"

"차 말고 술은 안 돼요?"

"술?"

"스승님 몸주께서 동동주나 막걸리 같은 건 허락하시는 것 같더라고요? 제 몸주님도 술 마시는 건 그렇게 말리지 않아요."

"술 마시고 싶어?"

"그냥요. 기분 좋잖아요?"

"그럴까?"

"가요."

연주가 미류를 끌었다. 둘은 시간 속에 닳고 닳은 내부 장식을 한 술집에 자리를 잡았다.

"고마워요."

동동주를 따르며 연주가 말했다. 그녀의 볼에는 복숭아꽃 홍조가 가득했다.

"뭐가?"

"저를 신딸로 받아줘서요."

"신딸은 무슨… 그냥 부적 선생이라니까."

"내 마음이에요."

"그건 그렇고 아까 박혜선 선생이 한 말 말이야."

"프랑스 잡지사 취재요?"

"응."

"그건 사양할래요. 제가 그런데 나가면 신어머니가 웃을걸요."

"왜?"

"전 아직 애동이잖아요? 게다가 한 번 꼴아박고 들어온 애동……."

"나도 그런 애동인 적 있었어."

"예? 스승님이 언제요?"

'아차!'

미류는 마시던 술잔을 멈췄다.

미류에게는 틀림없는 기억. 그러나 과거로 돌아왔으니 실패한 애동제자 시절은 없었던 것과 같았다.

"뭐… 나도 처음에는 고전했다는 거야."

"피이, 신당개업 첫날부터 신빨 날렸잖아요? 다 알아요."

"그래서 내 신딸이다?"

"스승님은 마음에 안 들겠지만 나는 마음속에 그렇게 새겼어요.

싫어도 할 수 없어요."

"그럼 내 말을 잘 들어야지."

"말씀만 하세요."

"연주!"

미류가 시선을 세웠다. 그 눈빛은 딱 연주의 눈동자에 닿았다. 긴장한 연주는 집었던 전을 내려놓았다.

"독립해!"

미류는 딱 한마디를 뱉었다.

"예?"

"신당 차리라고."

"스승님……."

"내 말 듣겠다고 했지?"

"그렇긴 하지만……."

"이거 받아."

미류가 봉투를 내밀었다. 혜선이 주고 간 그 봉투였다.

"스승님!"

"5천만 원 들었더라고. 프랑스 손님을 위해 굿판 벌인 거 나 혼자 한 거 아니잖아? 하라는 무속인이 아니니까 빼고 n분의 1로 계산하면 2천 5백만 원씩… 그런데 수표 한 장이라 찢을 수가 없어. 그러니 제자에게 내리는 상금으로 생각하고 받아."

"스승님……."

"내 신아버지가 표승 만신님인 건 알지?"

"그야 물론이죠."

"내 신당, 그분이 차려주었어."

"……."

"그분의 신당은 마고 만신, 즉 내 신할머니께서 차려주셨고."

"스승님……."

"무슨 말인지 몰라? 이건 우리 마고 신당 신줄기의 전통이야. 거절하면 인연 끝이야!"

미류가 쐐기를 박아버렸다.

"하지만 스승님, 제가 무슨 자격으로 이런 큰돈을……."

"돈이 문제가 아니잖아? 이제 중생들 세상으로 나가서 곤란에 처한 사람들을 도와야지."

"……."

"꽃신선녀님이 얼마나 도와줄지 모르지만 이거까지 보태면 궁색한 대로 신당 차릴 수 있을 거야."

"스승님……."

"할 거야 말 거야? 아니면 내 신당에도 발길 끊고!"

미류가 짐짓 엄포를 놓았다.

"스승님……."

연주 눈에서 눈물이 쏟아졌다.

아픈 실패를 맛본 연주. 그렇기에 새로운 도전에 망설이던 차였다. 그렇기에 등을 미는 미류의 따뜻함이 더욱 고마운 그녀였다.

"해볼게요."

눈물을 그친 그녀가 고개를 들었다.

"그럼 잔 채워. 건배는 이럴 때 해야지."

"네!"

"그래도 내가 뭔가 부탁하면 좀 들어주고."

"물론이죠."

"절대 가난하고 고단한 사람들 복채로 등쳐 먹지 말고!"

"맹세할게요."

"자, 그럼 건배!"

탱!

투박한 동동주 잔이 허공에서 부딪쳤다.

잔을 비운 연주가 뽀얗게 웃었다. 기분이 좋았다. 이런 날이 오다니. 이런 날이⋯⋯.

지난 일이 서글픈 미류는 눈에 비친 이슬을 감추기 위해 한 잔을 더 마셨다. 취하면 어떨까? 몸주도 이해할 것이다.

아무렴, 그렇고말고!

이른 아침, 미류는 신당을 나섰다. 별도 지지 않은 신새벽이었다.

"피곤해서 어쩌누?"

대문으로 나온 봉평댁이 혀를 찼다.

"피곤하긴요? 피가 펄펄 끓고 있는데요."

"준비물은 트렁크에 넣어두었어."

"수고하셨어요. 오늘은 하라하고 푹 쉬세요."

"쉬기는. 하라 년 연습장에 가봐야지."

"아, 그렇군요."

그걸 깜빡한 미류였다. 하라는 이제 일주일에 세 번씩 트레이닝을 받았다. 배은균이 본격적으로 트레이닝에 들어간 것이다.

부릉!

랜드로버에 시동이 걸렸다.

목적지는 산제를 지내던 동굴이었다. 어젯밤 꿈 때문이었다. 알딸딸하게 돌아온 미류는 꿈을 꾸었다. 전생신이 보였다. 미류는 다가섰지만 몸주는 그만큼 멀어졌다. 몸주는 검푸른 강 위에 떠 있었다. 미류가 보았던 명부의 그 강이었다. 손이 닿으면 무너질 듯 투명한 배도 보였다.

안개와 안개…….

마치 의식처럼 느리게 흘러갔다.

강을 건넜지만 그때 보이던 원숭이와 사슴은 보이지 않았다. 느껴지는 건 스산함뿐이었다.

그 안개 사이에 산해진미가 보였다. 배가 고팠다. 제일 먼저 소갈비를 들었다. 신기루처럼 무너졌다. 전복찜도 마찬가지였다. 하도 이상해 고개를 드니 전생신이 보였다. 그 역시 하르르 신기루로 사라졌다.

"……!"

잠에서 깬 미류는 신당 문을 열었다. 전생신이 거기 있었다. 하지만 생생하게 보이지 않았다.

'내 기도가 부족하군.'

미류는 알았다. 그동안 너무 달렸다. 전생신이 비록, 꿀 빠는 삶을 약속했지만 '무조건'은 아니었다. 그 조건에는 신제자의 도리라는 게 숨어 있는 것이다.

그래서 산행을 결심했다. 프랑스 귀빈들의 방문까지 잘 마쳤으니 재충전도 필요했다.

산에 올랐다.

미류가 좋아하던 복숭아나무는 그 자리에 있었다. 잎새를 팔랑이며 미류를 반겼다.

동굴 안으로 들어섰다. 먼지가 내려앉은 돌판을 정성스레 닦았다. 거기 소박한 신단을 차렸다. 벽에는 상자에서 꺼내온 새 무신도를 걸었다. 미류의 유일한 몸주, 전생신이었다.

촛불을 밝히고 기도에 들어갔다. 누구든 잘나갈 때 어려움을 생각해야 한다. 미류는 그걸 알았다. 지금껏 많은 활약을 했지만 세상에는 아직 도와줄 사람들이 많았다.

'전생으로 그들을……'

꼬인 인과를 풀어주고 고단한 삶에 위로를 주리라!

그들을 도와준 복채로 내 욕심을 채우지 않으리라!

촛불이 타는 동안 기도도 타들어갔다. 영적 배터리가 충전되는 게 느껴졌다. 이 세상 모든 것을 뒤로하고 오직 전생신과 둘이 하는 시간이었다.

이틀 밤을 새웠다. 본래는 보름이고 한 달이고 해야 하는 기도. 하지만 정 시장과의 약속이 있기에 한없이 있을 수는 없었다.

디리링동당!

서울로 향할 때 핸드폰을 봤다. 그간 쌓인 문자도 한둘이 아니었다. 화요의 것도 있고 연주의 것도 있었다. 그리고 하라의 것도 있었다.

—오빠 파이팅!

하라의 문자는 짧았지만 정다웠다. 마치 귀에 대고 속삭이는 것 같았기 때문이었다. 차는 부지런히 달려 정 시장 관저에 닿았다.

"법사님!"

정 시장 사모님이 뛰다시피 나와 미류를 반겼다. 시장도 그 옆에 있었다.

"지방 가셨다기에 못 오시는 줄 알았어요."

사모님이 말했다.

"시장님과의 약속인데 몽골 초원에 있어도 와야죠."

미류가 답했다.

식사는 보리밥에 쌈이었다. 특별한 걸 기대하지는 않았지만 많이 소박했다.

"사실은 한우 갈비라도 재워서 내놓을까 했지만 무속인들이 육류를 꺼린다는 말이 있길래……."

정 시장이 이유를 설명했다.

"괜찮습니다. 된장 맛이 기가 막힌데요?"

"다행이네요. 제가 시골에서 씨된장을 좀 얻어왔거든요."

사모님이 된장국을 밀어주었다.

식사를 마치고 시장과 둘이 후원을 거닐었다.

"사실은 정말 식사만 할 생각이었는데……."

앞서가던 정 시장이 소나무 앞에서 걸음을 멈췄다.

"말씀하시죠."

"참모들 말입니다. 특히 선일주 장관하고 염길태 의원……."

"예……."

"지지가 대단합니다. 그래서 이번에 새로 제 지지자들이 여럿 들어왔는데 사업에 애로 사항 있는 분이 있더군요. 이 사람에게 애걸복걸 조언을 부탁하는데 내가 나설 분야도 아니고……."

"……."

"아마 회사 업종이 내리막이라 변신을 하고 싶은 모양인데 아이템은 많지만 부담감 또한 만만치 않다고……."

"그런 문제에 제가 도움이 되겠습니까?"

"어디서 들었는지 법사님 명성을 알고 간청을 하길래 내가 운은 떼어보겠다고 했습니다."

오더가 나왔다.

"만나 뵙는 거야 어렵지 않습니다만……."

"그럼 좀 부탁합니다. 재계에서는 한때 전경련 부회장까지 하신 분이라 법사님도 알아두시면 좋을 사람이니까요."

"그렇게 하지요."

"그럼 근간에 연락을 하라고 하겠습니다."

"예."

"그리고 이 또한 돌발로 생긴 일인데……."

정 시장이 미류를 돌아보며 말을 이었다.

"우리 당에서 유력한 대권 후보 말입니다."

"배주하 대표님 말입니까?"

"확인하지는 않았지만 그 양반 뒤에 현몽사가 있다는 말이 있더군요. 박순길이라고……."

배주하 대표!

그 뒤에 현몽사?

"듣기로 그 사람은 이번 대권을 배주하가 움켜쥔다는 현몽을 받았다고 공언하는 모양이던데… 법사님은 어떻게 생각합니까?"

―네가 옳으냐?

―그 현몽가가 옳으냐?

정 시장, 뜨거운 질문을 미류에게 던졌다. 이 또한 오더였다.

배주하!

배황혁 전임 대통령의 막내딸이다.

배황혁이 대통령일 때 그의 아내가 불치병에 걸렸다. 운명 직전까지 나라 걱정을 했다는 얘기는 아직도 노년 세대에 신화로 남아 있다.

덕분에 그녀가 여러 가지 행사에서 어머니의 자리를 대신했다. 위로 두 언니가 있지만 대통령의 총애가 그녀에게 있었던 것이다.

배황혁 또한 초유의 산불 현장을 돌아보다 헬기 추락으로 유명을 달리했다. 그리하여 국민적 동정과 기대를 한 몸에 받고 있는 배주하. 당시 그녀는 청와대 시절부터 기인들과 가깝다는 소문이 있었다. 그러나 이미 오래전의 일. 자세한 건 표승에게 확인해 봐야 할 것 같았다. 그 이야기를 해준 것도 표승이기 때문이었다.

"시장님!"

미류는 담담하게 입을 열었다.

"예."

"곧 대선 철이 아닙니까? 이때가 되면 영매의 능력을 가진 사람이라면 누구든 차기 대통령감에 대해 한마디씩 하는 시기입니다. 무속인부터 관상가, 역학가 할 것 없이 말입니다. 간단히 말하자면 대목이지요."

"그건 맞습니다. 우리 당 후보군부터 저쪽 당 후보군까지 한두 번은 그런 행보를 하지요. 자기 확신을 위해서이기도 하고 소문이 나면 세력 결집에도 도움이 되기 때문입니다."

"그 일이 마음에 쓰이십니까?"

"법사님의 능력을 의심하는 게 아니라 일종의 호기심이지요. 배 대표 쪽은 전에도 그런 말이 나돌았거든요."

"혹시 그 사람 사진 같은 거 가진 게 있나요?"

"사진이라면… 잠깐만요."

안으로 들어간 정 시장이 사진 몇 장을 들고 나왔다. 배 대표였다. 그녀의 옆에 사람들이 많았다. 시장은 그중 한 여자를 짚었다. 40대였다.

"무속인은 아닙니다."

미류는 칼같이 단언했다.

"아니라고요?"

"하지만 무속인만 점을 보는 건 아닙니다. 신기가 내리거나 영적 능력이 뛰어난 사람, 혹은 현몽을 잘하는 사람도 운세를 볼 수 있지요."

"그렇군요."

"시장님이 관심을 가지시니 제가 한번 체크해 보겠습니다."

"그래 주시겠습니까? 제 측근들 관심이 쏠려서 말이죠."

측근들!

그 마음은 이해가 되었다.

미류도 이미 정 시장의 측근이 되었다. 그런데 막강한 라이벌로 꼽히는 배 대표의 측근 중에 현몽사가 있다. 둘의 점사는 반대로 나왔다.

—배 대표가 대세다!

—정 시장이 대세다!

누구의 말이 맞는 것인가?

그 적중력에 목숨 걸 사람이 많을 일이었다.

두 개의 오더. 기꺼이 받았다.

그는 대권을 쥘 사람. 무속인의 위상을 높이려면 그와의 교분 강화는 필수. 그러나 미류는 비굴하지 않았다. 그가 아무리 대권상이라도 해도 그는 인간. 그러나 미류는 신의 대리인. 높은 입장에서 베푸는 것이었다.

줄!

한국 사회에서는 중요한 일이다.

관운이니 출세운이니 하는 것들은 실력보다 줄서기로 결정되는 경우가 많았다. 그러니 계산기 앞세우는 사람이라면 누구 줄에 서야 할지가 운명의 갈림길이었다.

배주하다!

정대협이다!

그 이야기는 이미 점집 골목의 무속인들 사이에서도 회자된 적이
있었다.

꽃신선녀를 비롯해 무속인들 일부는 배 대표가 대통령이 될 것이
라 말했고, 미류와 옥수부인은 정 시장 쪽으로 기울었다. 무속인도
그럴진대 다른 사람들이야 오죽하랴?

"이분을 어디로 가면 만날 수 있을까요?"

미류가 사진을 보며 물었다.

"배 대표 쪽 공식 수행원은 아닙니다. 따라서 당의 공식 행사 같은
곳에서는 은밀하게 움직입니다. 아, 이틀 후에 재래시장 방문 계획이
있던데 거기라면 나타날 겁니다. 이 사람도 함께 가는 민생 이벤트입
니다."

"시장은 어디죠?"

"청량리 경동시장입니다. 아니면 그전에라도 전당대회에 오시면 됩
니다. 참관인도 일부 입장을 허용하는데 아마 나타날 겁니다."

"참고하겠습니다."

"그리고 이 사람이 근간 일생일대의 사업 플랜을 발표해야 할 텐데
언제가 길일일까요? 내 생각에는 전당대회가 끝난 주말에 개봉을 생
각 중이었습니다만, 선일주 장관을 비롯해 많은 분들이 법사님께 길
일을 부탁하라고……."

사업 플랜 발표!

그렇다면 대선 출마 선언이었다.

그걸 친구와 술 한잔하듯이 아무 때나 할 수는 없는 일이었다.

우주에는 흐름이 있다.

너무 창대하고 광막해 파악하기 힘들지만 그 기운이 내 파장과 맞는 날이 있다. 방금 말한 술 한잔 약속도 그렇다. 어떤 날은 술상무에게 전화해도 약속이 잡히지 않는다. 내 운과 맞지 않는 날은 움직이는 게 손해였다.

이삿날도 그렇고 여행도 그렇다. 우주의 기운이 나와 일치할 때 움직여야 운이 활성화되는 것이다.

"그런 일이라면 날을 받으시는 게 좋습니다."

"역시 그렇지요?"

"잠시만요."

미류가 눈을 감았다.

시장의 운과 우주의 흐름을 맞춰보았다. 합일이면 최고다. 그렇지 못하다면 최소한 역풍이 이는 날만은 피해야 했다.

"전당대회 날 발표하세요."

"예?"

"시간은 저녁 6시 경이 좋겠군요. 아니면 8시도 괜찮습니다."

"으음… 참모들과 일정을 맞춰보지요."

"시장님의 대운에는 몇 가지 시련이 도사리고 있습니다. 적어도 큰 산 두 개는 넘을 각오를 하셔야 합니다."

"큰 산 둘이라… 그만한 각오를 하고 있습니다."

"그중에서 가장 큰 산이 무엇인지는 이미 알고 계시겠지요."

"이 사람이 노력하면 넘을 수 있을까요?"

정 시장이 물었다. 자신이 있다는 미소였다. 단지 확인을 위해 묻는 것뿐이다.

"분명히 넘을 겁니다."

"역시 법사님을 보면 열정이 훨훨 타오른단 말이죠. 설법도 설법이지만 마음속에 침잠한 용암을 끓게 만드십니다."

"과찬이십니다."

"그리고 이거……."

정 시장이 핸드폰 케이스를 내밀었다. 라벨만 뜯은 새것이었다.

"핸드폰 아닙니까?"

"이 사람과 직통으로 이어지는 전화입니다. 대권 출마 선언을 하면 이래저래 말도 많고 눈도 많아질 것입니다. 그러니……."

비선 전화.

말로만 듣던 핫라인 전화가 미류에게 넘어왔다.

"이제 이 사람 할 말은 끝났습니다. 더 하고 싶지만 우리 사모님께서 눈에 불을 켜고 법사님을 기다릴 것이니 이만……."

정 시장은 미소와 함께 안채를 가리켰다. 사모님이 기다리는 곳이었다.

"법사님!"

클래식을 듣던 사모님이 미류를 반겼다.

"시장님과는 이야기가 끝났나요?"

"예……."

"우리 그이 많이 좀 도와주세요."

"저야 그저 작은 방비를 줄 뿐입니다."

"겸손이세요. 이제 법사님이 없는 우리 그이는 생각할 수도 없답니다."

"고맙습니다."

"요즘 가끔 아들 꿈을 꾸어요."

"예……."

"아들이 아주 편안해 보여요. 그래서 저도 이렇게 행복하답니다."

"다행이군요."

"다 법사님 덕분이에요. 꿈에서라도 아들과 함께 즐겁게 지낼 수 있으니 얼마나 좋아요. 억만금을 내고도 할 수 있는 일이 아니잖아요."

"예……"

"오 비서."

사모님이 문을 향해 소리쳤다. 그러자 20대 후반의 청년이 들어왔다. 미리 지시를 받은 듯 프랑스 신문을 놓고 나가는 비서.

"법사님이 나온 잡지예요. 프랑스 말은 모르지만 화보만 봐도 무슨 내용인지 알 것 같아요. 시장님도 뿌듯해하셨어요. 문화적 가치가 충분한 무속이 중구난방으로 있다 보니 미신으로 냉대를 받는다고……"

"그건 저희 무속인 잘못도 있습니다. 자격도 없는 분들이 사칭을 하기도 하고 일부에서는 신의 능력을 과신해 일으킨 부작용들이 부정적으로 알려지다 보니……"

"어때요?"

"예?"

"방금 비서 말이에요. 시장님 비서실 직원인데 제 잔무를 도와주거든요. 우리 그이가 큰 사업하려면 작은 일부터 단속해야 해서요. 믿을 만한지……"

사모님이 비서의 사주를 내밀었다.

"죄송하지만 사모님과는 맞지 않습니다."

"예?"

"시장님이 꿈꾸는 사업이 성공할 때까지는 시청 직원들과는 관계하지 않으시는 게 좋겠습니다. 사모님 운으로 보아 관 쪽 사람들과는 거리를 두세요."

"그래요?"

"예……."

"역시 법사님께 여쭤보기를 잘했네요. 제 운전수는 따로 채용해야 겠어요."

다행히 사모님은 미류의 의견을 따랐다.

사모님의 명예운에는 벼슬 관 자가 좋지 않았다. 이제 겨우 새싹인 것이다. 그 새싹이 강한 햇살을 받으면 죽거나 시들어 버린다. 결국 그 비난은 시장에게 쏠릴 운이었다.

다행히 새싹은 거목의 싹이었다. 그러니 그대로 두면 된다. 시간이 해결할 일이니 당장 누릴 마음에 황금 거위의 배를 가르는 어리석음 을 자행할 필요는 없었다.

"그리고… 또 한 사람이 있어요."

사모님이 미류를 돌아보았다. 그 또한 예정된 것이었는지 파출부 가 들어왔다. 그녀는 새콤한 유자차를 내려놓았다.

"서 여사님!"

사모님이 파출부를 불렀다.

"네!"

얌전하게 고개를 드는 가정부.

"오늘은 수고하셨어요. 그만 가보세요."

"접시는 치우고……."

"아니에요. 그건 제가 하죠."

사모님의 말과 함께 파출부가 돌아나갔다.

"저번 여사님이 어머니가 치매에 걸리셨다네요. 반찬 솜씨도 좋고 사람도 무던했는데 별수 없이 사람을 바꿔야 할 판이에요. 방금 그 분 어때요?"

"채용하세요!"

미류가 주저없이 대답했다.

"법사님?"

"아무래도 여러 부탁을 하실 것 같아서 제가 그분 전생을 들여다보았습니다. 이전 생에서 사모님께 은혜를 입은 사람입니다. 아마 그 인과를 갚으려고 온 것 같으니 믿으셔도 될 것 같습니다"

"아휴, 어쩐지 첫인상부터 끌리더라니……."

"하지만 재물에는 약한 분이니 큰돈에 관련된 심부름 같은 것은 맡기지 마세요. 마음이 변할 수 있습니다."

"알겠습니다. 법사님 덕분에 일들이 시원하게 해결이 되네요."

"그럼 저는 이만 가봐야겠습니다."

"어머, 벌써요?"

"부적 예약이 있거든요. 대개 자시… 그러니까 밤 11시가 되면 준비를 해야 해서……."

"그러세요. 제 욕심에 너무 오래 계시게 했네요."

미류는 인사를 마치고 밖으로 나왔다.

그사이에도 정 시장에게는 귀빈들이 찾아들고 있었다. 그래도 시장은 짬을 내어 미류를 배웅했다. 그 배려가 고마웠다.

'현몽사라…….'

이름이 흥미로웠다.

요즘 사람들은 작명 센스가 너무나 좋다. 별거 아닌 것에도 그럴듯한 이름을 붙여댄다. 그래서 이름만 보면 뭔가 있어 보였다.

키를 꽂은 미류는 표승에게 전화를 걸었다.

더 늦으면 잠들 수 있었다. 이제 표승은 현역 무속인이 아니기에 일찍 자는 날도 많았다.

―여보세요!

그런데, 핸드폰에서 나온 목소리는 묘우 스님의 것이었다.

"묘우 스님? 나 미류인데 표승 만신님은?"

―안녕하세요? 만신님은 지금 큰스님과 바둑을 두고 계세요.

"오래 걸릴까?"

―잠깐만요.

묘우의 목소리가 멀어졌다. 그러더니 표승의 목소리가 나왔다.

―미류 법사?

"예, 안녕하세요?"

―이 밤에 웬일이신가?

"바둑 중이라시는데 죄송합니다. 한 가지 여쭐 게 있어서요."

―말씀하시게. 법사 일이라면 바둑 따위하고 견줄 수 있나?

"지금 야당 대표 맡고 계시는 배주하 씨 아시죠?"

―알다마다.

"전에 말씀하시길 그분이 무속인에도 관심이 있다고 들었는데 그 얘기 좀 들으려고요."

―무속인? 그런 말이 있긴 했지만 그 사람이 그리 신실하지 않아서 말이야. 게다가 그 양반도 이제 현역이 아닐걸? 또… 애당초 신내림을 제대로 받은 건지도 잘 모르겠는 사람이었고. 그런데 왜?

"혹시 신아들이나 신딸을 두었나 해서요."

―글쎄… 그런 말은 못 들은 것 같은데…….

"그렇군요. 제 생각에도 그냥 신기가 있는 점쟁이 정도로 생각했는데…….."

―대선 철이 다가오면 그런 사람들이 득실거리지 않나? 허튼 점사로 한번 튀어볼까 하는…….

"건강은 어떠세요?"

—큰스님 덕분에 날로 회춘하는 느낌일세. 기침이 멎으니 살 것 같아.

"다행이군요."

—자네는 먼 프랑스까지도 펄펄 날고 있더군. 잘나갈 때 마음의 경계를 풀지 말고 몸주의 말씀에 귀를 기울이시게. 무속인은 정통과 사이비가 종이 한 장 차이야.

"명심하겠습니다."

통화는 그렇게 끝났다. 배주하의 현몽가 박순길에 대해서는 특별히 나온 게 없었다.

부릉!

시동을 걸고 도로에 올라섰다. 어둠이 꽤 깊이 내려 있었다. 밤은 꿈의 세상이다. 누구든 이 밤에 꿈을 꿀 수 있다.

예지몽…….

그것은 사실 무속과는 관계가 멀었다.

무속인이 예지몽을 꾼다면 그것은 몸주의 계시에 속한다. 꿈에서 주는 공수가 되는 것이다. 그러나 일반인이 예지몽의 대가라면 초능력으로 보는 게 옳았다. 그때의 예지는 알 수 없는 앞날을 인지하는 초감각을 가리키는 것이다.

이러한 예지몽을 잘 꾸는 사람들이 있다.

그중 하나가 바로 엄마들이다. 엄마들은 자식에 대한 예지몽을 비교적 잘 꾼다. 아마도 자식 사랑이 초감각으로 나타나는 건지도 모른다.

이런 경우를 떠난 예지몽이라면 굉장한 능력으로 볼 수 있다. 꿈에서 받아보는 미래의 이야기. 신의 공수와 다르지 않은 것이다. 게

다가 예지몽은 대개 선명하다. 멍멍 드림(Dog Dream)이 꾸고 나면 신기루가 되는 것과 달리 예지몽은 며칠이 지나가도 선명하게 기억되는 경우가 있다. 임팩트가 강력한 것이다.

그 예지몽으로 배주하 대표의 대권을 공언한다는 박순길. 배주하가 측근으로 여길 정도라면 제법 적중률이 높은 예지몽일 터다.

어쩌면 그 두 사람, 그야말로 기가 막힌 전생 인과를 안고 만났을 수도 있었다.

―목숨을 바치는 충신으로서의 인과일까?

―아니면 왕을 망치는 간신으로서의?

갑자기 그녀가 궁금해졌다.

해몽 잘하는 사람을 본 적은 있어도 공수에 버금가는 예지몽 같은 건 본 적이 없는 미류였다.

그런데!

그녀에 대해 오래, 혹은 깊이 생각할 필요도 없었다. 미류가 신당에 도착하자 봉평댁이 빅뉴스를 알린 것이다.

"미류 법사, 누가 와 있어."

봉평댁의 표정은 밝지 않았다. 주변을 보니 검은 승용차가 두 대 보였다.

"오늘 밤 예약이 있었나요?"

"아니… 법사님 출타 중이라 점사 안 본다고 했는데 열 시면 돌아올 거라면서……."

열 시!

시간을 들은 미류가 시계를 보았다.

"……!"

눈알에 힘이 빡 들어갔다.

마침 시침이 10에 도착하고 있었던 것이다. 미류가 돌아올 시간을 예견하고 있는 사람. 그 사람이 바로 박순길이었다.

예지몽의 신녀 박순길……

둘은 그렇게 한자리에 섰다.

"박순길이에요!"

미류를 보자 그녀는 낯익은 듯 인사를 건네왔다. 가방과 옷이 번쩍거렸다. 목걸이와 시계, 의상까지 최고의 명품을 두른 몸이었다.

"오늘 점사는 끝났습니다만."

미류가 응수했다.

현몽사든 점쟁이든 상관없었다.

허락도 없이 남의 신당에 머문다는 건 실례가 분명했다. 게다가 안면이 있는 사이도 아니지 않은가?

"진짜 점쟁이는 시공을 초월하는 거 아닌가요?"

박순길이 반격을 해왔다. 나직한 목소리지만 찌르는 힘이 서려 있었다.

"그래, 무슨 볼일이신지?"

"이게 뭔지 아시겠습니까?"

그녀가 내민 건 부채였다. 그러나 일반 부채가 아니었으니 숭고한 기운이 깃든 새의 깃털로 만든 것이었다.

숭고한 기운의 새라면 무엇이 있을까?

봉황새?

미류의 뇌리에 전설 같은 단어가 스치고 지나갔다.

"봉과 황을 가리러 왔군요?"

미류가 물었다. 미류는 그녀의 셈을 들여다보고 있었다.

"소문대로 혜안이시군요. 부채의 의미를 모르면 푼돈이나 놓고 갈까 했는데 말이 통함을 알았습니다."

"무속인은 아니신 거 같은데?"

미류가 정곡을 찔렀다.

"날 때부터 무속인이 있고 자라면서 무속인이 있지요. 나아가 무속인으로 사는 사람도 있고 필부필부로 사는 사람도 있는 법 아닙니까?"

달변이다. 아니, 그것도 아니라면 궤변?

"이모, 이분 신당으로 모시세요."

미류가 봉평댁을 불렀다. 보아하니 작심하고 온 사람, 미류 또한 궁금하던 차였으니 대면해 보는 것도 좋을 것 같았다.

"저분은 무슨 신이십니까?"

신당에 들어선 박순길이 물었다. 그녀에게도 미류의 전생신은 생소한 모양이었다.

"전생과 현생, 내생을 관장하는 삼생신이십니다."

"그렇다면 천신인데 몸주로 모실 수 없는 것 아닙니까?"

그것도 알고 있다. 역시 일반인은 아니었다.

"그건 평범한 사람의 경우입니다."

"법사님은 평범하지 않다?"

"높아서 평범하지 않은 게 아니라 낮아서 평범하지 않은 겁니다."

미류는 역설적으로 밀고 나갔다. 이미 한 번 죽었던 몸이니 아주 틀린 말도 아니었다.

"듣자니 영험함이 하늘을 찌르신다고요?"

"그럴 리가요? 보다시피 오두막 한 칸 겨우 지키는 신세입니다."

"오두막 구들장이 황금으로 깔렸을 수도 있지요."

"허튼 욕심으로 황금을 깔았다면 원성에 녹아 진즉 똥이 되었을 겁니다."

"신당에 왔으니 복채는 드려야겠죠?"

"점사를 본다면 물론입니다."

미류는 그녀의 말에 모조리 대꾸했다.

"얼마를 드릴까요?"

"어떤 점을 보느냐에 달렸지요."

"이 부채점을 부탁드릴 겁니다."

"부채점?"

"중국에서 내려오던 봉미선입니다."

'봉미선?'

미류 미간이 일그러졌다.

봉미선…….

그건 바로 봉황의 꼬리로 만들었다는 부채였다.

봉황은 상상 속의 새… 그러나 무속적인 의미를 붙인다면 그것이 전설 속 봉황 깃털이 아니더라도 상징이 될 수 있었다.

"지금까지 네 명의 만신과 두 명의 관상대가를 만나고 왔습니다. 그중에는 저 앞의 쌍골선사와 꽃신선녀도 포함되어 있지요."

"……."

"다들 코웃음을 치더군요. 지금 장난하냐고……."

"……."

"법사님이 보기에도 장난 같습니까?"

"예!"

미류, 거침없이 한마디로 대꾸했다. 박순길의 얼굴이 확 구겨지는 게 보였다.

"실망이군요. 제일 잘나간다기에 일부러 찾아온 길인데……."

"당연히 그렇게 말할 수밖에요. 당신은 백락을 찾아 물어야 할 것을 지나는 사람들에게 물은 꼴 아닙니까?"

"백락?"

"천리마를 골라내는 능력을 가진 중국 사람 말입니다."

"아!"

박순길은 어물쩡 넘어갔다.

반응으로 보아 지적 능력이 뛰어난 사람은 아닌 것 같았다. 하지만 입담과 임기응변은 굉장했다. 바로 받아치기로 나온 것이다.

"그럼 법사님은 백락이신가요?"

"……."

"백락도 봉황을 구분한다는 소리는 듣지 못했습니다."

"저를 경계하시는군요?"

"그럴 리가요."

"부채 말입니다. 이 부채가 봉황의 꼬리인 것은 분명합니다. 그러나 봉인지 황인지는 나도 모릅니다. 그래서 말인데……."

박순길이 가방을 열었다. 그녀는 봉투 하나를 꺼냈다. 봉하지 않은 봉투를 열자 수표가 나왔다. 1천만 원짜리 세 장이었다.

"실은 며칠 전에 예지몽을 꾸었습니다. 당신 아버지를 만났죠."

'우리 아버지?'

미류가 파뜩 고개를 들었다.

"기분 나쁘겠지만 복상사를 했더군요."

"……!"

"그분은 아내, 즉 법사님의 어머니를 미워하고 있었습니다."

"당신……."

"그분이 제게 말해요. 당신을 찾아가서 봉황을 가려달라고 하라고. 당신은 명부의 세계를 다녀온 사람이니 봉과 황을 구분할 수 있을 거라고 했습니다."

"이봐요!"

미류가 제동을 걸었다. 박순길, 그녀가 대체 미류 아버지를 어떻게 안단 말인가?

"헛소리라고요? 그럴까 봐 내가 아는 사람을 통해 그림을 그려 왔습니다."

그녀의 손이 또 다른 종이를 꺼내놓았다.

맙소사!

그림을 본 미류는 새어 나오는 비명을 안으로 삼켰다.

몽타주 형식으로 그려진 그림. 그건 생전의 아버지가 틀림없었다. 좋아하던 넥타이 색깔까지도 같았다.

"아닌가요? 당신 아버지?"

"……"

그림을 든 미류 손이 떨었다.

그야말로 어이 상실. 생면부지의 여자가 어찌 이럴 수 있단 말인가? 이 여자의 예지몽이 이토록 강력하단 말인가?

"3천만 원입니다. 당신은 그 봉미선의 털이 봉인지 황인지만 맞추면 됩니다. 내가 원하는 건 그것뿐입니다."

"멋지군요."

몽타주를 내려놓은 미류가 박수를 쳤다.

여자의 능력의 한계는 알 수 없었다. 하지만 여기까지만 해도 가히 박수를 받고 남을 일이었다.

"그런데 말이죠."

박수를 마친 미류가 뒷말을 이었다.

"제 몸주께서 말씀하시길 당신은 이미 봉미선의 모든 것을 알고 있다고 하시는군요. 그런데 왜 확인이 필요한 거죠?"

"진짜 봉황을 구분하는 사람은 많을수록 좋은 거니까요."

박순길이 웃었다. 여론을 뜻하는 말이었다.

소문은 빛보다 빠르다. 누구누구가 봉황상이다라는 소문이 퍼진다면 대선가도에 레드 카펫을 까는 것과도 같을 일이었다.

"그렇다면……."

미류가 봉미선을 집어 들었다. 그런 다음 한 가닥 한 가닥을 집중했다. 그리고 묵직하게 입을 열었다.

"이 봉미선의 깃털은 황입니다."

"……!"

미류의 대답에 박순길의 눈이 번쩍 떠졌다. 그녀가 원하는 말이 나온 것이다.

"오오!"

감격을 감출 수 없는지 신음까지 흘리는 박순길.

봉황!

봉은 수컷, 황은 암컷이다.

박순길은 그녀가 추종하는 배주하가 대권운으로 알려지기를 바랐다. 그런 까닭에 미류에게 간을 보러 온 것이었다. 그런데 그의 입에서 '황'이라는 말이 나왔으니 목적을 이룬 것이다.

하지만 그녀는 몰랐다. 그 기쁨을 무너뜨리는 반전이 바로 이어질 줄을.

대답을 한 미류, 곧 바로 봉미선을 신단의 촛불에 들이댔다. 박순길이 어쩌지 못하는 초특급 돌발이었다.

"이, 이봐요!"

그녀가 달려들었지만 봉미선은 절반 이상 타버린 후였다.

"이봐. 이게 어떤 부채인 줄 알고!"

돌변한 박순길이 악을 썼다.

"봉황의 깃털로 만든 부채라고 했잖습니까?"

미류는 태연하게 응수했다.

"뭐라고?"

"당신, 무슨 연유로 봉과 황을 가려달라고 온 줄은 모르겠습니다. 하지만 그 부채가 황의 깃털인 것은 맞습니다."

"……"

"하지만 아직 깃털을 뽑을 시기가 아니었습니다. 제대로 봉황의 기운이 서리려면 좀 더 기다려야 한다 그 말입니다. 병아리로는 삼계탕을 할 수 없는 법이니 불에 묻어버리는 수밖에요."

"허튼소리. 나는 이미 예지몽을 받았어."

"무슨 예지몽 말입니까?"

"여자 대통령. 당신도 아는 일 아닌가? 정대협 시장을 만나고 다니는 거 다 알고 왔거든."

"그렇다면 당신이 배주하 대표를 지지하는 영매로군요."

"당신도 이미 인정한 일이야. 이번 대선의 봉황 대결은 황의 승리라고."

"당신의 예지몽 말입니다. 그렇게 과신합니까?"

"물론이지. 내 예지몽은 결코 빗나간 적이 없어. 배 대표를 당 대표로 만든 것도 나였고 그분의 일거수일투족에 운을 맞춰준 것도 내 예지몽이야. 달마다 5%씩 상승하는 여론 조사까지도 내가 예견했고."

"왜 그랬죠?"

"뭐라고?"

"당신이 진짜 무속인이라면 사주나 운에 반하는 흉사만 조언하는 게 옳습니다. 일거수일투족을 조언한다면 그 사람은 당신의 꼭두각시가 아닙니까?"

"뭐야?"

"무속은 인간의 불운한 운명을 보완하고 방비하게 하는 것이지 조종하는 것이 아닙니다. 물론 당신은 진짜 무속의 정도를 밟은 사람도 아닙니다만."

"말 조심해. 나는 배 대표님의 분신과도 같아. 그분의 영향력은 이미 현직 대통령 이상이야. 말 한마디면 법사고 나발이고 당신은 공중분해야."

"조심할 것은 당신입니다. 여기는 내 신당이고 저기 내 몸주께서 당신의 오만을 지켜보고 계시니까요."

"몸주? 저깐 그림 쪼가리가 뭐 어떻길래? 나는 상계점(上繼占)을 보는 사람이야. 내 아버지 대부터 이어온 천상천하유아독존 영매의 능력자거든."

"상계점의 지존이시라면 타인의 영혼을 흔들 수도 있겠군요?"

"물론이지."

"그럼 제게 한 수 가르쳐 주시겠습니까? 당신이 제 몸주보다 우월하면 오늘 본 봉황의 황을 대선운으로 인정하고 대중 앞에 공표하겠습니다."

"듣던 중 반가운 말이군."

박순길이 미류 앞에 좌정을 했다. 그녀의 손에는 작은 호두알 같은 것 두 개가 쥐어져 있었다.

"상계점의 위세가 어떤지 잘 보라고."

박순길의 눈에 힘이 들어가기 시작했다. 그녀의 입에서 몽롱한 주문이 나왔다.

"나무아미 옴 반매 자비불!"

옴은 우주이다. 반매는 자비이니 해석을 하자면 부처의 기운과 우주의 자비를 바라는 축언. 그러자 미류의 의식이 휘청 흔들렸다.

'이것……?'

환몽전이(幻夢轉移)?

미류는 고개를 저었다.

박순길의 꿈이 미류에게 들어오고 있었다. 미류가 타인의 전생을 보듯 그녀 역시, 자신이 생각한 꿈을 미류에게 보여주는 것이다.

눈 뜬 채 꿈을 꾸었다.

아버지가 보였다. 어머니와의 불화로 잠시 외도를 했던 아버지. 그 아버지가 젊은 여자 위에서 씩씩거리고 있었다.

아들아!

목소리도 들려왔다.

지어낸 것이 아니었다. 그 옛날 자상하던 아버지, 어린 미류의 손을 잡고 미래를 이야기해 주던 그 소리 그대로였다.

이 여자를 돕거라.

이 여자는 네 은인이 될 것이다.

아버지의 소원이니 이 여자를 따르거라. 그리하면 이 여자와 함께 대한민국 권력의 모든 것을 누릴 것이다.

꼭!

몇 마디 말이 빛의 뒤섞임과 함께 입력되어 왔다.

'아버지…….'

미류가 손을 내밀었다. 그 앞에 아버지가 있었다.

그래, 이 여자를 도와주렴.

아버지도 손을 내민다. 두 손이 막 닿으려 할 순간, 미류의 몸에서 흰 파장이 폭풍처럼 튀어나왔다.

후웅!

그것은 숭고한 빛의 폭발이었다. 소리도 없었다. 하지만 그 빛에 닿은 아버지는 신당의 구석으로 날아가 처박혔다.

"으윽!"

비명을 지르며 꿈틀거린 것은 아버지가 아니라 박순길이었다. 환몽전으로 미류를 장악하려다 실패한 것이다. 미류는 천천히 일어나 그녀에게 다가섰다.

"으 으……"

놀란 여자가 뒤로 기었다.

"놀라지 마세요. 진짜 신제자는 사람을 해치지 않습니다. 방금 것은 단지 퇴마술이었을 뿐입니다. 당신의 사술이 내게는 잡귀처럼 느껴졌으니까요."

"……"

"당신, 사이비와 정통 무속의 기준이 뭔 줄 압니까?"

"……"

"바로 도덕입니다. 도덕이 없는 무속은 악마의 유혹에 불과하지요."

"……"

"고맙게도 신술을 보여주었으니 저도 보답을 하겠습니다."

"……"

"아직 다른 사람들에게 보여준 적은 없으나 당신에게 있는 영적 능력으로 보아 가능할 것 같다는 생각이 들었습니다. 제 몸주의 뜻도 그렇고요."

"무, 무슨……."

"당신, 예지몽의 능력을 가졌다고요?"

"……."

"그 예지몽의 한계는 어디까지입니까? 하루, 일 주? 아니면 일 년?"

"그건……."

"내 몸주께서 진정한 예지몽을 보여 드릴 겁니다. 당신의 미래!"

"……?"

"시작하지요."

미류가 두 손을 들었다.

그러자 푸른빛이 아우성을 치며 휘돌았다.

지금까지 그 어느 때보다고 강력한 빛무리였다. 빛 사이로 박순길의 미래가 보였다. 미류의 미래안이 작렬한 것이다. 자신의 미래를 본 그녀는 정신 줄을 놓고 말았다.

"복채는 내가 접수하겠습니다. 봉황을 못 맞춘 것은 아니니 이의 없겠죠?"

미류가 묻자 그녀는 어찌어찌 겨우 고개를 끄덕였다.

"당신은 '황'의 날개를 잡았습니다. 그러나 그 황은 아직 세상을 얻을 시기가 아닙니다. 하지만 나중에라도, 그 황을 조종하려 해서는 안 됩니다. 당신에게 무속인의 기질이 조금이라도 있다면 황이 강한 사주에 눌릴 때에만 도움을 주십시오. 아니면 당신은 방금 본 염화지옥의 미래를 피할 수 없을 겁니다."

"으……."

"한 가지 덧붙이면 작대기를 조심하세요. 당신이든 남편이든 딸이든… 모두……."

"……."

"오늘 일은 피차없던 것으로 하지요. 혹 서로 다시 보게 되더라도 말입니다."

미류는 할 말을 끝냈다.

돌아선 미류는 신단 앞에 좌정을 했다.

그 뒤로 우뚝 선 전생신의 삼색도가 명부의 위세를 뿜고 있었다. 그것은 박순길이 범접할 수준이 아니었다.

그녀는 기어서 신당을 나갔다.

배주하…….

미류는 박순길이 모시는 '황'을 염려했다. 저런 가신이라면 쳐내면 좋으려만… 의지하면 안 되려만…….

궁금하던 사람이었지만 오히려 맥이 풀렸다. 영매의 능력을 과시용으로 쓰는 자, 그 앞에 놓인 것은 파멸밖에 없었다. 박순길이 미래에 '반드시' 만날 그 길이었다.

"이런 사이비 이단 놈, 이분이 누군 줄 알고!"

박순길이 기어 나가자 남자 둘이 들어와 엄포를 놓았다. 한 사람은 목사로 보였다.

"남 탓하기 전에 고추 관리나 잘 하시죠. 보아하니 눈물을 찔끔거리는 것 같은데."

미류의 시선은 목사의 사타구니에 있었다.

거기 서린 사기가 강력했던 것. 보아하니 성병에 걸린 게 틀림없었다. 찔끔한 목사는 다른 남자와 함께 박순길을 부축해 나갔다.

"당신 몸조심해."

그래도 남자라고 허세는 잊지 않았다.

목사…….

목사 중에도 정권에 붙는 사람은 있었다.

미류는 그를 위해 합장을 했다. 부디 그가 여신도를 건드린 것은 아니기를. 부디 그가 헌금을 제 돈으로 알아 유흥업소 화장실에서 나가요걸과 즉석 접속을 한 것은 아니기를……

똥 기저귀 아이템 어때요?

다음 날, 새벽부터 폭우가 내렸다. 마당에 떨어지는 빗소리가 좋았다. 비는 땅의 허물을 씻어간다. 씻을 뿐만 아니라 땅으로 흡수해 생명을 꽃피운다.

'후우!'

석채도가 완성되었다. 연주에게 줄 선물이었다.

그녀가 모시는 주신은 업왕대감. 그러나 그녀 역시 한 몸주만 받은 것은 아니었다. 오방장군이 있고 칠성님이 있으며 대신할머니와 용궁산신동자가 있다.

그렇기에 그 무신도를 다 그린 미류였다. 신당을 꾸미는 판에 주신 하나만 그릴 수는 없는 일이었다.

숨을 돌리며 오늘의 일정표를 보았다. 예약은 여전히 많았다. 그러나 오후는 비었다. 정 시장이 부탁한 거물들 때문이었다.

기도를 마치고 거실로 나왔다. 그때 궁천도인에게서 전화가 들어왔다.

—통화 가능하신가?

그가 물었다.

"그럼요."

—실은 상의할 게 있어서…….

"말씀하시죠."

미류는 핸드폰을 반대 손으로 바꿔들었다.

—시간 가능하면 손님 한 분 봐주셨으면 해서…….

"제가요?"

—나한테 온 손님인데 사주와 운이 영 맞지를 않네? 사연이 구구해서 그냥 무시하기도 그렇고…….

"그런 사람을 제가 볼 수 있겠습니까?"

—겸손하시긴… 미류 법사는 전생점의 대가시니 그게 손님의 숨통을 틔게 할 수도 있을 것 같아서 말이야.

"그럼 일단 보내보시죠 뭐."

—정말이지?

"어쩌겠습니까? 도인님 부탁이신데……."

—하핫, 도인은 무슨… 나는 미류 법사 신아들이라니까.

"자꾸 그러시면……."

—그나저나 프랑스까지 진출하셨던데 이러다 지구를 다 섭렵하시는 거 아닌가 모르겠어?

"우연히 기회가 온 것뿐입니다."

—아니야. 덕분에 무속의 이미지가 좋아지니 얼마나 다행인지 몰라. 그래서 말인데 전에 법사가 말하던 사회봉사 말이야. 우리도 그거 한번 해볼까?

"사회봉사요?"

―법사가 있는 쪽에 점집 골목이 특화가 되어 있으니 이벤트 축제 같은 거 어떨까? 주말 같은 날 가까운 공원에서 굿판 전통 한마당 열면서 무료 점사로 취업이나 개업, 궁합 같은 거 봐주면…….

"좋지요."

―방송 보니까 연주 씨인가? 그런 정도 공연이면 큰 거부감도 없겠더라고. 아, 굿판도 음산한 공수만 안 내리면 그냥 전통 춤이잖아?

"도와주실 건가요?"

―당연하지. 선무당 주제지만 법사께서 콜하면 염라국 출장도 오케이야.

"그럼 한번 추진해 보겠습니다."

가뜬하게 전화를 끊었다.

그러고 보니 까마득히 잊고 있었다. 점사를 통한 사회봉사. 삼재를 막아주고 취업을 돕는 이벤트를 벌인다면 무속의 이미지 개선에도 좋을 일이었다.

미류는 당장 타로를 찾아갔다. 옥수부인과 꽃신선녀, 철학원장도 불렀다. 그들도 슬슬 미류를 공감하던 차였다.

"콜!"

미류의 제언은 그대로 통했다.

"기왕이면 시에 협조를 받자고. 하다못해 천막 같은 거라도 지원해 주면 다홍치마잖아? 미류 법사가 방송국 잘 아니까 그쪽 통해서 한번 밀어붙여봐."

원장이 말했다. 나쁜 일이 아닌 것 같아 미류가 수락을 했다.

신당으로 돌아와 구청에 전화를 했다. 대신 방송국을 팔았다. 이벤트를 하면 취재를 나와주겠다는 약속을 받은 까닭이었다. 구청은 흔쾌히 수락을 해주었다. 큰돈 드는 일이 아니면서 구청 홍보가 되는 것이니 양자의 이해관계가 맞은 것이다.

비 오는 날 첫 손님은 아저씨였다. 몰골이 형편없이 삭았다. 어찌 보면 흡사 몽유병자를 보는 듯한 모습이었다. 미류는 그의 운명창부터 열었다.

[가정운 下下 04%]

[재물운 下中 15%]

[건강운 下上 21%]

세 창까지 열고 그만두었다.

볼 것도 없이 삶에 지치고 지친 고단한 인생의 주인공이었다. 영시를 통해 가정창을 보았다. 그 운이 바닥이었으니 나머지 운은 거기서 비롯되었을 가능성이 컸컸다.

[婦]

아내를 의미하는 婦자가 보였다. 하지만 생기가 없었다. 죽었다는 의미였다. 후우, 한숨을 감추며 건강을 살폈다.

[肝]

간이 보였다. 여름날 상한 생선처럼 아예 문드러지는 형상이었다. 애간장이 녹는다는 말의 표본 같았다.

"아내 때문에 오셨군요?"

미류가 운을 떼었다.

"예, 예……."

남자가 고개를 숙였다.

목소리에도 피로가 가득했다.

"집을 나갔나요?"

미류는 짐짓 질문을 이어갔다. 결과는 알고 있지만 남자의 심정을 모르는 상태. 지나치게 앞서갈 필요는 없었다.

"예, 그놈의 여편네가……."

"두 달쯤 되었네요?"

"예, 맞습니다. 이틀만 있으면 딱 두 달이에요."

"사이가 안 좋은 건 아닌 거 같은데……."

미류가 고개를 들었다.

남자의 전생령 때문이었다. 부부는 전생연이 있었다. 둘은 전생에 두부로 인연을 맺었다. 둘 다 남자였지만 우정이 남달랐다. 그 호의를 안고 태어나 이 생에서 다시 만났다. 남자는 전생에 두부 공장 주인이었고, 아내는 그 두부를 사다 파는 사람이었다. 주인은 보증금이 없는 친구에게 물건을 그냥 내주었다. 한 번은 친구가 도랑을 건너다 두부를 엎었다. 또 한 번은 돈을 떼어먹혀 주인에게 두부값을 갚을 수 없었다. 그래도 주인은 친구를 밀어주었다.

결국 뚝심으로 신용을 이룬 친구는 주인의 빚을 다 갚고 매상도 최고로 올려주는 사람이 되었다. 둘은 큰 대과 없이 살다 그 생을 마감했다.

이 생에서는 부부로 다시 만난 두 사람.

두부를 떼다 팔던 전생을 가진 아내는 남편의 고마움을 본능으로 간직하고 있었다. 그래서 남편 공경도 남다르던 둘이었다.

"다들 우리를 잉꼬라고 불렀지요."

설명하는 남자의 눈에 눈물이 서렸다.

"그런데 제가 간암 판정을 받은 이후로……."

간이 나왔다.

썩어가는 간… 간암이 원인이었던 것이다.

이때부터 여자가 변했다.

남자 몰래 외출하는 시간이 많아졌다. 통장의 잔고도 알게 모르게 줄어들었다. 몸에 좋다는 물약을 가져오기도 했지만 잠자리는 거부했다. 그렇다고 바람이 난 것은 아닌 것 같았다. 그게 더 미칠 것 같았다.

남자는 아내를 미행하기 시작했다.

아내가 다니는 곳은 이상한 단식원이었다. 인간 세상에서 물든 찌든 때를 다 짜내고 인간 본성의 순수로 돌아간다는 곳이었다. 그리하여 우주의 기를 채우고 궁극에는 인류 종말의 비극에서 구원을 받는다는 말도 들었다. 한 번 가면 짧게는 이틀에서 보름도 있었다.

'사이비 종교에 빠졌구나.'

남자는 직감했다.

통장에서 빠져나간 돈을 추궁하다가 그런 기미를 차린 것이다. 여자는 아무것도 묻지 말라고 했다. 딱 666일, 그만큼만 기다려 달라고 했다. 그렇게 되면 병원에서도 포기한 남자의 간암이 낫는다는 것이었다.

한번은 여자가 가져온 물약을 먹고 구토를 했다. 여자가 단식원에 간 사이였다. 응급실에 실려갔더니 그 약에 문제가 있다고 했다. 멋대로 만든 것이라 더 복용하면 큰일이 난다는 말도 나왔다.

"딱 한 번만, 딱 한 번만 나를 믿어주세요!"

며칠 후에 돌아온 아내는 손이 발이 되도록 빌었다.

지금까지 자신을 위해 살아온 아내였다. 그 모든 것을 간암에 걸린 책임으로 생각하고 한 번 더 눈감아 주었다.

이후로 아내는 다시 돌아오지 않았다.

통장에 남은 2천만 원도 같은 날 인출되었다. 더욱 놀라운 건 전세계약서를 담보로 1억 대출까지 받았다는 사실이었다.

황당무계!

남자는 어이가 없었다.

결국 경찰을 동원해 단식원을 찾아갔다. 아내는 거기 없었다. 뿐만 아니라 애당초 그런 사람은 없다는 말이 돌아왔다. 여러 직원들도 한결같이 고개를 저었다.

"정신감정을 한번 받아보시는 것이⋯⋯."

단식원장이 남자에게 한 말이었다.

남자는 그에게서 이상한 예감을 느꼈다. 원장과 아내의 관계가 느껴진 것이다. 그것은 사랑하는 여자에 대한 남자의 예감이었다.

원장이 경찰과 대화하는 사이에 몰래 단식원을 뒤졌다. 곳곳에 투박한 청동 코팅상이 보였다. 제풀에 지친 남자, 석고상에 기대 한숨을 쉬었다.

이럴 수는 없었다. 그렇게 사랑하던 아내가 왜?

왜?

죽었을까?

"경찰에서는 뭐라고 하나요?"

"그게 뭐⋯ 엉뚱한 사람 의심하더라고요. 내가 몸이 안 좋으니 여자가 다른 남자랑 눈 맞아서 돈 챙겨서 튄 거 아니냐고⋯⋯."

'허얼⋯⋯.'

"아내가 단식원에 자주 가다 보니 몇 번 언쟁 높여 싸웠거든요. 그걸 이웃에서는 부부싸움으로 알고 증언을 한 모양이더라고요."

"⋯⋯."

"한번은 제 꿈에 아내가 나타났는데 머리를 다 풀어헤치고는 미안하다고 그래요."

"⋯⋯."

"그래서 이놈의 마누라가 진짜 누구한테 사기를 당하고 죽은 건지 아니면 내가 가망이 없을 것 같으니 다른 놈과 눈이 맞아서 튄 건지 궁금해서……."

"단식원이 머나요?"

"그렇게 멀지는 않습니다. 하남에 무허가로 만든 거라 여기서 차로 30분이면……."

"부인은 거기 있습니다."

미류, 아끼던 말을 꺼내고 말았다.

"예?"

"단식원에요. 제 영시에는 그렇게 보이네요."

"그럼 역시 단식원 원장인지 총감인지 라는 놈이랑 눈이 맞아서?"

"총감요?"

"뭐 하늘과 대화를 한다나요? 하늘에서 신빛이 내려오는 날이면 신이 된다고……."

"그건 확인을 해봐야 할 것 같습니다."

"하지만… 경찰과 제가 수색을 해도 흔적도 없었어요. 잠시 산으로 튀었었나?"

"그렇지 않습니다."

"법사님!"

"오늘은 제가 예약 때문에 어쩔 수 없고 내일 다시 오십시오. 기왕이면 경찰도 필요할 것 같군요."

"경찰은 단순 가출이라며 저를 의심하는 판인데……."

"아무튼 내일 오후에 오시기 바랍니다."

"알겠습니다. 그럼 내일……."

남자를 꾸벅 인사를 두고 신당을 나갔다.

"······!"

미류는 잠시 마음을 가다듬었다. 한 번 더 영시를 확인했다. 여자
는 죽었다. 그러나 먼 곳은 아니었다.

'단식원······.'

그곳이 틀림없었다.

차 한 잔을 마시며 여유를 가졌다. 다음 손님은 바로 정 시장이
소개한 사업가 차례였다.

"법사님!"

마침내 봉평댁의 기척이 들어왔다.

"사장님이 모셔 오라기에······."

사업가를 대신해서 방문한 사람은 비서 실장이었다. 미류는 그가
가져온 차에 올랐다. 차는 청량리를 지나 신설동 언저리에서 멈췄다.

"어서 오세요!"

사무실에 들어서자 중후한 사업가가 미류를 반겼다. 그의 옆에는
미녀가 한 사람 있었다. 그의 외동딸이었다.

"정 시장님께 말씀 많이 들었습니다."

사업가의 이름은 공진묵.

한때는 굴지의 의료장비회사와 버터회사를 경영하던 사람이었다.
그러나 두 산업은 고전하게 되었다.

의료장비를 고급화했지만 세계시장에서 인지도가 낮았고 버터 역
시 소비가 급감하면서 고전을 하고 있었다.

"시장님 말씀이 법사님께서 사람 가려운 곳을 귀신같이 긁어주신
다기에······."

"귀신이 긁으면 영상조파(影上爪爬)가 되는 것이 시원할 리 없지요."

미류는 며칠 전 본 글을 인용했다. 영상조파는 그림자를 손톱으로

긁는다는 뜻으로, 회장의 말을 가볍게 받은 것이다.

"허헛, 법사님이라 과연 조크도 품위가 있군요. 아, 참! 이쪽은 제 여식입니다. 이번에 프랑스에서 박사과정을 끝내고 신입사원으로 곧 합류할 예정인데 법사님 이름을 들었다고 인사라도 드리고 싶다기에……."

"아, 예……."

"선일주 회장님 얘기도 들었습니다. 우주항공산업 진출 말입니다."

"예……."

세상은 확실히 좁았다. 선일주 회장의 일까지 알고 있다니…….

"저도 이제 늙었나 봅니다. 제가 의료장비 들고 뉴욕으로 갈 때만 해도 겁이 없었죠. 버터도 마찬가지고요. 그 버터는 네덜란드에서도 팔 자신이 있었습니다. 그런데 평생 직업으로 생각하던 일들이 내리막이니 모든 게 근심덩어리랍니다."

"예."

"이거……."

공 사장이 서류를 꺼내놓았다.

여러 산업에 대한 분석표들이었다. 종류가 많았다. 디지털카메라도 있었고 건강식품, 기능성 식품 분야도 보였다.

"앞으로 디지털카메라산업이 유망하다고 하더군요. 필름 없는 사진기… 국민소득 증가로 건강에 신경을 쓸 테니 그쪽도 뛰어들 만하고… 의료장비와 버터 유가공 기술을 합치고 관련 회사 하나 합병하면 기능성 식품 쪽도 경쟁력이 있을 것 같은데……."

"……."

디지털카메라…….

웃음이 나왔다.

11년 후의 미래에서 온 미류. 그때 역시 디지털카메라가 있기는 하지만 사양길이었다. 스마트폰에 밀려 버린 것이다. 건강식품도 그랬다. 날마다 쏟아지는 건강식품 중에 롱런하는 게 없었다.

남자에게 참 좋은데!

…하는 제품이 나오면…….

여자에게 참 좋은데!

…하는 짝퉁이 뒤를 이었다.

소비자들은 결국, 그게 그거 같아 관심을 잃었다. 어쩔까 싶을 때 딸의 가방에 꽂힌 잡지가 보였다. 비피더스와 유산균에 관한 특집기사였다. 딸의 관심일까? 잠시 생각하는 시간을 벌기 위해 그녀의 전생류을 불러냈다.

"……!"

미류의 눈이 번쩍 떠졌다. 혹시나 싶어 공 사장의 전생류도 체크했다. 그 또한 딸과 유사한 전생이 있었다. 굳었던 미류의 표정이 비로소 살짝 펴졌다.

"어떻습니까? 디지털카메라… 저하고 궁합이 맞습니까?"

"사장님!"

관련 서류를 보던 미류가 고개를 들었다.

"예, 법사님!"

"지난 두 산업… 큰 성공은 하지 못하셨죠?"

"뭐 그렇긴 합니다. 성공한 축에는 들었지만……."

"혹시 똥 좋아하시지 않으세요?"

미류, 느닷없는 말을 꺼내 들었다.

"똥?"

사장과 딸의 눈이 동시에 휘둥그레졌다.

"네, 똥 말입니다."

"법사님!"

"농담이 아니고요… 좋아하시지요?"

"아빠, 똥 좋아하잖아요? 선웅이가 기저귀에 똥 싸면 냄새 구수하다고 맡기도 하고……."

딸이 끼어들었다.

"야, 그건……."

"우리 아빠 똥 좋아하는 거 맞아요. 공원에서 개똥을 보면 손으로 집어서 버리기도 하거든요. 손자 똥도 맨손으로 만지고요."

"따님도 그렇죠?"

"뭐 저도……."

딸이 말끝을 흐렸다.

"그럼 이 사업들 말고 똥 공장 한번 차려보시는 게 어떠실지요?"

"지금 뭐라고 하셨습니까? 똥 공장?"

"예!"

"아니, 이 사람이 지금 장난을 하나!"

미류의 말을 들은 사장이 자리를 박차고 일어섰다. 하지만 미류는 눈썹 하나 까딱하지 않았다. 미류 법사, 무슨 똥배짱으로 똥 얘기를 꺼내는 걸까?

똥!

누구도 좋아하지 않는다. 하지만 똥으로 먹고 사는 동물도 있다. 말똥구리와 쇠똥구리가 그렇다. 그들은 평생 소똥이나 말똥을 굴리며 산다. 그들에게는 보물이다.

얼마나 보물일까? 고전을 보면 쇠똥구리는 그들의 쇠똥 자랑하기를 여의주를 부러워하지 않는다고 한다. 주체성 한번 대박이다.

과거에는 똥도 산업이었다.

똥지게로 퍼다 밭에 뿌린 것이다.

똥은 밭에서 거름이 되었다. 궁궐에서도 이 똥으로 먹고 사는 궁인들도 있었다. 이른 바 임금의 매화틀을 관리하는 궁인들이다. 매화틀은 임금의 이동식 화장실이다. 거기 앉아 볼일을 보면, 궁인들은 의원들과 함께 똥을 분석해야 한다. 양은 어떠신지, 색은 어떠하신지, 냄새는… 그것으로 왕의 건강을 내다보았던 것이다.

그러던 똥!

이제 거름으로서의 지위도 상실했다.

똥을 뿌린 채소밭에 가면 똥독이 오르기 때문이었다. 똥독은 무엇일까? 그건 편충이 주범이다. 채소밭에 뿌려진 똥에서 부화한 편충 알들이 채소에 붙어 있다가 사람이 들어가면 달라붙는다.

아무튼 똥은 이제 재수 없음의 상징이다.

누구든 개똥이라도 밟아보라? 하루 종일 찜찜한 기분 버릴 수가 없는 것이다. 그런 똥일진대 재벌급에 속하는 기업가 앞에서 똥 공장이라니?

사실 미류는 첨단 가전이나 스마트폰산업을 권해보고 싶었다.

스마트폰!

앞으로 몇 년 후면 출시가 된다. 지구를 뒤집어놓는다. 인간의 모든 일상을 바꾸어 버린다. 하지만 공 사장의 여력은 조금 모자랐다. 그쪽이 주력이 아닌 까닭이었다.

"진정하시죠. 실은 사장님의 전생 때문에 드린 말씀입니다."

미류가 나지막이 소견을 피력했다.

"내 전생이라고요?"

"일단 보시고 이야기를 계속하는 게 좋을 거 같은데 어떻게 생각하십니까?"

"으음……."

공 사장은 화를 누그러뜨렸다. 이 시대 최고의 전생 감응 능력을 가졌다는 미류였다. 그 전생을 보면 누구든 삶을 돌아보고, 관조하며 신묘한 이적에 넋이 나간다는 전생 감응…….

"그러시죠."

공 사장은 응할 수밖에 없었다.

잘나가는 기업가와 정치인들이 인정한 미류 법사였다. 그런 사람이 똥 이야기를 했다고 내칠 수도 없는 일이었다.

"따님도 같이하세요."

미류가 딸을 바라보았다.

"저도요?"

"아버지의 전생… 따님도 볼 수 있거든요."

"정말요?"

"반대로 당신의 전생을 공 사장님도 볼 수 있습니다."

"어머!"

"두 분의 전생에도 연이 있습니다. 그러니……."

"어머, 괜히 막 떨려요. 그러잖아도 친구들이 저에게 전생에 한의원 약탕 담당자였을 거라고 놀리곤 했는데……."

"사장님은요? 혹시 전생이 있다면 무엇이라고 생각하셨습니까?"

"마당쇠?"

"왜죠?"

"일밖에 몰라서 그렇습니다. 신혼 때도 휴일에 출근한다고 마누라에게 욕 좀 먹고 살았죠."

"이리 가까이 오세요."

미류는 두 사람 가운데에 자리를 잡았다.

"눈을 감고 마음을 편안히… 전생 감응은 하나의 편안한 꿈이라고 생각하시면 됩니다."

미류가 말하자 둘은 얌전하게 지시에 따랐다. 시작은 공 사장이었다. 그 머리에 뜬 전생륜에서 감응을 시작했다.

똥지게가 보였다.

나무로 만든 똥지게에는 마른 똥이 더덕더덕 묻어 있었다. 상투를 튼 노인이 나와 지게를 지었다. 하지만 위태로워 보였다. 허리를 삐끗한 바람에 옆구리가 결리는 것이다.

"아버지, 오늘은 제가 할게요."

그 지게를 떠꺼머리 소년이 잡았다. 십 대의 순박한 소년, 그가 바로 공 사장의 전생이었다. 소년은 지게를 받아 궁궐로 달렸다. 궁인들의 처소에서 똥을 퍼담았다.

"아유, 냄새!"

예쁜 궁인들이 지나면서 코를 막았다.

"이놈아, 덮개 좀 덮고 다녀라."

내시들의 똥을 풀 때는 그들이 핀잔을 주었다.

소년은 히죽 웃으며 달렸다. 사람들은 인상을 찡그렸지만 소년은 달랐다. 자기들이 싼 똥을 왜 저렇게 타박하는 걸까?

인체에서 똥보다 착한 건 없었다.

만약 똥이 안 나오면 어떻게 되는 걸까? 두말할 것도 없다. 제 아무리 예쁜 여자라도 열흘 이상 똥을 못 싸면 바로 천국행이었다.

'또 누가 속병에 걸린 모양이네?'

냄새를 맡으면 궁인들의 변화도 알았다. 그 짐작은 틀리지 않았다. 한번은 심한 냄새에 소년마저도 코를 막았다.

'누가 곧 죽겠어!'

이틀 후에 상궁 하나가 죽어나갔다. 급성 속앓이에 걸린 상궁이었다. 이처럼 소년은 똥을 퍼도 생각이 달랐다. 늙은 아버지를 돕는 일이었다. 집에 쌀이 생기는 일이었다. 그러니 즐겁지 않을 수가 없었다.

게다가 더러는 횡재도 있었다.

왕자와 공주의 똥에서 오는 행운이었다. 물론 궁녀들은 왕자와 공주의 똥도 체크를 한다. 그러나 황금 변이 나올 때는 그냥 넘기는 날도 있었다. 한번은 그 똥을 밭에 뿌리다 옥가락지 금가락지를 얻었다. 그걸 팔아 아버지의 약을 샀다.

똥을 나르다 보니 똥 처리법도 알았다. 되직하고 묽은 것에 따라, 색깔에 따라 쓰임새를 알게 된 것이다. 어떤 것은 채마밭에 뿌리고 또 어떤 것은 묵은 땅에 뿌렸다. 가끔은 집에서 기르는 개와 닭의 먹이도 되었다.

이래저래 똥은 소년에게 황금이었다. 물렁물렁한 황금······.

소년은 성실했다.

천민으로 태어났기에 주제를 알았고 자기 일에 충실했다. 남들은 더럽다고 손가락질을 하는 똥이지만 그에게는, 금가락지와도 같았던 것이다.

똥으로 먹고산 인생.

그게 공 사장의 전생이었다.

그런데!

거기 빛나는 반전이 있었다. 똥을 치우러 궁궐에 드나들던 소년에게 잘해주는 궁녀가 있었다.

좋아해서가 아니었다. 어린아이가 똥지게를 지고 다니니 측은한 마음에 먹을 것 등을 찔러주었다. 그 궁녀가 바로 임금님의 매화틀을 담당하는 지밀나인이었다. 말하자면 그녀의 직무 역시 똥이 본업이어다.

한번은 소년이 똥지게를 지고 가다가 자신의 발에 발이 걸려 똥통을 뒤집어쓰는 일이 생겼다. 다들 코를 막고 달아났지만 궁녀만은 달려와 소년을 도왔다. 소년의 얼굴에 묻은 똥을 저고리 소매로 닦아주었다. 그날 소년은 울었다. 창피해서가 아니라 고마워서 울었다.

다음 날, 아침 일찍 일어난 소년은 남산골로 달려가 밤을 땄다. 주인이 있는 나무이기에 새벽처럼 나서서 떨어진 것을 주웠던 것이다. 밤은 무명천에 고이고이 쌌다.

궁궐에서 궁녀를 만났다.

"괜찮니?"

궁녀가 물었다.

똥을 뒤집어쓰면 똥독에 걸리기 쉽다. 과거에는 편충이 많았다. 다행히 소년은 먹고살라는 건지 똥독이 들지 않았다.

"항아님 잠깐만요."

소년은 작은 샘으로 달려가 손을 씻었다. 다섯 번이고 열 번이고 씻었다. 그런 다음 품에 넣었던 작은 보따리를 꺼내주었다.

"뭔데?"

"밤이에요. 속살이 항아님처럼 예쁘고 맛도 시원해요."

"어머, 그런 걸 어떻게?"

"어제 도와주셔서 제가……."

그러고 보니 소년의 손은 가시에 찔려 상처투성이였다. 궁녀에게 보답할 마음으로 아픈 줄도 모르고 밤톨을 깐 소년이었다.

"고마워. 하지만 다음부터는 그러지 않아도 돼."

"네!"

소년은 똥지게를 지고 달렸다.

궁녀에게 똥냄새를 맡게 하고 싶지 않아서였다. 이후로도 소년은 궁녀를 오래 만났다. 그녀는 상궁이 되었다. 소년도 장가를 가게 되었다. 그 말을 들은 상궁이 예쁜 여자 신발을 선물해 왔다.

"색시에게 주렴."

꽃신은 궁녀만큼 예뻐 보였다. 소년은 꽃신을 안았다. 궁녀처럼 안았다. 사랑해서가 아니었다. 똥이나 치우는 주제에 곧 상궁이 될 궁녀를 넘보는 건 죄악이었다.

'다음 생에는…….'

소년은 허튼 욕심 대신 꿈을 꾸었다.

'저분의 아들로 태어났으면…….'

어머니를 일찍 잃은 소년, 그의 가슴에 들어온 그리움은 그것이었다.

두 개의 감응이 부녀를 교차하며 건너갔다.

똥지게의 소년이었던 아버지. 그 소년의 우상이었던 지밀나인. 그러나 현생에서는 아버지와 딸로 만난 두 사람…….

절경!

미류는 아주 낮은 방울 소리로 감응 종료를 알렸다.

끝!

삶의 끝이 아니라면, 대개 사람들의 반응은 끝 장면에서 커진다. 스포츠 관람이라면 일어나고, 수업이라면 최소한 기지개라도 켜게 마련이다.

하지만 부녀는 서로를 바라볼 뿐 아무 동작도 취하지 않았다. 미류만 일어섰다. 동시 감응을 위해 중간에 끼었던 것이니 비켜주는 것이 예의였던 것이다.

"그러고 보니……."

공 사장의 입이 먼저 열렸다.

"……."

"네가 유치원 졸업 때였지. 그때 처음으로 한복을 입었었는데……."

거기까지 말한 사장은 뒷말을 잇지 못했다.

"저는 꽃신이었어요."

침묵하던 딸의 입도 열렸다.

"아버지가 중국을 다녀왔을 때였죠. 항주의 수공예품 전문점에서 사온 오래된 골동품 꽃신… 왠지 마음에 들어 가져왔다는 그 꽃신……."

"……."

"그걸 보는 순간 기분이 아련했어요. 뭐랄까, 마치 먼 과거로 달려가는 듯……."

"나도 그랬단다. 그 꽃신 가격이 엄청났지만 전 재산을 주더라도 사야만 할 것 같았어."

"아, 중국에서 꽃신을 사오셨다고요?"

미류가 부녀 대화에 끼어들었다.

"예… 골동품 거리를 걷는데 느닷없이 눈에 띄길래……."

"혹시 좀 볼 수 있나요?"

"사진은 있어요."

딸이 핸드폰을 열었다. 거기 꽃신 사진이 있었다.

"잠깐만요!"

미류는 다시 딸의 전생령을 만났다.

그녀가 구한 꽃신 장면이었다. 그 꽃신의 출처는 중국이었다. 중국 사신이 조선의 왕실에 선물로 주고 간 것이었다. 그러나 왕비와 공주의 발에는 맞지 않았다. 그래서 왕비가 지밀나인에게 선물로 주었다. 나인의 발에도 맞지 않았다. 결국 소년에게 넘어갔다.

미류의 체크는 공 사장에게로 건너갔다.

소년은 자신에게 시집을 온 색시에게 신발을 주었다. 꼭 맞았다. 천한 신분이라 애지중지하며 신었지만 결국 떨어져서 버리고 말았다. 그렇다면 그 전생의 신발은 아니었다.

'아!'

그제야 알았다.

바로 그 신발은 아니었지만 그 신발을 만든 사람이 만든 신발이었던 것이다. 덕분에 두 사람의 마음에 잔잔한 파문이 일었던 것이다. 전생, 소년과 궁녀로 맺었던 인과에 대한 전생…….

"그러고 보면 아버지, 법사님 말씀이 일리가 있는 것 같아요."

마음의 정리가 끝났는지 딸이 잡지를 뽑아들었다.

"보세요. 지금 관심을 받고 있는 비피더스균이거든요. 모유를 먹는 아이들 장에 많은 균인데 이게 많으면 아이들이 건강해진다는 연구가 나오면서 세계적인 유제품회사들이 속속 관심을 가지고 있어요."

"그건 나도 들었다만 비피더스는 공기에 노출되면 바로 죽는 데다 우유에서는 잘 자라지 않아서 상품화가 어렵다는 보고를 받았다."

"하지만 방법이 없는 것은 아니에요."

"방법이 있다고?"

"죄송하지만 아버지의 전생은 '똥퍼'였고 제 전생은 '똥봐'였잖아요. 아버지는 똥지게로 똥을 날랐고 저는 왕족의 똥을 관찰했으니까요."

"그렇기는……."

"아버지의 사업은 늘 중간이었어요. 열정을 퍼부었는데도 중간인 건 무슨 까닭일까요?"

"……"

"방향이 맞지 않은 거죠. 무속 같은 것으로 말하면 궁합이 안 맞은 거 아니겠어요?"

"으음……."

"제가 불가리아 연구소에 1년간 교환 연구를 갔을 때 들은 말인데 아까 말한 단점을 보완하는 방법이 있기는 있다고 했어요."

"그래?"

"다만 좀 더러워요."

"……?"

"좋은 비피더스균을 연구하려면 방금 싼 아이들 똥을 수거해야 해요. 많을수록 좋아요. 그걸 연구하면 상품성이 가능한 균을 얻을 수 있어요."

"그래?"

"물론 쉽지 않대요. 그래서 유럽의 유제품회사들도 선뜻 결정을 못하고 있더군요. 하지만 아버지와 저는 똥 친화력이 있잖아요?"

"허헛! 똥 친화력이라?"

"앞으로는 면역력 강화 제품의 시대가 온다고 했어요. 유산균은 면역력도 키워주니 기능성 식품과도 부합해요. 다만 이 일은 적어도 3대의 연구 시간이 필요하다는데 우리가 딱 3대잖아요?"

"응?"

"전생에서 1대, 아버지가 2대, 아버지보다는 제가 확률적으로 오래 살 테니 3대……."

"……!"

"그러니 우리가 유럽과 미국을 뒤집어봐요. 아빠의 꿈이 그거잖아요? 맨날 그 사람들 제품 사다가 좋은 일 시킨다고… 진짜 기업가라면 한국 제품으로 유럽과 미국을 장악해야 한다고……."

"유럽 장악이라……."

"우연인지 제가 이번에 낸 논문이 바로 〈Th1 활성화 방법에 관한 고찰〉이에요."

"그게 이 일과 연관된단 말이냐?"

"전생 때문이었나 봐요. 대체 무슨 논문을 내야 하나 고민하는데 똥 생각이 나잖아요? 다들 피하는 주제라서 한 방에 통과될 걸로 확신했거든요."

"오!"

"간단히 말하면 프로바이오틱스에 속하는 유산균은 면역력 강화에 효과가 있다는 건데… 일부 유산균이 바로 그 Th1세포를 활성화하는 작용을 하거든요. 이 두 가지를 합치면 유럽 먹을 수 있어요."

"법사님!"

공 사장이 환한 미소로 미류를 바라보았다.

"두 분께서 답을 얻으신 것 같으니 저는 달리 할 말이 없습니다."

"오오… 전생… 전생이 고민을 일거에 해소해 주다니……."

"그럼 두 분은 새 사업에 대해 말씀 나누십시오. 저는 이만……."

미류가 일어섰다.

"이거 받아주시죠."

공 사장이 봉투를 내밀었다. 한 장이 아니고 두 장이었다.

"솔직히 인간이다 보니 긴가민가하는 마음이 있었습니다. 그래서 성의만 표시했는데 전생을 보고 나니 머리가 확 뚫리는 것 같네요. 더구나 딸에 대한 애틋함과 동경심 같은 것에 대한 기원까지 알게 되었으니 양심상 그대로는 못 드릴 것 같아서……."

"고맙습니다. 추가 복채는 좋은 일에 보태겠습니다."

"앞으로도 제 사업에 많은 조언 부탁드립니다."

공 사장과 딸은 현관까지 따라 나와 거푸 고마움을 전해왔다.

갈등!

누구든 인생 속에서 안개를 만난다.

어느 쪽으로 가야 할지 감이 오지 않는다. 그때 누군가 바른길로 빛을 비춰주면 얼마나 좋을까? 물론 제 복을 차느라 그 길을 마다하는 사람도 있지만 공 사장 부녀는 그렇지 않았다. 그들이 전생에 쌓은 공덕 덕분에 마음이 열린 것이다.

봉투 안에 든 것은 1억짜리 수표 두 장⋯⋯.

'이 돈이면 요양원에 침대 몇 개를 더 넣을 수 있을까? 병실은 몇 개 더 만들 수 있을까?'

생각만으로도 행복한 미류였다.

카르마의 올가미

다음 날, 이슬비가 내렸다.

비를 따라 하라의 노래가 들렸다. 작은 마루에 앉아 노래를 하는 것이다. 하라의 목소리는 비를 뚫고 나간다. 어쩌면 명창의 음을 듣는 것만 같았다.

노래에도 득음이라는 것이 있다.

무속으로 치면 신을 받는 것. 득음을 한 사람이 폭포 아래서 노래를 하면 폭포가 잠잠해진다더니 그럴 것도 같았다. 빗소리는 사라지고 하라 노래만 쏙쏙 꽂히는 것이다.

"엄마, 내 노래 어때?"

두 곡을 마친 하라가 봉평댁을 바라보았다.

"돼지 목 땄냐?"

"엄마!"

"알았다. 제법 듣기는 좋다마는 그걸로 인기 끌겠냐?"

"쳇, 두고 봐. 내가 노래로 성공해서 오빠하고 엄마하고 비행기 사줄 거야."

"뭐? 비행기?"

"그래. 외국에서는 인기 가수가 되면 자기 비행기가 있대. 그 비행기 안에는 침대도 있고 식당도 있고 수영장도 있대."

신당으로 들려오는 소리에 미류가 풋 웃어버렸다.

유명 가수들의 자가용 비행기.

정말 수영장도 있을까?

하라가 고무된 데는 이유가 있었다. 배은균이 다녀갔기 때문이었다.

"희소식이 왔습니다."

배은균은 들떠 있었다.

"혹시 빌보드의 전설로 불리는 기타리스트 에릭을 아십니까?"

모르지!

미류가 웃었다. 미국 음악에 흥미가 많은 건 아니었다.

"이 양반이 대단한 존재거든요. 손만 댔다하면 빅 히트 치는 대박 제조기예요."

"그런데요?"

"하라를 유튜브에서 보았답니다. 아마 프랑스에서 찍어간 걸 본 모양인데 호기심에 끌려 다 찾아보다 방송에서 노래한 것도 본 것 같습니다. 나이는 어리지만 자기 소울 메이트처럼 느껴진다고 같이 음반 작업을 하고 싶다고……."

"그렇게 대단한 사람이에요?"

"말도 못 합니다. 지금 다른 대형 기획사들도 이 소식 듣고 초긴장이에요."

"다 배 대표님 안목 덕분이죠 뭐."

"거기다 보너스!"

"······?"

"그날 지하실에서 법사님이 구해주신 연습생들 있잖아요? 걔들 곡도 전문가 그룹에 들려줬는데 초호평입니다. 이러다가 국내외 시장 싹쓸이할지도 모르겠습니다."

"듣던 중 반가운 소리로군요."

"에릭이 곧 방한한다는데, 법사님 신당에 좀 데려와도 되겠습니까?"

"유명 가수를 왜요?"

"어차피 법사님이 하라 후견인 아닙니까? 듣자하니 그 친구가 무속 분위기 좋아하는 모양입니다. 영감을 얻을지도 모른다는 말도 하고······."

배은균의 말은 거기까지였다.

그 말을 들은 하라는 입이 귀밑까지 찢어졌다. 하라는 에릭을 모른다. 하지만 뭔가 좋은 일이 일어날 거라는 것만은 안 모양이다.

"하핫, 이게 다 귀신 때문이라니까요. 역시 녹음실에서는 귀신을 봐야······."

배은균을 차를 타면서도 흥에 겨웠다. 그날은 공포였지만 지나고 나니 행운이 된 것이다.

하라와 에릭!

미류는 에릭의 영상 화면을 보고 있었다.

나이도 거의 서른 살 차이가 나는 사람. 게다가 생면부지. 그런데 동영상 하나에 꽂혀 하라에게 합작을 제의했다.

'전생연······.'

미류가 생각지 않을 수 없는 일이었다.

노래하는 하라 뒤에서 가만히 확인을 했다. 아직 어린 하라, 혹시라도 악연으로 만나는 거라면 막아주는 게 옳을 것 같았다.

하지만 그건 기우였다.

둘은 먼 전생에서 콤비를 이루던 오페라 가수였다. 둘이 뜨면 공연장이 미어터졌다. 당시로서는 천상의 하모니였으니 황제 앞에 불려 가 공연을 한 적도 많았다.

그렇게 이 생으로 온 두 사람, 유튜브에서 인연이 닿았다. 하라가 큰 가수가 될 거라는 전생신의 공언은 허언이 아니었다. 그는 만인의 전생을 관장하기에 이미 알고 계셨던 모양이었다.

오래지 않아 비가 그쳤다.

예약 점사 둘을 마친 미류가 랜드로버에 올랐다. 정대협 시장의 초청이 있었다. 일종의 전당대회였다. 정치판에 끼고 싶은 생각은 없지만 이미 한 발을 디딘 상태였다.

당사에 닿기 전에 시장에게서 연락이 들어왔다. 중간에서 그를 만났다.

"공 사장 전화를 받았습니다. 기가 막힌 묘법을 얻었다고 좋아하더군요."

작은 공원에서 시장이 말했다. 비 그친 공원에는 사람이 거의 없었다. 담소를 나누기에 나쁘지 않은 장소였다.

"원래 그분 마음에 있던 답에 제가 힌트를 준 것뿐입니다."

"법사님은 그게 마음에 들어요. 늘 겸손하신 것……."

"그게 신제자의 길이지요. 저는 단지 몸주의 말씀을 전하는 것뿐이니……."

"그 여자는 만나보셨습니까?"

정 시장의 시선은 수면에 있었다. 아이처럼 작은 돌을 던져 파문도 만들었다. 파문은 소리도 없이 퍼져 나가다 멈췄다.

그 여자.

박순길 이름이 떠오른 순간이었다.

"신기가 있는 건 맞더군요."

"그렇죠?"

"예지몽에 대해 일가견이 있는 것 같았습니다. 다른 종교인들과의 교분도 있어 보였고요."

"법사님하고는 어떻습니까?"

누가 센데?

시장은 궁금한 눈치였다.

"중요한 일이 아닙니다. 가는 길이 중요할 뿐."

"그렇군요. 초능력자가 국민을 위해 일하면 영웅이지만 살인을 하며 악한이 될 뿐이니."

"하지만 위험한 사람입니다. 호가호위할 가능성이 높아요."

"벌써부터 그런 말이 있습니다. 그 여자를 통하지 않으면 대표와 면담조차 하기 힘들다는……."

"놀랍군요. 정치는 협의이자 조화의 산물인 줄 알았습니다."

"아무튼 확인을 하셨으니 다행이군요. 이 사람도 짐작은 했지만 확신까지는 못하던 일이라서……."

"제가 나름 비방을 쳐두긴 했지만 오래가지 못할 겁니다."

"실은 오늘도 부탁이 있어 따로 모셨습니다."

"……."

"지금 우리 당의 세력 분포를 보면 제가 불리한 게 사실입니다. 지난번에 염 의원의 신뢰를 끌어내 주셔서 조금 나아지긴 했지만 배 대표를 꺾으려면 조금 더 가시적인 세력이 필요하지요. 정치라는 게 원래 이권을 따라 움직이는 불나방 같은 존재들이 많거든요."

"실은… 몸주께서는 정치에 깊이 관여하는 걸 경계하십니다. 민생을 위하는 길이 아니면… 과거 군왕들도 그런 경우가 아니면 비난을 받았던 점을 상기해 주시기 바랍니다."

"이 사람은 나라를 바로잡을 자신이 있습니다. 대권을 잡기만 하면 무속을 비롯해서 소외받는 장애인들과 가난한 빈민들을 위해 전력을 기울일 겁니다."

"예……."

"배 대표에게는 6인방이 있습니다. 그중 한 사람이 내 아킬레스건을 알고 있습니다. 그리 대단한 건 아니지만 상대가 물고 늘어지면 문제가 될 수도 있지요. 그 사람을… 제 편으로 만들 비방은 없을까요?"

"그러자면 저도 그 아킬레스건을 꼭 알아야 합니다. 그래도 되겠습니까?"

"당연하지요. 이 사람은 이미 법사님을 제 그림자처럼 생각하고 있습니다."

"……."

"부탁합니다. 그것만 성사되면 바로 대선 출마를 선언할 생각입니다."

"시장님……."

"무속에 대한 지원도 약속합니다. 법사님이 꿈꾸는 요양원에 대한 지원도 검토 중이고요."

"천강원 씨 말이지요?"

미류가 먼저 이름을 밝혔다.

"알고 계셨습니까?"

시장의 눈이 휘둥그레졌다.

왜 모를까? 그건 이 대선에서 쟁점이 되던 사안이었다.

천강원은 특수부장검사 출신의 율사. 과거 정 시장이 기업을 할 때 협력업체에 대한 갑질 경영과 탈세에 대한 수사를 담당하던 사람이었다. 당시 증인들의 증언이 엇갈리면서 수사가 중지되었지만 경선 과정에서 문제를 삼는다면 치명타가 될 수 있는 일이었다.

"알아보겠습니다."

미류가 답했다.

대권…….

그 길로 가는 과정은 순탄치 않았다.

미래에는 대통령이었던 정 시장. 하지만 여기서 온갖 인과와 정적을 정리하지 않으면 그 미래가 바뀔 수도 있었다. 그나마 홀가분한 건 박순길 때문이었다. 선량한 미소로 호랑이의 위세를 대신 누리는 현몽술사. 그런 여자를 가까이하는 배 대표라면 역시 정 시장이 당선되는 게 낫다는 판단이 선 것이다.

전당대회는 대실망이었다.

논리적이고 합리적인 의견이 오가는 토론 장소가 아니었다. 몇 개의 계파로 나뉘어진 야당은 정권 쟁취의 호기 앞에서 오만을 떨고 있었다. 국민이 아니라 계파가 우선이었다. 그야말로 공개 줄서기의 표본을 보는 것 같았다.

미루는 방청석에 있었다.

제한된 인원만 허락된 방청석이었다. 거기서 박순길을 보았다. 체구가 비슷한 여자와 함께 있었다. 그녀는 열심히 문자를 보내고 있었다. 그때마다 배 대표가 핸드폰을 확인하는 게 보였다.

'미류…….'

미류는 스스로 자기 이름을 불렀다.

'네가 세상을 다 구할 테냐? 일단 구할 수 있는 것부터 구하자.'

스스로를 달랜 미류는 천강원에 집중했다.

그가 단상으로 나섰다.

당 대표와 대권 후보 경선 방식에 대한 열변을 토했다. 결과는 배 대표에게 유리한 방식이었다. 그가 각종 여론 조사에서 부동의 1위였으니 당연한 일이기도 했다.

앞줄의 정 시장이 슬쩍 돌아보았다. 미류를 확인하는 것이다.

집중 좀 해볼까?

미류는 천강원의 운명창을 난폭하게 열어버렸다.

[가정운 中下 32%]

[건강운 上下 69%]

[재물운 上下 67%]

[학벌운 上中 78%]

[애정운 中下 31%]

[명예운 上上 88%]

나쁘지 않았다.

그러나 치명적인 것이 있었다. 바로 명예운이었다. 그의 명예운은 무려 上上. 그런데 뭐가 치명적이냐고? 겉보기에는 미인 같지만 떡칠 화장빨로 감춘 탓에 속이 썩어가는 것이다. 그 명예운에 영기를 쏘았다.

[錢]

돈이 나왔다. 빛이 바래고 구린 냄새를 풍기는 것으로 보아 좀 해 처먹었던 모양이다. 그런데 그보다 더 심각한 게 있었다.

[陋名]

두 번째 영기가 보여준 건 '누명'이었다.

그 줄을 따라 들어갔다. 그러자 장(張)씨 성이 보였다. 나이는 60대 정도⋯ 마지막으로 그의 가슴에 사기(邪氣)가 뭉쳐 보였다. 마치 안개의 창이 꽂힌 것 같은 형태였다.

사음한 안개…….

그건 영가의 원한이 꽂혔다는 증거였다. 이 사람, 분명 악행이 있었다.

미류는 전당대회장에서 나왔다. 시장 차로 가니 비서가 보였다.

"검색 좀 가능할까요?"

미류는 천 의원에게서 읽어낸 것들을 키워드로 넘겨주었다.

60대의 장 씨… 노트북에 단서가 나오지 않았다. 다만 가슴 쪽에 약간의 이상이 있어 진료를 받는다는 기록은 나왔다. 병명은 따로 없었다.

"잠깐만요, 저기 시장님이 오시는군요."

전당대회가 잠시 중단된 모양이었다.

"그런 거라면……."

정 시장이 핸드폰을 열었다. 그가 모처로 전화를 했다. 그러자 미류가 찾던 단서가 튀어나왔다.

"장규태, 당 68세. 10여 년 전에 천 의원이 부장검사로 있을 때 탄원서를 넣은 기업인이라는데요?"

"그분 어디 있는지도 좀 알 수 있을까요?"

"잠깐만요."

다시 시장의 전화가 이어졌다.

"시립정신병원에 있다가 자살을 했다는군요."

"자살?"

"법사님?"

"혹시 묘지는?"

"일산의 납골당이라고……."

"알겠습니다. 제가 좀 가봐야 할 것 같으니 천 의원 동선 파악 좀 부탁드립니다."

미류는 그길로 랜드로버에 올랐다.

일산의 상아공원.

깔끔하고 좋았다. 유명 연예인들이 많이 오는 곳이라고 했다. 정 시장이 손을 써준 덕분에 출입도 어렵지 않았다.

장규태!

그는 2층 안치실에 있었다.

안치실에 들어선 미류는 걸음을 멈췄다. 작은 안치실 안에는 수십 수백의 영가들이 느껴졌다. 동시에 무슨 전시실에 들어선 느낌도 왔다. 경건하고 엄숙한 분위기가 아니라 생전 모습의 전시장을 방불케 하는 까닭이었다.

작은 유골함 칸에는 사진부터 꽃, 인형, 심지어는 고인이 평소에 좋아하던 양주가 놓인 곳도 있었다.

미류의 걸음이 장규태 유골함 앞에 멈췄다.

그의 사진은 흑백이었다. 서너 살밖에 안 된 아이와 찍은 사진이었다. 원래는 칼라였던 사진. 저 홀로 빛이 바랜 것으로 보아 한이 대단한 것 같았다. 일단 합장을 하고 그의 혼을 불러보았다.

─일어나세요.

─당신 한이 있잖아요?

─내 몸주께서 당신을 위해 나를 보냈습니다.

절경!

신방울이 울었다.

절경절경…….

연속해서 울었다. 장규태의 영정이 잠시 일렁이나 싶더니 그의 영가가 희미하게 배어나왔다. 순식간에 실내 분위기가 싸하게 변했다.

―잠시 같이 가시죠.

―이제는 두려울 것도 없잖아요?

미류가 부적을 내밀었다. 장규태의 영가가 부적 위에 올라섰다.

"천 의원 어디 계십니까?"

차에 오른 미류가 시장에게 전화를 넣었다.

―아직 국회에 있어요. 4층 로열층입니다. 뭐 좀 나왔나요?

"잘하면 시장님의 바람대로 될 것 같습니다."

―그래요?

"다만 그분… 시장님 편이 되는 게 아니라 정계를 은퇴하게 될지
도 모릅니다."

―그렇게 심각한 일입니까?

"그 본인의 양심이 결정할 문제죠."

―뭐 불미스러운 일로 인한 은퇴라면 나쁠 거 없지요. 그런 사람
을 측근으로 둔 배 대표 도덕성에 치명타가 될 테니까.

"그럼 이만……."

미류는 인사를 마쳤다.

멀리 여의도가 보였다. 미류는 의원회관 4층으로 향했다. 다행히
제지는 받지 않았다. 방문증 덕분이었다. 그곳은 각 당 지도층들의
자리였다. 천 의원의 위세를 엿볼 수 있는 상황이었다.

"뭡니까?"

문을 열자 천 의원과 회의를 하던 보좌관들이 미류를 바라보았다.

"의원님과 독대할 일이 있어서 왔습니다."

"무슨 일인지 모르지만 의원님은 지금 바쁘십니다. 연락처 남겨주
시면 다음에……."

보좌관은 대놓고 미류를 무시했다.

"장규태 씨 일입니다만!"

미류의 시선이 천 의원을 겨누었다. 전략표를 짜던 천 의원의 귀가 번쩍 띄는 게 보였다.

"당신 뭐야?"

바로 긴장하는 천 의원.

"그분의 말을 전하러 왔습니다. 잠시 보좌관들을 물려주시면……."

"무슨 헛소리를 하는 거야? 내보내."

절경!

보좌관들이 다가오자 미류가 신방울을 울렸다. 그러자 천 의원이 눈을 뒤집으며 목이 뒤로 꺾여 버렸다.

"의원님!"

보좌관들은 의원 쪽으로 방향을 틀었다.

"70억… 역삼동 헤르메스 룸살롱… 이윤서와 핸드폰……."

천 의원의 입에서 기상천외한 목소리가 흘러나왔다.

"의원님!"

소란 속에서 다시 미류가 신방울을 울렸다.

절경절경!

소리와 함께 의원의 눈동자가 제자리로 돌아왔다.

"어쩔까요?"

미류의 신기 어린 공수가 튀어나왔다. 그 소리에는 사람을 옭아매는 힘이 팽팽하게 걸려 있었다.

간신히 숨을 돌린 의원은 보좌관들에게 나가라는 지시를 내렸다.

탁!

문소리와 함께 안에는 둘만 남았다. 상석에 앉은 천 의원과 그 앞에 선 미류였다. 미류는 가방에서 부적을 꺼냈다. 장규태의 영가를 담아온 부적, 바로 〈원귀운반부〉였다.

〈冤鬼運搬符〉

천 의원도 그 한문을 알았다. 법을 공부한 식자이니 당연한 일이었다.

"검사로 계실 때 피의자들 많이 소환하셨죠?"

"당신……."

"장규태 아시죠?"

"……!"

"그분의 영가가 당신에게 할 말이 있는 모양입니다."

"뭐야?"

"방금 의원님 양심 속에 살짝 다녀가셨지요? 예고편은 끝났으니 본편 시작하겠습니다."

쩔겅!

방울 소리가 켜졌다. 미류는 디지털카메라를 꺼내 동영상 모드를 눌렀다.

"지, 지금 무슨 짓을… 어억!"

미류를 제지하려던 천 의원, 다시 목이 꺾여 버렸다.

"이놈, 천강원아!"

소리.

위엄이 가득하던 천 의원을 대신해 뒤틀린 소리가 튀어나오기 시작했다. 미류가 데려온 영가가 천강원에게 빙의된 것이다.

"네 내 억울한 투서를 들어주기는커녕 김학구의 편을 들어 회사를 강탈하고 나를 정신병원에 밀어 넣었지? 내 그 억울함을 견디지 못해 환자복을 찢어 줄을 만들어 목을 매고 죽었다."

천강원은 흡사 좀비처럼 몸을 꼬며 괴이한 소리를 이어나갔다.

"나는 다 알고 있다. 네놈이 기획사 여배우 이윤서를 룸살롱에서 상납받고 내가 오히려 주가를 조작한 것으로 꾸며 횡령과 배임 등의 온갖 혐의를 뒤집어씌운 것… 내가 증거로 가져다준 김 사장의 핸드폰마저 은닉하고 엉뚱한 핸드폰을 내놓아 증거를 인멸한 것… 재판까지 개입해 대학 동기인 판사에게 뇌물을 주고 나를 한정치산자로 만든 것……."

천강원의 손이 제 가슴을 두드렸다. 장규태의 징벌이었다. 그렇게라도 천 의원에게 한을 풀고 있는 것이다.

"그때 네놈, 성병에 걸려 강남의 최고 비뇨기과에서 세 달이나 치료를 받았지. 그 고추 이제는 제대로 서더냐? 어디 한번 볼까나?"

이번에는 천 의원이 바지를 내렸다. 자기 정신이 아니었다.

"내 돈과 내 명예… 어쩔 것이냐? 늘그막에 본 내 아들은 거지꼴로 사는데 내 돈을 취해 선거판에 뛰어든 네놈은 배가 터지도록 처먹으며 대우받고 있구나. 원통하고 원통할지고."

천 의원의 머리가 미친 듯이 뒤틀렸다. 장규태의 한이 폭주하고 있다는 증거였다.

"내 다시는 이 날이 오지 않을 줄 알았으나 하늘이 도와 너를 만났구나. 내 이제 너를 데려가마. 저 염화지옥과 칼산지옥을 데려가 네놈을 태우고 또 찢으리라!"

그 말과 함께 천 의원이 창을 향해 기었다. 물론 그의 의지가 아니었다. 미류, 재빨리 신방울을 울려 장규태 원혼의 폭주를 막았다.

"영가여!"

미류의 공수가 신풍(神風)처럼 울려 퍼졌다.

"법사님……."

"한풀이는 그것으로 되었습니다. 이 영상이 공개되면 천 의원은 응당 처벌을 받게 될 일."

"하지만⋯⋯."

"그렇게 되면 홀로 남은 아들이 곤란에서 벗어나게 될 겁니다."

"이런 놈은 열 번 죽여도⋯⋯."

"그 마음 이해합니다. 하지만 이 사람에게 치명적인 해코지를 하면 당신 아들의 미래도 참담해집니다."

"내 아들?"

"보세요, 두 가지를 보여 드리죠."

미류, 잠시 망부석처럼 멈춘 천 의원의 전생류을 열었다.

거기 장규태를 모함해 전 재산을 가로챈 김 사장이 나왔다. 그가 바로 전생에 천 의원의 은인이었다. 그렇기에 천 의원, 그의 청탁을 거절하지 못하고 그 편을 들었다. 전생에서는 김 사장이 천강원의 6대 독자 아들을 살려준 한의사였던 것이다. 당시 가난한 나무꾼이었던 천 의원, 의원을 찾아가 맹세를 했었다. 아들만 살려주면 자신의 간이라도 꺼내준다고. 그 카르마가 빌미가 되어 이 생에서 악행을 도운 것이다.

어린 아들 때문이었다.

그 전생 다음에 영가 아들의 미래를 보여주었다.

납골당에서 보았던 어린 소년이었다. 어쩌면 천 의원의 전생에 위태로웠던 그 아들 또래. 영가는 자기 아들이 늠름하고 정의롭게 성장한 미래의 모습을 보았다. 아들은 전 세계를 상대로 활동하는 톱 클래스의 기업가가 되어 있었다.

"그 시작도 천 의원입니다."

미류가 정리를 해주었다. 몰락하여 버려진 고아 소년. 친척집에 빌

붙어 있지만 천덕꾸러기였다. 그렇다면 고등학교나 제대로 졸업할 수 있을까? 하지만 천 의원이 가로챈 재산의 일부라도 돌려준다면 다를 수 있었다. 소년의 미래가 미류가 보여준 미래안처럼 될 수 있는 것이다.

"우어어어!"

미류의 설명을 듣고 난 영가, 분노를 참지 못하고 천 의원의 몸을 공중부유시켜 버렸다.

"안 됩니다."

"우워어어!"

"정 폭주한다면 당신부터 다스리는 수밖에!"

미류가 부적을 뽑아 들었다. 이번에는 소멸부였다.

"크악!"

부적을 본 영가가 귀성(鬼聲)을 터트렸다. 그러자 천 의원이 소파 위에 내동댕이쳐지고 말았다.

"당신을 믿겠소. 내 아들을 부탁하오… 그 피붙이……."

영가가 천 의원의 몸에서 빠져나왔다. 미류는 비로소 한숨을 돌렸다.

"후우!"

천 의원은 10분 후에야 깨어났다. 미류는 여전히 그 앞에 선 채였다.

"당신……."

천 의원이 머리를 흔들며 물었다. 꿈이었으면 하는 바람이었을 것이다.

"의원님이 겪은 모든 일, 꿈이 아닙니다."

미류가 원귀운반부를 펼쳤다. 그러자 장규태의 영가가 나른하게 비쳐 보였다.

"……?"

천 의원은 또 한 번 소스라쳤다.

"이걸 보시죠."

미류는 동영상을 보여주었다.

그걸 본 천 의원은 바로 기절해 버렸다. 동영상 안의 정신병자, 아니 정신병자라고 하기에도 모자란 좀비의 행태. 목소리조차 끔찍한 그 사람이 바로 천 의원 자신이었던 것이다. 게다가 그 입으로 말하고 있는 지난날의 범죄들. 공개되기만 하면 매장에 더해 교도소로 직행할 일이었다.

"영가의 소리… 아직 머릿속에 남았죠?"

"으으……."

"그의 바람이 뭔지도 아시겠죠?"

"으으……."

"강탈해 간 재산, 그 아들에게 넘겨주세요. 그 아들의 후견인은 제가 좋은 분으로 지정해 드리겠습니다."

"으……."

"그리고… 아시겠지만 모든 공직에서 물러나 주시기 바랍니다."

"모든?"

"예!"

"언제……."

"당장!"

"……!"

"그렇게 하시면 이 영상은 지워 드리겠습니다. 물론, 이미 제가 아는 방송국 피디님에게 보내긴 했지만 그분은 저를 신뢰하시니 걱정하지 않으셔도 됩니다."

"……."

"그리고… 시간이 나면 납골당에 찾아가 장규태 씨에게 진심으로 사과하고 분향하시기 바랍니다."

"……."

"그럼……."

미류, 말을 줄이며 돌아섰다. 지체 높은 사람들. 그들의 두 얼굴을 보는 건 언제나 역겨운 일이었다.

카르마…….

일반인도 아니고 한 국가를 이끌고 간다는 지도자들. 배울 만큼 배우고 깨일 만큼 깨었다고 선거 때마다 자기 자랑을 일삼는 사람들. 그런데 왜 모를까?

한 사람의 행위는 그의 미래에 반영된다. 즉 현생의 행위들은 내생으로 연결된다. 그게 카르마다. 바로 다음 생이 아닐 수도 있다. 하지만 그 다다음이건, 다다다음이건 끝내 이어지고 연관된다. 그렇기에 매사 바르게 행동하고 분에 넘치는 걸 삼가야 한다.

천 의원은 그 전생에서 자신이 할 수 없는 약속을 해버렸다. 그게 현생에서 잘나가는 삶에 올가미를 드리운 것이다. 미류가 돌아서기 무섭게 그의 운명창은 무섭게 변해 버렸다.

[가정운 中下 32%]

[건강운 中下 35%]

[재물운 中中 37%]

[학벌운 上中 78%]

[애정운 中下 31%]

[명예운 下下 08%]

어쩌면 차차기 대권을 노렸을 수도 있는 야당 계파의 맹주. 그 전생에 던진 주제넘은 맹세로 인해 몰락의 계곡에 추락해 버린 것이다.

지나침은 모자람만 못하지.

개인의 욕심이 아니라 부정(父情)의 간절함에서 비롯된 일이기에 조금은 쓸쓸한 미류였다. 그렇기에 그에 대한 상세한 건 덮어버리기로 했다. 정 시장 또한 그것까지 바랄 것은 아니기 때문이었다.

전당대회가 재개되었다.

조금 늦게 등장한 천 의원은 발언권을 얻어 단상에 올랐단다. 그는 계파 정치의 한계와 정치 염증, 자신의 부족함을 이유로 모든 당직을 내려놓고 차기 공천조차도 신청하지 않겠다는 폭탄선언을 했다.

배 대표의 인상은 우거지로 변하고 정 시장의 인상은 스마일이 되었다.

거기까지 지켜본 미류는 의자에서 일어섰다. 우연인 것인지 배 대표의 박순길도 일어서는 게 보였다.

'똥줄 좀 타겠군.'

미류는 그녀의 썩은 인상을 생각하며 시동을 걸었다. 가는 길에 정 시장의 핫라인 전화가 들어왔다.

―정말 수고하셨소.

시장의 목소리는 후련하게 들렸다.

신당에서 식사를 했다.

봉평댁의 오색 나물 비빔밥이었다. 오방색은 전통의 색이다. 인체의 장기 또한 오방색과 통한다고 한다. 거기에 아삭한 연근 반찬을 씹으면 입안이 청량해졌다. 끝으로 머리가 맑아지는 초석잠 차로 입가심을 하니 개운해졌다.

다음 스케줄을 보았다. 아내의 행방을 찾아달라는 남자가 올 시간이었다.

"오빠, 또 출장 점사 있지?"

하라가 물을 마시며 물었다.

"응."

"하라가 쌀점 쳐줄게."

벌떡 일어선 하라가 쪼르르 쌀통으로 달려갔다.

"저년이… 노래나 하지, 무슨 법사님 운수점이야?"

"피잇, 오빠한테는 내 쌀점이 딱이거든."

신당으로 들어간 하라, 의젓하게 합장을 하고 팔선채를 들었다.

"호이짜!"

한 바퀴를 돌고 쌀을 던졌다. 팔선채에 닿은 쌀들이 토다닥 귀엽게 떨어졌다.

"응?"

쌀알을 내려 보던 하라 표정이 굳었다.

"왜?"

미류가 물었다.

"점사가 숨었어."

"숨었다고?"

"봐봐. 쌀은 보이지만 점사는 없잖아? 눈 뜬 장님처럼 말이야."

"다시 해봐."

"싫어, 괜히 무서운걸."

하라가 몸을 사렸다.

"전생신님이 계시는데 뭐가 무서워? 다시 한 번!"

미류가 쌀알을 쥐어주자 하라는 잠시 주저하다 쌀알을 뿌렸다.

"호이이!"

다시 쌀점이 작렬했다. 하지만 이번에도 하라의 표정은 얼음장처럼 서늘했다.

"점사 안 나와?"

"응."

"노래하느라 힘 빼서 그런 가보다."

"아니야. 오빠 오늘 일진 안 좋아. 가는 길에 귀신투성이야."

"응?"

"눈 말고 마음으로 움직여. 그럼 괜찮을지도 몰라."

"마음?"

"응!"

"오케이, 원래 진짜 신제자는 마음이 최고거든."

"히힛, 역시 오빠는 내 편!"

하라가 안겨왔다. 하얗게 웃으니 보기가 좋았다.

차를 마시면서 손님을 기다렸다. 단식원 이야기를 하던 남자였다. 그는 약속보다 15분을 먼저 왔다.

"제가 너무 빨리 왔나요? 마음이 급해서⋯⋯."

마당에 선 그가 미안한 표정을 지었다. 세찬 비는 아니지만 그대로 맞은 터라 머리가 젖어 있었다.

"경찰은요?"

"오면서 들렀어요. 조금이라도 이상한 게 나오면 출동하겠다고⋯⋯."

남자가 한숨을 쉬었다.

대한민국 경찰.

원래 이렇다.

뭔가 이슈가 되면 난리라도 난 듯 움직이지만 소소한 일들은 가정사로 치부하며 등한시하는 경우가 많았다.

"가시죠."

미류가 랜드로버 문을 열었다.

"아유, 제가 택시로 모셔야 하는 건데……."

"괜찮습니다."

미류는 그를 태우고 문을 닫아주었다.

푸륵!

"……?"

시동이 걸리지 않았다. 뽑은 지 얼마 되지도 않은 새 차. 그런데
버벅거리다니. 다시 시도해도 힘이 차오르지 않았다.

"고장인가요?"

남자가 물었다.

"아닙니다. 빗물이 들어갔나?"

다시 시도하자 이번에는 시동이 걸렸다. 차는 천천히 도로에 올라
섰다. 그때 차량 한 대가 미친 듯이 끼어들었다.

"야, 이……."

쌍말이 나왔지만 참았다. 시작부터 찜찜한 출발이었다.

두억시니 환생마

〈천감 천기 단식원〉

하남시에 접어들자 안내판이 보였다. 남한산성에서 가까운 야산으로 접어드는 길이었다.

천감(天感)!

하늘과 통한다는 의미 같았다. 올라가는 길에는 공사가 한창이었다. 아마 단식원을 확장하는 모양이었다.

"처음에는 컨테이너 하나였대요. 그런데 몇 년 사이에⋯⋯."

건물이 늘었다. 어찌 보면 잘 지어진 수련원처럼도 보였다.

"뭡니까?"

입구에 도착하자 아줌마 둘이 물었다.

검은 하의에 노란 상의를 입을 여자들이었다. 그러고 보니 그곳의 복장은 통일이었다. 신도라는 표식이라도 되는 것일까?

"총감님 좀 뵈려고요."

남자가 말했다.

"약속은 하고 왔나요?"

"예, 저도 여기 입소하려고……."

"아이고, 잘 오셨네. 그럼 들어가 보세요. 총감님은 지금 천통굴에 계실 거예요."

여자들이 먼 길을 가리켰다.

"다행히 막지는 않네요?"

"요령이죠 뭐. 보아하니 단식원 입소하려고 왔다고 하면 대환영이더라고요."

건물까지 가는 길은 좁았다.

그 양옆으로 두 개의 청동 코팅상이 보였다. 이곳에서 신을 통했다는 사람들의 상이라고 했다. 하지만 보기 좋지 않았다. 마치 초등학생이 석고를 멋대로 주무르다 세워둔 느낌이었다. 그런데…….

절겅!

옆에 놓아둔 신방울이 저절로 울었다.

'응?'

돌아보는 사이에 차는 언덕에 올라섰다. 거기 친절하게도 안내도가 있었다.

"아내가 저 단식원 앞에서 찍은 사진을 봤어요."

남자가 막사 하나를 가리켰다. 아직 비가 다 그치지 않은 길. 미류가 걸어 막사에 닿았다.

〈제1단식원〉

명패 너머의 창문으로 보니 기 수련을 받는 사람들이 보였다. 주로 여자였지만 적어도 수십 명은 되어 보였다.

"호잇!"

"하힛!"

"후아앗!"

더러 기합도 나왔다.

하지만!

수련원 안은 차마 못 볼 꼴이었다.

그야말로 똥 천지였던 것이다. 그들은 참선자처럼 좌선을 하고 있지만 하나둘 똥을 흘리며 화장실로 기었다. 그러면 다른 사람들이 박수로 찬사를 보냈다.

"누구누구 님이 인생의 부질없는 욕망을 비우고 있습니다."

"모모 님이 탐닉과 쾌락의 죄를 비워내고 있습니다."

짝짝짝!

어이 상실, 냄새까지 나는 터라 막사 주변으로 영시 방향을 틀었다.

"……!"

순간 미류는 머리카락이 삐죽 솟는 걸 느꼈다. 몇 영가의 느낌이 있었다.

"뭔가 느낌이 있나요?"

남자가 뒤에서 물었다.

"아뇨, 그 동굴로 가시죠."

미류가 발길을 돌렸다.

영가의 흔적이 약한 까닭. 그러니 이곳에서 사람이 죽은 것인지 혹은, 먼 이전에 죽은 것인지 분간하기 어려웠다.

〈천통굴!〉

굴 앞에 쓰인 문구도 하늘과 연결이 되었다. 하늘로 통하는 굴이라는 뜻이었다. 황금색 도금이 된 철문은 잠겨 있었다.

절경!

거기서도 신방울이 울었다.

역시 조악한 청동 코팅상 앞이었다. 두 개의 청동상이 흡사 절의 사대천왕이라도 되는 듯 양쪽에 버티고 선 것이다.

"이것도 천공을 깨달은 사람들의 상인가요?"

미류가 물었다.

"그렇겠죠?"

"문 두드려 보세요."

미류가 말하자 남자가 철문으로 다가섰다. 하지만 남자는 철문을 두드리지 못했다. 여자 둘이 다가와 제지한 것이다.

"물러서세요!"

50대의 여자들 눈에는 경계심이 가득했다.

"당신들 뭐죠?"

"총감님 좀 뵈려고요."

남자가 대답했다.

"그럼 저쪽 상담실에 가서 기다리세요. 총감님은 지금 신성한 우주와 통하며 기를 받고 있는 중이에요."

"언제 나오시는데요?"

"아침에 들어가셨으니 나올 시간이 되기는 했습니다."

"그럼 여기서 기다리죠."

그 말은 미류가 했다.

여자들이 미류를 노려보았다.

미류는 조용히 그녀들의 운명창을 읽어냈다. 둘 다 가정운이 개판 오 분 후였다. 재물운도 급격히 무너지고 있었다. 총감인지 누구인지에게 가져다 바쳐대는 모양이었다.

"여기 있으면 총감님 기 수련에 방해가 되니까 저쪽 등나무 아래로 가세요."

여자들이 탁자를 가리켰다. 별수 없이 그곳으로 물러섰다.

바로 그때, 진귀한 행진이 시작되었다.

두 개의 단식원 문이 열리며 신도들이 쏟아져 나온 것이다. 남녀 할 것 없이 상의를 벗은 상태였다. 물론 여자들은 브래지어를 찼다. 그나마 다 벗은 사람도 몇 보였다. 그들은 비가 오는 잔디밭에 가부좌를 틀었다. 딴에는 천지의 기를 받는 모양이었다.

총감이 나온 건 그때였다.

두 여자가 철문을 열고 허리를 조아렸다. 그는 제사장처럼 흰옷을 질질 끌고 수련자들 앞으로 걸어갔다.

"총감님이시여!"

수련자들이 상체를 숙였다.

"내 오늘 하늘의 계시를 받았도다. 이제 환란으로 얼룩진 인간의 나라는 멸망의 순간에 다다랐으니 속세의 때를 비우고 우주의 기를 함양하라. 그리하면 멸망의 그날에 그대들을 위한 하늘 길이 따로 열려 천국에 다다를 것이다."

"오오오!"

총감이 다가서자 한 신도가 일어섰다. 총감이 그를 포옹했다. 하나하나 모두가 그랬다.

'어디 보자.'

일단 총감의 전생륜부터 뒤져보았다. 혹시라도 살인귀의 전생을 가졌을까 싶었다.

'응?'

미류가 고개를 갸웃거렸다. 혼란스러운 분위기 때문일까? 전생령이 보이지 않았다.

'이자도 첫 생?'

총감을 두고 동굴 쪽으로 걸었다.

눈짓을 하자 남자도 따라왔다. 동굴 안은 아방궁처럼 보였다. 길은 잘 닦였고 벽에 단장된 대리석을 따라 고가의 등기구가 대낮처럼 밝았다. 안쪽으로 들어서자 작은 샘물이 나왔다. 그 옆으로 신단이 있었다. 신단은 꽤 높았다. 그 신단 주변에는 열 개도 넘는 청동 코팅상이 보였다.

절경절경절경경!

미류가 신단 위로 올라서자 신방울이 미친 듯이 울었다. 기이한 현상이었다. 더불어 미류의 머리도 쪼개질 듯이 아파왔다. 고개를 저으며 영시를 했다.

'영가들이다!'

영시가 폭발적인 반응을 해왔다. 재빨리 돌아보았다. 아무것도 보이지 않았다. 하지만 신방울은 그칠 줄을 몰랐다.

절경절경쩔쩔경!

"……?"

영가, 하나둘이 아니었다.

그런데 대체 어디에?

어디에 있단 말인가?

"법사님!"

남자가 미류를 돌아보았다.

"왠지 무섭습니다."

공포에 질려 몸을 움츠리는 남자. 그럴 만도 했다. 동굴 안의 사음한 음기는 상상을 초월하고 있었다. 여기서 수많은 사람들이 원치 않는 죽음을 맞이하기라도 했단 말인가?

"이거 받으세요. 글자를 뒤바꾸면서 계속 외우시면 두려움이 사라질 겁니다."

미류가 내민 건 이십팔숙진경이었다. 미류는 부적을 꺼내 남자의 등짝에도 붙여주었다.

"각항저방심미기두우여허위실벽규루위묘필자삼정귀유성장익진. 항각방저미심두기여우허위벽실루규위묘……."

남자는 청동 코팅상 앞에 서서 이빨을 다닥거리며 주문을 외워나갔다.

청동상… 이상하게 많았다. 석고를 대충 사람 형상으로 주물럭거린 후에 청동 코팅을 입힌 듯한 것들. 하지만 볼수록 기분은 좋지 않았다.

'대체…….'

미류는 곤두서는 머리카락을 간신히 눌러놓았다.

거의 공동묘지에 버금가는 영가의 흔적이었다. 그러나 보기에는 제법 신성한 신전처럼도 보이는 동굴 안의 구조. 무덤이나 유골 하나 보이지 않으니 환장할 노릇이었다.

문…….

동굴 단식원 벽에는 두 개의 문이 있었다. 미류가 하나를 열었다. 안에는 여러 도구가 있었다. 석회 가루도 보이고 틀도 보였다.

석회 가루…….

총감이라는 청동상 조각을 하는 걸까?

미류는 다음 문을 열었다.

"……!"

미류의 인상이 뭉개졌다.

거기 놓인 건 침대였다. 그냥 침대가 아니라 물침대… 칸막이 뒤에는 목욕조까지 갖춰져 있었다. 침대를 영시했다. 여자들이 보였다. 뒤틀린 아우성이 보였다.

여자들…….

죽었다.

그것도 한둘이 아니었다.

대체 어디에 영가들이 있는 걸까? 흔적은 가득한데 미류는 마치 눈 뜬 장님처럼 무엇도 볼 수 없었다.

―눈 뜬 장님이야!

하라 점사가 스쳐 갔다. 딱 그 꼴이었다.

―눈으로 보지 말고 마음으로 움직여.

다음 말도 떠올랐다. 눈이 아니고 마음… 마음으로 무엇을 볼 수 있단 말인가? 생각에 골똘할 때 남자가 뛰어들어 왔다.

"법사님, 총감이 와요."

"……?"

문틈으로 내다보니 벌써 가까웠다.

그는 늘씬한 20대 초반의 여자 둘을 거느리고 들어섰다. 그리고 피할 사이도 없이 미류가 든 문이 열리고 말았다.

"뭐야?"

총감이 소리쳤다.

"저……."

남자는 기가 죽으며 미류 뒤로 숨었다.

"너 이놈!"

총감이 소리쳤다.

"지난번에 와서 소란을 피운 놈 아니냐?"

총감이 남자의 멱살을 잡아챘다.

"이거 놔요."

남자가 손을 뿌리쳤다.

"당신은 또 뭐야? 같은 패거리?"

총감의 시선이 미류에게 꽂혀왔다.

"이분의 아내를 찾으러 왔습니다."

미류가 응수했다.

"아내?"

"그 사람… 분명 이 단식원에서 죽었습니다."

"미친… 이놈들이 여기가 어딘 줄 알고……."

"영가가 있습니다. 이 동굴 안……."

"이봐, 경비조 불러. 이놈들 잡아다 조사하라고 해!"

총감이 소리치자 여자 하나가 달려 나갔다.

"법사님……."

남자가 울상을 지었다. 아내의 행방을 알기 위해 동행한 미류였다. 그런데 별다른 단서도 잡지 못한 채 걸려 버린 것이다.

"총감님!"

바로 경비조들이 들이닥쳤다. 건장한 남자 10여 명이었다.

"이놈들이 신전을 더럽혔어. 잡아다가 무슨 짓을 했는지 조사해!"

"알겠습니다."

경비조들이 우르르 미류 앞으로 나섰다.

"이러지 맙시다. 난 내 마누라 찾으러 왔을 뿐입니다."

겁에 질린 남자가 신단 위의 청동상 뒤로 숨었다.

"이 새끼가!"

경비 하나가 남자를 잡으러 올라왔다.

서로 피하고 잡기 위해 숨바꼭질을 하다가 그만 청동상을 쓰러뜨리고 말았다.

와당쿵탕!

청동상이 굴러 내려와 미류 앞에 멈췄다.

그 통에 청동상의 바닥에 금이 가 버렸다. 그 안으로 석고가 엿보였다. 그리고… 그 틈을 따라 영가가 흔적이 질척하게 흘러나왔다.

절경절경절경경!

신방울이 미친 듯이 울었다. 그 어느 때보다 높은 소리였다.

'청동상?'

미류의 눈이 신단 위의 청동상으로 옮겨 갔다.

"뭐 해? 잡아!"

총감이 악을 썼다. 그렇거나 말거나 미류도 신단 위로 뛰었다. 계단은 모두 12개였다. 그 신단 위에 둘러선 청동상들…….

"이거 밀어버려요."

미류가 두 개를 동시에 밀며 소리쳤다. 남자는 앞뒤 재지 않고 미류 말을 따랐다.

와당당쿵탕!

십여 개의 청동상들이 폭음을 내며 굴러떨어졌다.

그 통에 경비조 몇이 청동상과 부딪치면서 쓰러지고 말았다. 아래로 뛰어 내려간 미류, 경비조가 들고 있던 쇠파이프를 집었다. 그리고…….

텅텅!

미친 듯이 청동상을 후려쳤다.

"저… 저놈이… 저놈 잡아. 동상을 못 건드리게 해."

총감이 악을 쓰자 경비조들이 다시 돌진했다.

퍼억!

순간, 청동상 하나가 박살이 나버렸다. 석고의 외피만 청동으로 코팅한 덕분이었다.

"으야야야!"

미류를 향해 폭풍 돌진하던 경비조들, 박살 난 청동상을 바라보더니 걸음을 멈췄다.

"……!"

그들의 눈이 뒤집히는 게 보였다.

박살 난 청동상 안, 그 안에서 드러난 건 시체였다. 석고에 묻혀 있던 사체가 미라처럼 참혹한 모습을 드러낸 것이다.

"으으……."

경비조들이 뒷걸음질을 쳤다.

"잡아. 하늘이 노한 거야. 천벌이 내리기 전에 저놈을 잡으라고!"

총감이 악을 쓰는 동안 미류는 또 다른 청동상을 박살 냈다. 그 안에서도 예외 없이 사체가 나왔다. 여자였다.

"저… 저 악마… 이제 보니 내 마누라도?"

눈알을 뒤집은 남자도 청동상을 박살 내기 시작했다. 그러다 세 번째 청동상을 박살 냈을 때 기어이 그의 절규가 터져 나왔다.

"여보!"

남자가 아내를 알아본 건 손가락의 팔찌 때문이었다.

시장 통에서 사 온 값싼 팔찌. 팔찌는 변색되었지만 부부의 사랑을 위해 새겨둔 이니셜은 선명하게 남아 있었다.

"아내입니까?"

미류가 물었다.

"예, 법사님… 세상에 이럴 수가……."

남자는 망연자실 무릎을 꿇었다.

"이노오놈!"

넋을 놓은 미류에게 총감이 달려들었다. 그걸 본 남자가 총감의 다리를 붙잡았다.

퍼억!

동굴 안에 파열음이 울려 퍼졌다.

쇠파이프를 얻어맞은 건 총감이었다. 남자가 벌어준 시간을 틈타 미류의 파이프가 총감의 허리를 후려친 것이다.

"으으……."

총감은 계단 아래로 굴렀다.

"잡아… 저놈들은 사탄이야. 우리의 승천을 방해하러 온 사탄이라고!"

빠악!

한 번 더 소음이 울려 퍼졌다.

이번에는 남자의 파이프였다. 아내의 주검에 맛이 간 그가 총감의 뒤통수를 후려갈긴 것이다.

"이런 비루한 것들이!"

총감은 머리에 흐르는 피를 막으며 악을 썼다. 하지만 그 악은 경비조에 의해 막혔다. 비로소 총감의 악행을 눈치챈 경비조들이 무차별 타격을 한 것이다.

그때 또 다른 수련자들이 밀려들었다. 그들은 총감을 막아서서 먼저 온 경비조와 대치했다.

"죽여, 다 죽여!"

피투성이가 된 총감이 악을 썼다.

총감을 보호하는 건 여성 광신도들. 일촉즉발의 대결이 일어나기 직전 경찰차의 사이렌이 울렸다.

타앙!

동굴로 진입한 경찰이 공포탄을 쏘았다.

"다들 무기 버려요."

공포탄이 한 번 더 울려 퍼지자 대치 국면이 끝났다. 경찰이 신단 아래로 몰려왔다.

"욱!"

일부 경찰은 입을 막으며 물러섰다. 석고상 안에서 말라 죽은 시체들 때문이었다.

"다들 물러서세요. 영가들을 하늘로 보내야 합니다."

미류가 소리쳤다.

영가가 너무 많았다. 개중에는 원한이 깊은 것도 많았다. 한둘도 아닌 영가들이 원혼으로 날뛴다면 이 안의 사람들이 다 위험할 수도 있었다. 미류는 서둘러 〈퇴마부〉를 꺼내 들었다.

"당신은 뭐야?"

경찰 책임자가 힘을 주며 물었다.

"이분은 유명하신 법사님이십니다. 제 아내를 찾아주러 오셨습니다."

남자가 대답했다.

"무슨 헛소리를 하는 거야? 일단 다 연행해!"

뒤쪽의 책임자가 고함을 쳤다.

"다가오지 말아요. 한을 품고 죽은 사람들입니다. 다가서면 당신들에게 빙의될 수 있습니다."

"이봐, 당신 사이비 주술사야 뭐야? 21세기에 시체가 무슨 빙……."

미류 말을 무시하고 청동상 조각에 붙은 부적을 걷어차던 책임자, 거품을 물고 넘어가 버렸다.

'이런!'

미류가 손쓸 사이도 없이 빙의가 일어난 것이다.

"총감은 악마… 밤마다 여자를 성폭행했어. 신고한다고 하면 다 죽였어. 저 언니도, 저 언니도 총감이랑 잤어. 저 언니는 총감 말을 잘 들어서 부원장 시킨 거야. 그리고 너……."

책임자는 눈을 뒤집은 채 경비조장에게 다가섰다.

쫘악!

책임자가 조장 따귀를 후려쳤다.

"너도 나를 강간했지? 나뿐만 아니라 자영이와 상희… 총감이 건드리고 나면 네가 2차로……."

"으으……."

미류는 책임자 앞으로 달려가 그 이마에 퇴귀의 부적을 붙였다. 그런 다음 악귀를 몰아내는 휘쟁이 춤을 추며 퇴마경을 외웠다. 책임자는 두 손을 들고 벌벌 떨더니 얌전히 늘어져 버렸다.

'후우!'

그제야 이마에 서린 땀을 닦아내는 미류였다. 위기를 넘긴 것이다.

경찰은 동굴과 단식원 전체에 대한 수색을 시작했다.

새로 나온 시체가 하나 있었다. 석회 가루가 있던 공간의 구석이었다. 거기 반듯한 상자 안에 여고생의 나체 사체가 있었다. 그 위에는 석회 가루. 성폭행한 여고생을 죽이고 그 위에 석회 가루를 덮어 석고로 만든 것이다. 동굴과 단식원 곳곳에서 나온 사체는 도합 20여 구였다.

모두 여자였다. 성행위 후에 여자를 죽이고는 증거를 없애기 위해 동상처럼 꾸며 곳곳에 세웠던 것이다.

"신이 되려면 아흔아홉 여자의 정기를 받아야 해. 내게 정기를 준 여자들은 축복을 받은 거야. 그녀들은 전부 천상에서 천선녀로 태어나 영생을 누리게 될 거야. 하늘의 뜻을 막은 저 미류 법사 놈하고 너희들 모두에게 천벌이 내릴 거야!"

총감은 경찰차로 끌려가면서도 횡설수설 궤변을 읊어댔다. 하지만 정작 천벌은 총감에게 떨어졌다.

호송차에 오르기 직전, 20대 후반의 여자가 그 얼굴에 똥을 뭉개 버린 것이다.

"네가 여기 사람들보다 낫다는 개똥이야. 이제 못 볼 테니 냄새라도 맡고 가야지?"

여자는 총감의 애완견 담당이었다. 사람보다 더 우대를 받던 개라고 했다. 그 개의 향수(?)를 선물한 것이다.

"가시죠."

경찰이 미류 팔을 잡았다. 기괴하고 황당한 사건이 일어난 마당. 그들은 미류에 대한 의심까지도 놓지 않고 있었다.

"경위를 말하라고!"

미류는 조사실에 있었다.

형사는 애당초 미류를 피의자처럼 다루었다. 박순길의 음해로 다그치던 경찰과 그리 다르지도 않았다. 경악스러운 초유의 사건 현장. 경찰 자신은 아무것도 하지 않은 주제에 갑 행세를 하고 나왔다.

"이미 말했지 않습니까?"

미류가 응수했다.

"그러니까 거기 사람이 죽었다는 영시를 보고 갔다?"

"그렇습니다."

"야!"

형사가 주먹으로 테이블을 내려쳤다.

"이게 보자 보자 하니까 사람을 데리고 노나? 너도 다 같은 물이지? 그 주범이라는 놈하고 말이야!"

"말조심하세요!"

"너 직업 뭐야?"

"너라뇨?"

"직업 뭐냐고?"

"무속인입니다."

"무속인이면 무당? 하긴 딸랑이 보니……."

형사가 미류의 신방울을 째려보았다.

"아무튼 나는 사체를 찾으러 간 것이지 이 사건과는 관계가 없습니다. 돌아가게 해주세요."

"누구 마음대로?"

"이봐요!"

"그러니까 내 말은 당신이 어떻게 거기 사체가 있는 걸 알았냐 이거야. 그걸 해명하셔야지."

"어이가 없군요. 아내가 행방불명됐다는 신고를 받고도 묵살한 사람들이 범행 현장을 보고도 이런 식이라니……."

"어쭈? 이게 경찰을 물로 보네?"

"웬만하면 그냥 가려고 했는데 당신 행태를 보니 버릇 좀 고쳐줘야겠군요. 전화 한 통 쓰겠습니다."

미류가 책상 위에 꺼내둔 핸드폰을 잡았다.

"안 돼. 그건 압수품이거든."

"그럼 당신 전화 좀 쓰지요."

미류는 책상 위의 행정 전화 수화기를 들었다.

"빽 같은 거 동원하려면 포기해. 나한테는 안 통하거든."

형사는 빈정거리며 담배를 물었다.

미류가 도움을 요청한 건 선일주 장관이었다.

웬만하면 신세를 지지 않으려던 미류. 노는 꼴들을 보니 도저히 참을 수가 없었다. 선 장관은 법무부를 총괄하는 장관. 그렇기에 정 시장 쪽보다 도움이 될 것 같았다. 효과는 당장 나타났다. 법무차관 이 경찰서장과 함께 나타난 것이다.

"서장님!"

담배를 피우던 형사가 화들짝 놀라 일어섰다.

"누가 실내에서 담배 피우라고 했나?"

서장이 물었다.

"죄송합니다. 피의자들이 하도 기어올라서……."

"피의자 누구?"

"이 친구 말입니다. 꼴에 무속인이라는데 이번 사건과 뭔가 관련이 있는 것 같은데……."

빠악!

형사가 말을 마치기도 전에 그 이마에 별꽃이 피었다. 서장이 수사 철을 집어 들어 후려쳐 버린 것이다.

"서장님!"

"너 이 자식 경찰 망신시키려고 작정을 했어? 수사과장에게 보고 들으니 이분이 현장을 발견해 주셨다면서?"

"그건 그렇지만 대체 어떻게……."

빠악!

형사의 이마에는 한 번 더 불꽃이 튀었다.

"이 친구 이 수사에서 제외시키도록!"

서장이 팀장에게 명령했다.

"서장님……."

울상이 되는 형사. 거기에 미류가 쐐기 하나를 덧붙여 주었다.

"죄송하지만 이분은 수사 제외만으로 안 될 것 같습니다."

"예?"

서장이 미류를 바라보았다. 이미 법무부의 연락을 받은 서장. 그런 차에 미류의 말을 무시할 수 없었다.

"제가 영사라고… 이런저런 부정한 것들을 보는 능력이 좀 있는데 저쪽 박스를 체크해 주시기 바랍니다."

미류가 캐비닛 구석의 낡은 박스를 가리켰다.

"거, 거긴… 운동화하고 슬리퍼밖에……."

형사는 바로 박스를 막아섰다.

"부탁합니다."

미류가 한 번 더 청했다.

서장이 다가가 형사를 밀치고 박스를 엎었다. 그러나 만 원권 다발과 10만 원 수표가 수십 장 쏟아져 나왔다.

"이거 뭐야?"

서장이 물었다.

"그, 그게……."

"이제 보니 자네 며칠 전에 덮친 상습 도박판… 그 증거물 판돈 착복한 거야?"

"아니… 그게… 깜빡 잊고……."

형사는 울상을 지었지만 그것으로 끝날 일이 아니었다. 그는 바로 다른 형사들에게 의해 조사실로 끌려갔다.

"이거 면목이 없습니다."

서장이 직접 미류에게 사과를 했다.

"그럼 저는 가도 되겠지요?"

"그렇긴 한데 밖에 기자들이……."

"기자들요?"

"그냥은 못 나가실 거 같은데… 송구하지만 저희 직원의 잘못은 좀 언급하지 않으셨으면……."

"단식원장에 대한 엄중한 수사를 약속하시면 그렇게 해드리지요."

"아이고, 그건 염려 마십시오. 철저하게 파헤치겠습니다."

"그리고… 그 총감이라는 사람을 잠깐만 보게 해주십시오."

"총감?"

서장이 차관을 돌아보았다.

"편의를 봐드리시죠."

차관이 미류 편을 들었다.

"그러시죠."

서장이 문을 가리켰다.

미류는 한 조사실에 들어섰다. 거기 총감이 조사를 받고 있었다. 미류의 시선이 그를 겨누었다. 칼날 같은 눈빛이었다.

총감 이병석!

그는 40대로 알려졌지만 실제 나이는 62세였다. 성형빨로 나이를 속였던 것이다.

정신병력을 앓은 이력도 있었다. 자신의 성총을 받는 여자만이 신의 구원을 받는다는, 시쳇말로 진부한 사이비 교주였다. 그럼에도 많은 여자들이 그의 감언이설에 속았다.

왜 그랬을까?

총감의 단식원에 입소한 사람들은 바보가 아니었다. 암에 걸려 최후의 보루로 온 사람도 있지만 상당수는 정상적인 사고의 소유자들. 그런데 어떻게 감언이설에 속아 넘어간 걸까?

이유는 관상에 있었다. 이병석의 원장실에서 수많은 관상책이 나왔다. 사주책도 나왔다. 그는 특이한 능력을 가지고 있었다. 관상과 사주의 경지가 제법 높았던 것이다.

"남편 간암 걸려서 오늘내일하지?"

남자의 아내는 그 한마디에 마수에 걸렸다.

"현대 의학으로 고칠 수 있는 병이 아니야. 하늘에서 내려오는 성수를 마셔야 해."

그 성수는 네 정성이 결정하는 거야. 성수를 받으려면 하늘과 통하는 나와 하나가 되어야 하고. 그럼 우주의 기운이 네 것이 돼. 그런 사람 한둘이 아니야. 돈? 그게 문제야? 이제 세상은 종말에 가까웠어. 내 말만 들으면 너하고 네 남편, 저 천국에서 행복하게 살 수 있어. 영생을 누린다고.

총감이 던진 낚시.

남자의 아내는 홀리고 말았다. 몇 마디 던진 말 중에서 허튼 게 없었던 것이다. 돈을 가져다주었다. 몸도 주었다. 남편의 상황은 조금 더 나빠졌다.

총감이 둘러댔다. 신이 네 남편을 진단하고 있다는 증거야. 아침이 오기 전에 가장 어두운 거 알지? 의심하면 안 돼. 그럼 부정 타.

총감은 그렇게 여자들을 후렸다. 집단의식… 그 안의 분위기는 그랬다. 총감을 의심하는 건 천벌을 자초하는 일이었다.

사교(邪敎)… 우주에서 오는 게 아니다. 그렇게 약한 마음을 파고든다. 일단 집단 최면에 빠지면 가족이고 나발이고 눈에 들어오지 않는다.

고분고분한 여자들은 단식원에서 부려먹었고 행여, 돈을 돌려달라거나 자신을 의심하는 여자들은 석고상으로 만들어 버렸다. 석고로 굳어버린 몸. 그 뒤에 덧씌운 청동 코팅. 범행은 완벽했다. 적어도 미류가 들이닥치기 전에는…….

'나는…….'

미류가 고개를 들었다.

진심으로 궁금했다. 교도소 살인마들보다도 더 사악한 인간. 이런 인간의 전생은 과연 무엇이란 말인가? 처음에 실패했던 미류, 이번에는 작심하고 영(靈)빨을 폭발시켰다.

아아!

전생륜만 보고도 주춤 물러섰다. 그 극강의 살광과 스산함… 금세라도 숨통을 조여 버릴 것만 같은 공포가 함께 밀려 나온 것이다.

불덩이가 보였다. 유황의 연기도 보였다. 비명보다 더 아픈 신음도 들렸다. 그러다 문득 뭔가가 태산처럼 미류를 덮쳐왔다.

'우웃!'

미류는 그 기세에 소스라쳤다.

김시습의 금오신화를 보면 남염부주가 나온다. 그곳에는 기상천외한 괴물들도 나온다. 본 적은 없지만 그런 느낌이 왔다. 총감은… 사람이 아닌 것 같았다.

'맞았다.'

몸주의 공수가 내려왔다.

'눈으로 보지 말고 마음으로 보거라.'

몸주의 말은 하라가 한 말과 같았다. 전생륜을 마음으로 풀었다. 그 안에서야 전생륜이 풀렸다. 길고 거친 전생륜은 단 하나의 생으로 변했다.

'두억시니?'

미류는 비로소 총감의 전생을 보았다.

두억시니는 모질고 또 모진 귀신이다. 다른 말로는 야차로도 불린다. 어찌 된 영문인지 그가 인간으로 환생한 것이다. 그리하여 존귀한 인간성을 제 멋대로 짓밟아 버렸다. 내키는 대로 인간의 목숨을 앗은 것이다.

"이놈, 다음에 보자꾸나!"

총감이 눈을 부라렸다. 반성이나 참회 같은 것은 티끌만큼도 엿보이지 않았다. 미류는 고민했다. 두억시니의 환생이라면 교도소에 가서도 얌전할 일이 아니었다. 거기서도 사람을 해칠 수 있었다.

그렇다면!

손을 좀 봐주는 수밖에!

생을 넘어온 가책

　미류는 그의 전생륜을 거머쥐었다. 그런 다음 부적으로 둘둘 말았다. 마침 창밖에 쓰레기 소각로가 있었다. 불도 붙어 있었다. 미류는 그 부적을 소각로에 던져 버렸다. 두억시니의 본성을 잊게 하려면 그 수밖에 없었다.

　캑!

　총감이 이상한 소리를 내며 목을 꺾었다. 발광을 하던 그는 소각로를 향해 몸을 날렸다. 하지만 형사들이 막았다. 그는 야수처럼 울부짖었지만 전생령을 감싼 부적은 다 타버린 후였다.

　"어어어……."

　총감이 무너졌다. 눈에 맺혔던 사악함이 사라진 게 보였다. 이제는 정신감정을 받아도 문제가 없을 일이었다.

　"됐습니다."

　미류는 서장과 차관에게 인사를 두고 복도로 나왔다. 마무리를 제대로 한 느낌이었다.

"미류 법사님!"

미류를 본 사람들이 복도 끝에서 소리쳤다. 기자들 사이에 낀 남창수와 배은균 등이었다. 타로도 있고 연주도 있고 봉평댁과 하라도 있었다.

"오빠!"

하라는 폴리스 라인을 뚫고 미류에게 달려왔다. 경찰도 그녀까지 제지하지는 않았다.

"우아앙, 걱정했잖아?"

미류에게 안긴 하라가 울음을 터뜨렸다.

"울지 마. 하라 덕분에 일을 잘 풀었는걸."

"정말?"

"응, 눈이 아니라 마음으로 봐라. 그랬더니 영가들이 보였어."

"다행이다!"

하라의 눈에서 진주알 크기의 눈물이 뚝뚝 흘러내렸다. 미류는 하라를 안은 채 기자들 앞으로 걸어갔다.

"청동상 안에 사람 사체가 있는 건 어떻게 알게 되신 겁니까?"

예상하던 질문들이 쏟아져 들어왔다.

"그곳에서 죽은 사람들의 영이 나를 불렀습니다!"

대답은 한마디로 끝냈다. 미류보다 먼저 나온 남자가 나무에 기대 울고 있었다. 미류는 그의 어깨를 두드려 주었다.

"법사님!"

"아내는 좋은 곳으로 갔을 겁니다."

"정말 그럴까요?"

"그럼요."

미류는 남자의 손을 잡았다. 아내를 위해 포기하지 않은 남자의 집념. 그 마음에 존경을 표하며.

"고맙습니다. 장관님!"

마음의 여유를 찾은 미류는 선일주에게 감사 인사를 잊지 않았다.

"내가 할 말이오. 무능한 경찰도 이제는 내 탓인 것이니……."

그가 말했다. 그나마 위로가 되었다.

미류는 바로 대서특필이 되었다.

방송에도 나오고 인터넷에도 인터뷰 기사가 나왔다. 억울하게 죽은 사람들의 찾아낸 신기의 무속인. 그 기사는 성지순례가 되었다. 하루 만에 댓글 3만여 개가 달릴 정도였다. 미류는 댓글을 보지 않았다. 그걸 보고 생중계를 해준 건 타로와 연주, 수나와 장두리 등이었다. 물론 화요의 연락도 왔다.

―저도 법사님 기사에 성지순례 다녀왔어요. 대단하던걸요?

이제 로케의 마무리에 있다는 화요, 목소리는 상큼하기만 했다.

그날 미류는 깊은 밤까지 기도를 했다. 삶의 고난과 환난을 피해 몸을 의지하려던 사람들. 그 사람들을 지옥문으로 밀어 넣은 총감. 그렇기에 그 많은 희생자들은 다음 생에서 행복한 생을 출발하기를 바랐다.

'도와주실 거죠?'

전생신에게도 또렷한 소망을 전했다. 미류의 마음을 갸륵하게 여겼는지 무신도 속에서 전생신이 웃었다.

난리가 났다.

인터넷에 불이 붙었다. 미류가 검색어 1위에 등극한 것이다.

〈무속인 신기로 살인귀의 완전범죄를 찾아내다!〉

유사한 제목으로 올라온 뉴스들은 죄다 미류에 관한 것들뿐이었다.

—미류 법사가 누구냐?

—경찰보다 백배 낫다.

—영(靈)적 경찰청 설치하라.

너무 많은 사람이 희생당한 사건. 그러나 감쪽같이 모르고 지나가던 사건. 게다가 그 기괴하고 잔혹한 광기의 범죄 앞에서 사람들의 격려와 응원은 하늘을 찔렀다.

유튜브에도 영상들이 올라갔다.

앞서 화요와 함께 방송에 출연한 내용에 무속적인 신기를 더한 내용들이었다. 영상 속에서 미류는 미국 영화의 영웅들처럼 날아다녔다. 눈빛만 쏘면 범죄자들이 잡히고, 바라만 보며 잡귀들이 몸서리를 쳤다.

부작용도 만만치 않았다.

일단 전화에 불이 났다. 봉평댁은 아예 수화기를 내려놓았다. 신당을 찾아온 사람들도 셀 수 없었다. 그 일은 연주와 타로, 옥수부인이 나서 도와주었다. 미류 덕분에 점집 골목은 또 한 번 활황을 맞았다. 꿩 대신 닭이라고 미류를 찾아왔던 사람들이 자기 취향에 따라 여러 점집을 찾아들어 간 것이다.

화요를 시작으로 수많은 사람들의 격려를 받은 미류, 마음을 다잡고 기도를 했다. 이럴 때는 그저 기도가 최고였다. 밤은 그렇게 깊어갔다. 이제 소란은 어둠을 따라 잠들고 있었다. 미류에게는 다행인 셈이었다.

"법사님!"

기도가 끝나갈 때였다. 봉평댁이 기척을 냈다.

"왜요?"

미류가 신당 문을 열고 나왔다.

"손님이……."

"이 시간에 예약을 받았었어요?"

"그게 아니라……."

봉평댁이 마당을 가리켰다. 마당에는 어둠을 밀어내는 달빛들이 출렁이고 있었다. 수나와 장두리 등의 연예인들이었다.

"법사님, 우리 그냥 막 쳐들어왔는데 안 쫓아내실 거죠?"

수나가 소리쳤다.

"그야……."

"언니, 법사님이 허락하셨어. 들어가자."

수나가 일행에게 말했다.

"하긴 화요 없을 때 쳐들어와야지 언제 오겠니. 가자."

장두리도 친구들을 밀었다. 거실로 올라선 수나가 양손에 든 보자기를 풀었다. 그러자 맛난 요리가 가득 나왔다.

"드세요, 제가 방금 해가지고 총알처럼 달려온 거예요."

수나가 찬합을 밀었다.

"우와, 따라오길 잘했네?"

장두리와 동료들의 입이 쩌억 벌어졌다. 하지만 수나는 단호하게 그녀들을 막았다.

"왜들 이러셔. 오늘은 법사님이 영웅이신 거 몰라? 영양 보충하셔야지."

"야, 그래도 음식이라는 게 같이 먹어야 맛이지. 안 그래요, 법사님?"

장두리는 포기할 생각이 없어 보였다.

"뭐 그러죠."

미류 허락이 떨어지자 미녀들이 몰려들었다. 그녀들은 다투어 즉석 먹방을 즐겼다.

"와아, 수나는 프랑스로 가야 해. 미슐랭 별 셋도 이만은 못할걸?"

"맞아. 이건 엄마 손맛도 아니고 종갓집 며느리 손맛이라니까."

"됐고, 법사님 몫 없으니까 제발 좀 맛만 봐."

수나는 찬합을 죄다 미류 앞으로 밀어주었다.

수나의 요리!

기가 막혔다.

나날이 맛을 더하는 것 같았다. 게다가 무속인의 입장을 고려해 육류 음식은 거의 포함하지 않았다. 그저 고마울 따름이었다.

"법사님, 그런데 무섭지 않았어요? 화면 보니까 석고상 안에서 미라가 된 사람들도 있던데……."

오색김밥을 입에 넣은 장두리가 물었다.

"무서웠죠."

미류가 답했다.

"어머, 정말요?"

"무속인도 사람인걸요. 단지 내가 나서지 않으면 많은 사람들이 다칠 수 있으니 신의 힘을 빌려 맞서는 것뿐이지요."

"와아, 이래서 법사님이 최고라니까."

장두리가 박수를 쳤다. 그 소란에 잠이 깬 하라가 눈을 비비며 나왔다.

"하라야, 이리 와!"

그 역시 장두리가 먼저 반겼다.

"언니, 기타의 전설 에릭이 찜했다는 신동이 쟤야?"

연예인 한 명이 장두리에게 물었다.

"그래. 너희들 하라 사인 미리 받아둬라. 얘가 빌보드 휩쓰는 거 시간문제일지도 몰라."

장두리는 하라를 신줏단지처럼 모셨다.

하하호호!

그녀들의 친절과 호의 속에서 미류의 피로가 씻겨 나갔다. 그러다 수나 옆의 한 연예인이 수나 옆구리를 찔렀다. 뭔가 부탁이 있는 눈치였다.

"자기가 말해봐. 법사님 지금 기분 좋으시잖아?"

수나가 분위기를 띄워놓았다.

"저기……."

"말씀하세요."

감을 잡은 미류가 그녀를 바라보았다. 그녀는 맛집 프로그램을 담당하는 유명 리포터였다.

"실은 제가 너무 딱한 음식점을 알고 있는데 법사님이 좀 도와주실 수 있을지……."

"딱한 음식점요?"

"제가 전국 맛집을 상대로 취재를 하잖아요? 그런데 악연이라고 해야 하나… 아무튼 최악인 음식점 주인이 있어서요."

"애, 너는 지금 법사님 위로하는 자리에서……."

장두리가 나서 핀잔을 주었다.

"괜찮습니다. 저는 미녀 여러분들이 계신 것만 해도 위로니까요."

미류는 개의치 않았다.

"그게… 그러니까 두 음식점 주인이 있는데 원래 같은 식당에서 요리를 배웠대요. 그런데 어쩌다 원수지간처럼 되었는데 당하는 사람이 좀 딱해서요."

"왜 딱하죠?"

"그게… 제가 5년 전쯤 취재를 갔을 때 일인데 둘이 이웃한 불짬

뽕집을 하고 있었어요. 둘 다 손님이 많은 식당이었고 전국 10위권 안에 드는 짬뽕의 강자들이었습니다."

"……."

"그러다 한 가게가 몰락하기 시작했는데… 나중에 들으니 그게 바로 옆 가게 주인 때문이라고……."

"옆 가게 주인이 어쨌게요?"

"뭘 딱히 하는 건 아니래요. 제가 봐도 그 사람이 무슨 해코지를 하지도 않았고요. 오히려 가게 안되는 걸 걱정하고 있었거든요."

"……."

"그러다 그 가게 터들이 도로용지로 수용되면서 두 가게가 서울로 옮겨 왔는데… 우연인지 필연인지 또 이웃한 가게에서 만나게 되었대요."

"……."

"그런데… 거기서도 똑같은 일이 일어난 거예요. 한 사람은 대박, 한 사람은 쪽박."

"두 사람 다 솜씨가 좋다면서요?"

"제가 가봤는데 맛은 크게 다르지 않았어요. 하지만 산동에는 손님이 넘치고 북경은 파리만 앵앵……."

"……."

"그런데… 더 이상한 건 그 건물 역시 재건축 때문에 헐리게 되었고… 두 사람은 이번에 또 연희동에서 만나게 된 거예요. 역시 이웃한 가게로 말이죠."

"또 산동반점만 잘나가고 있나요?"

"네. 거긴 대박이고… 북경대루는 파리… 오죽하면 북경대루 주인이 절망감에 음독자살을 시도한 적도 있다고 하더군요."

"저런!"

"사주나 궁합도 보면 극상이 있다고 하잖아요? 혹시 북경대루 주인이 산동반점 주인에게 기를 못 펴는 게 아닌가 싶기도 하고……."

"그럼 다른 곳으로 가서 가게를 열면 되지 않습니까?"

"그게… 저도 들은 말인데… 그 사람도 자존심이 있나 보더라고요. 자기 실력이 꽝인 것도 아니니 쫓겨 가기는 싫다고 생각하는 거 같아요."

"어머, 그럼 전생 원수네. 필생의 원수!"

듣고 있던 장두리가 혀를 찼다.

"그러잖아도 제가 오면서 잠깐 들렀거든요. 유명하신 미류 법사님 뵈러 간다고 했더니 자기는 무속 같은 거 안 믿는다고 해서……."

"음독자살 시도를 했었다고요?"

"예……."

"그럼 가게도 망하기 일보 직전이겠군요?"

"주변에서 들어보니 대출이 3억 대를 넘었다더군요. 그냥 두면 진짜 자살할지도……."

"그럼 제가 한번 가보죠."

"어머, 정말요?"

"대신 같이 가세요. 제가 등장해서 콩이야 팥이야 하면 반감을 살지도 모르니……."

"와아, 고맙습니다. 저 이거 정식 취재 해도 돼요? 우리 피디님 아시면 좋아서 난리가 날 텐데……."

"뭐 북경 주인께서 허락하신다면……."

"와아아!"

"얼씨구, 이거 이제 보니 법사님 캐스팅하러 온 거잖아?"

수나가 눈을 흘겼지만 리포터의 미소는 그치지 않았다.

갑과 을!
즉 상극의 관계…….
생명계에는 그런 관계가 성립한다.
동식물로 치면 천적이다. 천적을 만나면 온몸의 기가 사라진다. 무장해제를 당하고 의지까지 무너지는 셈이다.
삶에도 그런 관계가 성립할까? 물론 그렇다. 주변을 돌아보라. 복잡한 인간관계 속에서도 유독 누군가에게 꼼짝하지 못하는 사람이 있다.
'극상의 천적…….'
스타들이 돌아간 후에 미류는 그 단어를 떠올렸다. 전생의 카르마가 끼어든 걸까? 그럴 수도, 아닐 수도 있었다.
다음 날 오전에는 가정사 문의가 넘쳤다.
전화 소리만 들어도 알았다. 단식원 사건 때문이었다. 집 나간 마누라를 찾는 사람, 가출한 딸을 찾는 사람, 심지어는 치매로 집을 나가 돌아오지 않는 아버지를 찾는 사람들까지 차고 넘쳤다.
예약 손님은 기업인들이 주를 이뤘다.
미류를 찾아오는 기업인들은 두 가지 부류였다. 하나는 안갯속에서 길을 찾아달라는 부류, 또 하나는 자신이 정한 방향이 옳은지 확신을 더하려고 오는 사람들이었다.
불확실한 인간의 미래.
어떤 경우, 무속은 그들에게 등대가 될 수 있었다. 미류는 그런 마음으로 성심껏 상담에 응하고 공수를 내렸다.
물론, 공짜나 일확천금을 노리는 사람, 분명히 있었다. 심지어는 로 또 번호를 묻는 사람도 있었다.

"이틀 전 길몽을 꾸었는데 죽은 할아버지가 번호 여섯 개를 알려 줬어요. 로또 계시일까요?"

그런 질문에 대한 미류의 대답은 정해져 있었다.

"그건 할아버지께 여쭤보시지 그랬어요?"

무리한 주식 투자로 막판에 몰린 사람도 더러 끼었다.

"마지막 승부를 보려는데 종목 하나만 찍어주십시오."

그럴 때면, 신방울로 이마를 찍고 싶었다.

신은 헛된 바람에 수고를 하지 않는다. 만약 한다고 해도 미류가 살을 맞는다. 바른길이 아니라면 신께서 신제자를 치는 것이다.

오후가 되자 배은균이 왔다. 하라 연습을 위해 달려온 것이다. 그가 오는 시간은 어김이 없었다. 하라에 대한 관리도 체계적이었다.

'과연……'

그때마다 미류는 고개를 끄덕거렸다.

성공하는 사람은 다르다. 그렇기에 설령 이번 시도에서 실패를 한다고 해도 미류는 걱정하지 않았다. 그 실패가 나중에 더 큰 성공의 바탕이 될 일이었다.

"오빠, 다녀올게."

쪽!

경쾌한 뽀뽀 소리가 미류 볼에 작렬했다. 하라는 깡총 뛰어 배은 균의 차에 올랐다.

"잘 다녀와, 이년아. 괜히 촐랑대지 말고."

오늘도 봉평댁의 인사는 시골스럽게 투박했다.

다음으로 미류도 약속 장소로 떠났다.

운명적인 숙적이자 천적을 만난 요리사. 그저 우연일까? 아니면 전생의 카르마였을까? 천추에 맺힌 카르마의 발현이라면 이 또한 보통 일은 아닐 터였다. 미류는 정신을 바짝 챙겼다.

리포터와 약속 장소에서 만났다.

그녀의 차림도 제법 눈이 부셨다. 세상에는 왜 이렇게 아름다운 사람이 많을까? 그러다 깨달았다. 미류가 동굴에서 나왔기 때문이었다. 저 과거에는 칙칙한 궁상을 떨며 먼지 쌓인 신당에서 인생을 탓하며 살았다. 될 일이 없었다. 거기에 돌벼락처럼 쏟아지는 마누라의 바가지와 멸시…….

"법사님!"

리포터 우재은이 다가왔다.

"제가 늦었나요?"

"아뇨, 제가 일찍 왔지요. 저기는 저희 피디님……."

재은이 한 여자를 가리켰다.

"채 피디에게 말씀 많이 들었습니다. 우리 재은 씨하고 장두리 씨에게도……."

30대의 피디는 인상이 좋았다.

"그냥 한번 와본 건데……."

미류가 말끝을 흐렸다. 뭘 취재하겠다는 건지는 알지만 번거로운 일이기도 했다.

"저희는 몰카로 움직일 거예요. 법사님께 나쁜 화면은 일절 내보내지 않을 테니 그냥 자연스럽게 하시면 됩니다. 괜히 법사님 신경 거슬렀다가 사장님처럼 철퇴 맞고 싶지 않거든요."

피디가 웃었다. 사장이 자리에서 물러난 배경을 그녀도 아는 모양이었다.

"그럼……."

미류, 가벼운 인사를 두고 출동(?)했다.

산동반점과 북경대루!

점포 두 개를 사이에 두고 이웃하고 있었다. 겉보기에는 북경대루 쪽 입지가 좋아보였다. 하지만 손님 사정은 완전히 온도가 달랐다. 산동 쪽은 꽃 피는 봄이고, 북경 쪽은 찬바람의 시베리아였다.

산동 주인이 나왔다. 단골을 배웅하고 있었다. 표정은 자연스럽고 친절했다. 과한 아부가 아니라 마음에서 우러난 배웅이었다. 그를 주목했다. 코 옆에 큰 점이 있었다. 사마귀처럼도 보였다.

'점이라…….'

그가 들어가자 북경 주인도 나왔다. 그는 쓰레기를 버리기 위해서였다. 그는 붐비는 산동 쪽을 보더니 묵묵히 가게 앞을 청소하고 유리의 먼지를 닦았다. 그도 좋은 마인드를 가진 사람이었다.

'아하!'

지친 어깨의 북경대루 주인을 보는 순간, 미류는 이내 답을 찾았다. 슬프게도 북경대루 주인은 지독한 전생의 부채 의식을 가지고 있었던 것이다.

"우재은 씨!"

미류가 리포터를 불렀다.

"네, 법사님!"

"들어갈까요?"

"준비된 건가요?"

"그런 거 같습니다."

미류다 대답하자 우재은이 북경대루로 들어섰다. 잠시 후에 주인이 나와 미류를 반겼다. 그 역시 음식의 대가답게 틀이 잡힌 사람이었다.

먼저 불짬뽕이 나왔다. 칼칼한 육수에 배인 깊고 중후한 맛, 게다가 면 위에 놓인 해물의 성찬은 보는 사람을 즐겁게 만들었다. 맛도 괜찮았다. 하지만 20여 테이블 중에 사람이 앉은 건 고작 세 테이블이었다.

"사장님, 혹시 이분 아세요?"

젓가락을 내려놓은 리포터가 주인에게 물었다.

"잘 모르겠는데… 미식가신가요?"

"아뇨, 요즘 유명하신 무속인이세요. 제가 말씀드렸잖아요."

"무속인?"

"왜 어제도 뉴스에 나오셨는데… 〈단식원 집단 조각상 살인 사건〉 해결사……."

"아!"

그제야 주인의 눈이 반응을 했다.

"그래서 제가 모셔 왔어요. 사장님께 도움이 될까 하고……."

"도움요?"

"실력에 비해 매번 고전이시잖아요? 혹시 무속적인 방법에 해결책이 있지 않을까요?"

"설마 굿하라시는?"

"저는 굿하는 무속인이 아닙니다."

미류가 바로 나섰다.

"아, 예… 그럼 부적?"

"부적은 경우에 따라 사용하기도 하지요."

"역시 그렇군요."

갑자기 주인이 쓴웃음을 지었다.

"왜요?"

리포터가 묻자 주인이 자리를 떴다. 잠시 후에 그가 돌아왔다. 그가 내민 건 백 장쯤 되는 부적 뭉치였다.

"내가 한두 번 속은 거 아니거든요. 장사 안된다니까 땡중부터 돌파리 무당들까지 다 찾아와서⋯⋯."

주인이 고개를 저었다. 다시는 당하지 않겠다는 의지가 엿보였다.

"부적도 사라고 안 할 테니 그냥 앉기나 하세요."

미류가 말했다. 주인은 내키지 않는 표정이지만 리포터와의 안면을 생각해 자리를 잡았다.

"굿이니 부적이니 하는 거 말고⋯ 그런 생각은 해보셨지요. 저쪽 산동반점 주인⋯ 대체 전생에 무슨 원수지간인가? 내가 무슨 대죄라도 지은 것인가?"

"뭐 그런 생각은 좀⋯⋯."

"제가 그 전생을 보여 드리죠."

"전생을 보여줘요?"

"예!"

"나참, 굿하고 부적 안 한다니까 이젠 별수를 다 쓰시네."

주인이 콧방귀를 뀌었다. 뒤로 엎어져도 코가 깨지는 이 사람. 이제 모든 것이 짜증스러울 뿐이었다.

"이봐요!"

미류가 가볍게 테이블을 후려쳤다.

"⋯⋯?"

"솜씨 좋은 분의 인생이 가련하게 되었다길래 일부러 찾아왔습니다. 지금 내가 당신에게 거액의 복채를 내라는 것도 아닌데 무작정 내치려 하니 어떤 복이 당신에게 붙겠습니까? 그렇게 의심 가득하고 냉

랭한 마음으로 요리를 하니 당신 실력이 어떻게 제대로 나겠습니까?"

"……."

"당신은 지금 오금까지 저려 있어요. 산동 주인만 보면 오장육부가 떨리지요?"

"……."

"바로 이것 때문 아닙니까?"

미류, 매직으로 자기 코 옆에 큼지막한 점을 찍었다. 바로 산동반점 주인의 점과 같은 위치의 같은 크기였다.

"으헉!"

점을 본 주인은 의자에 앉은 채로 뒤로 넘어갔다.

와당탕!

코 옆의 왕점.

북경의 주인은 왜 혼비백산을 한 것일까?

"당신… 이 점에 대한 트라우마가 있지요?"

미류가 물었다. 주인은 미친 듯이 고개를 저었다.

"아뇨. 분명히 있습니다."

"없어, 없다고!"

주인이 소리쳤다. 그러자 식사하던 팀들이 인상을 찡그리며 자리를 떴다.

"가라면 갑니다. 하지만 당신의 인생에 찾아온 마지막 기회입니다. 당신이 어두운 굴레에서 벗어나 당신 본연의 자아를 향해 갈 수 있는……."

"자아?"

"당신의 왼손… 영가가 있어요."

"영가?"

"귀신!"

"……?"

겨우 일어나 의자에 지탱해 있던 주인이 또 한 번 휘청거렸다.

"리포터께서는 좀 나가 계시겠습니까?"

"예……."

미류의 청에 리포터가 자리를 비켰다.

"10년도 넘은 일이군요. 오래된 영가입니다."

"으……."

"바다였죠?"

미류는 눈을 감은 채 영시를 계속했다. 파도가 치고 있었다. 악몽 같은 파도였다.

"그 사람… 코 옆에 점이 있군요."

"……."

"당신을 원망하고 있습니다."

"그만!"

"아닌가요?"

"그만!"

주인은 귀를 막은 채 비명을 질렀다.

"그만이 아니라 이제 시작입니다. 그 일은 당신에게 처음이 아니었으니까요."

"처음이 아니라고?"

"예."

"개소리하지 마! 처음이야. 그것도 내 잘못이 아니라고. 나도 살아야 했다고!"

주인 입의 절규가 자꾸만 높아졌다.

"압니다. 영가도 그런 눈치네요. 하지만 그전에 일어난 일은 당신 잘못입니다. 명백히 당신의 실수였어요."

"내가? 내가 무슨?"

"바다의 일부터 말해보세요. 파도 위에서 일어난 일… 당신이 말하지 않아도 알 수 있는 방법이 있으니까요."

"그건……."

"……."

"그냥 생존 본능이었어. 친구들과 바다낚시를 갔다가… 파도가 높아지면서 무인도에서 우리를 태우려던 배가 바위에 부딪쳤어. 배가 박살 나면서 다 빠져 버렸다고."

"……."

"내 요리 선배였어. 나한테 정말 잘해주던 사람… 그날도 내가 좋아하던 여자에게 뺀찌를 맞고 시름에 잠기자 기분 전환시켜 준다고 데려간 거였는데……."

파도…….

파도가 문제였다.

원래도 파도가 세기로 소문난 포인트. 그러나 돌돔과 참돔이 잘 나오는 곳이기에 강행을 했다. 고기는 제법 낚았다. 하지만 파도가 점점 세게 몰아쳤다. 그래도 선장은 왔다. 어찌어찌 낚시꾼 넷을 태웠다. 그리고 마지막 한 사람을 태우려던 순간, 큰 파도가 옆구리를 치면서 배가 밀려 버렸다.

콰작!

성난 파도 위에서 배는 뻥튀기처럼 속절없이 박살 나버렸다. 주인은 엉겁결에 아이스박스 통을 끌어안았다. 한 사람이 안기에도 그리 큰 크기가 아니었다. 그 줄을 누군가의 손이 잡아당겼다. 그 요리 선배였다. 주인은 자신도 모르게 몸부림을 치며 떼어냈다. 선배는 두 번 떠오르다 파도 속으로 들어갔다. 그때마다 코 옆의 점이 과녁처럼 선명했다.

'나쁜 놈!'

'천벌을 맞아 뒈져라!'

그가 마지막으로 내민 손은 그렇게 말하는 것 같았다. 선배는 시체로 나왔다. 낚시꾼들은 다 구조되었지만 오직 선배만 죽었다. 선배에 대한 일은 오직 주인만의 비밀이었다.

그런데…….

놀라운 일이 벌어졌다. 선배를 대신해 취업해 온 경력자. 바로 그 자리에 점이 있었던 것이다. 그가 바로 산동반점의 주인이었다.

'으헉!'

소개를 받는 자리에서 주인은 푸주 칼을 떨어뜨렸다. 그나마 얼굴이 완전히 다른 게 다행이었다. 아무튼 주인은 그를 피해 다녔다. 그만 보면 악몽이 떠올랐다.

결국 식당을 그만두고 개업을 했다. 그런데 공교롭게 또 그를 만났다. 리포터가 말한 그런 과정이었다.

"죄책감 때문이군요?"

이야기를 들은 미류가 물었다.

"그렇지요. 변호사를 찾아가 상담했더니 그런 불가항력은 죄가 되지 않는다고 했지만……"

"그런데 왜 그 죄책감이 아직도 남아 있는 걸까요?"

미류의 입가에 서늘한 미소가 맺혀왔다.

"그야 점 때문에… 그것만 보면 자꾸 죽은 선배 생각이 나서……"

"과연 그럴까요?"

"……?"

"냉정하게 생각해 보세요. 당신이 죽였다고 생각하는 선배와 삼선의 주인… 누가 더 두렵습니까?"

"삼선?"

대답하는 주인의 시선이 무섭게 흔들렸다.

"맞습니다. 그 선배는 당신 죄책감의 시발에 지나지 않습니다. 당신의 오금이 저린 건 선배 때문이 아니라 삼선의 주인 때문입니다."

"그럴 리가? 나는 단지 점에 의한 연상 작용으로만 생각하고 있었는데……."

"그걸 알려 드리겠다는 겁니다. 당신 전생으로부터 현생에 이어진 카르마……."

"카르마?"

"보시겠습니까, 마시겠습니까? 원치도 않는 사람과 실랑이를 할 생각은 없습니다."

"정말… 내 이 까닭 모를 공포와 의기소침이 전생에 기인한다는 겁니까?"

"물론!"

"돈은 얼마를 내야 하오?"

"당신은 이 고난이 시원하게 해결된다면 얼마를 내고 싶습니까?"

"그야 1억이라도……."

"그럼 1억 내세요. 단, 당신 가게가 정상 궤도에 오른 후에 천천히."

"그렇다면야."

"시작할까요?"

"좋소."

"눈 감으세요."

미류가 두 손을 들었다.

팟팟팟!

감응이 시작되기 무섭게 발소리가 들렸다.

내의원의 의원들이 무리 지어 달리고 있었다. 목적지는 궁궐의 동궁전이었다. 지체 높은 동궁께서 급환에 걸렸다. 내의원은 초비상이었다.

의원들은 원인을 찾아내지 못했다.

열이 40도 가까이 오르지만 할 수 있는 건 열을 내리는 일뿐이었다. 상감이 지켜보고 중전이 지켜보았다. 내의원들은 몸 둘 바를 몰랐다. 그때 문이 열리며 한 나인이 죽을 가져왔다. 동궁은 먹지 않았다. 나인은 다른 죽을 시도했다. 그녀의 상에는 다섯 가지 죽이 있었던 것이다. 그중 한 죽이 동궁의 입에 맞았다. 몇 번인가 입맛을 다셨다. 옴짝거리는 동궁의 코에 큰 점이 보였다.

그가 바로 산동반점 주인의 전생이었다.

"이 죽은 누가 쑤었느냐?"

상감이 물었다.

"대령숙수 황희찬이 쑤었습니다."

뒷전의 상감이 대답했다.

"동궁의 죽은 당분간 그에게 맡기도록 하여라."

상감의 명령은 지엄했다. 그 소식은 곧 숙수에게 전해졌다.

"······!"

숙수는 그 자리에서 얼어붙어 버렸다.

좋은 일이 아니었다. 이미 동궁은 명이 다했다는 말이 도는 지경. 자칫 자신의 죽을 먹다 죽으면 제 목이 날아갈 판이었다. 넋이 나가 버린 숙수. 그는 두말할 것 없이 현생의 북경 주인이었다.

원래 대령숙수들은 왕가의 일상 식사에 관여하지 않았다. 그들은 큰 잔치나 연회 같은 쪽을 맡은 까닭이었다. 하지만 워낙 동궁의 일이 긴박하다 보니 솜씨 좀 있다는 숙수와 수랏간 상궁들까지 다 동원되었던 것이다.

그날부터 숙수는 죽을 쑤어 동궁전으로 갔다. 그가 죽을 놓으면 나인이 동궁에게 먹였다. 한 수저 한 수저가 지옥 같았다.

'제발……'

그는 늘 기도로 의복이 젖을 정도였다. 밤마다 악몽도 꾸었다. 결혼하여 늘그막에 두 아들을 둔 대령숙수. 전에는 더러 맛난 것을 가져다주는 행복도 누렸지만 이제는 처자식의 안위까지 걱정할 처지가 되었다.

충신이냐 역적이냐!

그는 죽을 쑬 때마다 그 단어 속에서 허우적거렸다. 눈앞에 동궁의 점이 떠올라 미칠 것만 같았다. 그러다 결국 실수를 하고 말았다. 여러 가지 곡물 가운데 의원이 금한 곡물 가루를 넣고 만 것이다. 색이 너무 비슷해 일어난 실수였다.

그러나 상대가 누구인가? 그는 상감의 총애를 받는 동궁이었다. 눈발이 내리는 날, 숙수는 예감이 좋지 않았다. 콩을 볶아 갈아내려는 순간, 선반의 자루가 밀리며 검은콩이 그를 덮친 것이다.

콩 벼락이었다!

마치 동공 코 옆의 검은 점 벼락을 맞은 것처럼 삭신이 아팠다.

"아들아……"

잠시 궁궐 앞의 집에 들른 숙수는 두 아들과 아내를 안았다. 그리고 궁궐로 돌아갔다. 죽을 받아 든 동궁은 몇 수저를 들더니 격렬한 토사곽란을 일으켰다. 입으로 죽이 나오고 똥구멍으로도 나왔다. 의원들이 달려왔다. 상감도 행차했다.

"전하, 죽여주시옵소서!"

동궁을 진찰한 내의원 둘이 허리를 조아렸다. 끝장이라는 뜻이었다.

"어어어……."

동궁, 그냥 죽어도 될 것을 떨리는 손으로 숙수를 가리키고는 절명해 버렸다. 숙수는 그 자리에 주저앉았다. 당장 포박이 되었다. 동궁이 죽었으니 누군가는 책임을 져야 할 일. 내의원들이 죽을 조사하니 그들이 주의하라고 한 재료가 들어갔음이 밝혀졌다.

숙수는 형장에 섰다. 두 아들과 아내까지 잡혀 왔다. 두 아들은 비명도 지르지 못하고 목이 잘렸다. 아내 역시 그랬다.

후웅!

숙수의 눈앞에도 섬광이 스쳐 갔다.

섬광 속에서 검은 점들이 빛나고 있었다. 숙수의 목이 넘어갔다. 하필이면 다 잘리지 않았다. 망나니가 다시 다가섰다. 그의 코에도 검은 점이 있었다. 죽음보다 두려운 점이었다.

절겅!

현생으로 돌아왔다. 북경의 주인은 사시나무처럼 떨었다.

검은콩!

그가 싫어하는 재료였다.

어릴 때부터 그랬다. 혹여 검은콩자반 반찬이 도시락에 들어 있으면 밥을 쏟아버렸다. 검은 한약 환약도 먹지 않았다. 아이들 때 따먹던 들판의 까마중 같은 것도 쳐다보지 않았고 철갑상어알조차도 취급하지 않았다.

두려웠다. 검은 점을 닮은 것만 보면 의지가 꺾이고 사기가 무너졌다. 그것은 흡사 천적처럼 북경 주인의 의지를 뭉개 버렸다.

"그럼 그 동궁이 내게 원수를 갚으려고?"

주인이 물었다.

"그동안 그분이 사장님께 모질게 굴었나요?"

"아닙니다. 더러는 나하고 친하게 지내려고 다가오기도 했는데……."

"사장님이 피했군요."

"예… 나도 몰래 본능적으로 꺼려져서……."

"잠깐만 기다리세요."

주인을 달랜 미류가 북경을 나왔다.

"법사님?"

밖에 있던 리포터와 피디가 미류를 불렀다.

"잘되고 있습니다."

미류는 그 길로 산동으로 들어갔다.

거기서 불짬뽕을 시켰다. 사장이 직접 짬뽕을 가지고 나왔다. 그걸 받으며 사장의 전생을 체크했다. 동궁으로 살던 그 생이었다.

알고 보니 숙수의 생각은 착각이었다.

동궁은 숙수에게 원한이 없었다. 그가 마지막으로 숙수를 가리킨 건 고마움의 표시였다. 죽음을 직감한 그, 그동안 죽 잘 먹었다는 말을 하려던 것인데 차마 말을 마치지 못한 것이었다. 그렇기에 그는 숙수에게 원한이 없었다. 말하자면 그 일은 왕조시대에 일어난 비극의 일단일 뿐이었다.

혼자만의 죄의식!

결과가 나오니 해결책은 간단했다.

북경 주인의 전생륜에서 숙수령을 지우기로 한 것이다. 그렇게 되면 그에게 자신감이 생길 일이었다.

다시 북경으로 돌아간 미류는 생각대로 숙수령을 소멸시켰다. 부적으로 감싸 태워 버린 것이다.

"이제 검은콩이든, 검은 점이든 두렵지 않을 겁니다."

미류가 말했다.

"진짜 그럴까요?"

"눈 감고 이거 받아보세요."

미류의 말에 주인이 따랐다.

"눈 뜨세요."

"……!"

눈을 뜬 주인의 눈이 휘둥그레졌다. 그 손 안에 가득한 건 검은콩이었다. 하지만 두렵지 않았다. 신기하게도 담담한 것이다.

"이게 어떻게……."

"전생의 일은 당신 잘못이 아니었습니다."

미류는 동궁의 마음을 전해주었다. 주인은 그제야 맺힌 한이 풀린 건지 굵은 눈물을 떨구었다.

"이제 자신감이 생기지요?"

"그런 거 같네요."

"옆 주인장도 기왕이면 사장님이 잘되어서 이 거리가 짬뽕 명물 거리가 되기를 바라더군요. 제가 도와드릴 테니 실력 발휘 한번 해보시겠어요?"

"그러고 싶어도 손님이 있어야… 이미 가세가 기울어……."

"손님은 제가 초대할게요."

미류가 핸드폰을 들었다.

장두리와 수나, 미스 코리아 유세경과 안면을 튼 연예인들을 죄다 불렀다. 먼 곳의 화요에게도 부탁을 해서 가능한 사람을 파견(?)해 달라고 청했다. 와주겠다고 답한 사람이 열둘이었다. 그들은 차례차례 도착했다. 그러자 가게 앞이 붐비기 시작했다. 연예인들을 알아본 사람들이 인산인해를 이룬 것이다.

북경의 주인은 날아갈 듯이 바빴다.

"여기 불짬 셋요!"

"불짬 넷입니다!"

주문에 불이 붙었다. 입에도 불이 붙고, 마음에도 따뜻한 불이 붙었다. 그사이에도 간간히 연예인들이 와주었다.

"법사님!"

"네, 앉으셔서 주문 부탁합니다."

미류는 일일 서빙을 자처했다.

홀은 이제 더 이상 자리가 없었다. 별수 없이 간이 테이블을 밖에다 폈다. 결국은 재료가 동나는 통에 더는 손님을 받을 수가 없었다. 리포터와 피디도 바빴다. 그들은 간간히 미류에게 엄지 척을 날렸다. 그들조차 상상치 못한 시나리오가 나온 것이다. 대박 위의 대박이 분명했다.

식사가 끝나자 미류가 연예인들에게 사진 촬영을 부탁했다. 몇몇 연예인들이 주인과 사진을 찍었다. 주인의 입은 찢어지고 또 찢어졌다. 그는 자신에게 붙은 전생 인과를 완벽하게 극복했다.

"우어억!"

주인은 매상을 확인하고 피눈물을 울었다. 이게 얼마 만인가? 계산대의 금고가 가득 차기는 멀고도 먼 과거의 일이었던 것이다. 그때 산동 주인이 꽃다발을 들고 찾아왔다.

"축하합니다. 앞으로 같이 잘해봐요."

꽃을 받아 든 북경 주인은 또 한 번 울었다.

좋았다.

지켜보는 미류 마음이 좋았다. 실패하는 것보다 더 무서운 건 바로 포기하는 것이다. 북경의 주인은 그걸 극복했다. 미류는 악수를 나누는 두 사람에게 박수를 보냈다.

짝짝짝!

박수 소리는 뒤에서도 들려왔다. 그건 리포터와 피디가 미류에게 보내는 박수였다.

네 묏자리를 네가 파는구나

출사표!

마침내 정 시장은 대권 경쟁에 뛰어들었다.

전당대회가 끝난 그날, 시장은 지지자들 앞에서 정식으로 구국의
결단을 내렸다. 배주하의 날개 천강원이 당직 사퇴를 선언한 후였다.

배주하는 날개가 꺾이고 정 시장은 날개가 생겼다. 경쟁자들의 원
리는 그랬다. 그것은 제로섬 게임이었으니 상대의 아픔은 나의 행복
이 되는 것이다.

배주하 쪽으로 기울어 있던 저울추가 평행이 되기 시작했다.

당내 경선 방식은 정 시장에게 다소 불리했지만 상관없었다. 경선
방식이라는 것은 언제든지 바꾸면 그만이었고, 그는 이제 그걸 요구
할 자격이 있었다.

바로 대권 후보들의 여론 조사가 나왔다.

잠룡 9인방 중에서 중간쯤 가던 정 시장의 위상이 올라갔다. 이제
정 시장은 유력 대권 후보 3인방에 이름을 올리게 되었다. 그러나 아

직도 첫 손가락에 꼽히는 사람은 배주하였다. 다른 후보에 비해 두 배 가까이 높았다.

이틀 후, 미류는 일진이 좋지 않았다. 앞선 예약 손님 둘이 다 진상이었다.

처음에는 왜 카드는 안 받느냐는 걸 시작으로 내놓는 공수마다 시비였고 나중에는 복채를 돌려달라며 떼를 썼다. 그들이 원하는 건 기적이었다. 당장 자기 눈앞에 결과를 내놓으라는 식이었다. 사지도 않을 부적 시비도 걸었다. 무당들은 그깟 종이 쪼가리를 왜 그렇게 비싸게 파냐는 것이다.

돈으로 가치를 매길 수 없는 부적도 있다는 말에 나온 간죽거림이었다.

신당에도 진상이 있다. 오랜만에 연속 진상을 만나니 옛날 생각이 나서 웃어버렸다. 그때는 신당을 뒤집는 진상도 있었다. 그에 비하면 오늘 진상은 양반에 속했다.

일진 때문인지 반갑지 않은 손님도 찾아왔다. 예약 손님 점사가 다 끝나지도 않았을 때였다.

"법사님!"

봉평댁이 신당으로 들어섰다.

"예약 남았잖아요?"

손님 명부를 보던 미류가 물었다.

"그렇긴 한데……."

눈치를 보니 곤란한 일이 생긴 모양이었다.

"그 사람이 또 왔어요."

"누구요?"

"박순길이……."

"······?"

"어쩌죠?"

봉평댁이 물었다.

박순길!

이미 미류에게 당한 여자. 그런데 왜 또 왔을까? 천강원의 일을 알고 있는 걸까? 무엇이든 상관없었다. 쫄 것도 없으니까.

"이번 예약 손님 끝나면 들여보내세요."

미류가 말했다.

마지막 예약자는 노숙자처럼 보였다. 신당에 들어서기 무섭게 고약한 냄새를 뿜었다. 머리는 언제 감고 잘랐는지 어깨까지 늘어지고 손에는 때가 꼬질거렸다.

"법사님!"

그래도 눈은 맑았다. 삶이 고단하지만 생의 의지는 있는 사람이었다.

"사업 털어먹고 도망 다니는 신세입니다. 그냥 두고 온 처자식들 걱정에······."

노숙자가 한숨을 쉬었다.

"뭘 도와드리면 될까요?"

"그냥··· 부질없는 희망이지만··· 제가 다시 재기할 수 있을지··· 아예 불가능하면 제 앞으로 든 보험금이라도 나오게 죽어버릴까 해서요."

"무슨 그런 말씀을······."

"이미 끝장난 인생인걸요. 날마다 꾸느니 악몽이고······."

"악몽이 아니고 귀신입니다."

미류가 잘라 말했다.

"예?"

"눈만 뜨면 술 생각이 나죠?"

"예… 속이 상하다 보니……."

"속이 상해서가 아니라 주당 귀신이 씌었어요. 혹시 술 취해 죽은 사람 곁에 간 적 있나요?"

"술 취해 죽은 사람이라면… 아, 있네요."

남자가 무릎을 쳤다.

"제가 좀 나갈 때였어요. 거래처 접대하던 날 하도 오줌이 마려워서 뒷골목으로 갔는데 거기 꽐라가 된 남자가 쓰러져 있더라고요. 흔들어도 반응이 없길래 119에 신고했는데……."

"그 사람이 죽어 당신에게 빙의가 되었어요."

"예?"

"아직 당신 몸을 다 차지하지는 못했네요. 가족 사랑하는 마음이 그걸 막고 있는 겁니다. 하지만 계속 술을 마시면 머잖아 당신 몸은 귀신 차지가 될 겁니다."

"그런……."

"술 취하면 여자 쫓아다니죠? 여자 옷을 훔친 적도 있을 테고?"

"……."

"원래 당신에게 없던 일입니다. 빙의가 시키는 일이에요."

"그러고 보니……."

"재기는 조금만 더 기다려요. 당신은 하필 삼재가 드는 해에 삼살방이 낀 곳으로 사업장을 옮기는 통에 액난을 만났어요. 다행히 날삼재에 걸렸으니 내년 후반부터 운이 풀릴 겁니다."

"하지만 이제 가진 것도 없는 주제에……."

"내년, 첫서리가 내리면 유통업을 하는 곽씨 성을 가진 사람을 찾아가세요. 옷 말쑥하게 차려입고요, 그 사람 밑에서 죽었다고 생각하고 2년을 버티세요. 그럼 길이 열릴 겁니다."

유통업!

그건 미류가 그에게서 읽어낸 전생 인과였다. 이 남자는 과거 보부상을 했었다. 한때 산적을 만나 가산을 탕진했지만 시련을 딛고 조선에서 꼽히는 부를 일구어냈다. 빙의된 귀신이 그 의지를 막고 있지만 빙의만 해결되면 고난을 극복할 사람이었다.

"정말입니까?"

"대신 술을 끊어야 합니다. 빙의를 내치지 않으면 가족들까지 위험할 수 있어요."

"그럼 부적이나 굿을 해야 합니까?"

"부적을 써 드릴게요."

"돈이 없는데… 복채도 2만 원밖에 못 냈어요."

"괜찮습니다. 당신은 곧 운이 풀릴 테니 그때 좋은 일 많이 하세요."

미류는 부적과 주문이 적힌 메모를 꺼내 주었다.

"품에 잘 넣고 다니세요. 술이 당기면 이 주문을 외우시고요."

"이 은혜는……."

"부적과 주문만으로 모든 게 해결되지는 않아요. 당신을 믿고 의지를 보태세요. 의지가 없고서는 신의 동아줄이 내려와도 잡고 올라가지 못합니다."

"알겠습니다."

남자는 큰절을 하고 나갔다.

'박순길이라…….'

미류는 문을 쏘아보았다. 딸깍, 소리와 함께 박순길이 들어섰다. 이번에는 그 손에 선물함을 들고 있었다.

"안녕하세요, 미류 법사님!"

목소리도 바뀌었다. 친절과 겸손이 뚝뚝 떨어지지 않는가?

"점사를 보시러 온 건 아닐 테고……."

미류가 담담하게 대꾸했다.

"지난번 일로 마음 상하신 모양이군요. 그래서 사과의 뜻으로……."

박순길이 상자를 내밀었다.

"뭐죠?"

"토종꿀이에요. 무속인들은 기도를 많이 하잖아요? 피로할 때 한 잔 타 마시면 그만이라기에……."

"저는 꿀 스타일이 아닙니다."

미류는 선물을 거절했다.

"너무 그러지 마세요. 내가 비록 정식 무속인은 아니지만 그래도 사촌뻘은 되지요. 예지몽도 따지고 보면 무속 동업자인데……."

박순길은 궤변을 펼쳤다.

"오신 용건이나 말씀하세요."

"그럼 이건……."

이번에는 봉투가 나왔다. 입을 벌린 봉투에는 수표가 엿보였다. 1천만 원짜리 수표들이었다.

"돈 아닙니까?"

"좋은 게 좋은 게 아니겠어요? 보아하니 법사님이 정 시장에게 이용당하는 거 같아 안타까워서 그래요. 솔직히 그 양반 능력 없어요. 그런 주제에 일을 벌이면 우리 배 대표님에게 해만 된답니다. 그렇게 되면 누구 좋은 일 시키겠어요? 국민이 원하는 정권 교체 어려워집니다."

"정치라면 저는 할 말 없습니다."

"그러지 마시고 배 대표님 도와주세요. 여론 조사 독보적 1등인 거 아시죠? 이번에 출마만 하면 당선입니다. 그러면 법사님도 인생 연꽃처럼 만개합니다. 제가 보장할게요."

"당신이 어떻게?"

"제가 이래 봬도 배 대표님 그림자예요. 기업이나 정부 기관들도 다 배 대표님 당선을 기정사실화하고 선을 대고 있어요. 법사님 요양원 지으려 한다면서요? 그거 제가 국토부하고 복지부 쪽에 다리 놔서 예산도 배정해 드릴 수도 있다고요."

"……?"

"뭐든 말씀만 하세요. 신당이 필요하면 지어드리고 종교 단체 등록하고 싶다면 그것도 도와드리죠."

"이봐요."

"서로 좋자고 이러는 겁니다. 막말로 법사님도 이제 돈과 권력의 힘을 아시잖아요? 이렇게 헐렁한 신당에 앉아계실 분이 아니죠."

"내 신당이 어때서요?"

"법사님 능력이 아까워서 이러는 겁니다. 자칫 엇나가다가 영원히 샛길로 샌 사람들 한둘이 아니에요. 아무리 신빨이 좋다고 해도 대통령하고 붙을 수 있나요?"

"누가 대통령이라는 겁니까?"

"시간문제일 뿐이에요."

"당신!"

미류의 눈매에 힘이 들어갔다.

"사람 잘못 봤습니다. 내가 요양원을 지으려는 건 사실이지만 몸주님의 도움이면 충분하고, 방송 출연은 나 하나의 영달이 아니라 소외된 무속의 본질을 알리려고 나갔을 뿐입니다. 뭔가 착각을 하고 계시는 모양인데 돌아가세요."

"법사님!"

"이모, 다음 분 있으면 모시세요!"

미류가 거실을 향해 소리쳤다.

"생각보다 현명하지 못하시군요. 저를 적으로 두겠다?"

"이런 식으로 무속을 모욕한다면 적이 아니라 그보다 더한 관계가 되어도 상관없습니다."

"좋아요. 그 오만이 얼마나 가는지 두고 보죠."

박순길이 상자를 들고 일어섰다.

"법사님……."

신당으로 들어온 봉평댁은 안절부절못했다.

"괜찮아요. 인성도 못 갖춘 인간이니……."

"그래도 위세가 굉장한 것 같던데… 밖에 같이 온 남자들이 다들 쩔쩔매고 난리예요."

"호가호위는 가면입니다. 언젠가 벗겨지게 되어 있어요."

"그랬으면 좋겠는데……."

"저 여자에 대해서는 몸주님의 공수를 받아놨으니 마음 놓으세요."

미류는 봉평댁을 안심시켰다.

공수는 사실이었다. 박순길의 운명창에는 고약한 냄새들이 득실거렸다.

아들이 그랬고 돈이 그랬다.

차기 대통령으로 회자되는 배주하. 그 후보에게 통하는 문고리 현몽가. 각종 여론 조사에서 부동의 1위를 달리는 배 후보였으니 권력과 금력이 쏠릴 것은 당연한 일이었다. 게다가 박순길은 자기 자신의 현몽을 천계신의 능력쯤으로 착각하는 여자. 혹여라도 해코지를 할 수 있으니 대비를 한 것이다.

잠시 바람을 쐬기 위해 밖으로 나왔다.

"이어, 미류 거사!"

밖에 나와 있던 쌍골이 미류를 불렀다.

"식사는 하셨습니까?"

미류가 물었다.

"뭐 간단히 선식으로… 응."

미류를 바라보던 쌍골의 표정이 어두워졌다.

"제 얼굴 뭐가 묻었나요?"

"아니, 잠깐……."

쌍골은 눈을 비비더니 다시 미류를 바라보았다.

"이런, 잘못 본 게 아닌데?"

"왜 그러시는데요?"

"갑자기 형옥살이 들었어."

"예?"

"곧 닥치겠는데? 누가 우리 거사를 시기하나?"

쌍골의 관상은 바로 들어맞았다.

반대편에서 달려온 차량이 신당 앞에 멈춘 것이다. 차에서 내린 사람들이 살벌하게 신당으로 진입했다.

"기분 안 좋은데? 잠깐 내 방으로 피하지."

쌍골이 미류를 당겼다.

"아닙니다. 죄 지은 것도 없는데요, 뭐."

미류는 쌍골의 호의를 뒤로하고 신당으로 향했다.

"미류 법사!"

미류를 본 봉평댁이 기겁을 하며 뛰어나왔다.

"뭐죠?"

"검찰 수사관들이……."

봉평댁이 돌아보는 사이에 검찰들이 거실에서 나왔다.

"당신이 미류 법사요?"

"그렇습니다만."

"사기죄와 세금 포탈로 신고가 들어왔어요. 검찰청으로 좀 가시죠."

'사기에 세금 포탈?'

수사관들이 양쪽에서 미류 팔을 제압했다. 학교에서 돌아오던 하라가 그 광경을 보았다.

"오빠!"

하라는 가방을 팽개치고 달려왔다.

"우리 오빠 왜 잡아가요? 우리 오빠가 무슨 잘못을 했는데요?"

하라가 검찰을 막아서서 악을 썼다. 검찰은 하라를 밀어내고 미류를 차에 태웠다.

"오빠, 오빠!"

"괜찮을 거야. 오늘 노래 연습 빼먹지 말고!"

미류는 하라를 달래놓았다.

"오빠!"

하라는 달리는 승용차를 쫓아왔다. 그 바람에 타로와 옥수부인, 꽃신과 연주까지 다 나오게 되었다.

"으아앙, 우리 오빠 어떡해?"

하라는 봉평댁 품에 안겨 눈물을 쏟았다.

"무슨 일이래?"

타로가 중얼거렸다.

"개시에 진상이 둘이나 왔었어요. 한 사람은 점 이런 거 사기 아니냐고 따지고… 또 한 사람은 백만 원 복채를 내고는 세금은 제대로 내냐고 물으며 나가더니……."

봉평댁이 고개를 저었다.

"나 참, 돈 아까우면 오지를 말든가……."

"좀 안 좋아. 미류 거사 관상에 낀 형옥살이 제법 깊더라고. 게다가 경찰도 아니고 검찰이면… 우리 거사가 너무 잘나가니 마가 낀 건가?"

쌍골은 굳은 얼굴로 고개를 저었다.

"……!"

검찰청으로 연행된 미류는 놀라지 않을 수 없었다.

별거 아닌 걸로 생각한 짐작이 빗나간 것이다. 아침에 왔던 진상 둘이 거기 있었다.

아무래도 작심한 인간들로 보였다. 미류가 끌려간 곳은 살벌한 조사실이었다. 그 책상에는 미류에 대한 자료가 산더미처럼 쌓여 있었다.

'뭐야?'

긴장감이 부쩍 높아졌다. 두 진상의 단순한 화풀이가 아닌 것 같았다.

딸각!

문이 거칠게 열리더니 고위직들이 들어왔다. 부장검사와 차장검사 였다.

"이 친구야?"

부장검사가 위압적으로 물었다.

"예, 부장님!"

수사관들이 부동자세로 대답했다.

"쯔쯧, 아직도 이런 놈들이 굿이니 부적이니 하면서 선량한 국민들

등을 쳐먹다니… 제대로 조사해서 영장 청구해."

부장은 위세를 떨고 조사실을 나갔다. 이만한 일에 고위직까지 나서다니. 기분이 좋지 않았다.

"본명 오상준?"

두 명의 수사관이 바로 미류를 족치기 시작했다.

"그렇습니다만……."

"돈 많이 후렸네?"

"예?"

"점집 차린 지 얼마 되지 않는데 외제 랜드로버에 수십억 부동산에… 당신 육부적이랍시고 여자들만 오면 옷 홀랑 벗겨서 성추행도 한다며?"

"뭐라고요?"

미류가 펄쩍 뛰었다.

"하긴 성추행이 아니고 상납이겠지. 나하고 자면 소원이 이루어져."

"이봐요!"

"됐고, 당신 이거 하나하나 설명 좀 해야겠어."

수사관이 서류를 흔들었다. 그들은 이미 미류의 뒤를 탈탈 털어온 모양이었다.

"그걸 내가 왜 설명해야 하는 거죠?"

"구린 돈 아니면 왜 못 하는데?"

"말조심하세요. 복채는 신성한 대가입니다."

"복채? 말은 그럴듯하네. 이거 다 혹세무민해서 뜯어낸 돈 아니야? 굿해라 부적 써라 아니면 줄초상 난다 협박한 거잖아? 우리가 모를 줄 알아?"

"이봐요!"

"그러니까 불어. 대체 누구 등을 치고 다녔는지?"

"등친 적 없습니다. 그리고 종교 활동과 관련된 수입이나 소득은 세금과도 상관없는 걸로 알고 있습니다. 게다가 점은 개인 신상에 관한 것이니 말할 수 없습니다."

"어쭈? 제법 주워듣기는 한 모양인데 대한민국 국민은 누구나 소득이 있으면 소득세 납부 의무가 있는 거야. 당신 소득세 내기는 했어? 세금계산서나 현금 영수증은 발급했냐고?"

"무속은 인생과 영적 문제에 대한 상담입니다. 사업이나 장사가 아니라고요. 보아하니 당신도 집안에 조상귀신이 잔뜩 씌어 있는데 그때 무속인 찾아가 점사받고 현금 영수증 요구했습니까?"

"……!"

미류가 수사관의 정곡을 찔렀다.

그의 가슴팍에 서린 사기(邪氣)를 언급해 준 것이다. 하나도 아니었다. 대충 보아도 가족 셋이 시달리는 형국이었다.

"어머니… 아내… 그리고 딸……."

"뭐야?"

"당신 집안 귀신 말입니다. 자그마치 셋이나 귀신이 붙었네. 머리하고 가슴팍에!"

"……."

"이 친구가 어디서 헛소리야? 귀신 씻나락 까지 말고 불어. 당신 이거 다 사기점으로 벌어들인 돈 아니야?"

한 수사관이 주춤거리자 다른 직원이 핏대를 올리고 나섰다.

그때 조사실 문이 열렸다. 차장검사와 함께 들어선 사람은 둘이었다. 그중 하나를 본 미류 얼굴에 안도의 숨결이 스쳐 갔다.

국재경 변호사!

바로 논산 아줌마의 아들이었다.

그 옆에 선 사람은 그쪽 로펌에서도 손꼽히는 변호사 남승철.

소식을 들은 국재경이 은인을 도와주러 간다고 하니 그의 직속상관 격인 남승철이 동행을 한 것이다.

느닷없는 두 변호사의 등장. 게다가 한 사람은 거물 변호사. 미류를 닦아세우던 수사관들의 인상이 알루미늄 맥주 캔처럼 찌그러지는 소리가 들렸다.

아자작!

상황은 급반전이 되었다.

애당초 미류를 신고한 두 사람, 알고 보니 전과자들이었다. 이런저런 곳을 다니며 마구잡이로 고소 고발을 하며 합의금이나 무마비를 받아먹는 나부랭이들.

국재경이 차근차근 복채의 이의를 제기하자 수사관들은 꿀 먹은 벙어리가 되었다. 게다가 동행한 변호사가 굉장한 사람이었다. 알고 보니 이 검찰청의 지청장 출신이었던 것이다.

그쯤 되니 부장검사도 찍소리 못 하고 말았다.

"죄송하게 되었습니다."

결국 그들은 두 손을 들었다.

하지만!

미류는 이해되지 않는 게 있었다.

애당초 큰 걱정은 하지 않았다. 그런데 부장검사까지 나서는 걸 보고서는 생각이 달라졌다. 상습 태클범의 신고 정도라면 그 정도 간부들이 나설 일이 아니었다.

"간단히 끝나서 다행입니다."

국재경이 말했다.

"변호사님 덕분에……."

"천만에요. 제 인생 구해주신 법사님이 아닙니까? 게다가 사안을 보니 검찰이 닦아세울 일도 아니고……. 다른 종교들은 더 큰 문제가 있어도 손도 못 대면서……."

"아무튼 고맙습니다. 먼저들 가세요."

"볼일이 있습니까?"

"액풀이 좀 하고 가려고요."

"뭐 그러시다면……."

국재경은 미류를 말리지 않았다. 그는 상관을 모시고 검찰청을 빠져나갔다.

액풀이!

이건 반드시 짚고 넘어가야 할 일인 것 같았다.

절렁절렁…….

신방울을 울리며 생각에 잠겼다. 누구일까? 미류의 뒤통수에 비수를 꽂고 싶은 사람. 두말할 것도 없이 한 사람이 스쳐 갔다.

'박순길…….'

다른 건 몰라도 이런 일만은 용서할 수 없었다.

미류는 목숨을 바쳐 전생신의 강신을 받은 신제자. 그런데 예지몽 따위나 할 줄 아는 사이비가 넘보다니…….

한참 후에 담당 수사관이 나왔다. 미류는 기다렸다는 듯이 그에게 다가갔다.

"억!"

미류를 본 수사관이 놀라 주춤거렸다.

절경!

미류가 방울을 울리자 그는 한 번 더 움찔거렸다.

"뭐, 뭐요?"

"방면해 주신 게 눈물겨워서 공수 하나 내리고 가려고."

"……."

"당신 집안, 세 여자가 골골거리잖아?"

"그, 그렇기는……."

"누구야?"

이미 기선을 제압한 미류, 살짝 쉿소리 섞은 공수로 수사관의 간담을 흔들어놓았다.

"뭐 말이오?"

"배후!"

"……."

"말 안 하면 당신 집 줄초상 치를지도 몰라."

절렁!

신방울, 이번에는 날카로운 울림을 냈다.

"……."

"뭐 싫으면 그만두고. 어차피 당신이 아니어도 알 수 있는 방법은 많거든."

떡밥을 던진 미류가 미련 없이 돌아섰다.

"이, 이봐요, 법사님."

수사관이 부르자 미류가 걸음을 멈췄다.

"위에서 지시가 내려왔어요. 내가 주도한 게 아니라고요."

"위 어디?"

"어디겠습니까? 높은 양반들이지."

"장차 VIP가 된다는 사람?"

"아마 그쪽 비서진에서……."

'역시…….'

미류는 고개를 끄덕거렸다. 박순길이 손을 쓴 것이다.

"됐어. 집에 가봐. 셋은 아니고 둘 줄초상이 날 거야. 아, 그리고 당신 부장검사에게도 전해줘. 병원에 골골거리는 장모님 있지? 곧 돌아가실 거라고!"

"예?"

"뭐 해? 다 죽는 거 보고 싶어?"

"예? 예……."

미류의 호통을 들은 수사관이 미친 듯이 뛰었다. 그리고 사나운 시동을 걸며 정문을 향해 달렸다.

줄초상… 그건 맞는 말이었다. 하지만 사람은 아니었다. 수사관이 기르는 애완견. 영시를 보니 그 새끼 두 마리가 죽을 형상이었던 것이다. 좀 놀라기야 하겠지만 미류를 몰아친 것에 비할까?

'박순길…….'

다른 줄초상에는 관심이 없었다. 이제는, 그 여자의 패덕(悖德)함에 초상을 안길 순간이었다.

"……!"

미류의 방문을 받은 시장은 반색을 했다. 그는 이미 저간의 사정을 알고 있었다. 선일주로부터 귀띔도 받은 모양이었다.

"고생이 많았소이다."

"별말씀을……."

"내 기어이 법사님께 무례한 자들에 대한 응분의 조치를 할 겁니다."

"경찰과 검찰 말입니까?"

"그렇지 않습니까? 선 장관도 모종의 방안을 고려 중인 것으로 압니다."

"그들은 그냥 두셔도 됩니다."

"아니, 왜요? 그런 수모를 당하시고도?"

"나무를 잡으려면 뿌리를 쳐야지 가지를 잘라봤자 소용이 없지요."

"뿌리?"

"이번 일의 배후는 박순길입니다."

"박순길?"

"아마 제가 시장님 측근에서 조언하는 게 마음에 걸린 모양인데 그 여자를 그냥 두시면 차후 큰 말썽이 될 겁니다."

"이번 대선에 말이오?"

"언제라도 그렇습니다."

미류는 말을 돌렸다.

박순길의 운으로 보아 이번 대선에서 꽃필 운명은 아니었다. 그러나 그녀는 언제고 초대형 사고를 칠 사람이었다.

"하지만 국회의원이나 당직자도 아니고 배 대표를 추종하는 개인 집사 정도로 보아야 하는데⋯⋯."

"추종자가 아니라 조종자라면 어떻겠습니까?"

"조종자?"

"그녀는 예지몽을 내세워 배주하와 그 측근들에게 막강한 영향력을 미치고 있습니다. 제가 듣기에 배주하를 만나려면 박순길과 그 동생을 통해야 한다고 하던데 헛소문입니까?"

"그런 정황이 있는 건 사실이오."

"그럼 기업이나 관가에서는요? 그쪽도 깐깐한 배 대표보다는 호가 호위하는 박순길 쪽에 선을 대고 있다고 하던데요?"

"뭐, 그런 소문도……."

"소문이 아닙니다!"

미류 목소리에 힘이 들어갔다.

"소문이 아니라고요?"

"제가 살펴본바, 그녀는 이미 배주하를 등에 업고 여러 전횡을 저지르고 있습니다. 나라를 위해서도 그렇지만 시장님을 위해서도 바로잡으셔야겠습니다."

"무슨 뜻이오?"

"생각해 보십시오. 혹 그런 전횡이 밝혀지기라도 하면 여론이 집권당으로 넘어갈 수 있습니다. 이 당은 대권 후보 주변 사람들까지 해먹는다고 하면 어떤 국민이 표를 주겠습니까?"

"……?"

"제 말이 틀렸습니까?"

"듣고 보니 심각하구려. 아시는 대로 말해보세요."

"그녀는 이미 검은돈을 천문학적 단위로 만져대고 있습니다. 나아가 외아들과 동생에게도 심각한 부정이 들었더군요. 그걸 밝혀내시면 나라가 비틀어지는 것도 바로잡고 대권 주자들 중에서 단숨에 부각될 것입니다."

"검은돈과 외아들?"

"주무르는 돈은 정부 측 예산과 기업의 것입니다. 제 영시에 그렇게 보였습니다."

"으음… 최근에 배주하 진영에서 특정한 예산 배정에도 무리수를 두고 기업 인사들과 물밑 접촉을 갖는다는 말이 있더니……."

"이것은 제 개인감정이 아닙니다. 그녀는 영매니 환몽술사니 하는 별칭이 있던데 이는 자칫 무속인으로 보일 수도 있습니다. 그러나 제가 만나본 그녀는 개인의 영달을 위해 눈이 먼 사람이지 누구를 바른길로 이끌려는 인품이 아니었습니다."

"법사의 마음은 잘 알겠소. 내가 문 장관하고 염 의원을 만나 진지하게 점검해 보리다."

"서두르시는 게 좋습니다."

"명심하리다."

시장이 힘주어 말했다.

그가 선일주와 통화를 하는 사이에 미류는 사모님과 잠시 담소를 나누었다.

그녀는 단식원 사건에 대해 관심이 많았다. 그리고 그 희생자들에게 아픈 마음을 표했다. 아들을 잃은 그녀였기에 졸지에 참변을 당한 희생자들이 더욱 딱했던 것이다.

"그들을 위해 위로금을 좀 보낼까 하는데 어떻게 생각하세요?"

그녀가 물었다.

"위로금요?"

"아들을 위해 붓던 보험과 적금이 있었어요. 언젠가 좋은 일에 써야지 하고 묻어두었는데 그 일을 보니 마음이 아파서……."

"좋은 일이지요. 하지만 보내시려면 반드시 익명으로 기부하시기 바랍니다."

"그럴 생각이에요. 돈 몇 푼 보내면서 기자들 달고 가면 그건 기부가 아니라 자기 과시에 불과하지요."

오!

사모님 생각은 반듯했다. 퍼스트레이디가 될 자격이 있는 여자였다.

"법사님!"

잠시 후에 시장이 다가왔다.

"이거 굉장한 일이 될 것 같습니다. 선 장관과 얘기를 했는데 박순길 그 여자… 상상도 못 할 전횡이 곳곳에서 감지되고 있답니다."

"예?"

"우선 아들 말이오, 학급에서 6등급을 받았는데 서울의 명문대에 입학사정관 전형으로 합격했다고 하는군요. 그 일로 관련 부서에 민원이 들어왔는데 누군가 위에서 눌러서 흐지부지되었고 각 기업에도 후원금 명목으로 손을 벌린 정황이 속속 잡히고 있답니다."

"……"

"선 장관이 검찰총장을 불러 은밀한 내사를 지시하기로 했습니다. 조금만 기다리면 윤곽이 드러날 것 같습니다."

"고맙습니다, 시장님!"

"아니오, 이거 고생은 법사님이 하시고 열매는 내가 누리는 꼴이 될 모양이외다. 아무튼 이 일은 내게도 호재가 될 일이니 이 사람에게 맡겨주시고 혹 법사님께 해를 끼치려는 집단이 있으면 바로 말씀하세요. 이 사람이 인맥 전부를 동원해서라도 막아드리리다."

"저야 몸주께서 지켜주시니 걱정 없지만 말씀만 들어도 고맙습니다."

미류는 공손히 인사를 하고 차에 올랐다.

박순길…….

그녀가 스쳐 갔다.

양의 탈을 쓴 여자.

그녀는 오늘 밤에 무슨 꿈을 꿀까 궁금했다. 그녀가 굉장한 예지몽의 능력자라면 위기가 닥쳐올 꿈을 꿀 것이다. 그리고 대책 수립에 나서겠지? 호가호위의 속내를 들킨 박순길의 선택은 무엇일까?

막 골목길로 나왔을 때 남창수에게서 전화가 왔다.

—법사님, 지금 어디입니까?

"귀가 중입니다만……."

―그럼 신당에서 뵙죠.

"무슨 일인데요?"

―요양원 말입니다. 전화 못 받았습니까?

"무슨 전화요?"

통화하는 사이에 전화가 들어왔다. 미류는 남창수와의 통화를 미루고 그 전화를 당겨 받았다.

―법사님, 저 기동길이에요.

'기동길?'

잠시 잊고 있던 이름이었다. 건설업자 기도환의 아들이 아닌가?

"어, 웬일이냐?"

―시험 끝났어요. 그래서 전화드려요.

"점수는?"

―8과목 봐서 절반 3등급 받았어요. 비록 잡과목이 두 개 섞였지만 다음에는 주요 과목으로 3등급 받겠습니다.

기동길의 짜릿한 성취감이 핸드폰을 통해 건너왔다. 3등급을 받아야 카지노학과 진학을 허락받게 될 기동길. 동시에 미류의 요양원 건설까지 한 방에 해치운 것이다.

"축하한다, 수고했어."

―고맙습니다, 법사님. 목표를 세우고 공부하니까 기분도 다르더라고요. 저 이러다 다음 시험에서 1등 하는 거 아닌가 모르겠어요.

"그렇게 되면 더 좋지. 겨우 가는 것과 좋은 데 갈 수 있는데도 가는 건 다르니까."

―알겠습니다. 저 오늘 하루는 친구 놈들하고 열라 놀고 내일부터 또 달릴게요.

"그래."

전화를 끊었다.

'자식……'

여운이 오래 남았다. 요양원 건설이 해결되어서가 아니었다. 한 인간이 자신에게 맞는 자아를 찾아가는 일. 그보다 더 보람된 삶이 어디 있단 말인가?

"미류 법사님!"

신당에 도착하니 남창수는 거실에 자리를 잡고 있었다.

"잠깐만요."

미류는 전생신에게 먼저 귀가를 알리고 나왔다.

"통화했죠?"

"예."

"이야, 진짜 대단합니다. 그놈이 3등급을 절반이나 찍다니. 내가기 사장하고도 통화했는데 그 친구 좋아서 날아갈 지경이더라고요. 한 과목은 90점도 찍었대요."

"예……."

점수의 마력이다.

만약 기동길이 올 백 점을 맞는 학생이었다면 어땠을까? 서너 개나 틀렸다고 아파트 옥상에서 하늘로 날아올랐을지도 몰랐다.

"그래서 말인데 '미류 법사 입시 학원'도 하나 차리는 게 어때요?"

"학원을요?"

"그래요. 내가 보니까 초대박입니다. 끝에서 빌빌대는 놈들 데려다가 전생점으로 적성 맞춰서 동기부여하면… 그래서 등급 꽉꽉 오르면 한 달에 천만 원 내라고 해도 낼 부모들 널렸을걸요?"

"사장님!"

"하핫, 농담이고 내 조카나 좀 부탁해요."

"사장님 조카도 카지노학과입니까?"

"아니, 이놈이 머리는 좋은데 공부하고는 담을 쌓았다니까요. 제 딴에는 무슨 웹툰 작가 된다고 공부 때려치우고 미술 학원만 다니는 모양인데 그림도 별로고."

"흐음… 그럼 복채가 비싼데요. 이미 효과가 검증된 일 아닙니까?"

"아, 돈 같은 건 걱정 마세요. 조카 놈 잘되는 일인데 원하시는 대로 다 낼게요."

남창수가 웃었다.

인생의 희로애락!

참 절묘하다.

박순길의 뒤통수 치기와 단식원의 참상으로 인해 기분이 구겨졌던 미류였다. 하지만 이런 일도 위로를 받는 것이다.

"그건 어떻게 됐습니까? 굉장한 친구가 설계도 맡아주기로 했다면서요?"

"잘되고 있답니다."

"그럼 내일 현장에서 한번 모입시다. 잘나가는 김에 삽 떠야죠."

남창수가 목소리를 높였다.

요양원 건설.

이제는 꿈이 아니었다. 미류의 손안에 들어온 현실이었다.

남창수가 돌아가자 미류는 신당에서 기도를 드렸다. 이 꿈이 누구의 꿈인가? 미류 혼자 꾸어서 될 일이 아니었다. 그러니 오롯이 전생신의 뜻이었다.

삶의 진짜 꿀. 그 맛을 보게 하려는 그분의 의도. 미류는 그걸 따랐고 고난을 헤치며 달려왔다. 그리고 오늘에서야 벌집을 지었다. 이제 남은 건 꿀벌을 채우고 꿀을 채우는 일이었다.

　미류의 욕망과 개인적 영달이 아니라 어려운 사람들의 영혼을 구하기 위해.

　'당신의 꿈은 정말 신묘한 맛이로군요.'

　의미 없이 잘나가는 게 아니라 간절함과 노력의 뒷맛을 알게 하는 전생신. 미류는 입가에 번지는 미소를 멈추지 못했다.

이란격석(以卵擊石)

"절묘하군요."

버드나무 아래서 한택근이 말했다.

박혜선이 소개했던 그 건축가였다. 옆으로는 둑길, 또 한편으로는 자막처럼 펼쳐진 서울시의 관리소 정원. 얼핏 보기에는 죽은 땅 같지만 그의 눈에는 달랐던 것이다.

"요양원이라면 최고의 명당이 될 것 같습니다."

그가 미류를 보며 웃었다.

"내 생각도 그렇습니다. 이거 사람들이 반듯한 땅 사서 단물 빨고 빠질 생각만 했지 요양원이나 복지원으로 쓰기는 딱이로군요. 설계만 잘하면 양편이 다 녹지 공간이 될 판이니 서울에 이만한 땅이 어디 있겠습니까?"

기도환도 공감했다. 아들이 시험 약속을 지키자 두말없이 달려온 그였다.

"그러고 보니 요양원만 하기는 아깝군요. 효용성을 잘 살리면 다른 것도 가능할 것 같은데요?"

한택근이 미류를 돌아보았다.

"선생님!"

미류가 표승을 돌아보았다. 표승과 신몽대감에 우담할망까지 모셔 온 미류였다. 자랑하려는 건 아니었다. 미류 역시 이런 방면에는 큰 경험이 없으니 세 사람의 지혜를 빌릴 생각이었다.

"내 욕심에는 무속 문화관 같은 걸 세우면 어떨까 싶네. 가끔 신명 나는 굿판도 벌이고 말이야. 그럼 사람들에게 무속에 대한 이해도 높이고 요양원에 들어와 있는 분들도 무료함을 벗어나지 않을까?"

우담할망이 조심스레 입을 열었다.

"하지만 지나치면 오히려 배척당할 수 있습니다."

신몽은 살짝 조심스러운 쪽이었다.

"내 생각은 말이야……."

양자의 말을 다 들은 표승이 말을 이어갔다.

"요양원이라면 그 한 줄기로 가는 게 좋을 것 같네. 우리 욕심에야 무속을 보여주고 싶지만 봉사라는 건 어떤 의도도 담겨 있지 않아야 하는 거 아닐까?"

"옳은 말씀이네요."

표승의 현답에 우담할망이 웃었다.

다른 사람들도 특별한 이견을 달지 않아서 소박하고 서정적인 요양원 쪽으로 가닥을 잡았다.

"좋습니다. 의견이 통일되니 그림이 팍 오는군요."

한택근이 대지를 내다보며 말했다.

"가급적 소박한 정원 형태의 산책 공간을 여럿 두는 게 어떨까요? 전체를 원형으로 해서 어디서든 이어지는 산책로 말입니다. 내가 지방에 한 종단의 수련원을 지었는데 그게 보기 좋더군요."

"저도 그 생각을 했습니다. 천천히… 느리고 여유 있는 공간… 걷다가 그 자리에서 숨을 거두어도 편안할 것 같은……."

"키햐, 세계적인 건축가 선생님이라더니 과연 다르시군요."

처음 만난 한택근과 기도환은 어느새 죽이 척척 맞고 있었다.

그사이에 송송탁구방 멤버들이 황금실 이사장과 함께 도착했다.

"법사님!"

여섯 아줌마들은 앞다투며 달려와 미류를 껴안았다.

"와주셔서 감사합니다."

미류가 인사를 전했다.

"무슨 말씀이세요? 초대해 준 것만 해도 과분한데……."

송미선이 대표로 말했다.

"이분들이 설계와 시공을 맡으실 분들인가요?"

황금실이 한택근과 기도환을 바라보았다. 물주가 되어줄 그녀였다.

"예!"

미류가 답했다.

"돈 걱정은 말고 잘 부탁드려요. 천 년을 갈 수 있게 말이에요."

황금실은 두 전문가에게 당부를 전했다.

일동은 삼삼오오 흩어져 부지 구경에 나섰다. 아직 너저분한 곳 투성이었지만 미류가 점한 곳. 그 사실만으로도 마음이 끌리는 그들이었다.

"저기 법사님!"

한택근이 미류를 불렀다.

"예."

"이 설계비 말입니다."

"아, 예… 그걸 아직 의논하지 못했군요. 얼마나 들까요?"

"그거 재능 기부로 받아주셔야겠습니다."

"재능 기부요?"

놀란 미류가 고개를 들었다.

한택근!

이제 미류도 그 명성을 알고 있었다.

혜선에게 소개받은 후로 들은 풍문이 있었다. 게다가 검색은 폼으로 있단 말인가? 그야말로 건축계에서는 떠오르는 태양과도 같았으니 부르는 게 값일 정도였다.

"실은 법사님께 이런 말 드리기는 좀 뭣한데……."

한택근이 뒷목을 긁었다. 뭐가 껄끄러운 사연이 있는 것 같았다.

"혜선 씨 때문이군요?"

미류가 먼저 선수를 치고 나갔다. 의도한 것은 아니지만 자신도 모르게 한택근의 전생륜을 불러내 버린 것이다.

그의 전생…….

가만히 감응하고 나니 눈물이 날 것 같았다.

아름다운 사랑이었다. 그러나 이루지 못할 짝사랑이었다. 전생의 한택근은 노예였다. 귀족인 혜선의 집에 숯을 구워 날랐다. 혜선은 요정이었다. 말 한마디도 붙일 수 없는 요정. 그러나 노예 소년은 그녀를 바라보는 것만으로도 행복했다. 어쩌다 그녀가 웃어주기라도 하면 그날은 하늘을 날 것만 같았다.

한번은 그녀가 버린 손수건을 주웠다. 그녀 냄새가 났다. 소년은 그걸 늘 주머니에 넣고 힘들고 고단할 때마다 그 냄새를 맡았다.

그게 전부였다. 이루지 못한 순애보. 그 마음을 안고 죽은 소년은 이 생에서 다시 혜선을 만났다. 그러나 이번에도 이루지 못했다. 혜선은 일에 미쳐 있었으니 한택근에게 눈길을 주지 않았다.

"실은 혜선이가 나한테 뭘 부탁해 본 적이 없어요."

푸른 하늘을 보며 그가 말을 이었다.

"뭐든 말만 하면 다 해주고 싶은데… 무엇도 원하지 않았지요."

"……."

"그런데 이 일을 부탁했어요. 법사님 요양원을 도와달라고……."

"……."

"죄송하지만 제게는 하늘의 명령보다 더 지순지고하고 고마운 요청입니다. 그러니 제가 어떻게 돈을 받겠습니까?"

"하지만……."

"이렇게 부탁드립니다. 혜선이에게는 비밀로 해주시고요. 법사님!"

한택근이 허리를 꺾어왔다. 그는 더할 수 없이 진심이었다.

'이 사람…….'

아직도 이런 사람이 있단 말인가?

미류는 잠시 한택근을 바라보았다. 자기 일에 최선을 다하는 사람. 그러면서도 신실함이 묻어나는 사람. 저번 생에서는 비루한 신분이었다지만 이번 생에서는 세계적인 능력을 지닌 사람. 그런데 이 생에서도 그 사랑을 얻을 수 없어?

미류는 미래안을 열고 말았다. 확인하고 싶었던 것이다.

"……!"

그 미래안에 그림이 맺히기 무섭게 입을 쩌억 벌렸다.

"좋습니다. 받아들이죠."

미류는 주저 없이 대답했다.

"고맙습니다."

"하지만 이렇게 하세요."

"……?"

"이 설계비… 선생님 미래의 소망을 연결하는 복채라는 거."

"예?"

"뭐 그런 게 있습니다."

"예……."

"그럼 설계, 잘 부탁드립니다."

미류는 인사로 말을 끊었다. 그러면서도 흐뭇한 미소를 감추지 못했다. 미래안 때문이었다.

공덕!

그 힘의 끝은 어디일까? 어쩌면 공덕이야말로 공수의 기원이자 뿌리였다. 제 아무리 신빨 돋는 무속인이라고 해도 공덕이 없는 대주나 기주의 액운을 한없이 막을 수는 없었다. 신빨과 공덕은 손바닥이다.

짝!

마주쳐야, 호흡이 맞아야 제대로 소리가 나는 것이다.

한택근… 그의 미래안 속에 혜선이 들어 있었다. 아들 하나 딸 하나, 아이도 보였다. 그건 무얼 의미하는가? 어쩌면 이번 설계가 한택근의 애절한 사랑에 불을 붙이는 계기가 되는 모양이었다. 그 또한 공덕이 아닐까? 혜선의 부탁에 선뜻 응한 한택근. 게다가 자신의 일처럼 신실한 그였기에 행운이 서린 것이다.

'요양원이 완공되는 날……'

박혜선과 한택근의 사랑도 완성되려나?

두 개의 상상 속에서 미류는 행복했다.

어떤 요양원이 그려질까?

신당으로 돌아온 미류는 설계도가 궁금했다. 그렇다고 욕심 같은 건 없었다. 어머니 같은 사람들… 오갈 데 없는 인생 말년의 사람들이 '인간답게' 생을 마감할 수 있는 곳이면 그만이었다.

그때 진순애의 전화를 받았다. 의사인 그녀, 타로에게 전해 들었는지 흥미로운 말을 해왔다.

—제가 관리 의사로 봐주는 요양원들이 있는데 그중 한 곳 분위기가 좀 이상해요.

"이상하다고요?"

—그게… 뭐랄까? 치매하고 정신과 질환 환자들이 생을 마감하기 위해 계신 곳인데 뭔가 스산한 느낌이 있달까요?

"어떤 기분이죠?"

—그걸 모르겠어요. 신기하게도 거기 계신 분들은 제 힘으로 전생조차도 볼 수가 없어요.

"선생님이요?"

—좀 이상해서 노찬숙 선생하고 양종길 선생에게 도움을 청했는데 양 선생은 비녀로 전생을 보다가 정신도 잃고…….

"……?"

—갑작스러운 복통이 일었대요. 그냥 콱!

"이상하군요."

—그래서… 법사님 바쁜 줄 알지만… 요양원 지으실 거라니 경험 삼아 한번 들러주시면 안 될까요?

"나쁘지 않네요."

—정말이죠?

"예, 요양원은 몇 번 가봤지만 그때 보는 것하고는 다르겠지요. 운영이나 시설, 실태 같은 것도 알면 좋고……."

—그럼 언제 시간 되세요?

"선생님이 저한테 전화할 정도면 나름 심각한 거 같군요. 다음 주 일요일 오후에 괜찮을까요?"

—그 정도면 괜찮습니다. 그때 시간을 낼게요.

"그럼 그렇게 알겠습니다."

미류는 전화를 끊었다.

진순애!

진득하고 품성 좋은 의사다. 그래서 미류는 그녀를 찍어두고 있었다. 요양원 건축이 시작되면 그녀에게도 참여를 권할 생각이었다. 좋은 의사가 참가한다면 환자들에게도 복이 될 일. 그러니 그녀의 부탁을 들어주는 일도 투자에 속했다.

잠시 예약자 명단을 살펴볼 때였다. 봉평댁이 거실에서 미류를 불렀다.

"법사님, 좀 나와보세요!"

좀처럼 호들갑을 떨지 않는 봉평댁이었다. 미류는 문을 열고 나왔다. 봉평댁이 텔레비전을 가리켰다.

"뉴스 좀 보라고요."

뉴스…….

골프가 나오고 있었다.

서울의 한 명문대에서 골프로 부정 입학을 한 학생이 언론에 덜미를 잡힌 모양이었다. 학생은 대학 입학처 고위직의 비호를 받았다. 문제가 된 건 그가 특기생으로 인정받은 골프 대회의 입상 성적.

학생은 동남아 골프 대회에서 금메달을 수상했다. 그게 문제였다. 그건 정식 대회로 보기 힘들었다. 게다가 원래는 태국과 말레이시아, 인도네시아와 베트남 등의 학생들이 친선으로 치르는 대회에 꼽사리를 낀 것이다. 하지만 그 대학 입시 위원회는 따로 회의를 열어 문제가 없다는 해석을 내렸다.

국제 대회의 형식을 갖추지 않은 친선 게임에서의 금메달. 그것도 금메달이 예정된 학생이 두 홀을 남기고 석연찮은 포기를 하면서 받게 된 것.

입학사정관!

말도 많고 탈도 많다. 더러는 이 제도를 가진 자들의 편법 입학처라고 비아냥거리는 사람도 많았다.

이 학생의 경우에도 그랬다. 입학처의 고위 간부 뒤에 있는 배후. 그가 차기 대선 당선자로 유력한 배주하 당 대표의 측근이라는 설이 나온 것이다.

"……!"

미류의 신경이 곤두서기 시작했다. 뉴스는 이제 핵심을 토해놓았다.

부정 입학 의혹을 받는 학생의 이름은 차강우. 그가 바로 차충혁의 외아들이었다. 그리고… 차충혁은 박순길의 남편이었다.

'시장님!'

정 시장의 기억이 칼날처럼 기억을 스쳐 갔다. 마침내 그가 움직인 모양이었다.

이건 정 시장의 배주하에 대한 선전포고였다. 그렇다면 당연히 후속편이 준비되어 있을 것이다. 그러나 이때까지의 포커스는 박순길도 배주하도 아니었다. 그저 금수저 집안들의 짜고 치는 고스톱의 일면을 보여주는 것에 불과했다.

야금야금…….

정 시장의 전략은 그랬다. 일단은 간 정도만 봐준 것이다.

다음 날, 한 번 더 잽이 날아갔다. 이번에는 박순길 조카들의 특혜성 정부 사업 지원금과 대기업 취업 의혹이었다.

그 요리 위에 올라간 고명이 대박이었다.

박순길의 최고급 성형외과 특혜설이었다. 그녀는 툭하면 얼굴에 손을 댔다. 피부도 당기고 주름도 지웠다. 아기 피부가 된다는 그 주사도 맞았다. 모두 공짜였다. 성형의에게 대통령 주치의 자리를 운운하며 권세를 누린 것이다. 물론 배주하도 몇 번 동행한 것 같다는 익명 제보가 뒷받침되었다.

"완전히 특권 의식에 사로잡혀 있었어요. 오기만 하면 모든 과정을 스톱시키고 모든 스텝이 그분을 위해 움직여야 했어요."

"개무시당하죠. 간호사 같은 건 사람 취급도 안 하더라고요."

모자이크된 얼굴의 간호사 목소리는 떨고 있었다.

―대권을 잡기도 전부터 호가호위 설레발이냐!

국민들은 슬슬 차충혁과 박순길의 패덕 퍼레이드에 대해 분노하기 시작했다.

진짜는 다음 날 터졌다.

마침내 '돈'이 거론된 것이다.

대학교수가 편법 입학을 지휘하면서 돈을 챙겼다. 30억이었다. 그게 절묘했다. 돈의 출처가 바로 대기업이었던 것. 명분은 산학 연구비 지원이었지만 그 교수와는 상관도 없는 프로젝트였던 것이다.

여기서 박순길의 존재가 드러나기 시작했다.

돈을 요구한 사람도 그녀고 중재한 사람도 그녀였다. 그리고… 그녀의 시커먼 행적은 단 한 기업으로 끝난 게 아니었다.

그녀는 몇 명의 심복을 대동하고 많은 재벌들을 만났다.

"우리 후보님께서 관심이 많으십니다."

"후보님께서 이 기업이 현 정부에서 너무 괄시를 받고 있다고……."

"총수님이 구속되어 염려가 많으시죠. 우리 후보님께서도 이건 있을 수 없는 경우로……."

"대표님이 당선만 되시면 총수님을……."

그녀가 찾아간 기업들은 약간의 문제가 있는 곳이 많았다.

더러는 총수가 배임, 횡령 혐의로 법정 구속된 곳도 있었다. 현재 대선 후보 여론 조사 2위 그룹과 비교 불허의 지지율로 1위를 달리는 배주하. 당선은 따 놓은 당상으로 보이는 그녀가 보낸 특사의 긍정적인 시그널…….

"다만 대표님께서 현재 야당 대표 신분이라 지원 측면에서 여러 애로가……."

마지막 말이 압권이었다. 기업들은 기꺼이 금고를 열어주었다. 대선 때가 되면 어차피 정권에 보험을 들어야 하는 마당. 이런 경우라면 거리를 둘 수 없는 미끼였다.

그렇게 거둬간 금액만 400억에 달했다. 그게 하나하나 민낯을 드러내기 시작했다. 그러자 박순길과 기업들은 일제히 입을 맞췄다.

"21세기 세계 인재 재단 설립용 모금이었다."

자발적인 기업의 찬조. 그렇다면 불법이 될 수 없었다. 하지만 완벽하지 않았다. 관련자들 중에서 불쾌감과 모멸감을 품은 자들이 진실을 털어놓은 것이다.

"명백한 대선 후보 자금이었다. 그러나 그조차 박순길이 거의 다 착복했다. 당으로 들어간 돈은 일부에 불과하다."

도미노…….

한둘이 입을 열자 이제는 속도까지 붙었다.

그녀는 당 간부 인사와 외곽 단체, 당 예산의 집행, 당 측면의 연구팀들까지도 좌지우지하고 있었다. 광고비와 홍보비 등의 집행도 그녀의 예지몽(?)에 따라 이루어졌다.

"대표님의 뜻이에요."

그 한마디면 끝이었다.

입시 비리라는 작은 불이 대형 화재로 번졌다.

결국 박순길은 프랑스로 튀었다. 그의 아들이 전지훈련을 하고 있는 곳이었다. 기자들이 거길 뒤지니 또 볼 만했다. 박순길, 배주하의 복심이라는 권위를 내세워 자신의 왕국을 차리고 있었던 것이다. 집은 할리우드 톱스타가 살던 것을 인수했고, 사설 골프장까지 딸린 신세계가 그녀의 사택이었다.

"내 집 아니에요."

기자들이 묻자 모르쇠로 나왔다. 명의를 친지 이름으로 해놓은 그녀였다. 기타 국내의 일들도 죄다 오리발을 꺼내 흔들었다.

"나는 모르는 일입니다."

그조차 당당한 표정이었다.

성난 여론이 폭주하기 시작했다. 그녀의 호가호위가 까발려지자 화살은 배주하에게 향했다. 그녀는 결국 당 대표 자리에서 물러났다. 그러나 결백을 주장했다. 자신의 집사 역이었던 박순길의 오버였다. 자신은 모르는 일이다. 혹시라도 그런 일에 자신이 관여했다면 대선 후보에서도 물러나겠다며 배수진을 치고 나왔다.

이제 열쇠는 박순길에게 있었다. 불행하게도 그 남편과 동생은 꼭 두각시에 불과했다. 박순길의 예지몽에 따라 뜻을 전달하고 수금하는 역할이었다.

마침내 검찰이 투입되었다.

처음에는 야당 탄압 내지는 당선 유력자를 적으로 만들 것 같은 일에 몸을 사리던 검찰. 그 등을 여론이 밀어버린 것이다. 그러나 박순길은 콧방귀도 뀌지 않고 프랑스에서 망중한을 즐겼다. 한 네티즌은 그녀가 해변에서 명품 비키니를 입고 20대 백인 남성 품에 안겨 와인을 마시는 영상을 올렸다.

'여권 말소!'

검찰이 초강경 카드를 꺼내 들었다. 그러자 그녀, 마지못해 자진 입국을 선언했다. 그 선언의 순간마저도 온갖 명품을 입은 상태였다. 그녀의 뒤로 가득한 작대기가 보였다. 명품 골프채들이었다.

며칠 후 그녀가 입국했다. 자동 출입국 창구를 이용했다. 사설 경호원을 열 명이나 대동한 채였다. 공항에서의 기자회견도 어이 상실 수준이었다.

"열 몇 시간 비행기를 타고 왔더니 정신이 몽롱해요. 피로가 풀리는 대로 검찰에 출두해서 결백을 증명하겠어요."

그녀는 그때까지도 당당했다.

배주하의 영향력을 등에 업고 그녀를 지지하는 관료들로부터 개발 정보를 빼내고 기업의 등을 치고, 자격 없는 아들에게 명문대 입학증을 안겼지만, 사실 법보다 도덕으로 지탄받는 까닭이었다.

말하자면 그녀는 처벌을 받는다고 해도 고작 집행유예가 될 가능성이 높았다.

어쨌든 그녀는 검찰에 출두했다.

벙거지 모자를 쓰고 흰 뿔테 안경에 마스크를 쓴 얼굴이었다. 이미 만천하가 다 아는 얼굴을 무엇 때문에 가리는지 미류는 궁금했다.

그날은 미류도 검찰청 앞에 있었다.

신빨 날리는 예지몽의 여자.

언론의 잘못된 보도 때문에 무속인이라고도 알려져 버렸다.

사이비 무당이 차기 유력 대통령 후보를 가지고 놀았다는 것이다.

미류는 채 피디 등의 지인을 통해 사실을 바로잡았다. 그녀는 무당이 아니었다. 하지만 '사이비 무속인'이라는 타이틀 쪽에 더 집착하는 언론을 다 바로잡을 수는 없었다.

박순길의 외제 차가 청사 앞에 멈췄다. 자진 출두 형식이기 때문이었다. 그녀가 내렸다. 검찰 경비 직원들이 일제히 방벽을 만들었다. 기자들은 흡사 돌진하는 기마병처럼 몰려들었다. 이리저리 밀리던 박순길이 고개를 들었다.

순간!

"……?"

미류가 고개를 갸웃거렸다.

오랜 도피와 심적 고생 때문일까? 자신이 만난 박순길하고 느낌이 미세하게 달라보였다. 마침 일부 네티즌도 그런 의견을 냈다. 검찰은 본인이 맞다고 했다. 무엇보다 박순길은 툭하면 성형을 해서 얼굴이 조금씩 변했고 자동 출입국을 이용한 것이 증명이었다. 자동 출입국은 지문이 일치해야 통과가 되는 시스템. 그러니 얼굴이 조금 이상한 것은 성형에 의한 것으로 판단한 것이다.

파면 팔수록 등천하는 하수구 냄새. 그러나 냄새의 정체는 야리꾸리하기만 했지 시원하게 드러나지 않았다. 수사는 계속 별 소득이 없었다.

게다가 차떼기 착복에 카드를 끊은 것도 아니고 현금 영수증을 발행한 것도 아니었다. 나아가 대기업의 등을 후린 돈은 장학 재단 명목. 그나마 재단은 취소되고 돈은 되돌아갔으니 따로 증명할 것도 없었다. 여기에 수사진의 늑장 대응도 한몫 거들었다. 매사 미적거리다 실기하는 꼴이 된 것이다.

'이상해⋯⋯.'

미류는 하루 종일 그랬다.

전생신께는 송구하지만 점사도 잘 나오지 않았다. 늦은 밤 미류는 검찰청으로 향했다. 다시 박순길을 보고 싶었다. 그때 아는 얼굴이 다가왔다. 채 피디와 기자들이었다.

"법사님!"

채 피디는 미류를 반가이 대해주었다.

"피디님도 취재하십니까?"

"끌려왔습니다."

채 피디 옆에는 무속 다큐멘터리를 제작했던 양 피디가 있었다.

"이 친구가 이 일도 몇 커트 넣고 싶다고 하길래⋯⋯."

"제 생각은 그렇거든요. 정통 무속과 사이비 무속의 비교⋯ 박순길이 예지몽의 대가를 자처한다니 이만한 소재도 드물 것 같아서요."

양 피디가 웃었다.

바로 그때 한 기자가 뛰어왔다.

"박순길 지금 일단 귀가한답니다."

'귀가?'

미류와 피디들이 일제히 고개를 들었다.

"서두르시죠. 다른 기자들 몰려들면 얼굴 보기도 힘들 겁니다."

기자가 달렸다. 피디들이 뛰자 미류로 따라 뛰었다. 그러고 보니 사방이 난리통이었다. 흩어져 있던 기자들이 정보를 받고 총집결하고 있었다.

"나옵니다!"

골든 포지션을 차지한 기자가 소리쳤다.

현관 안에 박순길이 보였다. 들어갈 때와 같았지만 모자는 조금 헐렁하게 쓴 상태였다. 두 손 역시 수사관들이 제압하지 않아 자유로워 보였다. 그녀의 엄지와 검지 위쪽 마디에 감긴 테이핑이 보였다. 손가락을 다친 것일까?

"박순길 씨, 혐의는 인정한 겁니까?"

"장학 재단 기금에 강제성은 없었습니까?"

"예지몽의 능력은 사실입니까?"

기자들이 몰려들었지만 그녀는 한마디도 대꾸하지 않았다. 미류는 기자들에게 밀리며 그녀를 바라보았다. 그러다 날 선 검이 뇌를 베고 가듯 아찔한 충격을 느꼈다.

맙소사!

미류 입에서 소리 없는 비명이 새어 나왔다.

'이 여자… 박순길이 아니야.'

"뭐라고요?"

미류 말을 들은 채 피디가 고개를 들었다.

"법사님!"

채 피디 목소리가 높아졌다.

"확실합니다. 박순길 아닙니다."

미류가 강조하자 채 피디와 양 피디는 말문이 막혔다. 검찰조차도 상상하지 않은 일. 일부 네티즌의 태클이 있었다지만 법부무 출입국 관리소의 지문 일치는 뭘로 설명한단 말인가?

"혹시……."

"실수 아닙니다. 나는 박순길의 전생을 봤거든요. 지문은 다를 수 있어도 전생은 다를 수 없습니다."

미류가 잘라 말했다.

지문!

그건 미류 말이 맞았다.

사람마다 지문이 다르다지만 극히 드물게도 일치하는 경우가 있었다. 그건 미국에서도 증명된 일이었다. 하지만 불행하게도 전생은 과학으로 증명될 일이 아니었다.

"젠장, 그럼 이게 어떻게 되는 거야!"

채 피디가 주먹으로 허공을 후려쳤다.

문제 삼기 곤란한 일이었다. 멀쩡한 박순길을 박순길이 아니라고 하면? 아직 죄를 인정하지 않고 있는 박순길이었다. 게다가 배주하의 인맥은 여전히 막강하고 또 막강했다. 어떻게든 이 파도만 넘어간다면 대선을 넘보고도 남을 위세였던 것이다.

"안 되겠습니다."

카드를 뽑은 건 미류였다. 선일주에게 전화를 걸었다. 설명을 들은 선일주도 놀랐다.

—법사님!

그 역시 그 한마디 외에는 더 하지 못했다.

이제 증거를 찾아내야 할 검찰이었다. 그런데 멀쩡한 사람을 잡아다 두고 본인이 아니라고 한다면? 자칫 국민적 코미디가 될 판이었다.

"확신합니다. 제 모든 것을 걸겠습니다."

미류는 마지막 승부수를 띄웠다. 이조차 통하지 않는다면 별수 없는 일이었다.

—정 그러시다면…….

선일주가 전화를 끊었다. 이어 검찰청에서 검사 몇이 미친 듯이 뛰어나왔다.

"차 세워, 박순길 차 세워!"

그들은 정문을 나가는 박순길의 차를 세웠다.

"뭐죠?"

박순길이 검사들을 내다보았다.

"죄송합니다. 당신이 박순길이 아니라는 제보가 들어와서요."

"뭐라고요?"

"잠깐 내려주시죠. 일단 본인 확인부터 다시 해야겠습니다."

"아니, 대체 어떤 정신 나간 인간이!"

"납니다!"

여자가 핏대를 올릴 때 미류가 나섰다. 아무래도 이 일은 그래야
할 것 같았다.

"당신은 뭐죠?"

"무속인입니다."

"무속인? 언제부터 무속인이 검사를 대신하는 거죠?"

"내가 봤거든요. 당신의 전생을… 전에 본 박순길의 전생과 판이하
게 달라요. 당신은……."

거기까지 말한 미류가 라이터 불을 당겨 신문지에 불을 붙였다.

"억!"

놀란 여자가 휘청거렸다.

"불 무섭죠? 당신은 과거 전생에서 불에 타 죽었습니다. 그래서 불
을 무서워하게 되어 있어요."

"미친……."

"과연 그럴까요?"

미류가 신문지 불을 더 가까이 디밀었다.

"치워, 꺄아악!"

여자는 몸서리를 치며 고개를 숙였다.

"당신은 박순길이 아닙니다. 박순길은 전생에서 당신의 주인이었어요. 어느 날 적군이 주인을 해치러 오자 주인 옷을 입고 집 대청마루에 앉아 스스로 불을 놓아 적들 앞에서 불타 죽었죠. 덕분에 당신 주인은 무사하게 달아났고요."

"……"

"잘 생각해 보세요. 당신이 왜 지금 이 모든 일을 뒤집어쓰고 있는지……."

"……"

"박순길이 말했겠지요. 한국에 가서 내 행세를 하라고. 설령 감옥에 간다고 해도 오래 살지는 않을 거라고. 당신은 어렵지 않게 수락했어요. 조건도 좋았겠지만 왠지 그래야만 할 것 같았죠. 당신의 전생 인과가 아직 마음에 남아서 그래요."

"말도 안 되는……."

"거짓말 탐지기 같은 거 하셨죠?"

미류가 검사들을 바라보았다.

"물론이죠."

검사들이 대답했다.

"반응이 너무 정상이었죠?"

"그랬습니다."

"당연하지요. 본인이 아니니까요. 박순길이 노린 것도 바로 그것입니다."

"하지만 이 여자는 지문으로 자동 출입국을 통과한……."

"저 여자 손가락 마디의 붕대를 벗겨보세요."

힘주어 말하는 미류의 목소리는 공수에 다르지 않았다.

"무, 무슨 짓이야? 붕대를 벗기다니? 이건 인권 문제야!"

미류의 제언에 여자가 악다구니를 썼다.

"벗겨보세요. 제가 명예훼손이든 뭐든 다 짊어지겠습니다."

미류가 힘주어 말했다. 검사들은 주저했지만 결국 여자의 팔을 제압하게 되었다. 어차피 윗선의 명령까지 떨어진 판이었다.

"……!"

양손 엄지와 검지 마디의 붕대를 벗긴 검사들은 소스라치며 물러섰다. 상처의 흔적이 있었다. 그건 봉합의 흔적이었다. 이 여자, 믿기지 않게도 손가락 이식을 하고 온 것이다.

휘청거리는 여자를 보자 그제야, 미류는 전당대회장의 장면이 떠올랐다. 참관인석에서 박순길과 함께 전당대회를 지켜보던 한 여자. 어쩐지 박순길과 조금 닮아보이던 그 여자. 그 여자가 박순길을 대신해 입국한 것이다. 얼굴 성형과 더불어 손가락 이식까지 받은 채…….

쾅!

쾅!

검사와 미류, 피디들까지도 충격에 휩싸였다. 차마 상상도 할 수 없는 머리였다. 비슷한 형체를 가진 여자를 고치고 자기 손가락을 이식시켜 입국을 시키다니.

"밟아요!"

정체가 드러난 여자가 운전사에게 소리쳤다.

운전사는 앞을 막고 있던 경비 직원들을 밀치며 폭주했다. 여자는 서둘러 핸드폰을 찾았다. 그리고 미친 듯이 번호를 눌러댔다.

"잡아!"

검찰 수사관들이 그 뒤를 따랐다. 도시는 일대 혼란에 휩싸였다. 여자의 차량이 무작정 내달린 것이다. 차량은 결국 권총 사격을 받고

서야 멈췄다. 지원 나온 경찰들이 타이어를 쏘아 차를 세운 것이다.

"……!"

거기서 검사들은 또 한 번 놀라게 되었다. 박순길 노릇을 하던 여자가 절명한 것이다. 차가 가로등을 들이박는 바람에 머리가 깨진 탓이었다.

삐뽀삐뽀!

앰뷸런스가 달려갔다.

"법사님!"

현장으로 달려온 피디들이 미류를 바라보았다. 미류는 가만히 고개를 저었다.

"죽었죠?"

채 피디가 물었다.

"예……."

"으아, 박순길 치밀하군요. 세상에 자기처럼 성형시킨 것도 모자라 자기 손가락까지 잘라 붙여서 대리로 보내다니……."

"그러려고 유럽으로 튄 모양이었어. 수술 시간을 벌려고……."

"하지만 미류 법사님 덕분에 술수가 드러났으니 이제 본인이 오는 수밖에."

채 피디가 기염을 토했지만 미류의 표정은 점점 더 어두워졌다.

"법사님… 안 그렇습니까?"

채 피디가 말했다. 그 말을 들은 미류, 한숨 섞인 소리로 낮은 대답을 토해놓았다.

"내 말은 박순길이 죽은 것 같다는 겁니다."

박순길!

미류는 그렇게 말했다.

"예? 방금 죽은 여자는 박순길이 아니라면서요?"

양 피디는 이해가 안 가는 표정이었다.

"맞아요."

"그런데 왜?"

"문득 영시가 되었어요. 박순길… 방금 전에 죽은 것 같습니다. 여자의 전화를 받은 직후에……."

"……!"

세 사람… 아무도 움직이지 못했다.

말한 미류도 그 먼 나라의 영시를 믿을 수 없었고, 두 피디도 그랬다. 하지만 미류의 영(靈)빨은 100% 적중해 버렸다. 딱히 이상할 일도 아니었다. 영빨이 넘치는 사람들은 간혹 이역만리의 먼 나라에서 지는 별을 보고도 부모나 주군의 죽음을 알았다. 그러니 전생신의 특허를 받은 미류가 못할 게 무엇이란 말인가?

박순길의 자살!

그 또한 드라마틱했다. 골프 전지훈련을 핑계로 박순길과 타국에 도피 중이던 아들은 그녀의 죽음을 지켜본 마지막 사람이었다.

"임시 숙소로 정한 아파트에서 낮잠을 자다 엄마가 깨어났어요. 그런데 그 모습이 꼭 넋 나간 좀비처럼 보였어요."

꿈을 꾼 것이다. 예지몽이 틀림없었다.

"막 불안해서 어쩔 줄을 몰라 했어요. 이제 다 끝났다는 계시 같다고……."

한국에서 전화가 걸려온 게 그때였다.

검찰청을 탈출하던 여자가 모든 게 들통나게 되었음을 알려온 것이다. 전화를 받은 박순길은 통화가 끝나지도 않은 상태에서 전화를 놓았다. 한참 동안 패닉 상태에 있던 그녀에게 또 다른 전화가 걸려왔다. 그녀는 통화를 하면서 비틀비틀 욕실로 들어갔다.

"처음에는 정신을 차리려고 세수라도 하려는 줄 알았어요."

아들의 증언이었다.

그러나 다시 나오지 않았다. 통화 소리도 없고 물소리도 들리지 않았다. 대신, 아파트 아래에서 웅성거리는 소리가 들려왔다. 그녀가 투신한 것이다. 12층 아파트 화장실의 문을 열고 그녀는 날았다. 신기한 건 그녀의 핸드폰도 같이 날아갔다는 사실. 분명 욕실로 가지고 들어갔음에도 그녀의 대포폰은 연기처럼 사라진 것이다.

미류의 짐작은 그녀의 손가락에서도 나타났다.

손가락을 수술한 기록도 나왔다. 박순길의 요청이었다. 유럽의 그 의사 역시 박순길이 관여하는 사업체의 임원에 이름을 올려놓은 사람이었다. 의사의 윤리로서 해서는 안 될 것을 알았지만 박순길이 돈뭉치를 안겼다고 했다. 현찰로 무려 100만 유로. 그 역시 기업 후원금 등을 빼돌린 돈이었다.

박순길은 그렇게 죽었다.

그녀가 죽음으로써 수사는 마무리 단계로 들어가 버렸다. 대신 구속된 여자에게서는 건질 게 없었던 것이다. 그녀가 검찰에서 한 말은 보상 성격으로 서울 강남의 아파트 한 채를 받았다는 것이 전부였다.

그러나 한 가지는 분명했다.

그때까지 배주하가 일방적 우위를 지키던 대선 여론 후보 조사에서 정 시장이 급격히 부각되기 시작한 것이다. 따 놓은 당상 같던 배주하의 인기는 단숨에 시들어 버렸다.

예지몽의 여자 박순길.

그녀는 꿈으로 흥했고 꿈으로 망했다. 귀신같던 능력이 망신으로 변한 것이다. 그 역시 기준점은 단 하나, 도덕이었다. 그녀에게 도덕이라는 중심이 있었다면 예지몽은 좋은 방향으로 쓰였을 것이다. 하지만 그 알맹이가 없음으로 부풀어 오르던 모든 것이 신기루가 되어 날아가 버렸다.

펑!

펑!

박순길이 자살하자 남은 혐의는 남편인 차충혁과 동생, 나아가 박순길의 비선조직들의 차지가 되었다. 속속 드러난 이들의 면면 또한 국민들을 허망하게 만들었다. 그 수준이 대기업과 정부 조직을 좌우할 깜냥조차 안 되는 사람들이었던 것이다.

말하자면 돈과 권력 앞에서 다들 알아서 긴 꼴이었다.

차충혁은 서울 구치소에 들어간 다음 날 이상 발작을 일으켰다.

서울 구치소는 소위 범털들의 장소로 유명하다. 칸막이로 구분된 화장실이 달렸고 문 옆에는 작은 테이블까지 놓여 있다. 거기서 식사를 하고 옆에 달린 작은 세면대에서 자기 식판을 씻는다. 구치소라기보다 보통 사람들의 원룸에 가까웠다.

그런데 거기 원귀가 있었다.

원귀는 전전 정권 때 실력자의 돈 심부름을 하다 들어온 사람이었다. 그렇기에 돈을 주무른 차충혁에게 빙의가 되었다. 겉보기에는 고분하고 말 없는 집사 부부였던 차충혁과 박순길. 둘은 그렇게 세상과 작별을 했다. 차충혁에게 남은 건 연두색 수의와 한쪽이 벗겨진 고무신이 전부였다.

그 소식을 들은 날 밤, 미류는 모든 연락을 끊은 채 기도를 했다. 무속인은 기도가 밥이다. 기도하는 마음이 사라지는 날, 누구든 박순길의 길을 가게 되는 것이다. 이미 그와 유사한 유혹을 체험했던 미류였기에 그 밤의 기도는 더 절실했다.

기도로 미류의 몸과 마음은 평온해졌고, 신심과 혜안이 맑아졌다. 박순길로 하여 오염된 삿된 기운도 멀어지고 전생신과의 교감이 삼매에 이르게 되었다.

점사는 무속인의 영달을 위해 존재하지 않는다. 미류는 촛불도 없이 밤을 건너갔다. 어둠 속에서 미류의 마음이 열렸다.

'어둠으로 지워진 세상에 당신이 있습니다. 오롯이 잠들어 버린 세상과 그 세상을 건너온 바람 사이. 숭고한 향에 당신이라는 이름이 마음에 내려앉는 밤. 그 어둠 속에 빛나는 뜻이 있습니다. 신제자의 마음을 밝히는 뜻이 있습니다.'

미류의 마음은 자꾸 편해져 갔다. 자꾸 밝아져 갔다. 불 한 점 없는 깜깜한 신당에서.

—미류야!

새벽이 되자 전생신의 공수가 전해왔다.

—하명하소서!

—네 스스로 알아 정진하니 보기에 좋구나.

—신제자의 사명입니다.

—과거에도 너는 신제자였지만 그렇지 못했다. 모든 신제자가 그러는 것도 아니다.

—그건…….

—물론 몸주들에게도 문제는 있지. 신의 격을 갖추지 못한 잡귀들이 스스로 신인 줄 알고 신제자의 욕망을 부추기기도 하니까.

—늘 경계로 삼겠습니다.

—그리하거라. 네 앞으로 더 알려지면 각 종교의 지도자들과도 비

교당하게 될 것이다. 그때마다 신력을 부려 증명할 수는 없는 것이
니 수행하고 또 수행하여 저절로 우러나도록 하거라.

　—예.

머릿속에 들어온 전생신의 빛이 온몸을 밝히기 시작했다.

"오빠."

얼마나 지났을까? 하라가 미류를 흔들었다.

"응?"

"이불 덮고 자. 감기 걸려."

눈을 뜨니 하라가 보였다. 그녀가 긴 담요를 끌고 오고 있었다.

"몇 시야?"

"나 연습 갈 시간인데 엄마가 들여다보라길래……."

"그렇게나 된 거야?"

미류가 고개를 들었다.

아침에 잠이 들면서 한나절을 내리 잔 모양이었다. 그나마 다행인
건 오늘이 일요일이라는 것. 점사 예약이 없기에 문제가 되지 않았다.

"닦아."

하라가 휴지를 내밀었다.

"왜?"

"오빠 자면서 침 흘리더라? 내가 비밀로 해줄게."

거울을 보니 정말 한쪽 입술에 허옇게 꽃이 피었다. 하라가 제대
로 본 것이다.

"이건 침이 아니고……."

얼른 핑계를 대보지만 그것도 우스워 그냥 두었다. 핸드폰을 켜자
안에 쌓인 문자들이 빵빵거리며 튀어나왔다. 30개도 넘는 숫자였다.

"엄마가 그러는데 지금 인터넷에 난리가 났대. 우리집 전화는 물론이고……"

'그랬겠지.'

보지 않아도 알았다.

박순길 사건……

가히 러시아의 요승 라스푸틴이라든가 고려의 요승으로 불리던 신돈을 찜 쪄 먹은 사건이었다. 그나마 배주하가 대선의 자리를 차지하지 않은 상태였던 게 다행이었다.

신기를 더한 예지몽으로 오랜 주인의 환심을 장악한 박순길. 그녀의 마지막은 얼마나 치졸했는가? 손가락을 이식한 일은 정말이지 추악한 말로였다.

타로가 두고 간 약초 차를 마시고 정신을 차릴 때쯤 전화가 들어왔다. 정 시장이었다.

—내일 저녁에 시간 좀 되실까?

시장이 제안을 해왔다. 약속을 수락했다. 배주하가 정리된 셈이니 그들도 인사치레로 격려라도 할 눈치였다.

저녁까지 뭘 할까?

오랜만에 어머니를 찾아갈까 싶었지만 쌓인 메모지들이 눈에 들어왔다. 그동안 차례를 받지 못하고 지나간 예약자들 메모였다. 워낙 예약자가 많다 보니 모든 사람의 요청을 들어주지 못했던 것.

"이모!"

미류는 1차 담당자인 봉평댁을 불렀다.

"예, 법사님!"

봉평댁이 깍듯이 신당으로 들어섰다.

"그동안 그냥 지나간 예약자들 있죠? 시간이 잠깐 나는 것 같은데 딱한 경우로 두 명만 추려서 연락하세요."

"오늘도 점사 보시게?"

"예, 그게 내 일이잖아요."

"몸이 열 개라도 부족했을 텐데 좀 쉬시지… 표승 어르신도 그러시던데……."

"선생님이 전화하셨어요?"

"법사님에게는 말하지 말라고 하시면서 안부 챙기셨어요."

"비밀로 하세요. 놀면 뭐해요?"

"어휴, 저 고집……."

봉평댁은 고개를 저으며 거실로 나갔다.

"오빠, 나 다녀올게."

흰옷을 차려입은 하라가 인사를 했다. 배은균이 도착한 모양이었다.

"법사님 최고예요. 제 인생에 법사님을 알게 되어 큰 영광입니다."

배은균이 엄지를 내밀었다. 박순길이 가짜를 대리로 입국시켜 대한민국 국민과 검찰을 농락하던 걸 바로잡은 미류의 활약. 그가 모를 리 없었다.

"그분은 언제 오는 거죠?"

"에릭 말씀이군요? 극비리에 비행기 스케줄 잡느라 시간이 좀 걸리는 모양이던데 곧 방한할 모양입니다. 그때 법사님도?"

"가봐야죠. 하라도 그렇고… 그렇게 유명한 사람이라면서……."

"제 생각에는 아무리 유명해도 법사님에게는 못 미칩니다."

"하핫!"

배은균의 찬사를 미류는 웃음으로 넘겼다.

"몇 명 있는데 당장 연락은 이 사람들만 되네. 부를까요?"

하라가 떠나자 봉평댁이 메모지를 들고 물었다.

"그러세요."

"그런데… 다 아이들 일이라……."

"그럼 좋죠 뭐."

"그런데… 그게 내가 들어도 좀 섬뜩한 일이라서 병원에 한번 가보라고 했었는데……."

"상관없으니까 오라고 하세요."

미류는 신당 문을 시원하게 열어젖혔다.

인과는 저절로 소멸되지 않는다

"안녕하세요?"

신당 문이 열리자 네 살쯤 된 여자아이와 그 엄마가 들어섰다. 아이는 피곤한지 엄마 품에서 잠들어 있었다. 잠든 모습이 하라처럼 참 예뻤다.

"어떻게 오셨죠?"

"아이 전생점을 좀 보고 싶어서요."

그 말과 동시에 미류는 아이 엄마의 운명창을 열었다.

[애정운 中中 49%]

[건강운 上中 78%]

[가정운 下中 14%]

[명예운 中中 41%]

[재물운 中上 57%]

[학벌운 上中 72%]

[총운명지수 中中 55%]

절그렁!

손에 든 신방울을 울리며 가정운을 영시로 보았다.

[女]

계집 여(女)자가 무거웠다. 그러니까 이 여자는 지금 딸 문제로 미류를 찾아온 것이다.

"따님 문제로 오셨군요?"

미류가 물었다.

운명창 중에서 가장 낮은 운명지수의 창. 모든 인간은 자신에게 가장 부족한 것으로부터 고민이 시작되는 법이다.

"예!"

아이 엄마는 어두운 표정을 지었다.

"뭐가 궁금하신데요?"

"이런 말… 어디서부터 드려야 할지 모르겠네요."

엄마는 잠시 눈시울을 붉힌 후에 말을 이어갔다.

"아이 때문에 온 거 맞아요. 아이가, 우리 아이가 믿기지 않게도……."

"……."

"저를 죽이러 왔다고……."

'응?'

아이가 엄마를 죽이러 와? 미류는 피가 확 역류하는 걸 느꼈다.

"자세히 말해보세요."

"그러니까… 이 아이… 낳을 때 좀 힘들게 낳았거든요. 쌍둥이였는데 출산 중에 동생이……."

죽었어요.

말줄임표 뒤에 숨은 말은 그것이었다.

"그래도 이 아이라도 무사히 나와서 행복했는데… 놀랍게도 이 아이가 3살 되는 해에… 저랑 낮잠을 자다가 깨더니 문득 그렇게 속삭였어요. 너를 죽이러 왔어."

"……?"

―너를 죽이러 왔어.

그 말은 지금 생각해도 너무너무 생생하고 오싹하다고 했다. 하지만 아이는 세 살. 게다가 낮잠을 자고 난 상황. 꿈이 덜 깨 헛소리를 하는가 싶어 꼭 안아주고 말았다.

그런데!

그게 시작이었다.

아이는 잊을 만하면 그 말을 다시 했다. 그것도 엄마가 혼자 있을 때만 그랬다. 몇 번 그런 일을 겪자 별수 없이 정신병원을 찾아갔다.

"아이는 이상 없습니다."

의사의 답이었다. 그러나 돌아오는 길에도 아이는 그 말을 잊지 않았다.

"소용없어. 나는 너를 죽이러 왔어!"

너를 죽이러 왔어!

의사가 뭐라고 하든 그 말은 허상이 아니었다.

"그다음부터는 제가 병원을 다녔어요. 아이가 아니라 제가 미쳤나 싶어서요."

"계속하세요."

"그러다… 얼마 전 이 아이의 생일날 낮이었어요. 무슨 선물을 사줄까 묻고 있는데 느닷없이 그런 말을 하는 거예요. 네 목숨, 네 아이처럼 죽일 거야!"

네 아이!

아이 엄마는 그 말에 엉덩방아를 찧고 말았다. 아이의 생일, 그렇

다면 태어나다 죽은 아이, 동생의 제삿날이었다. 사산이라 제사 같은
건 까맣게 잊고 살았던 아이 엄마. 그 말을 들으니 아이가 제 동생을
죽였다는 것 같아 숨도 제대로 못 쉬었다고 했다.

"아이 표정도 그랬어요. 의기양양하달까요? 내 딸이지만 그 순간
은 어찌나 잔혹하고 섬뜩하든지⋯⋯."

쩔렁!

아이 엄마가 눈물을 훔칠 때 미류가 신방울을 울렸다. 아무래도
전생을 체크해 볼 일이었다.

"눈을 감아보세요."

손을 들자 소맷자락과 손의 궤적을 따라 아슴푸레한 빛이 흘러내
렸다. 아이 엄마는 그 빛을 보며 눈을 감았다. 아이 엄마의 정수리에
서 돌고 있는 전생륜을 세웠다.

그녀의 전생은 모두 셋이었다. 이번이 네 번째 생이었다. 미류가 잠
든 아이를 돌아보자 전생령 하나가 선명해졌다. 아이와 관련된 전생
령인 모양이었다.

"으음!"

여자의 신음과 함께 전생이 펼쳐지기 시작했다.

여자가 떨었다.

"괜찮습니다."

미류가 그녀를 달랬다.

여자의 떨림은 어깨부터 잦아들었다. 잠시 멈추었던 전생이 다시
그림을 이어갔다. 조선 시대였다. 평범한 기와집이었다. 그곳의 주인
은 둘이었다. 둘 다 여자였다. 그중 한 사람이 바로 아이 엄마였다.
다른 한 사람은 무당이었다. 둘은 며느리와 시어머니 사이였다.

두 해 전에 전란(戰亂)이 일어나 남편이 죽었다. 이후에 보부상을

하는 남자와 눈이 맞았다.

집안에는 안주인이 따로 있었다.

그녀의 시어머니였다. 전직 무당이었다. 남편 앞세우고 자식 앞세운 무당, 이제 늙고 늙어 총기마저 꼬부라져 가고 있었다. 그녀가 가진 건 이제 많지도 적지도 않은 재산뿐이었다. 육덕에 빠진 며느리가 음모를 꾸몄다.

"산제를 지내시면 원기 회복이 될 수도……."

시름에 겨운 무당, 귀가 솔깃했다.

이미 시어머니 알기를 개똥 속의 지푸라기쯤으로 아는 며느리. 이제사 양심에 불이 들어왔는지 산제 준비를 해준다니 마지막 혼을 살라 남편과 자식의 원혼이라도 좋은 데로 인도할 욕심에 수락을 했다.

준비를 했다.

음식 준비야 며느리가 한다지만 무당으로서 챙길 것이 많았다. 고이 접어두었던 철릭을 꺼내 입었다. 아들의 시신이 왔을 때 사흘 밤낮으로 굿판을 벌였던 무당. 그때 이미 신기가 다했는지 흡족하지 않았던 무당이었다.

'이번에는 혼을 다해……'

무당은 꽃갓의 끈을 단단히 당겨 매었다.

오동잎 다 진 늦가을, 해가 지려 할 때 보부상이 무당을 지게에 태웠다. 무당의 화려한 무복에 더해 명궁의 콩알만 한 사마귀가 그날의 마지막 햇빛을 받고 있었다. 보부상의 발길은 은밀하게 산으로 치달았다.

며느리가 뒤따랐다.

어느새 계곡에는 살얼음이 어는 날씨. 몇 시간을 걸어 도착한 동굴 앞에 늙은 무당을 내려놓았다. 노구를 이끌고 손수 제단을 차리는 무당. 거기서 며느리의 본색이 나왔다. 제단을 차고 음식을 뭉개버린 것이다.

"노인네, 자식 앞세웠으면 알아서 따라 갔어야지. 무당씩이나 해처먹고서 그렇게도 제 팔자를 몰라?"

눈치를 차린 무당이 며느리에게 소리쳤다.

"네 이년! 나를 속였구나?"

"그래. 속였다, 왜? 허구한 날 광 열쇠 차고 있으면 나는 어떡하라고? 당신처럼 늙어빠져서 골골거릴 때 물려줄 테야?"

며느리가 시어머니를 밀치자 보부상이 그 옆구리를 질러 버렸다. 무당은 배를 뒤틀며 고통을 토해냈다.

"이년, 천벌을 받을 게다. 천벌을……."

"놀고 자빠지셨네. 호랑이 걱정이나 하셔. 아니면 늑대든지."

며느리는 보부상의 팔짱을 끼고 엉덩이를 실룩거리며 산을 내려갔다. 해가 졌다. 오래지 않아 무당은 한기를 느꼈다. 계곡의 한기만이 아니었다. 그 산의 임자인 호랑이가 나타난 것.

"죽일 거야!"

죽일 거야!

비명과 함께 무당의 마른 절규가 계곡을 울렸다.

며느리는 소나무 아래서 그 짓을 하며 메아리 같은 절규를 들었다. 내려가는 길에도 육욕을 참지 못한 둘이었다. 무당의 절규와 며느리의 신음은 비정한 대조를 이루었다. 무당은 아래위로 도합 네 개 남은 이빨을 깨물며 중얼거렸다.

"죽이고 말 거라고!"

그 머리가 호랑이 배 속으로 들어간 후에도 그 중얼거림은 멈추지 않았다.

'으흑!'

미류는 끔찍하고도 처절한 저주에 온몸이 흔들렸다.

"으으으……."

아이 엄마는 더 심각했다. 이쯤이면 된 것 같아 감응에서 나왔다. 그래도 그녀는 떨었다. 자신의 악행에 놀라 입도 열지 못하고 있었다. 미류가 그녀를 흔들었다.

"악!"

외마디 비명과 함께 그녀는 정신을 차렸다. 보고도 믿을 수 없는 전생. 하지만 부정할 수도 없었다.

"아이를 가까이 데려오세요!"

미류가 말하자 아이 엄마가 잠든 아이를 내밀었다. 이번에는 아이의 전생륜을 띄웠다. 그중 하나가 생생하게 밝아졌다. 미류가 먼저 그 전생을 보았다.

짐작은 맞았다. 잠든 아이의 전생. 거기 무당의 삶이 있었다. 조금 전에 보았던 그 무당이었다.

그녀는 세습무를 받은 무당. 열심히 일해 큰 재산을 모았다. 천한 대우가 싫어 아들에게는 무업을 물려주기 싫었다. 그걸 안 신이 노했는지 아들을 데려갔다. 전란에서 적의 칼에 목이 잘린 것이다.

무당의 마지막은 아이 엄마의 전생과 겹쳤다.

호랑이가 그랬다.

"죽일 거야!"

가엾이 늙은 몸. 바람난 며느리에게 속아 호랑이 밥으로 던져진 늙은 무당의 저주. 그 저주가 시공을 건너와 이 생에서 만난 것이다.

확인을 끝낸 미류가 아이를 깨웠다.

"큰월아!"

미류가 공수를 내리자 아이는 본성 속의 의식을 깨닫고 바른 자세를 갖추었다. 전생신을 향한 합장도 잊지 않았다.

"……."

"네 멀리도 왔구나. 호랑이 입을 지나 깊고 깊은 강물을 넘어 예까지 이른 것이냐?"

"……."

"전생신의 이름으로 묻나니 네 진정 무당 큰월이란 말이냐?"

"맞아. 내 이름은 큰월이……."

아이는 고개를 빳빳이 들더니 높낮이 없는 뒷말을 이어갔다.

"혼례는 마가 끼니 가마가 집안에 들어오면 소금을 뿌리거라. 휘이워이. 첫날밤에 신랑이 촛불을 입바람으로 끄면 낭패라네. 일생을 두고 풍파가 일 것이니. 휘잉휘잉, 수의를 꿰맬 때는 바늘에 꿴 실의 한 끝을 뭉쳐서 쓰지 말고 제삿날 줄을 매지 말 것이며 베개를 세우지 말 것이라. 또록또록. 여자는 남의 집에 가 베개에 올라앉지 말고 눈꺼풀이 만근이라도 다듬잇돌을 베지 말 것이며 동네에 초상이 났을 때는 바느질을 삼갈 것이라. 따담따담. 군달에 이를 빼지 말 것이며 밤에는 귀를 쑤시지 말 것이라. 상여가 나갈 때 함께 나간 영여는 매장 후에 갈 때와 달리 다른 길로 돌아올 것이며……."

아이는 마치 옛 무당처럼 익숙한 사설을 늘어놓았다.

"그래서 네가 원수를 갚으러 왔단 말이냐?"

"웅! 저 여자를 죽일 거야."

아이는 망설임이 없었다. 옆에 있던 아이 엄마는 미친 듯이 떨기 시작했다.

"이 아이의 전생이 당신의 시어머니셨습니다."

미류, 아이의 귀를 막고 어머니에게 말했다.

"맙소사."

아이 엄마의 눈에 지진이 일었다.

"그 생에서 당신이 뿌린 업보… 그 빚을 받으러 왔군요."

"그, 그런……."

"태아로 있을 때… 그러나 출산이 되고 말을 배우기 전까지 그 일을 잠시 잊었던 것 같아요. 그러다 문득 생각이 난 거죠. 자기의 전생… 어쩌면 무속에 대한 걸 봤거나 하면서……."

"……."

"전생에서 본 시어머니의 사마귀 기억해요? 얼굴 명궁에 박힌……."

"예……."

"혹시 이 아이의 몸에 그 비슷한 게 있나요? 모반이라고… 전생의 상처 부위 같은 걸 비슷하게 가지고 태어나는 경우도 있거든요."

"말도 안 돼요."

아이 엄마가 또 떨기 시작했다.

"있었군요?"

미루어 짐작한 미류가 물었다.

"있었어요. 그것도 눈썹 사이에… 이제 보니 그 무당하고 비슷한 위치예요. 그런데 왠지 보기가 섬뜩해서 성형외과에서……."

"그랬군요."

"그럼 우리 아이 어떡해요? 이 아이가 결국 내 목숨을 달라는 건가요?"

"그건 막아야죠."

"방법이 있나요?"

"예!"

"우리 아이에게는 해가 없고요?"

"그럼요. 아이에게서 전생의 기억을 지워드리겠습니다."

"그렇게 되면 아이에게 해는 없나요?"

"지금 아이가 기억하는 전생은 꿈과 비슷해서 해가 될 리 없습니다. 일찌감치 잘 찾아오셨네요."

"법사님. 잘 부탁드립니다. 제가 전생에 그렇게 못된 며느리였다니 그 죄도 갚을 겸 어머니처럼 딸처럼 최선을 다해 기를게요."

아이 엄마가 두 손을 굴리며 마주 비비기 시작했다.

이게 부모였다. 자기를 죽이러 온 아이. 그러나 아이 엄마는 아이의 안위부터 걱정하고 있었다. 그런 마음을 가진 사람이라면 인과의 수정이 가능하고도 남았다.

미류는 아이의 무당령을 뽑아 올렸다.

그걸 손바닥 위에 놓고 부적을 꺼내 무당령을 돌돌 말았다. 그대로 신단의 촛불에 대고 태웠다. 마지막 연기가 사라지는 순간, 아이가 눈알을 회까닥 뒤집고 넘어갔다.

"지희야!"

아이 엄마가 아이를 흔들었다.

"그대로 두세요."

미류가 말렸다. 아이는 오래지 않아 깨어났다.

"엄마!"

아이가 엄마를 바라보았다.

"지희야, 괜찮아?"

"응!"

아이 엄마가 미류를 돌아보았다.

"이제 뭐든 물어보세요."

미류가 말했다.

"우리 지희 여기 왜 온 줄 알아?"

"아니!"

"그럼 그건 생각나?"

"뭐?"

"엄마 말이야. 지희가 엄마를 어떻게 한다고?"

죽일 거라고!

아이 엄마를 몸서리치게 하던 한마디. 하지만 아이는 아이다운 말로 대답했다.

"사랑한다고!"

"지희야."

"지희는 엄마를 사랑해, 이 세상에서 최고로!"

"으아악, 지희야! 엄마도 너 사랑해."

"엄마!"

아이가 두 팔을 벌리며 엄마에게 안겼다. 그런 다음 엄마의 입술에 쪽 뽀뽀를 작렬시켰다. 엄마는 아이를 안고 어쩔 줄을 몰라 했다.

미류가 웃었다.

무당령을 태움으로써 아이 마음에 새겨져 있던 전생 기억이 지워진 것이다. 엄마에 대한 원한을 잊은 것이다.

"정말 용하시군요. 법사님!"

"별말씀을……."

"염치없지만 한 가지 더 궁금한 게 있어요."

"아이 동생 말이군요?"

"네……."

"……."

"……."

"의사에게 설명을 들었겠죠? 그대로입니다."

잠깐의 침묵 뒤에 미류는 그렇게 대답했다.

사실은 아이가 태내에서 먼저 나가려는 오빠를 탯줄로 감아 당겨 버린 것. 덕분에 그 아이는 죽었고 이 아이가 먼저 세상에 나왔다. 하지만 그 일에 대해서는 영영 침묵하는 게 아이와 엄마를 위해 옳았다. 아이는 전생 본능에 의해 움직였고, 지금은 그 본능을 다 잊은 상태였으므로.

"고맙습니다, 이 은혜를 어떻게……."

"돌아가시거든 그 시어머니를 위해 기도하고 공덕 많이 쌓으세요. 그럼 아이는 전생 기억을 잊고 잘 살아갈 거고요 어머니 삶도 더 좋아질 겁니다."

"고맙습니다, 고맙습니다!"

아이 엄마는 신당을 나가면서도 거듭 허리를 조아렸다.

드륵!

다시 신당 문이 열렸다. 하지만 두 번째 손님은 신당 문턱을 넘지 않았다. 아이가 문턱 앞에 주저앉아 겁에 질려 버린 것이다. 이번에도 아이와 엄마의 조합이었다. 아이는 남자였다.

"대훈아, 괜찮아. 무서운 데 아니야."

30대 후반의 엄마가 아이를 달랬지만 막무가내였다. 아이는 대여섯 살 정도 되어 보였다. 결국 미류가 신단에서 일어서고 말았다.

"겁나니?"

절경, 방울을 울리며 미류가 물었다. 아이는 대답 대신 고개를 끄덕거렸다. 이 아이는 또 무슨 전생 인과가 있어 이러는 것일까?

"너 저분 알지?"

이번에는 전생신 무신도를 가리키는 미류. 아이는 또 고개를 끄덕였다. 이 아이도 전생의 기억을 가진 아이가 맞았다. 그렇기에 전생신을 인식하는 것이다.

"나는 저분의 말씀을 전하는 사람이야. 나를 믿고 들어와."

"……."

"저분은 그냥 네 얘기만 들을 거야. 너 하고 싶은 얘기 있잖아? 그런데 아무도 안 믿지?"

아이는 여전히 끄덕임으로 대화를 받았다.

"나는 네 말 믿어. 그러니까 어서!"

미류가 손을 내밀자 아이는 엄마와 봉평댁을 번갈아 본 후에 미류 손을 잡았다.

어렵게 신당으로 들어선 아이, 누가 시키지도 않았는데 무신도를 향해 큰절을 했다. 그 이유를 아는 건 물론 미류뿐이었다.

"이제 안 무섭지?"

미류가 물었다.

"네!"

아이가 처음으로 입을 열었다.

"자, 그럼 무슨 말을 하고 싶은지 좀 들어볼까?"

미류는 아이에게 연꽃 지화를 건네주었다.

지화를 만지는 아이의 마음이 편해지는 게 보였다. 바스락바스락, 지화의 속삼임이 아이에게 전해진 것이다.

"제가 자초지종을 말씀드릴게요."

엄마가 나서자…….

"엄마는 나가!"

바로 엄마 말을 잘라 버리는 아이였다.

"대훈아!"

"아니면 말 안 할 거야."

아이답지 않게 단호한 표정이었다.

"잠깐 나가 계시죠?"

고민 끝의 미류가 아이 편을 들었다.

"하지만 아이 행동과 말이 워낙 황당한 일이라……."

"제가 알아서 하겠습니다."

"정말 괜찮을까요?"

"아까보다 편안해 보이잖아요? 괜찮을 겁니다."

"너 정말 엄마 없어도 돼?"

엄마는 다시 한 번 아이에게 확인을 했다. 아이는 또 끄덕거림으로 대답했다.

"그럼 이게 필요할 텐데……."

엄마가 꺼낸 건 작은 뭉치였다.

뭉치에서 살기가 느껴졌다. 섬뜩한 걸로 보아 대검 종류로 짐작되었다. 칼까지 가지고 온 엄마. 제법 심각한 사연임을 알 수 있었다.

"그거 없어도 말할 수 있어."

아이가 엄마를 막았다. 엄마는 아이를 바라보더니 별수 없이 나가고 말았다.

탁!

문소리가 엄마와 아이를 갈라놓았다.

"이제 얘기해 볼까?"

미류가 아이를 바라보았다.

"이동귀는 살인자예요!"

"⋯⋯?"

첫마디부터 믿기지 않는 소리가 나왔다.

"이동귀가 누군데?"

미류가 물었다. 아이의 대답은 더욱더 충격이었다.

"우리 아빠요!"

"⋯⋯!"

이어진 말 또한 경악의 연속⋯⋯.

"나를 죽인 내 친구예요!"

"⋯⋯?"

"대훈이라고 그랬지?"

"네. 하지만 아무도 내 말 안 믿어요. 경찰 아저씨도 그렇고 할머니
도 그래요. 나보고 나쁜 꿈을 꾸었거나 귀신이 씌었대요."

'귀신⋯⋯.'

"얼마 전에는 할머니하고 시골에 가서 굿도 하고 왔어요. 어떤 할
머니가 복숭아 가지로 제 몸을 막 휘젓고⋯⋯."

아이가 팔뚝을 보였다. 스친 흔적이 아직 남아 있었다.

"하지만 저는 거짓말이 아니에요. 가끔 꿈도 꾸는걸요."

"꿈?"

"이동귀가 나를 죽이는 꿈요."

"아빠에게도 그런 말을 했니?"

"원수에게 왜요? 엄마하고 할머니에게만 했어요."

이휴, 그건 다행이군.

"오케이, 잠깐만!"

미류는 폭주하는 아이를 멈췄다.

나이는 이제 영악하기 이를 데 없다는 여섯 살 즈음. 따라서 의사

표현에는 큰 문제가 없었다. 영시를 해보니 빙의나 영가가 붙은 것도 아니었다. 그렇다면 이 아이의 일은 전생의 기억 탓이 확실했다.

"좋아, 얘기 계속해 보렴."

"이동귀는 우리 엄마를 차지하기 위해 나를 죽였어요. 나 몰래 짝사랑하고 있었거든요."

"그래서?"

"8년 전에 나와 이동귀가 산을 갔어요. 기분 전환 겸 자연인 체험이었어요. 아무에게도 말하지 않았죠. 내 연인, 그러니까 지금 우리 엄마에게도요."

"……."

"깊은 산에 이동귀가 아는 빈집이 있었어요. 그날 밤 이동귀가 나를 죽였어요."

"……."

"죽은 나를 끌고 가 묻었어요. 그리고 태연하게 서울로 돌아가 우리 엄마를 차지했어요. 엄마는 아무것도 모른 채 사라진 나를 기다리다가 위로하는 척하던 이동귀와 사귀게 되었어요. 나는 두고 볼 수 없었어요. 어떻게든 복수하고 싶어 이를 갈았는데 다행히 엄마의 아들로 태어났어요."

"그게 다야?"

"네!"

"그럼 좀 이상하네? 네가 그렇게 죽었다면 경찰이 수사에 나서지 않았을까?"

"그때 나는 늑막염에 디스크가 있어 소심한 구석이 있었어요. 본심은 아니었지만 죽고 싶다는 말을 한 적도 있고요. 그것 때문에 경찰에서는 처지를 비관해 사라진 것으로 판단한 거예요."

"같이 산으로 간 이동귀는 의심도 안 받고?"

"함께 자취하는 친구를 꼬셔서 사건 날 같이 있었다고 했거든요."

─알리바이 성립.

그 말이었다.

"알리바이 증인이 된 그 친구는?"

"불행히도 얼마 후에 차 사고로 죽었어요."

"그럼 네 전생의 사체가 묻힌 곳은 찾을 수 있고?"

"대충 생각나기는 해요. 어떻게든 찾을 수 있을 거예요."

"좋아. 그럼 내가 한번 살펴보마. 잠깐 눈 좀 감을래?"

"이렇게요?"

아이는 얌전하게 눈을 감았다.

미류는 아이의 전생류에서 전생령을 골라냈다. 20대의 빛나는 청춘. 그의 이름은 도병철이었다. 그러나 질병이 있었다. 이 아이의 꿈은 범죄 검시관이 되는 것. 공부도 잘하고 관찰력도 뛰어났지만 질병 때문에 소심한 구석이 있었다.

그래도 여자 복은 있어 예쁜 여자를 만났다.

바로 지금 대훈이의 엄마인 박시은이었다. 둘은 열심히 사랑했다. 그 사랑을 시기하는 사람이 있었으니 바로 이동귀였다. 이동귀는 병철의 친구. 처음에는 단순한 부러움이었는데 언젠가부터 욕심이 커지기 시작했다. 병철보다는 자신이 더 남자답다고 생각한 것이다.

'병철이 저 쪼다 자식만 없으면…….'

몇 번 떠봐도 넘어오지 않는 박시은이었다. 사랑에 눈이 먼 이동귀는 병철의 존재를 지우고 싶었다. 사전에 준비를 한 이동귀는 병철을 꼬드겼다.

자연인 생활!

계곡에 몸을 담그면 디스크가 낫는다는 인도의 한 보도를 보여주며 부추겼다.

그 길로 둘은 자연으로 떠났다. 외사촌이 살던 심산유곡의 빈집을 아는 까닭이었다. 둘만이 즉흥적으로 결행한 것으로 한 일이라 아는 사람도 없었다. 심지어는 박시은도 몰랐다. 하필이면 나흘 전에 소소한 이유로 말다툼을 벌여 감정이 상했던 차였다.

산은 깊고 물은 맑았다. 산중 자연인의 집은 오래되었지만 며칠 정도 살 만은 했다. 이동귀가 쌀을 꺼내고 고기를 꺼내는 동안 병철은 집 안 정리를 마쳤다.

산중의 밤은 일찍 찾아왔다.

촛불을 밝히고 밥을 먹는 것도 나쁘지 않았다. 하지만 조금 무서웠다. 사방이 암흑의 장벽이었던 것이다.

"야, 왠지 무섭다. 그냥 갈까?"

병철이 주변을 보며 움츠렸다.

"짜식, 니가 그러니까 시은 씨가 남자답지 않다고 하는 거야. 계곡물에 며칠만 몸 담가 보라니까. 남자가 허리 아프면 끝이다, 끝!"

"그래도 어째 으스스하고……."

"야, 너 허리 아프면 검시관 못 돼. 공무원 채용 신체검사 불합격 사유라고."

이동귀는 당연히, 병철을 회유했다.

어둠이 내린 밤, 이동귀는 술 취한 도병철을 덮쳤다. 일부러 술을 과하게 권했던 것이다.

그런데…….

여기서 아이의 전생이 군데군데 끊겨 나갔다. 충격 때문인 것 같았다. 이동귀의 양손에 흉기가 들렸지만 확실하게 보이지 않았다.

퍼억!

소리만 들렸다.

촤악!

액체가 비산하는 날카로운 소리도 이어졌다.

늘어진 병철을 자루에 담아 끌고 나오는 이동귀가 보였다. 부엉, 밤나무 위에서 부엉이가 날아올랐다. 비명 한마디 없는 허망한 죽음이었다. 그게 전생의 끝이었다.

'이상하군.'

미류는 한 번 더 확인을 했다.

중요한 장면이 없는 것이다. 아이가 모든 것을 기억하고 있다면 모르겠지만 이렇게 되면 미류가 도움을 주기 어려웠다.

푸헛!

결과는 같았다.

산은 산이되 어느 산인지 알 수 없었다. 살해를 당한 것은 맞는데 범행 도구도, 장면도 보이지 않았다. 도구를 추측하면 둔기와 회칼에 가까운 것? 게다가 사체 역시 끌고 가는 것까지만 보였다. 마지막 장면은 다시 부엉이. 오래전의 부엉이가 증인이 될 수 있을까?

부엉부엉?

이렇게 노래하며 증언?

"대훈아!"

감응을 끝낸 미류가 아이를 바라보았다.

"네?"

"네 말이 맞구나. 네 친구가 너를 죽인 거 같아."

"법사님, 그렇죠?"

아이, 금세 울먹이며 목소리가 잠기며 눈동자가 또렷해졌다. 아무도 믿지 않던 진실, 그걸 미류가 믿어준 것이다.

"너는 그 원한을 갚기 위해 온 거지?"

"네, 죽어서 빌고 또 빌었어요. 이동귀의 죄를 밝힐 수 있게 해달라고……."

"이제 엄마를 불러도 될까?"

"법사님이 잘 말해주실 거죠?"

"엄마에게 네 전생을 보여줄 거야. 내가 본 그대로……."

"법사님은 다 보셨어요? 제가 억울하게 살해당하는 모습을?"

"그래. 내 몸주께서 네 딱한 사정을 알고 다 보여주셨어."

"그럼 엄마에게도 보여주세요."

아이의 표정이 환해졌다.

잠시 후에 엄마가 들어왔다.

"법사님!"

그간의 사정이 궁금한 엄마가 미류를 바라보았다.

"아이가 이상한 소리를 하죠?"

"네. 차마 입에 담을 수 없는 소리를……."

"그 뭉치 속의 물건과 상관이 있나요?"

"네. 아이 아빠 취미가 도검류 수집인데 어느 날 제 아빠의 물품함에서 이걸 보더니……."

엄마가 뭉치를 들어올렸다.

"이동귀가 나를 죽였다?"

미류가 선수를 쳤다.

"어머."

놀란 엄마가 자기 입을 막았다.

"아이 말… 불행하게도 사실이네요."

"네?"

엄마가 부러질 듯 휘청거렸다. 아이의 표정과 똑같은 미류의 표정. 농담일 리 없는 공수였다.

"이게 없어도 말을 했단 말인가요?"

엄마가 칼 뭉치를 들어 보였다.

"그렇기도 하고… 제가 보기도 했습니다."

"보았다고요?"

"대훈이의 전생을 보여 드릴 테니 같이 보시죠. 그래야 이해하시기 빠를 테니."

"법사님!"

"하지만 마음 단단히 먹으셔야 합니다."

"……."

"이 일의 중심은 어머니거든요. 그러니 어떤 전생을 보시게 되더라도 의연히……."

"알겠어요!"

박시은, 즉 아이의 엄마는 담담하게 대답했지만 그러지 못했다. 3자 감응에 돌입한 미류, 그 감응이 다 끝나기도 전에 박시은이 거품을 물고 쓰러져 버린 것이다.

"이모, 물 좀 부탁해요."

미류는 조용히 봉평댁을 불렀다.

"……!"

그녀가 눈을 뜬 건 20분쯤 후였다. 119 구급대를 불러야 하나 고민할 때에야 눈을 뜬 것이다.

"법사님, 그거… 꿈이죠?"

그녀가 물었다. 미류는 대답하지 않았다.

"꿈 아니야. 이동귀가 나를 죽인 거 맞아."

대답은 아이 입에서 나왔다.

"자기를 차지하려고."

아이의 입은 쉴 새 없이 움직였다. 이번에는 엄마가 아니라 또렷하게 '자기'였다.

"나쁜 놈!"

아이는 자꾸만 감정이 북받쳐 오르고 있었다.

"대훈아!"

엄마는 통곡을 하며 아이를 끌어안았다.

"법사님, 아니에요. 저는 이거 믿을 수 없어요. 귀신이 붙은 거죠? 우리 아이, 저 칼을 보기 전에는 아무렇지도 않았어요. 그런데 저 칼을 본 다음부터… 그러다가도 제 아빠가 오면 그저 노려볼 뿐 입을 다물어 버려요. 그러니 머리가 아프거나 귀신이 씐 거잖아요? 병원에서도 문제는 없다지만 어떻게 아이가 그런 말을 할 수 있겠어요?"

엄마의 목소리는 절규에 가까웠다.

하긴 어떻게 믿을 수 있을까?

아이가 말하는 이동귀. 이제는 그녀의 남편이었다. 도병철이 행방불명자가 된 후로 그는 그녀에게 헌신적이었다. 지금도 마찬가지였다. 이동귀는 남편으로 흠잡을 데가 없었다. 그래서 더러는 도병철과 결혼하지 않은 게 다행이라고 생각하던 그녀였었다.

'귀신…….'

미류는 잠시 생각했다.

이 또한 쉬운 문제가 아니었다. 엄마를 생각하면 이대로가 좋았다. 칼을 보면 전생 기억이 발현되는 아이. 그 전생을 지워 버리면 이 가정은 무난하게 흘러갈 판이었다.

하지만!

미류가 개입한다면?

전생 원한을 갚기 위해 현생으로 온 아이의 일을 증명시켜 준다면?

이동귀는 구속되고 엄마 역시 충격에 휩싸일 일이었다. 방금 전에 다녀간 모녀의 케이스보다 더 나빴다. 여자는 자기가 사랑하던 남자를 죽인 남자의 아이를 낳아 살았다. 아무것도 모르고 이동귀를 충실히 사랑했다. 그건 억울하게 살해당한 전 연인에게는 배신 이상의 일임에 분명했다.

그러나 사안은 살인!

살인이었다. 그것도 수백 년 전이 아닌 가까운 이전의 일.

그렇기에 눈앞 현실만 생각할 수 없는 일이었다.

이번에는 아이를 잠깐 내보냈다.

"어머니!"

미류는 반듯하게 고개를 들었다.

"귀신이 붙은 게 아닙니다. 아이의 전생을 보셨잖아요?"

"하지만… 하지만……."

"믿고 싶지 않겠죠. 더구나 다 잊힌 기억일 테니까요."

"……."

"그런데 말입니다. 만약, 그때 이 일을 알았더라면 어떻게 하셨을 겁니까? 이동귀하고 결혼을 했을까요?"

"그건 아니죠. 어떻게 제 애인을 죽인 사람과……."

"도병철 씨가 이동귀에게 죽임을 당한 사실은 그때나 지금이나 다르지 않습니다."

"하지만… 그럼 아이는요? 우리 아이는 누구라는 건가요? 저 아이는 제 아이입니까? 이동귀의 아이입니까? 아니면 병철 씨입니까?"

본질적인 질문이 나왔다. 박시은에게는 가장 중요한 질문이었다.

"아이의 전생 기억은 지워 드릴 수 있습니다."

"……?"

"그렇게 되면 아이는 그저 당신의 애인인 병철의 분신이자 당신 아이가 되는 거죠."

"지금 아이 아빠는요?"

"대가를 치러야 하지 않을까요?"

"제 말은… 만약 이 일이 단순한 착란 같은 거라면… 그래서 아이 아빠가 아무 죄도 없다면… 저나 아이를 전처럼 사랑할까요? 그런 의심을 받고도?"

"그때는 진짜 귀신이 씌었던 것으로 하셔도 되잖아요?"

"법사님!"

"할머니 대장 안 좋으시죠? 대장암인가요?"

"네?"

"당신도 심장이 좋지 않군요. 작년쯤에는 병원에서 칼도 댔고……."

"……."

"동생이 둘 있는데 하나는 어릴 때 죽고 하나는 먼 곳에 가서 사네요. 아마 외국?"

"법사님?"

"계속할까요? 제 말을 믿을 수 있을 때까지?"

"……!"

엄마가 고개를 떨구었다. 미류의 능력에 압도된 얼굴이었다.

"세월과 전생의 인과가 꼬인 등걸처럼 얽혔습니다. 그러나 한편으로는 다행 아닌가요? 당신을 사랑했던 애인… 당신의 아이로 왔습니다. 이 또한 보통 인연이 아닌 것이죠."

"······."

"정 원치 않으시면 아이의 전생 기억만 지워 드리겠습니다."

미류가 답안을 제시했다. 엄마가 패닉 상태였기 때문이었다.

"······."

신당에는 침묵이 내려앉았다.

박시은의 고뇌 때문이었다. 어디서 들어왔는지 실바람 한 줄이 촛불을 희롱하고 나갔다. 파르르 흔들리던 촛불이 다시 일어났다. 그제야 침묵하던 박시은이 결단을 꺼내놓았다.

"법사님이 100% 확신하신다면 따르겠어요. 대신 아이 기억이 지워진다는 보장을 해주세요. 칼을 보면 이상해지는 것까지도 없어진다면······."

"그렇게 하죠. 사건만 확인하면 바로 진행하겠습니다!"

"어휴, 이게 무슨······."

어찌어찌 결정을 내리고도 그녀는, 폐부가 녹을 듯한 한숨을 거듭 내쉬었다.

박시은의 허락이 떨어졌다.

아이는 지옥에서부터 벼르고 온 바였다.

그런데 정작 시작부터 쉽지 않았다.

자연인의 집이 있는 산을 모르는 것이다. 산지투성이인 대한민국이었다. 그러니 전국 산을 다 뒤질 수는 없는 일이 아닌가?

그런데 뜻밖에도 일이 쉽게 풀렸다. 박시은 덕분이었다. 어느 날 이동귀가 자연인의 집에 대해 무심결에 이야기를 했던 것을 기억해낸 것이다.

"좀 힘들 때면 그런 말을 했어요. 아는 분이 살던 자연 속 집이 있는데 다 때려치우고 거기 가서 살까 하고요?"

자연인처럼 살 수 있는 곳.

경기도 광주의 산이었다. 이 일 역시 선 장관의 도움을 받아 감식반원 둘과 형사 둘을 대동했다. 그는 미류의 열렬한 지원자였으니 해당 경찰서의 서장을 통해 특별한 지원을 부탁한 것이다.

'미류의 말에 절대적으로 협조해 줄 것.'

그런 단서도 달아주었다.

해가 지기 전에 현장에 닿았다. 집은 있었다. 하지만 전생에서 본 것과 또 달랐다. 전생 속에서는 그나마 집처럼 보였지만 지금은 완전한 폐가에 속했다. 잡된 영가의 흔적도 많았다. 오랜 시간 동안 온갖 생명들이 사람 대신 스쳐 간 까닭이었다. 미류는 일단 잡된 영가들부터 밀어냈다.

"여기서 쌀을 씻었어요."

그래도 아이는, 흔적만 남은 샘터를 바로 찾아냈다. 엄마는 밤나무 아래에서 아이를 지켜보았다. 그것만으로도 그녀에게는 고문이었다. 나무에라도 기대지 않으면 바로 무너질 것 같았다.

"문은 동그란 고리였는데……."

먼지와 거미줄 가득한 방문 앞에 선 아이가 중얼거렸다. 동그란 고리가 없는 것이다. 하지만 아이 말은 틀리지 않았다. 세월을 따라 녹이 슬어버린 고리는 저만치에서 나뒹굴고 있었다.

"여기예요. 여기서 나를 찔렀어요."

방 안에 들어선 아이가 무너져 내린 벽 밑을 가리키며 말했다.

한쪽 벽과 천장이 다 내려와 하늘이 훤히 보이고 있었다. 감식반이 무너진 벽 조각에 손을 대자 낡은 조각이 우수수 쏟아졌다. 그걸 신호로 천장의 일부가 더 무너지며 나뭇잎 더미가 쏟아졌다.

"여기 증거가……."

먼지 속에 우뚝 선 아이가 하늘을 가리켰다. 아이 같지 않았다.

"두 핏줄기가 나란히 좌악… 한쪽은 촘촘하고 한쪽 줄기는 약간 비산된 모양의……."

나이프로 찌르고 팔을 들어 올렸을 때 생기는 현상을 전문가처럼 묘사한 아이였다.

"우!"

감식반원들이 혀를 내둘렀다.

그건 범죄감식에 관한 전문적인 지식에 속하는 일. 그걸 어린아이가 막힘없이 말하니 신의 공수처럼 들리는 모양이었다. 아이의 한은 그 기억을 지니고 올 만큼 골수에 맺혀 있었다.

하지만 그 핏자국은 미류의 영시로도 보이지 않았다.

"……!"

다들 할 말을 잃었다. 모든 것이 황당무계한 상황. 폐가는 무너져 풀밭이 되었고 온갖 풍상 속에 음산함을 뿜고 있었다. 한마디로 미스터리 귀곡 산장이 따로 없는 형편이었다.

"이래서야……."

감식반과 형사들은 고개를 저었다.

세월이 묻어버린 살인 현장. 설령 아이 말이 맞는다고 해도 증명할 길이 없었다. 길을 잃은 것이다.

"사체 묻은 곳이라도 찾아봅시다."

한 형사가 현실적인 제안을 해왔다. 미류네 일행은 모두 밖으로 나왔다.

'이 아이… 기억할 수 있을까?'

미류는 대훈이를 바라보았다.

아이가 두리번거렸다.

전생령의 장면에도 없던 사체 은닉 현장이었다. 불행하게도 그 일만은 틀리지 않았다. 아이는 세 곳을 지명했다. 감식반과 형사들이 삽질을 했다. 미류도 함께 영시를 했다. 고개를 저었다. 미류의 영시처럼 삽질한 곳에서는 개 뼈 하나 나오지 않았다. 어디에도 사체의 흔적은 없었다.

"법사님!"

형사팀이 미류를 바라보았다.

이쯤하고 철수합시다!

그런 눈빛이었다.

"잠깐만요!"

미류가 그들을 달랬다.

아이의 전생… 그것은 부정할 수 없는 사실이었다. 그러나 불행하게도 장면 장면이 끊겨 나갔다. 환생을 하면서 어떤 곡절을 겪은 것이다. 그 책임은 이제 미류에게 넘어와 있었다. 왜 전생 특허권자인가? 이름값이 필요한 순간이 온 것이다.

아이를 세워두고 다시 전생 감응에 돌입했다.

일종의 기억 회상과도 같았다. 예를 들어 장기 기억 같은 건 설령 잊어버리더라도 특정한 암시를 주면 바로 기억해 낼 수가 있는 것이다. 그러니 여기 이 장소. 이 아이에게는 비통했을 그 장소. 신당에서 하는 것보다 좀 더 선명한 감응이 될 수도 있었다.

퍼억!

촤악!

목숨이 잘리는 부분 뒤에서 감응을 시작했다. 아이는 자신의 전생 사체가 은닉된 곳이라고 말한 한 지점에 서 있었다.

실패였다.

"허어!"

형사들 중에서 나이 먹은 사람이 탄식을 토했다. 땀을 쏟는 미류가 보기 딱하다는 표정이었다.

"혹시 칼이나 망치 같은 거 있나요?"

미류가 감식반원에게 나지막이 물었다.

"칼이나 망치요?"

한 사람은 뜨악한 표정을 지었지만…….

"아, 저번 현장에서 압수하고 아직 안 돌려준 거 있잖아?"

다른 반원이 반가운 말을 쏟아놓았다.

그가 차량으로 내려가 작은 해머와 사시미 칼을 가져왔다. 도구를 받아든 미류는 주변을 보았다. 그런 다음 전생에서 긴 울림으로 남은 통한의 소리를 가급적 유사하게 재현해 냈다.

퍼억!

이 소리는 낡은 집의 흙벽을 친 소리고…….

촤악!

이 소리는 삭아서 버려진 전기장판의 천을 가른 소리였다. 아이의 눈꺼풀이 움찔하는 게 보였다.

다시 한 번!

퍼억!

촤악!

소리를 들은 아이의 눈이 떨렸다.

미류는 그 순간을 놓치지 않고 감응에 들어갔다. 그 소리… 전생의 그 순간.

'대체 무슨 일이 있었나요? 보여주세요.'

미류의 간절함은 아이의 전생 속에서 몸주를 향한 기도로 작렬했다.

"아아!"

그러자 소리 없는 탄식과 함께 미류의 숨소리가 멈췄다.

보였다!

전생 감응에서 끊어졌던 부분들… 그 부분의 일부가 희미하게 재생되고 있었다.

퍼억의 정체는 역시 작은 해머였다. 이동귀가 헛간에 뒹구는 농사 도구 중에서 찾아낸 도구. 하지만 '좌악'의 소재는 그의 가방에 있었다. 작심하고 구입한 군용 대검이었다.

용병들이 나오는 영화에서나 보던 군용 대검!

그냥 보아도 살벌했다. 그게 아이의 전생 인과를 불러냈다. 아버지의 취미 상자에서 본 대검. 범행 때 쓴 것은 아니지만 거의 같은 칼이기 때문이었다.

피가 튀는 게 보였다. 아이가 말한 두 줄이었다.

'그렇다면 사체는?'

미류는 호흡까지 멈춘 채 집중했다. 아이가 가진 기억의 한 올까지도 놓쳐서는 안 될 일이었다. 사체를 운반하는 자루가 보였다. 잠시 끊기다가 겨우 이어졌다.

'제발……'

희미해지는 기억에 대고 빌었다. 조금만 더, 조금만 더 하면서…….

그리고… 마침내 미류는 보았다. 이동귀가 들고 나오는 삽. 자루를 내려놓고 삽을 가져온 것이다. 그러니까 지금 아이가 서 있는 곳, 그곳이 바로 자루를 내려놓은 곳이었다.

이동귀는 조금 더 걸었다.

그런 다음 두 그루의 밤나무 사이를 파기 시작했다. 밤나무 뒤로

벼랑에 가까운 곳이었다. 달이 깊어갈 동안 구덩이를 판 그가 도병철의 자루를 밀어넣고 땀을 닦았다. 달빛 아래 드러난 그의 미소는 악마를 닮아 있었다. 거기까지 본 미류가 그대로 무너졌다. 너무 많은 영빨을 소모한 것이다.

"법사님!"

형사가 달려들었다. 겨우 정신을 차려보니 아이는 그때까지도 눈을 감고 있었다. 미류는 아이부터 안아주었다.

"이제 눈 떠도 돼."

"아셨나요?"

아이가 눈을 감은 채 물었다. 깊고 깊은 전생한을 지니고 온 아이, 오직 그 말을 기다리고 있었다.

"그래."

미류가 답을 주자, 아이는 그제야 눈을 떴다.

미류는 주변을 보았다.

거기 박시은이 서 있는 밤나무가 보였다. 하지만 한 그루뿐이었다. 전생의 기억보다 훌쩍 자란 나무. 나머지 한 그루는 어디로 갔을까?

밤나무 옆으로 다가선 미류는 답을 알았다. 그쪽 나무가 있던 지형이 계곡을 따라 무너진 것이다. 그래서 나무 하나가 사라졌다. 더구나 그 계곡이 제법 깊었다. 그렇기에 영가고 뭐고 느낄 수가 없던 것이다.

미류는 계곡으로 내려섰다. 한참을 내려가 거기서 영시를 시작했다.

'젠장!'

미류는 얼른 발을 떼었다. 발밑이었다. 거기서 영가의 흔적이 강력하게 피어올랐다.

"여기입니다."

감식반원들이 포대 자루를 열어 뼈를 확인했다.

"사람 것 맞습니다."

감식반이 말했다.

아이의 전생 사체가 진실을 알리는 순간이었다.

밤나무 옆에 엄마와 함께 선 아이는 굵은 눈물을 흘렸다. 소리도 없었다. 그 눈물은 아이가 아니라 전생의 도병철이 흘리는 눈물이었다. 박시은은 아이를 꼭 안고 있었다. 그녀 역시 눈물 범벅이지만 아이처럼 소리를 참고 있었다.

미류는 준비한 부적을 꺼냈다. 여기까지면 되었다. 이제는 아이를 편하게 해줄 차례였다. 그저 이 세상에 희망 하나를 안고 태어난 평범한 아이로 돌려놓을 시간이었다.

부적을 이마와 가슴에 붙였다. 그런 다음 주문을 외웠다. 미류의 기도는 길고 간절했다. 한 생을 넘어온 한을 달래는 것이다.

주문이 끝나자 몸에 붙였던 부적을 떼어 재로 만들었다. 그걸 아이에게 먹였다. 한이 깊으니 작은 티 하나도 남기지 않을 생각이었다. 마지막 한 모금까지 마신 아이는 엄마 품에 늘어졌다.

"깨어나면 전생 기억을 잊었을 겁니다. 이제는 그냥 박시은 씨의 귀여운 아들이에요."

"법사님……."

어둠이 내린 계곡 쪽에서 감식반원들이 올라왔다. 사체를 찾았으니 현장 감식을 할 차례였다. 그건 미류가 알았다. 아이의 전생 기억을 보았으니 그만한 대리인이 있을 수 없었다.

"여기였어요."

미류는 도병철이 찔린 자리를 가리켰다.

"처음에 해머로 쳐서 정신을 빼앗고……."

미류는 전생을 기억하며 세밀하게 정보를 이어주었다.

"대검으로 4회 찔러서 팔을 들어 올렸습니다. 그때 두 줄의 핏줄기가 천장으로……."

미류가 가리킨 곳은 여전히 하늘이었다.

이제는 별 무리까지 선명하게 보였다. 노련한 감식반원들은 바로 미류의 말을 알아들었다. 그들은 랜턴을 밝히고 무너진 벽과 천장을 따로따로 구분해 정리했다. 그런 다음 퍼즐을 맞추듯 천장 부분에 루미놀을 뿌렸다. 그리고… 랜턴을 모두 꺼버렸다.

암흑이 세상을 지웠다.

"……!"

감식반원들이 움찔거렸다.

과연 두 줄기의 혈흔이 나왔다. 날카로운 파형으로 이어지는 한 줄기와 불규칙한 방울이 나란히 이어지는 두 줄기였다. 그 줄기는 네 번 반복되었다.

"네 번 찌른 게 맞습니다. 비틀거리는 걸 쫓으며 계속 찌른 모양입니다."

감식반원이 말했다.

아이의 전생이 꿈꾸었던 검시관. 그때 따로 알아두었던 지식이 들어맞는 순간이었다. 다행히 집이 무너지는 통에 혈흔 부분이 아래쪽을 향하면서 핏자국도 보존이 된 것이다.

해머의 흔적도 바닥에서 발견되었다.

해머의 핏줄기는 칼과 달랐다. 한 줄기가 길고 또 다른 줄기는 짧았다. 나아가 몇 점 불규칙한 핏덩이도 함께 보였다. 루미놀의 위력이었다. 이 약품은 숨겨진 미세한 혈흔까지도 찾아내는 수사의 효자이다. 현장을 지우기 위해 세제로 혈흔을 닦아내도 소용없다.

게다가 혈흔으로 흉기와 상황까지도 암시해 준다. 예를 들면 둥근 혈흔이 떨어진 건 사람이 정지한 상태, 나이프 등을 치켜들면 꼬리 달린 혈흔, 총을 사용하면 안개처럼 세밀한 핏자국 등이 발견되는 것이다.

"대검과 해머를 찾았습니다."

계곡을 뒤지던 형사들도 쾌거를 알려왔다. 사체와 함께 묻었던 모양이었다. 마지막은 삽이었는데 그건 미류가 해결했다.

아이는 여전히 잠들어 있었다. 미류는 감식반원과 형사들에게 다시 한 번 강조했다. 이 일에서 아이는 영원히 제외. 그저 익명의 제보로 인해 진행된 수사로 꾸미기로 하였다.

그날 밤 이동귀는 전격 체포되었다.

그는 아들과 아내를 위해 갈비찜을 재고 있었다. 형사들이 범행 도구와 경위를 말하자 그는, 돌변하여 악마적인 저항을 했다. 수집하던 대검류를 꺼내 미친 듯이 반항을 한 것이다.

형사 하나가 어깨를 찔렸다.

형사들은 별수 없이 발포로써 그를 제압했다. 그냥 보기에는 성실한 남자의 표상, 그러나 그의 내부에는 악마가 들끓는 다중 인격자였던 것이다. 조사 중에는 다른 범죄도 나왔다. 사회생활을 하면서 두 번의 살인 경험이 있었다. 그 또한 쥐도 새도 모르는 완전범죄였으나 결국 알려지고 만 것이다.

"크억크억!"

수갑을 찬 후에도 그는 이상행동을 보였다.

이후에 밝혀진 일이지만 그는 정신 분열이 시작되고 있었다. 아이의 전생 기억이 아니었다면, 그리하여 그의 정신 분열이 더욱 지속되었다면 아이와 엄마까지 위험했을 일이었다.

결국 아이는 자신의 원수에게 대가를 치르게 했고 사랑하는 여자를 구한 셈이었다.

사랑…….

빗나간 사랑…….

그 사랑이 죄악 중의 죄악이 되는 순간이었다.

다음 날 아침, 기도를 올리는 중에 봉평댁이 기침 소리를 냈다. 신호임을 아는 미류가 기도를 마치고 신당을 나왔다.

"손님이……."

봉평댁이 마당을 가리켰다. 아직 날이 다 새지도 않은 이른 아침, 거기 박시은과 아이가 있었다.

"인사드려야지?"

박시은이 아이에게 말했다. 아이는 졸린 눈을 비비며 마지못해 꾸벅 인사를 해왔다. 미류는 아이의 전생륜을 피워 올렸다. 그 슬픈 전생령은 이제 보이지 않았다.

"대훈아!"

미류가 아이를 바라보았다.

"네?"

"혹시 도병철이라는 이름을 아니?"

미류의 질문에 아이는 고개를 저었다.

"그럼 너는 누구?"

"저는 이대훈이에요."

아이가 대답했다.

"이거 어때?"

미류가 타로에게 빌려 온 군용 대검을 들어 보였다.

"악! 무서워요."

아이는 비명을 지르며 몸을 움츠렸다. 아이는 이제, 그냥 아이에 불과했다.

"힘내세요."

확인을 끝낸 미류가 박시은에게 말했다.

"고맙습니다, 법사님."

박시은은 그 한마디를 남기고 돌아섰다. 바람이 미류의 볼을 쓸고 지나갔다. 바람에 콧날이 시큰해 왔다. 두 아이의 기막힌 전생… 그 인과를 쓸어가는 시원한 바람이었다.

"감기가 들려나?"

미류는 괜한 말로 봉평댁의 관심을 돌렸다.

끼익!

랜드로버가 붉은 별장 앞에서 멈췄다. 이번에도 경기도 광주였다. 멀지 않은 곳에도 이렇게 좋은 별장지가 있다는 걸 미류는 몰랐다. 잔디로 덮인 주차장 터에는 차가 몇 대 있었다.

"미류 법사님!"

제일 먼저 미류를 환대한 건 선일주였다.

"장관님!"

"오느라 고생했지?"

"아닙니다."

"그 사건 보고받았네. 하마터면 완전범죄로 끝날 살인 사건이었다고?"

"……"

"참 볼수록 대단해. 미류 법사의 무속 파워 말이야."

"어쩌다 운이 닿았을 뿐입니다."

"운이라니? 박순길 사건만 해도 그래요. 검찰 보고서를 봤더니 그녀가 본인이 아닐 거라는 건 상상도 못 했다고 하더군."

"……."

"나도 거의 기절 직전이었네. 세상에 그렇게 악독한 인간이 있나? 저 살자고 손가락 이식까지 하다니……."

"……."

"아무튼 법사 덕분에 잘 마무리가 되었지만 배주하 씨가 대통령이라도 되었더라면 나라 말아먹을 뻔했네. 대권 유력 후보의 집사 신분으로도 그 전횡을 저지른 인간이었으니 배주하가 대권이라도 잡았더라면 인신 공양은 안 했겠나?"

"인신 공양도 있었답니까?"

듣기 거북한 단어가 나왔다. 사람을 공양으로 바친다는 것, 듣기만 해도 소름이 돋는 말이었다.

"그건 아니지만 옛날 정권부터 그런 말들이 회자되었지 않나? 정권이 위기에 몰리면 대형 사고를 유발해 국민들의 관심을 돌린다는……."

"예……."

"사실 나도 옛날에 일어난 인천 앞바다 여객기 추락 사고는 아직도 믿기지가 않네. 중국발 국적기 말일세, 착륙을 앞둔 여객기가 별다른 이상도 없이 바다에 떨어져 200여 명이 몰살을 당했으니……."

"……."

"솔직히 미류 법사를 알게 되니 가서 굿판이라도 벌이고 싶다네. 거기 잠든 혼들을 만나 진실을 알 수 있다면 말일세."

"예……."

미류는 대답을 아꼈다. 그 일은 미류도 들은 이야기였다. 무속인들 사이에도 회자가 되었다.

―그때 정권의 인신 공양이었다.

이유는 미스터리 때문이었다.

중국 상해를 이륙한 비행기. 별 이상 없이 김포를 목전에 두고 있었다. 그러다 돌연 무선이 끊기며 레이더에서 사라졌다. 별다른 이상 신호도 없이 인천 앞바다에 떨어진 것이다. 당시 그 비행기는 문제가 없다고 했다. 기장과 부기장도 나름 베테랑이었다.

온 나라가 떠들썩했지만 정권은 나쁘지 않았다. 당시 큰 문제가 되던 정권의 비리 이슈가 비행기 추락에 묻혀 버린 것이다.

사고 수습 이후에 몇 무당이 사사로이 접근해 혼을 불렀다는 이야기가 있었다. 어떤 무당은 실패했고 또 어떤 무당은 인신 공양의 음모였다는 걸 기장의 혼에게 들었다고 했다. 하지만 그녀는 유력지 기자를 만나러 가던 중에 교통사고로 죽었다. 그렇게 끝난 일이었으니 진위는 알 까닭이 없었다.

"뭐 그 얘기야 오래전 것이니 그만두고… 사실 밝혀지지 않아서 그렇지 박순길 투서 들어온 거 보면 법사도 놀랄 걸세. 하다못해 교수직부터 방송, 도시 개발, 해외시장 개척까지 끼어들지 않은 곳이 없더군."

"예……."

"하여간 진짜 수고했어요. 법사께서 이 나라 살린 거나 마찬가지야."

선 장관의 손이 미류 어깨를 두드려 주었다. 뭘 바라고 한 건 아니지만 그래도 알아주니 기분이 나쁘지 않았다.

"미류 법사님!"

안으로 들어가자 정 시장이 반색을 했다.

함께 있던 사람들도 환영의 박수를 보냈다. 그들 중에는 염길태도 있었다. 기타 나머지 여섯도 방송에서 많이 보던 정재계의 리더들이었다.

"여러분, 다들 아시죠? 우리 미류 법사님!"

정 시장이 한 번 더 미류를 띄웠다.

짝짝!

다시 높은 박수가 쏟아졌다.

미류는 그들을 향해 공손히 고개를 숙였다. 강한 자는 세우지 않는다. 강한 척하려는 자가 세울 뿐.

식사가 나왔다. 특별할 것도 없는 비빔밥이었다. 기타 메뉴로 송이버섯과 마 요리, 화전 등이 보였다. 고기는 없지만 건강한 식단이었다.

"실은 저 속 모르는 허 의원이 소라도 한 마리 잡아서 법사님 보신 좀 해주자는 거 내가 말렸어요. 신 모시는 분에게 고기라니……."

정 시장이 가벼운 주제로 화두를 열었다.

"아따, 너무 그러지 마세요. 나도 알아보았더니 고기 먹는 무속인도 있다고 하더라고요."

허 의원이 응수를 했다.

"진짜 그렇습니까?"

정 시장이 미류를 바라보았다.

"예… 몸주에 따라서는 심하게 가리는 분도 계시고 더러는 아닌 분도… 신제자도 사람이니까요."

미류가 웃었다.

"그럼 우리 미류 법사님 몸주님은 어디에 속하십니까?"

허 의원의 질문이 이어졌다.

"가벼운 회나 초밥 정도는… 센 육류는 그리 즐겨하시지 않습니다."

"시장님, 들으셨죠? 다음에는 참치라도 한 마리 잡으십시오. 원, 좋은 일 하는 사람에게 겨우 풀밭이라니……."

"아닙니다. 잡곡과 나물은 몸을 편하게 하거든요."

"어이쿠, 이거 법사님이 나보다는 정 시장님 편이시군."

허 의원은 너스레로 대화를 갈무리했다.

화제는 자연히 배주하와 박순길 쪽으로 옮겨갔다. 선 장관이 말했던 손가락 이식이 주요 관심사였다.

"악녀야!"

한 리더가 혀를 찼다.

"진짜 우리 모두 미류 법사님 좀 세게 후원해야 합니다. 박순길 그 여자… 생각만 해도……."

선일주는 질린 듯 고개를 저었다.

"그런데 그 박순길이라는 여자의 예지몽… 소문에는 백발백중이었다고 하던데 그럴 수도 있는 겁니까?"

이번에는 창가의 리더가 미류에게 청해왔다.

"세상에는 우리가 모르는 일들이 많으니까요. 더구나 종교나 신앙은 마음속에 들어 있는데 마음은 넓고 깊어 제 능력으로 가늠할 수가 없습니다."

미류는 두루뭉술하게 즉답을 피해갔다. 어차피 보여줄 수도 없는 일이었다.

"그나저나 이제 배주하는 정치생명이 끝난 겁니까?"

리더들의 관심이 배주하 쪽으로 쏠렸다.

"속단은 이르죠. 오히려 배주하를 동정하는 여론도 있더군요."

"맞습니다. 일단 치명타를 입은 건 사실이지만 다음 대선 때는 또 모릅니다. 아, 생각해 보세요. DJ 선생님 같은 분은 결국 시련을 넘어서 대통령에 당선되고 말았지 않습니까?"

여러 의견이 오가는 동안 미류는 리더들의 전생류을 체크했다.

정 시장!

물론 미류를 치하하기 위해 불렀을 수도 있었다. 하지만 지난번 멤버들 하고는 또 다른 멤버들. 이런 별장에서 만나는 경우라면 대선에 필요한 핵심 인물들일 수 있었다. 거기 왜 미류를 끼웠을까? 미류는 그 이유를 잘 알고 있었다.

—시켜서 하면 지시받는 꼴이지만, 알아서 하면 협력이 되는 일!

특허권자가 일일이 지시를 받아서야 될 일인가?

당신은 대기만성형?

운명창이 작렬했다. 영시도 소리 없는 불꽃을 뿜었다.

다들 큰 대과는 없었다.

정 시장에게 해가 될 사람들은 아니었다. 정 시장의 사람 보는 눈을 말해주고 있었다. 다만, 단 한 명… 그는 문제의 소지가 있었으니 여성 편력이 강한 전생운 때문이었다.

"미류 법사!"

식사가 끝난 후 두세 명씩 담소를 나눌 때였다. 정 시장이 직접 차를 들고 와 미류를 찾았다.

"마셔요. 뒷맛이 상큼한 차입니다."

"고맙습니다."

미류가 차를 받았다. 향부터 달랐다.

"안사람이 특별히 챙겨준 차입니다. 꼭 법사님 타드리라고……."

"감사의 말씀 전해주십시오."

"감사는 내가 전해야죠. 아까 안에서도 말했지만 법사님은 내 생의 등불이나 마찬가지입니다."

"별말씀을……."

"아니에요. 만약 내가 이번에 법사님 말을 무시해 버렸다면… 생각만 해도 아찔합니다. 박순길의 전횡이 대선 직전에 터졌다면 배주하든 나든 우리 당은 다 끝장 아닙니까?"

"……."

"다행히 언론에서도 이 일의 배후를 짐작한 게 이 사람이라는 기사가 많이 나오고 있어요. 그래서 여론 조사 지지율도 올라가고 있고요."

"실은 그 일로 드릴 말씀이 있습니다만……."

"그래요? 말씀하세요."

"실은… 이제 시장님을 자주 만나는 일은 자중해야 할 것 같습니다."

"……."

"섭섭하게 듣지 마시고… 생각해 보십시오 배주하 대표를 망친 게 박순길이라지만 국민들은 그녀의 예지몽, 즉 보통 사람과 다른 이적(異蹟)에 대해 경계하게 되었습니다. 거기에 저 또한 현재의 대한민국에서는 불행하게도 국민적 종교로 인정받는 종교인이 아닙니다. 그러니 시장님이 저와 가깝다는 소문이 일반화되면 시장님 또한 다른 후보들의 공세를 받을 수가 있습니다. 일반인들은 예지몽의 환몽술사나 잡귀잡사를 다루는 전통 무속인을 같은 선상에서 보는 사람도 많을 테니까요."

미류의 속내는 이것이었다.

박순길의 예지몽과 비교조차 되지 않는 신통력을 과시한 미류였다. 이제 정 시장은 미류의 신통력에 대해 털끝만큼도 의심하지 않았다.

그런 그에게!

"이제 모든 일을 저와 상의하고 하십시오!"

…라고 말할 수도 있는 미류였다.

정 시장은 이제 쉽게 거절할 수 없는 입장이 된 것이다. 하지만 미류는 그 반대편 전략을 선택했다. 대놓고 말하는 건 하수들이나 하는 짓. 목에 힘을 주며 전권을 행사하기보다 정 시장의 입장을 챙겨주며 뒤로 물러앉는 고급 전략이었다.

"하하핫!"

미류의 이야기를 들은 시장이 너털웃음을 웃었다. 그 소리가 어찌나 큰지 미류도 놀랄 지경이었다.

"과연 미류 법사시군. 당신은 내가 존경할 만한 신념을 가진 사람이오!"

정 시장의 목소리에 힘이 들어갔다.

"시장님……."

"솔직히 법사님 인격이 부족하다면 이번 일로 이 사람을 좌지우지하려고 했을 거요. 무속적인 신통력도 과시했겠다, 덕분에 최대 정적도 가라앉혔겠다, 이 사람조차 넘어가지 않을 수가 없겠지요."

"……."

"그런데 이리 멀리, 이리 깊이 내다보시다니……."

"저는 단지 순리를 말했을 뿐입니다."

"그게 보통 일이 아니라는 겁니다. 인간이란 본디 교만의 덩어리인데 큰일을 해내시고도 아무런 과시를 않으시다니… 더구나 미제 살인 사건 해결도 동행한 형사들 공으로 넘겼다지요."

정 시장이 웃었다.

미류의 선택은 옳았다. 그 역시 하늘이 내린다는 대권을 거머쥘 사람. 꼭두각시를 부리듯 부려질 사람은 아니었던 것이니, 서로 궁합이 잘 맞았다고 볼 수도 있는 대목이었다.

"그 일은 사안이 다릅니다."

미류는 겸손하게 답했다.

"다르거나 말거나 법사님의 고매한 인품을 엿보기는 마찬가지입니다. 내 법사님의 말씀을 무조건 따르지요."

"고맙습니다."

"하지만 이거 한 가지는 명심하세요. 내가 비록 법사님을 공석에서 공대하지는 못하더라도 이 마음속에는 법사님을 위한 자리가 비어 있다는 것. 법사님도 혼자 해결하기 어려운 일이나 혹 제 정적 등으로부터 탄압을 받으면 반드시 제게 도움을 청하셔야 한다는 것."

"예⋯⋯."

"무속에 대한 편견 타파나 무속의 발전을 위한 합리적인 의견도 언제든 이 사람에게 정보를 주십시오. 사실 이 사람도 무속에 대해서는 거의 문외한이나 장차 꿈을 이룬다면 적으나 무속인들이 소외감을 느끼지 않을 정책을 세워보도록 하겠습니다."

"고맙습니다, 시장님!"

"오늘 따로 하실 말씀은 없으십니까?"

긴 이야기를 마친 시장이 미류를 바라보았다.

"저쪽 맨 끝에 계신 분⋯⋯."

"조상호 의원요?"

"시장님께서 대선에서 중하게 쓰실 분들이지요?"

"물론이지요. 문제가 있나요?"

"다른 건 없는데⋯. 여성 편력적인 성향이 있습니다. 혹시 중용하시더라도 참고가 되기를 바랍니다."

"다른 분들은 괜찮습니까?"

"다들 한 나무처럼 비슷한 향취를 지녔으니 한 목적을 향해 잘 나가실 것 같습니다. 여기 제가 좀 더 세심한 성향 파악을 해두었으니 시장님의 판단과 비교해 쓰시기 바랍니다."

미류가 메모를 내밀었다.

그걸 읽어본 시장의 표정이 확 밝아졌다. 각자의 운명창에 근거한 장단점의 파악. 그것처럼 유용한 정보가 없는 정 시장이기 때문이었다.

"이거 보는 눈만 없다면 절이라도 하고 싶군요."

정 시장이 웃었다. 지나가는 인사가 아니라 진심이 담긴 말이었다. 그래도 미류는 그 장소에 오래 머물지 않았다. 미류가 있을 곳은 신당이다. 미류는 그 사실을 잘 알았다.

유유자적 사회 리더들 틈에 끼어 행세를 하라는 특허가 아니었다. 미류의 특허는 고단하고 어려운 사람들을 구제하기 위한 것.

부릉!

시동이 걸렸다.

─지도자들은 지도자들의 자리에.

─무속인은 중생들의 어려움 앞에.

정 시장의 치사를 마음 갈피에 꽂은 미류, 전화를 통해 봉평댁에게 힘찬 지시를 내렸다.

"지금 돌아가는 중입니다. 정식 예약 못 받은 분들 몇 분 준비시키세요!"

미류는 작은 족발 가게에 있었다.

봉평댁이 따로 뽑아준 손님이었다. 몇 번이나 전생점을 보고 싶어

했지만 시간이 맞지 않았던 손님. 이런 손님은 이렇게 짬짬이 점사를 봐주는 게 좋았다.

사업 궁합!

40대의 사장은 그걸 궁금해했다.

"도무지 저는 장사 스타일이 아닌가 봅니다. 했다 하면 뭐든 다 털어먹거든요."

한가한 가게 안에서 주인이 쓸쓸하게 웃었다. 몸매도 푸짐하고 인상도 좋은 주인. 그런데 왜 장사가 안 되는 걸까? 주변 상권도 쪽박은 아니었다. 족발 맛을 보았다. 혹시나 맛이 꽝일 수도 있기 때문이었다.

'괜찮은데?'

두 점을 집어 먹은 미류의 평이었다. 족발 마니아는 아니지만 그래도 맛 정도는 아는 미류였다.

"그래도 제가 나름 연구는 많이 하거든요. 누린내 잡으려고 써본 한약재하고 우린 들풀이 수백 종류는 될 겁니다."

그 말은 맞았다. 자칫하면 날 수 있는 족발의 누린내가 전혀 느껴지지 않은 것이다.

그는 정직했다.

어제 팔다 남은 건 이웃의 어려운 분들에게 나누어주었다. 냉장실에 두었다가 팔 수도 있지만 맛이 가기 때문이었다. 하루 지난 족발과 새것의 맛은 완전히 다른 것이다. 족발도 국산으로 맞추었고 좋다는 앞발만 고집했다. 마누라에게 융통성 없다고 핀잔을 받아도 그 고집만은 지켰다.

─장사 안 하면 안 했지 먹는 걸로 장난은 안 쳐!

그가 마음에 새긴 신조였다.

물론 그 족발 맛이 최상급은 아니었다. 하지만 여러 조건을 두루 갖춘 사람. 게다가 친절하고 푸근한 인상인데도 매월 적자로 사는 인생…….

"마누라가 그래요. 전생에 저팔계 아니었냐고? 그래서 돼지고기 장사하니까 안 되는 거라고……."

그는 사람 좋게 웃으며 뒷말을 이었다.

"그런데 족발만 그런 게 아니거든요. 치킨도 말아먹었고, 오리고기도 말아먹었고, 심지어는 생태찌개부터 대구뽈찜까지 손만 대면 적자 퍼레이드가 되는 겁니다. 그렇다고 이 나이에 월급 160짜리 공장에 들어갈 수도 없고… 기분에는 될 듯, 될 듯한데 안 된단 말이죠. 그래서 법사님 용하시다길래 제가 전생에 가축들에게 무슨 몹쓸 짓이라도 했나싶어서… 그럼 가축 위령제 같은 굿이라도 한판하게요."

주인이 웃었다.

안에 있는 테이블은 고작 네 개. 손님이 만땅으로 와야 16명이 고작이었다.

"눈 좀 감아보세요!"

일단 전생 감응부터 시작했다. 주인 말대로 장사와 악연의 인과가 있을 수도 있는 일.

'응?'

그런데 이게 웬일?

그의 전생은 주로 상인이 많았다. 그것도 꽤 괜찮은 성공을 거둔 상인이었다. 게다가 생을 거듭할수록 발전하는 삶. 처음에는 가족 먹여 살리기 바빴지만 그다음 생에서는 마을 최고의 상인이 되었다. 그러다 직전 생에서는 한 부족을 대표하는 상인이 되었던 주인.

'이렇게 되면 이 생에서 상재로 빛을 볼 수도 있다는 얘기인데…….'

주인의 말이 이해되었다. 뭔가 될 듯 될 듯하다는 말… 전생에서 건너온 카르마의 영향이었다.

그런데!

전생이 그러면 뭐하냔 말이다. 현재 그의 가게는 파리만 왱왱 꼬이고 있었다.

'어디…….'

그의 상재 전생에 현미경을 들이대 보았다. 조금 더 디테일하게 보아야 할 상황이었다.

첫 가게…….

맨주먹으로 시작해 세 번을 말아먹었다.

그다음에야 가게가 자리를 잡았다. 두 번, 세 번째도 비슷했다. 미류는 거기서 공통점 하나를 발견했다. 한 번은 부두의 하역 책임자였고 또 한 번은 중간도매상이었다.

'이거였군.'

미류를 비로소 그의 막힌 상재의 운을 찾아냈다.

〈은인!〉

주인의 막힌 상재. 말하자면 대기만성형이다. 그의 상재는 때늦게 뚫린다. 소위 '뚫어뻥'이라고 불리는 은인이 등장해야 시작되는 것이다.

"장사하신 지 얼마나 되었죠?"

미류가 주인에게 물었다.

"12년쯤요."

100세 인생 시대.

그렇다고 해도 10년 장사는 적은 시간이 아니었다.

'그럼 만났을 때도 되었는데?'

미류가 고개를 갸웃거렸다. 그의 상운은 그가 지쳐갈 때쯤 뚫렸다. 그렇다면 그가 이미 온 은인을 알아보지 못했을 수도 있었다.

"혹시 어떤 분에게 불친절했던 기억이 있습니까?"

"없어요. 손님도 없는데 오는 손님에게 왜 불친절합니까? 너무 퍼 줘서 마누라가 난리인데……."

"그래요?"

그때 손님이 두 명 들어왔다.

주인은 족발 소짜를 내놓았다. 미류는 가게 주변을 돌아보고 있었다. 혹시라도 가게 운을 막고 있는 흉액 같은 게 있는지 확인하기 위해서였다.

잠시 후에 돌아와 보니 테이블 세 개에 사람이 앉아 있었다.

—한 테이블은 남녀 손님으로 족발 소짜.

—또 한 테이블은 30대 아줌마로 역시 족발 소짜.

—또 하나는 50대 남자로 족발 소짜에 소주 한 병…….

테이블이 찬 건 고무적이지만 그래봤자 매상이 오를 상황은 아니었다.

그때, 갑자기 밖이 소란스러워지기 시작했다. 미류가 내다보니 십여 명의 단체 손님들이 자리를 찾고 있었다. 그들이 가게 안으로 들어섰다.

"어서 오세요!"

파리 날리던 가게에 들어선 십여 명의 단체 손님, 주인의 눈이 번쩍 떠지는 순간이었다.

"자리가……."

대표 한 사람이 가게를 둘러보았다. 가게 자체는 휑하지만 테이블은 마땅치 않은 상황…….

"잠깐만요!"

주인이 단체 손님들을 세워놓고 기존 손님에게 돌아섰다. 뭘 하려는지 알 수 있는 상황이었다.

혼자 온 손님들을 합석시키면 대충 단체 손님을 받을 수 있는 것이다. 바로 그때, 미류는 자신도 모르게 50대 남자의 전생령을 체크하고 말았다. 그리고…….

"사장님!"

미류가 주인을 막았다.

"뭐라고요?"

미류 말을 들은 주인이 미간을 찡그렸다.

"제 말 믿으세요."

"아, 진짜…….'"

주인은 황당하다는 표정을 지었다. 미류가 단체 손님을 받지 말라고 말린 것이다.

"이거 법사님이 책임지시는 겁니다."

주인은 마지못해 단체 손님들을 내보냈다.

점 한 번 보기 어렵다고 소문난 영험한 무속인. 어렵게 출장까지 나왔으니 그 말을 무시할 수도 없는 노릇이었다.

"여러분 죄송합니다. 먼저 오신 손님들이 계셔서 자리가 없네요."

주인이 대표자에게 말했다.

"아, 거 대충 한군데로 모이면 우리가 앉아도 될 것 같은데…….'"

대표자가 궁시렁거렸다. 다른 곳으로 가기가 마땅치 않은 눈치였다.

"죄송합니다. 그럼 먼저 오신 분들이 불편하시잖아요. 다음에…….'"

주인은 눈물을 머금고 단체 손님을 밀어냈다.

그때 족발을 먹던 50대 남자가 주인을 물끄러미 돌아보았다. 고개를 한 번 끄덕거린 그는 천천히 족발을 즐겼다. 사실 음식 먹는 중에

낯선 사람과 합석하라는 걸 반길 손님은 없었다. 혼자 온 사람도 자존심은 있는 법이다.

그는 발가락의 살점까지 알뜰하게 뜯어먹고 나갔다. 이어 다른 손님들도 하나씩 계산을 마치고 가게를 떠났다.

"에이, 또 똥파리만 극성이네."

주인이 파리채로 공중을 휘저었다. 단체 손님을 받지 못한 아쉬움이 묻어나왔다.

"이거 입구에 붙이세요."

미류는 부적을 내주었다. 주인은 떨떠름한 얼굴로 부적을 받았다.

"웃으세요. 부적도 웃는 주인을 좋아합니다. 굿할 때 돼지머리도 웃는 것만 쓰거든요."

"이렇게요?"

주인이 피식 선웃음을 머금었다. 그 미소는 꼭, 제사상에 오른 돼지의 미소를 닮아 있었다.

"까짓것 기왕 망한 몸 좀 더 버텨보죠 뭐. 솔직히 점이 모든 걸 해결하겠습니까? 내가 조금 더 노력해 보고… 그래도 안 되면 또 찾아갈 테니 이 나이에 해먹을 일이나 하나 찍어주세요."

주인은 쿨하게 나왔다.

"그러세요. 하지만 아직 실망하시면 안 됩니다."

"이거 복채……."

주인이 봉투를 내밀 때였다. 테이블에 놓인 전화기가 요란하게 울었다.

"여보세요?"

주인이 달려가 전화를 받았다. 그리고 표정이 석고상처럼 꽉 굳어버렸다.

"뭐, 뭐라고요?"

목소리까지 떠는 주인, 테이블을 마구 밀어내더니 볼펜을 바람처럼 놀리며 주문을 적어댔다.

"법사님!"

메모를 끝낸 그가 버럭 소리를 질렀다.

"예?"

"크하앗, 이거 꿈입니까? 생시입니까?"

주인이 다가와 두 팔을 벌렸다.

"무슨 일이신지?"

"대량 주문이 들어왔지 뭡니까? 저 뒤에 자동차 공단이 있는데 거기 관리실 직원들이 내일 사내 회식을 한다고 족발 200개를 준비할 수 있냐고?"

"몇 개요?"

"무려 200개요! 두 개도 아니고 200개!"

주인의 목소리는 자꾸 높아졌다.

"잘됐군요. 이제 손님이 몰릴 징조로 보입니다."

"이게 다 법사님 덕분입니다. 아까 그 사람 말입니다. 혼자 먹던 50대 아저씨요."

"예?"

"그 아저씨가 거기 관리 실장님이랍니다. 그분이 제 마인드가 됐다고 앞으로 야식 같은 거 주문도 저한테 하라고 하셨다네요."

"……?"

"키햐, 역시 소문난 족집게는 다르시군요. 그것도 모르고 나는 단체 몇 명 받으려고 합석시키려고 했는데 그럼 그분 기분이 나빠서 이런 주문도 없었을 거 아닙니까?"

"실은 그분이 사장님의 운수 조절자셨습니다."

"운수 조절자요?"

"앉아보세요. 제가 단체 손님 못 받게 했을 때 속으로 욕 많이 했을 텐데 이유를 보여 드리죠."

미류는 주인을 앉히고 두 손을 들었다.

주인의 전생령 하나를 골라냈다. 그 속의 한 장면을 보여주었다. 오랜 옛날의 부두였다. 주인의 가게는 손님이 별로 없었다. 그러던 어느 날, 거지꼴 소년 하나가 등장했다.

"치킨수프 주세요."

테이블을 차지한 소년이 말했다.

이제 막 손님들이 올 시간, 거지꼴의 소년이 서성거려 좋을 일이 없었다. 하지만 주인은 두말없이 스프를 내주었다. 그도 손님이기 때문이었다.

다음에 들어온 손님 둘은 소년을 보더니 인상을 긁으며 다른 곳으로 가버렸다. 그다음 손님도 그랬다. 주인으로서는 거지꼴 소년 때문에 여러 손님을 놓친 것이다.

그게 계기였다.

소년은 이미 다른 식당 두 곳에서 거부를 당하고 왔던 몸. 그러나 실은 아버지의 심부름으로 먼 길을 다녀오던 상단주의 외아들이었다. 다만 오는 도중에 사고를 당해 말을 잃고 먼 길을 걸어오느라 거지꼴이 되었던 것.

소년은 상단으로 돌아가 원행길을 보고하던 중에 주인의 작은 미담을 정했다.

그날부터 그 식당은 미어터졌다. 그 상단과 거래하는 거의 모든 사람들이 그 식당을 이용하게 된 것. 그러니까 아까 그 50대 아저씨는 그 소년의 현생. 전생의 빚을 갚을 때가 되어 이 생에서 다시 만난 것이다.

"어이쿠야!"

주인은 자기도 모르게 손뼉을 쳤다. 하마터면 작은 이익에 굴러온 복을 차버릴 뻔했던 것.

"전생 공덕 덕분에 이제 운이 확 트일 겁니다. 그러니 가게 사정 조금 좋아지시면 공덕 많이 베풀고 사세요."

미류의 미래안에 그가 떠올랐다.

그는 독보적인 족발 체인점의 사장이 되어 있었다. 마침내 그의 상재를 가로막던 장애가 치워진 것이다.

미류가 웃자 주인은 원래 준비한 봉투에 하나를 더 올려주었다.

"공덕 쌓으라면서요. 바로 시작입니다. 그러니 받아주셔야죠?"

주인의 바른 말에 미류는 대꾸조차 할 수 없었다.

받는 수밖에.

그것도 기분 좋게!

구름이 잔뜩 낀 날, 뜻밖에도 무속 다큐멘터리를 찍고 있는 양 피디가 찾아왔다. 그녀는 구성 작가와 둘이었다. 미류는 신당에서 그를 맞았다.

"바쁠 때 찾아온 건 아닌지요?"

양 피디가 물었다. 거실에 예약자 둘이 있었던 것이다.

"조금 그렇기는 합니다."

"하핫, 그럼 빨리 끝내고 가야겠군요."

"무슨 일이신지?"

"무슨 일은요? 요즘 미류 법사님이 장안의 화제 아닙니까? 듣자니

CF도 들어올 기세던데?"

"CF요?"

"연락은 안 왔죠?"

"……."

"제가 정통한 소식통에 들었는데 몇 군데서 법사님을 광고에 낼 계획을 세웠는데 종교 때문에 고심 중이라고 하더군요. 그래도 결국 들어올 겁니다."

"별말씀을……."

미류는 웃어버렸다.

이해할 수 있는 일이었다. 미류가 광고 시장에 나가는 건 생각해 보지 않았지만, 만약 나간다면 그 자체가 또 논란이 될 수 있었다. 기성 종교에서 문제를 삼을 수 있기 때문이었다. 미류는 조바심 내지 않았다. 그까짓 광고, 오면 오고 말면 말일이었다.

"설마 그걸 말하려고 오시지는 않았을 테고……."

"맞습니다. 사실은 티벳 승려들 일로 왔습니다."

"티벳 승려?"

"혹시 티벳 불교에 대해 아시는지요?"

"잘은 모르지만 얼개 정도는 읽어두고 있습니다."

"거기에 환생 제도를 주창하는 종파가 있다는 것도?"

"물론이죠. 제가 전생신을 모시지 않습니까? 그쪽에서는 흑모파라 해서 카규파로 불릴걸요?"

"아시는군요."

"그런데 그게 왜요?"

"그럼 그 장문인의 서양에서의 기행도 들으셨나요?"

"16대인가 17대인가 하는 장문인을 말씀하시나요? 미국 애리조나주가 가뭄에 시달릴 때 날아가서 비를 내리게 한 법력을 선보인 일?"

"이야, 역시……."

"티벳에 무슨 일이라도 있습니까?"

"혹시 그럼 마삼바바라는 스님도 아시는지?"

"지금 전생론으로 잘나가는 스님 아닙니까?"

"아이고, 다 알고 계시니 제가 고심할 필요도 없군요. 실은 그분이 이번에 한국을 방문하실 모양입니다."

"……?"

"제가 무속을 들쑤시고 다니다 보니 처음으로 접한 정보인데… 아마 여러 스님을 모시고 올 것 같습니다. 또 압니까? 우리도 지금 남쪽에 가뭄이 심한데 비라도 내리게 해주실지……."

"예……."

미류는 계속 귀를 기울였다. 지구촌 시대에 티벳의 스님이 한국에 오는 건 일도 아니었다. 티벳뿐만 아니라 라오스에서도 오고 미얀마에서도 오기 때문이다.

"그래서 저희가 공식 인터뷰를 요청했는데 옵션이 붙었습니다."

"옵션요?"

"어디서 들었는지 미류 법사님 존함을 알고 함께 만나게 해주면 응하겠다더군요."

"……?"

"어떠십니까?"

"그분이 왜 저를?"

"아마 지난번 프랑스 문화계 인물들에게 보여주신 이적과 전생 파워 때문인 것 같습니다. 그분들이 그때 프랑스에 머물며 이적 기행을 하고 있었거든요."

"프랑스요?"

"그쪽 대표자 말이 프랑스에서 들은 미류 법사님의 전생 능력이 사실이라면 저희 방송의 어떤 요구도 다 들어주겠다고 하기에……."

"저를 담보로 잡으시려고?"

미류가 웃었다.

"안 될까요? 마무리 편집에 끼워 넣으면 무속에 대한 완성도의 클래스가 굉장히 높아질 것 같은데……."

"저의 뭘 보고 싶다는 겁니까?"

"그건 저희도……."

"제가 그분들 요구에 합격점을 내지 못하면 무속 다큐멘터리 완성도가 낮아질 수도 있다는 말씀이군요?"

"뭐 그렇다기보다는 그분들이 워낙 국제적으로 검증된 분들이다 보니 신뢰성과 시청률 제고에 보탬이 될 일이라……."

"……."

"죄송합니다. 법사님 사정도 모르면서 갑자기 이런 제안을 드려서… 그쪽 연락을 받고 보니 급한 마음에 그만……."

"하죠!"

미류의 대답이 시원하게 떨어졌다.

"정말입니까? 법사님?"

"전생에 관한 거라면 제가 사양할 수 없죠. 그분들이 비록 전생과 환생 제도에 혁혁한 기여를 하셨다고 해도 저는 전생신을 몸주로 모시는 사람이니까요."

"이야, 고맙습니다."

양 피디와 작가는 반색을 하며 돌아갔다.

티벳 불교의 카규파…….

그들에 관련된 전생, 환생의 이야기는 끊임없이 나온다. 그 종파의 스님들은 환생 예언으로 유명하다.

"내가 죽으면 누구누구의 아들(딸)로 날 것이다. 그 증거로 이마(엉덩이)에 점 두 개를 찍고 나올 것이다."

마치 전설의 고향 같은 이 예언은 이미 정설이 되어버렸다.

말하자면 미류와는 한줄기가 되는 셈이었다.

그런 종파의 현존 최고 승려로 불리는 마삼바바 스님. 그 역시 선대의 장문인 못지않게 많은 이적을 보여주었다. 중국의 지진 때 무너진 건물잔해를 영적 힘으로 들어 올렸고, 교량이 무너져 강물에 잠긴 버스를 손도 안 대고 끌어 올려 50여 명의 사람을 구하기도 했었다.

어디 그뿐일까? 그 역시 가뭄이 심한 지역에서는 법력을 뿜어 비를 내렸다. 그런 그가 한국에 온다니? 그런 그가 미류를 만나기를 원한다니…….

미류는 무신도를 바라보았다. 전생신은 표정조차 없었다. 그러면서도 울림은 왔다.

─오늘 네 할 일을 하거라.

오늘 할 일.

정답이었다. 마삼바바가 오든 쨴뽀가 오든 그건 내일 이후의 일이었다. 미류는 전생신의 공수에 따라 거실을 향해 충실한 음성을 날렸다.

"다음 손님 들이세요!"

손님!

이번에는 좀 색다른 손님이 들어왔다. 늙은 남자와 젊은 남자였다.

둘 다 선글라스를 쓴 것으로 보아 신분 노출을 꺼리는 것으로 보였다. 하지만 복채는 이미 최상급으로 지불한 상태. 물론 신용카드는 아니었다. 더러 신용카드 결제로 봉평댁을 갈구는 사람이 있는 모양이지만 복채는 현찰. 이건 아직 만고불변의 진리에 속했다.

〈카드 사절!〉

신당의 절대 관습이다.

"처음 뵙겠습니다."

늙은 남자가 선글라스를 벗으며 인사를 해왔다. 젊은 남자도 선글라스를 벗으며 꾸벅 고개를 숙였다.

"혹시 공진묵 회장님 아시는지요?"

늙은 남자가 물었다. 얼굴을 보니 둘은 부자 사이로 보였다.

"그렇습니다만……."

"이 사람이 한때는 공 회장님과 재계에서 머리를 맞대던 사람입니다. 집안에 작은 고민이 있던 차에 공 회장님이 적극 천거를 하시기에……."

"예……."

"제 아들놈입니다."

늙은 남자의 이름은 하길주, 그가 옆의 아들을 소개해 주었다.

"변변한 재주가 없어 제 회사에서 일을 배우고 있는데 영 신통치가 않아서……."

하 사장이 아들을 돌아보았다. 미류는 말없이 듣기만 하였다.

"공 회장님 말이 법사님께서 전생과 현생을 기가 막히게 매칭시킨다기에 혹시 이놈에게 다른 재주가 있는 건가 싶어서 들렀습니다."

"잘 오셨습니다. 아는 건 없지만 애로를 말씀하시면 열심히 점사를 내보겠습니다."

"그게… 제가 혈육이라고는 이 녀석 하나밖에 없어서 가업을 물려

줄 생각으로 작년부터 출근을 시켰는데……."

영 신통치가 않습니다.

아버지 말의 핵심이었다.

회사를 이어가려는 아버지, 아들에게 팀장의 역할을 주어 첫 출근을 시켰다. 하길주의 회사는 나름 알아주는 가죽 제품 기업. 유럽 명품 업체에 납품하기도 하고 생산도 하는, 대기업 부럽지 않게 똑똑한 기업이었다.

그런데 이 아들, 몇 군데 팀을 거칠 때마다 밥값을 하지 못했다. 오히려 일을 그르쳐 손해를 끼치는가 하면 소소한 일에 매달려 성과를 내지 못한 것이다.

"이 사람 몸이 그리 좋지 않아 몇 해 후에는 회사 일을 넘겨야 하는데 지금 상황으로는 창업 공신들조차 반대할 게 뻔한 일이라……."

방법이 없을까요?

하 사장이 미류를 바라보았다.

"팀장으로 앉혀두었는데 실적이 없다?"

"예……."

"본인 생각은 어떻습니까?"

미류가 아들을 바라보았다.

"저는 나름 열심히 합니다만 뭔가 하나에 꽂히면 자꾸 그 일에 신경이 쓰이는 바람에……."

"일 자체가 싫은 건 아니고요?"

"그건 아닙니다. 그랬다면 처음부터 아버지께 말씀드렸을 겁니다. 가죽 자체는 저도 끌리는 데가 있거든요."

"그래요?"

미류는 두 부자의 운명창을 살펴보았다. 특히 아들, 별다른 문제는 없었다. 신체 건강한 대한민국의 젊은이⋯ 게다가 학벌창도 좋았으니 지식이 부족할 일도 아니었다.

그렇다면 문제는?

"오신 김에 전생 한번 체크해 볼까요?"

"전생요?"

아들이 고개를 들었다.

"전생의 인과가 현생에 작용하는 일도 많아서⋯⋯."

"하지만 회사 실적하고 전생하고 무슨 상관이⋯⋯."

"그냥 법사님 믿고 넘어가거라."

아들이 토를 달자 하 사장이 정리를 맡았다.

"잠깐만 눈 감고 계시면 됩니다. 잠깐 동영상 한 편 본다고 생각하세요."

"이런 거 별로 믿지는 않는데⋯⋯."

아들은 마지못해 눈을 감았다.

미류는 전생을 감응하지 않았다. 아들은 한참을 있더니 조심스레 한 눈을 떴다.

"⋯⋯?"

아들이 미류를 바라보았다.

"아무것도 안 보이지요?"

"예⋯⋯."

"반신반의하시니 감응에 들어가지 않았습니다. 죄송하지만 전생점 같은 게 아니더라도 앞으로 잘할 마음이 있으시면 그냥 가셔도 됩니다. 복채는 나가실 때 돌려드릴 거고요."

"예?"

"이건 손뼉과 같거든요. 믿는 마음이 없으면 전생을 보여 드려도 무시하게 됩니다. 보아하니 두 분은 사회적으로 굉장하신 분들 같은데 이렇게 시간 낭비를 하실 필요는 없습니다."

"잘못했습니다. 제가 괜한 말을 드린 거 같은데 감응을 부탁드립니다."

아들은 태도를 바꾸어 공손하게 미류를 바라보았다.

미류는 그제야 고개를 끄덕여 주었다. 아무리 공 회장이 보냈다고 해도 사사건건 태클이 들어오는 손님은 곤란했다. 무속은 과학과 달라 매사를 증명으로 보여줄 수 없기 때문이었다.

"그럼 시작합니다!"

미류가 아들의 전생륜에서 현생과 연결되는 전생령을 뽑았다.

음메에!

일단 소 울음소리부터 들렸다.

둥둥두둥!

맑은 북소리도 들렸다.

북소리를 따라 소가죽들이 물결처럼 이어졌다.

그 가죽 위의 하늘로 눈이 내렸다. 추운 겨울이었다. 거기 손을 호호 불며 달리는 소년이 보였다. 하 사장의 아들 전생이었다.

아들은 등에 소가죽을 지고 뛰었다. 얇은 보자기에 구멍을 내고 걸친 후에 그 위에 소가죽을 뒤집어 쓴 것이다. 어린 소년이 소가죽 한 장을 지고 가려면 그 방법이 가장 좋았다.

그런데 그 길이 좀 멀었다.

요즘으로 치면 거의 3킬로미터에 가까웠다. 출발할 때는 괜찮았다. 하지만 잠시 후부터 가죽의 물기가 흘러내렸다. 물기 때문에 가죽은 소년의 몸에 찰싹 붙어 무게감을 더했다. 걷기도 힘들 지경이었다. 어쨌거나 서둘러야 하는 소년. 마음만 급하지 발은 자꾸만 무거워졌다.

소년은 중간중간 쉬었다.

온기가 있는 가게들 앞이었다. 온기가 닿으면 가죽에서 누린내가 등천을 했다. 주인들이 나와 소년을 쫓았다. 할 수 없이 담장 같은 곳에서 쉬게 되면 이번에는 추위가 문제였다. 가죽이 얼어버리는 것이다.

가죽이 얼면 좋은 북소리가 나지 않는 법. 소년은 스승에게 혼나지 않기 위해 필사적으로 가죽을 어루만지지만 겨울 날씨를 당할 수는 없었다.

"네 이놈!"

스승에게서 돌아오는 건 꾸지람뿐이었다.

때로는 벌로 식사도 주지 않았다. 가죽이 얼면 버려야 하는 경우가 많기 때문이었다. 꾸지람을 피하는 방법은 하나뿐이었다. 소가죽을 지게 되면 미친 듯이 달려야 하는 것.

스승은 원래 이 일을 소년에게 시키지 않았다. 그러다 소년의 재주가 남다른 것을 알고 일부러 소년에게 맡긴 것이다. 그렇기에 가죽 손실을 예상하면서까지 날이 추운 날이면, 꼭 소년의 등을 밀었다. 다른 일은 맡기지 않았다.

"손질된 가죽을 한 장 가져오거라."

처음에는 원망뿐이었다.

왜?

알고 보니 다른 사람들은 그런 일을 한 적이 없었다. 게다가 가죽 손질은 기술자에게 맡긴 것이라 그쪽에서 가져오면 될 일이었다. 그럼에도 일은 가르쳐 주지 않고 추운 날만 골라 심부름을 시키니 원망하지 않을 수가 없었다.

그래도 소년은 묵묵히 참아냈다.

'왜 나야?'

…라는 생각보다는 스승이 그것이나마 시켜주는 게 더 고마운 소년이었다.

덕분에 소년은 가죽에 눈을 뜨게 되었다.

한 번 언 가죽을 귀신처럼 구분하게 된 것이다. 가죽은 한 번 얼면 원래대로 돌아오지 않는다. 북을 만드는 데 너무나 중요한 일이지만 많은 북쟁이들은 그걸 몰랐다. 스승의 모진 가르침으로 인해 소년은 한 번 얼었던 가죽을 귀신처럼 알아보았다.

그 결과 소년이 북을 만들게 되었을 때, 소리가 나지 않는 북이 없었다. 어쩌다 한두 장 섞인 언 가죽을 귀신처럼 골라낸 것이다. 결국 소년은 다른 기술자들보다 조금 늦게 북을 만들게 되었지만 그 생에서 최고의 북을 만들어냈다. 왕궁에서도 소년이 만든 북만 썼고, 이름난 사찰들도 그랬다.

'아!'

전생을 들여다보던 미류는 저절로 나는 감탄을 숨길 수 없었다. 밑바닥부터 제대로 배워 대기만성하는 전생의 아들. 그런 아들에게 높은 자리부터 맡겼으니 실력 발휘가 되지 않은 것이다.

"사장님!"

미류가 잠시 하 사장을 불렀다.

"예!"

"같이 보시는 게 좋겠습니다."

미류가 손을 내밀었다. 바로 3자 감응이 시작되었다.

눈보라와 소년, 그가 지고 달리는 가죽, 추위에 얼어버리는 가죽, 그리하여 언 가죽과 얼지 않은 가죽의 장단점을 알게 되어 최고의 북 명인이 되는 소년의 전생…….

미류는 가만히 눈을 떴다.

소년이 그 나라의 북 명인이 된 장면이 끝이었다. 아들은 놀란 듯 번쩍 눈을 떴고 아버지는 천천히 눈을 떴다.

"법사님!"

아들이 소리쳤다.

"잘 보셨나요?"

"그 마지막 장면요… 저는 그걸 영화에서 본 줄 알았습니다."

아들의 목소리가 높아졌다.

"본 적이 있나요?"

"꿈이었을까요? 북… 그리고 소… 왠지 그걸 보면 걸음을 멈췄거든요. 하지만 확실하게 생각나지 않기에 어느 영화의 한 장면이었나 하고……."

"법사님!"

이번 부름은 하 사장의 입에서 나왔다.

"그럼 우리 아이가?"

"아마 그런 것 같습니다. 몇 개의 전생을 다 살펴보았는데 아드님은 그 일의 최하부 밑바닥부터 구르며 배워야 그 분야의 대가가 되는 삶의 연속입니다. 이번 생도 말씀을 들어보니 지난 생에 명인으로서 못 이룬 꿈이 남아 사장님 아들로 온 것이 아닌가……."

"그럼 이놈은?"

"가죽 제품을 하신다니 전생처럼 공장의 가죽 가공이나 가죽 손질 같은 밑바닥 일부터 배우게 하시면……."

"너……."

하 사장의 시선이 아들에게 넘어갔다.

"힘들겠지만 해보겠습니다. 사실 팀장할 때도 가죽 가공이나 손질에 대해 이론만 나불거리니 직성이 안 풀렸거든요. 그러다 공장에서 한나절이나 공정을 보다가 중역들에게 일의 핵심을 모른다고 눈치를 받았고……."

"그럼 그 일이?"

"그때는 몰랐지만 아마… 제 잠재의식 속에 뭔가 있었던 같습니다."

"밑바닥부터 차곡차곡 굴러야 한다?"

"제 생각은 그렇습니다."

미류가 잘라 말했다.

"일리가 있군요. 사실 바닥부터 배우는 대기만성이 좋은 건 알지만 그런 거야 다 옛날 말이지 요즘 같은 세상에 그래가지고 언제 경영을 배우나 했습니다. 하지만 아들 전생을 보니 수긍이 가는군요."

"그럼 제 점사는 끝난 것으로 하겠습니다."

"하핫, 이거야 정말… 속 시원한 공수로군요."

"저도 그런데요? 고생할 일이 조금 걱정이 되긴 하지만……."

하 사장의 말에 아들이 장단을 맞추었다. 둘은 흔쾌한 표정으로 신당을 나갔다.

기초와 기본!

언제부터 다른 사람의 일이 되었을까?

눈앞의 성적이 우선시되는 사회 풍조가 그렇게 만들어 버렸다. 과정 따위는 필요 없다. 결과만 좋으면 되는 것이다. 하지만 여전히 모든 일에는 과정이 우선이었다. 다만 그 위력은 서서히 드러나는 것뿐.

대기만성!

미류는 새삼 그 단어가 왜 만들어졌는지를 실감했다. 그리고 하 사장의 아들이 그 단어의 본보기가 되기를 진심으로 바랐다. 그러니 세상의 대기만성형 스타일들이여, 고민하지 말고 묵묵히 진격하라.

"너는 쥐잡기 따위나 좋아하니 필히 우리 가족에게 망신거리가 될 놈이다!"

저 위대한 찰스 다윈도 하는 꼴이 싹수가 노래, 그의 아버지에게 집안 망칠 자식으로 공언받았던 사람이었다. 하지만 그 역시 갈라파고스를 항해한 '비글'호를 시작으로 인류사에 우뚝한 진화론을 남기지 않았던가?

영매 위의 영매

하얀 고깔 둘러쓰고 실패 자산 모아보자.
누구 주둥이로 쪼사더냐 인생이란 쓴맛이라
쓴 것은 몸에 좋아 보약 미리 먹은 거야
내가 고작 이러려고 태어났나?
생명의 싹 초록초록 틔워야지
키워보자 나도 한 번 다이아몬드 수저 따로 있나?
나도 성공할 수 있어. 이 세상은 내 것이야!

하라가 녹음실을 장악했다.
이제는 제법 안무까지도 세련되었다. 별생각 없이 보면 작은 가수
를 보는 것 같았다. 배은균은 과연 혜안이었다. 미류조차도 몰랐던
하라의 가수 재능을 뽑아내 최대한으로 살려내고 있는 것이다.
돌아보니 연습실 쪽은 연습생으로 꽉 차 있었다.
한때는 원귀 소리로 꽉 찼던 연습실. 이제 배은균의 연습실은 기

존의 엔터테인먼트회사들에 도전장을 낼 준비가 끝난 상태였다.

당시 미류가 영가 퇴치를 도와준 연습생들 역시 다른 세 명과 팀을 이루어 약진해 나갔다. 그들은 이미 곡을 냈고 처음부터 베스트 음반에 드는 기염을 토했다.

그로 하여 자신의 존재를 확실하게 각인시킨 배은균. 이제 하라를 통해 가요판을 엎어버리려는 야심을 펼치고 있었다.

"오빠!"

녹음을 끝낸 하라가 녹음실에서 나왔다. 미류는 봉평댁과 함께 있었다. 말은 투박하게 해도 하라를 끔찍하게 챙기는 봉평댁. 그랬기에 함께 시간을 낸 것이다. 물론, 다른 이유도 있었다.

"법사님!"

대견한 하라를 안아주는 사이에 배은균이 뛰어들었다.

"공항에 갈 건데 같이 가시겠습니까?"

공항?

마침내 전설의 기타리스트 에릭이 오는 모양이었다.

"그렇게 유명하다면서 공항이 미어터지지 않겠어요?"

"아닙니다. 이번 방한은 사실 초극비입니다."

배은균이 미류 귀에 대고 속삭였다.

"초극비?"

"그 사람이 원래 자유로운 영혼이라는군요. 언젠가는 미국 최고의 상을 주었는데도 한 달 동안 비밀 연습실에서 나오지 않아 수상 사실도 몰랐다고……."

"허얼……."

"이번에도 번잡한 것은 싫다고 슬며시 들어온답니다. 그래서 저보고도 기자들에게 알리지 말라는 당부가 왔습니다. 사실 그 사람이 워낙 까다로워 테스트로만 끝난 가수가 한둘이 아니라 언론에서 미리 떠들어대면 김도 빠지고, 하라도 부담이 생길 일이지요."

부담 작렬.

배은균의 분석은 정확했다. 수 세기에 한 번 나올까 말까 한 영혼을 흔드는 기타리스트 에릭. 어느 날 우연히 먼바다 건너의 소녀를 보았다. 뭔가 쩅 하는 영감이 들어 만나고 싶어졌다. 하지만 까다로운 성격 탓에 종잡을 수 없는 사람. 입국에서부터 번거로우면 엄한 하라까지 마음에 들지 않을 확률이 높았으니 극비로 하는 게 바람직했다.

"오빠, 같이 가자."

하라가 미류 팔을 잡았다.

"그럴까?"

미류가 웃었다. 에릭은 미류도 궁금했던 사람. 더구나 하라와 관련될 일이니 더욱 그랬다.

"자, 타시죠!"

배은균이 대형 밴의 차 문을 열었다. 오직 넷이었다. 미류와 하라, 배은균과. 홍 팀장…….

"그보다 법사님!"

도로에 올라선 배은균이 핸들을 잡은 채 돌아보았다.

"예!"

"방송국에서 다큐멘터리 피디들이 하는 얘기를 들었는데 티벳에서 굉장한 초능력자 스님들이 온다면서요?"

"초능력자요?"

"뭐 마음먹은 대로 환생도 하고 그런다던데……."

"티벳의 카규파를 말씀하시는 모양이군요?"

"카규파요?"

"환생에 대한 개념을 확립한 종파예요. 전생이나 환생 이야기에 빠지지 않는 분들이죠."

"정말 마음대로 환생도 하나요?"

"티벳의 라마승도 그렇지만 알래스카의 한 부족들에게서도 그런 사실이 있었다고 들었습니다. 뭐 몰라서 그렇지 다른 인종이나 부족도 많을지 모릅니다."

"으아, 갑자기 그분들도 만나고 싶어지네?"

"왜요?"

"내 마음대로 환생할 수 있다는 거 완전 매력적이지 않습니까?"

"아마 마음대로는 아니고요, 그 사람의 법력과 카르마에 따라 일정한 수준이나 인과가 정해질 겁니다."

"아무튼 세상은 살아도 살아도 모르는 거 투성이라니까요."

"다시 태어나면 뭘로 태어나시게요?"

"뭐가 좋을까요? 법사님이 하나 추천해 주시죠?"

"그건 제 몸주께서나 아시겠지만 배 대표님은 위대한 학자가 되면 좋겠네요. 그래서 어린아이들 중에서 감춰진 현인들을 찾아내 그들에게 빛을 안기면 인간의 삶이 더 아름답게 변할 테니까요."

"으음… 다음 생에는 미국 프로야구나 유럽 축구 선수들 매니지먼트 회사 차려서 지구의 돈을 다 긁어볼까 했는데 갑자기 흔들리는데요?"

"배 대표님의 현재 인과로 봐서는 그것도 좋겠군요. 다만 언제일지 모르는 내생 때까지 프로스포츠의 인기가 계속될지는……."

"하핫, 아닙니다. 제 싹수에 단물을 부어주신 분인데 추천대로 학자가 되겠습니다. 제 주제에 쉽지는 않겠지만……."

배은균은 속도를 높였다. 어느새 저만치 인천공항이 은빛 위용을 드러내고 있었다.

와글바글!

입국장 앞에 도착하자 사람들이 많았다. 심상치 않았다.

"홍 팀장, 에릭 입국 사실 샌 거 아냐?"

배은균이 선글라스를 끼며 물었다.

"아직은 알 수 없죠."

"알 수 없다니? 저 사람들 보고도 그래? 연예부 기자들도 한둘이 아닌데?"

"에릭 정도는 아니지만 최근 인기만으로는 에릭도 울릴 만한 친구가 오거든요."

홍 팀장 입가에 회심의 미소가 스쳐 갔다.

"혹시 Uther?"

배 대표가 물었다.

"맞아요. 그래서 에릭이 더 대단한 사람이라니까요. 비행기 시간 체크해 보니 홍콩서 환승해서 딱 40분 늦게 도착하더라고요. 무슨 뜻인지 아시겠죠?"

"Uther가 사람들 쫙 몰고 나가면 조용히 들어오신다?"

"스케줄 체크하고 마음 놓았어요. 에릭이라면 Uther도 우스울 정도인데 자기 앞에서 활개를 쳐도 좋다는 거잖아요? 이만하면 걱정할 필요도 없지 않겠어요?"

"으음… 과연… 아, 요즘 홍보다 공연이다 정신없이 살다 보니 Uther가 오는 것도 몰랐네."

와아아아!

순간 미류네 뒤에서 환호가 터졌다. Uther가 등장한 것이다.

"하라야, 저 친구 잘 봐둬라."

배은균은 하라에게 목말을 태워 눈높이를 높여주었다.

"요즘 미국을 좔좔 주무르는 가수인데 너도 저 정도는 되어야겠지?"

"걱정 말아요. 내가 나중에 미국 공항에 도착하면 공항이 무너질 정도로 유명해질게요."

하라의 대답도 걸작이었다.

혜안의 배은균과 큰 가수가 될 운명을 안고 난 아이 하라… 이래서 인물은 인물끼리 만나는 것일까?

"자, 이제 우리 VIP가 나올 차례인데요?"

홍 팀장이 공항 안내판을 바라보았다. 비행기는 예정대로 랜딩을 했다.

"나옵니다!"

입국장을 바라보던 홍 팀장의 목소리에 긴장감이 섞였다.

마침내 에릭이 등장한 것이다. 미류는 눈을 의심했다. 세계적인 가수… 그러나 모자에 선글라스를 눌러썼을 뿐, 수행원 한 사람 보이지 않았다. 그저 기타가 담긴 짐이 조금 커보였을 뿐 행색은 딱 허름한 집시풍이었다.

"진짜 명물이네요. 혼자 온 모양인데요?"

홍 팀장이 어깨를 으쓱해 보였다.

"제발 하라 보이스가 마음에 들어야 할 텐데……."

배은균은 긴장을 감추지 못하고 손바닥을 비벼댔다.

"강하라?"

미류네 앞으로 다가온 에릭, 처음부터 하라를 알아보았다.

"예스!"

하라가 대답했다.

"Nice to meet you!"

에릭이 손을 내밀자 하라도 작은 손을 내밀었다. 하라의 세 배는 될 거 같은 에릭의 손이 하라를 잡았다. 그사이에 미류는 이미 에릭의 전생 감응을 시도하고 있었다.

─당신… 좀 보여주어야겠어. 대체 하라와 어떤 인연이기에 지구 반대편에서 영적 필링이 통했는지.

막 그의 전생륜이 형성되려는 순간, 팽팽한 줄의 느낌이 반동을 이루며 미류의 의식을 강력하게 뚫고 들어왔다.

티잉!

"……!"

마치 극한으로 잡아당겼다 놓은 줄 위에 올라앉은 듯 미류의 의식이 맹렬하게 흔들렸다.

"법사님!"

배은균이 잡아주었기에 망정이지 하마터면 쓰러질 뻔한 미류였다.

'뭐야……'

미류는 흐트러진 영시를 가다듬었다. 그런 다음 다시 전생륜을 더 듬었다. 그 역시 난생처음 느껴지는 필링이었다. 뭔가 숭고함을 뭉쳐놓은 듯한 전생륜. 그 한 가닥을 잡아 조심스레 당겼다.

팅!

이번에도 같았다. 탱탱한 줄의 진동과 함께 영적 파장이 미류의 영시를 찢어버린 것이다.

'이 사람……'

그사이에 에릭이 미류에게도 손을 내밀었다. 그 모습은 마치 무신도의 여러 신의 느낌을 섞어놓은 듯 숭고하게 보였다.

"만나서 반갑습니다."

그의 단어는 단순했다. 하지만 느낌은 단순하지 않았다. 미류는 마치 신내림을 받는 듯 꼼짝없이 손을 잡는 수밖에 없었다.

신성(神聖)!

공항을 뒤로하면서 미류는 그 단어를 생각했다. 다른 사람과 사뭇 다른 전생류. 전해온 것은 선율과 숭고한 울림뿐.

그러나 그는 첫 생을 사는 사람도 아니었고, 하나의 자아를 완성해 두 번째 자아를 출발한 사람 쪽도 아니었다.

그런데 왜!

신성한 울림이 전생 감응을 강력하게 막아서는가?

혹시 이 사람……

어떤 신(神)의 환생?

생각이 거기까지 질러가자 미류 이마에서 땀이 송글거렸다.

"법사님?"

운전하던 배은균이 걱정스러운 시선을 조수석으로 보내왔다. 미류의 얼굴이 창백했던 모양이었다.

"아닙니다. 잠깐 더워서……"

미류는 천천히 땀을 씻어내렸다.

뒷좌석의 하라는 몇 마디 못하는 영어로 열심히 에릭과 마음을 나누고 있었다. 어느새 친해진 둘은 보디랭귀지면 족했다.

"당신……"

궁금증에 대한 단서는 에릭이 먼저 던져주었다. 녹음실 앞에 미류와 단둘이 앉았을 때였다.

"죽었다 깨어난 사람이군요?"

티링!

그가 기타와 비슷한 목조 악기의 음율을 맞추며 물었다. 처음에는 미류에게 묻는 게 아닌 줄 알았다. 하지만 주변에는 미류밖에 없었다.

"당신……"

혀 짧은 영어지만 대충 의사소통 정도는 되는 미류, 에릭을 바라보았다.

리로당동!

선율이 울려 나왔다.

그 몇 음이 단숨에 미류를 사로잡았다. 어쩌면 자신도 모르게 어깨춤이 이는 걸 간신히 참았을 정도였다.

"저 아이를 보호하는 영매라고요? 하라가 왜 하라인지 당신을 보니 이해가 갑니다."

잠시 손길을 멈춘 에릭이 미류를 바라보았다. 그 눈동자가 쭉 미류 눈으로 들어왔다. 눈은 안으로 한없이 깊었다.

'이 사람……'

혹은 이 사람도 영매?

그가 조율하는 악기는 마다가스카르라는 곳에서 쓰는 카보시였다. 그냥 보면 손으로 깎아 만든 기타와 비슷했다. 하지만 멜로디의 차원이 달랐다. 음 자체는 소박하지만 한 단계씩 조절될 때마다 의식의 높낮이를 휘젓고 있었다. 선율 하나하나가 흡사 진주알을 쏟아내는 느낌이었다.

'영매로군. 그것도 아니면 영매의 자질이 넘치는 사람……'

물 때문이었다.

영매는 신기를 타고나거나 물(水) 기운이 충만해야 한다. 그런데… 이 사람은 그냥 물 정도가 아니라 홍수가 난 한강이었다.

"법사님!"

잠시 후에 홍 팀장이 다가왔다. 미류가 넋을 놓고 있는 걸 본 모양
이었다.

"이 사람… 그냥 기타리스트가 아니군요?"

미류가 홍 팀장을 바라보았다.

티링!

네!

에릭이 울린 한 줄의 음율이 말을 전해왔다.

"당신이 당신 신의 뜻을 전생으로 전하듯, 나 역시 내 신의 뜻을
음악으로……."

그가 낮은 저음으로 중얼거리는 소리를 홍 팀장이 통역해 주었다.
한마디, 한마디 죄다 미류 정곡을 찌르는 말이었다.

"그러니 굳이 내 안을 들여다보려고 하지 말아요. 중요한 것은 눈
에 보이는 게 아닙니다."

티리링!

또다시 선율과 함께 인상적인 저음이 흘러나왔다.

"그렇게 하죠."

미류는 자신도 모르게 대답했다. 그러자…….

팅!

에릭이 한없이 높고 맑은 소리를 튕겨 냈다. 미류는 아까처럼 의식
속에 지진이 이는 걸 느꼈다.

쫘쫘쫙!

이제는 무수한 실금까지 보였다. 딱 거기까지였다.

티리링토리리링!

에릭의 연주가 낮은음으로 내려오자 진동으로 흔들리던 미류의
의식이 제자리로 돌아왔다. 뿐만 아니라 기분까지도 맑아졌다. 그는

조율이 끝난 듯 가벼운 인사를 남기고 일어섰다. 저만치 준비를 끝낸 하라가 들어섰기 때문이었다.

"그럼 시작할까요?"

배은균이 콜을 날렸다.

연습실 가운데 자리 잡은 에릭과 하라. 두 사람은 분위기부터 심상치 않았다. 그냥 보면 이질적인데 뜯어보면 흡사 천상의 조합처럼 보이는 것이다.

티링!

"시작?"

하라를 위해 한국어 몇 마디를 배운 건지, 에릭이 친절한 눈빛을 던졌다. 고개를 끄덕거린 하라가 노래를 부르기 시작했다.

하얀 고깔 둘러쓰고 실패 자산 모아보자.

누구 주둥이로 쪼사대냐 인생이란 쓴맛이라

쓴 것은 몸에 좋아 보약 미리 먹은 거야

내가 고작 이러려고 태어났나?

노래⋯⋯.

분명 노래였다. 한 번은 한국어, 한 번은 영어⋯⋯.

기타⋯⋯.

분명 기타였다. 그것도 조악해 보이는 기타였다.

하지만 그 하모니는 음악이 가지는 절정을 무수히 넘나들며 연습실을 장악해 버렸다. 그 어떤 전자 음향도 그 이상일 수 없는 음의 마법이었다.

아아아!

그 옛날 거문고의 달인이었다는 왕산악이 뜯는 연주가 저랬을까? 검은 학을 불러 내렸다는 그 연주가 그랬을까? 미류도, 배은균도, 홍 팀장도 신음 섞인 탄식을 감추지 못했다. 이건 노래가 아니라 감각 충격이었다.

아이의 순수와 무속의 영감을 동시에 가진 하라의 목소리.

그걸 환상과 아름다움 속으로 끌고 가는 카보시의 선율은 천상에 서 내려온 선율이 분명했다. 미류는 저절로 들썩거리는 몸을 참았 다. 그러다 문득 기척이 있어 돌아보았다.

"……!"

미류는 입을 다물지 못했다. 연습생들 일부와 경비원, 심지어는 청 소부와 건물 직원들까지 죄다 복도에서 선율에 취해 버린 것이다.

티잉!

마지막 음은 절도와 절제 그 자체였다. 강력한 울림으로 세상을 정지시켜 버린 것이다.

"아아!"

노래는 끝났지만 배은균은 박수를 치지 못했다. 두 손을 들고도 차마 마주치지를 못한 것이다. 혼의 노래와 연주를 뽑아낸 하라와 에릭이었다.

"땡큐!"

하라를 잠시 바라본 그가 입을 열었다.

"나는 이 아이와 곡을 만들고 싶습니다. 여러분의 허락을 요청합 니다."

번역하는 홍 팀장의 입이 찢어지고 있었다.

빌보드를 휩쓰는 신진 가수들조차 쳐다보지도 않는 사람. 어쩌다 조율을 해봤다 해도 죄다 퇴짜를 놓았던 에릭. 그가 동방의 어린 꼬마 하라를 찜한 것이다.

에릭이 요청하자 배은균이 준비한 곡을 넘겨주었다.

에릭은 그중 몇 곡을 택했다. 하라의 손을 잡고 녹음실 안으로 들어선 에릭, 그 안에 다시 한 번 천상의 선율을 가득 새겨놓았다. 다시 말하지만 새김이었다. 흘러가는 게 아니라 공간에 조각처럼 남는 인상적인 선율. 그런 음이었다.

"대표님!"

음에 취한 홍 팀장이 울먹이며 말했다.

"말 시키지 마. 나 지금 아무것도 안 보여."

"그래요? 난 귀신이 보이는데요?"

"……?"

"녹음할 때 귀신 보이면 대박이잖아요? 물론 지난번의 그 원혼 말고요."

"……."

"그런데… 보세요. 저 신성함……. 인간 심장의 가장 깊은 곳의 희열과 슬픔을 주무르고, 희망과 천국의 선율을 펄떡이게 하는 저 숭고함……. 이게 귀신의 조화가 아니면 뭐겠어요?"

"그렇군… 귀신 정도가 아니라 귀신 황제야."

배은균은 취한 듯 중얼거렸다. 그러면서도 녹음실에서 흘러나오는 소리에 넋이 나가 있었다.

팅!

티— 잉!

마침내 추가된 연습곡의 연주도 끝났다. 에릭은 대견하다는 듯 하라의 이마에 키스를 찍어주었다.

"대표님, 법사님!"

홍 팀장은 벌겋게 충혈되다 못해 핏덩이로 얼룩진 눈으로 크게 소리쳤다.

"법사님!"

배은균 역시 다르지 않았다.

미류는 녹음실 안으로 들어가 에릭에게 합장을 했다. 그도 합장을 해왔다. 미류는 그에게 보내는 존경심이었지만 에릭은 자신을 알아보는 사람에 대한 존경심이었다.

미류와 에릭!

둘은 말없이 서로를 바라보았다.

'이 사람……'

미류는 에릭의 전생을 마음으로 느꼈다.

어쩌면 반신(半神)?

영매 위의 영매가 반신이 아니면 무엇일까? 전생령을 볼 수는 없지만 아련한 느낌까지 막힌 건 아닌 미류였다.

펑 퍼엉!

갑자기 연습실이 난리통이 되었다.

기자들이 몰려온 것이다. 배 대표 때문이었다. 극비로 입국한 에릭, 그가 하라와의 공동 작업을 선언했으니 더 이상 감출 필요도 없었다.

발표하세요!

그도 동의한 일이었다.

—살아 있는 신화의 기타리스트!

입국한 사실 자체만 해도 굉장한 화제가 될 판에 한국 가수와 공동 작업을 결정했다. 그것도 에릭 쪽에서 먼저 타진한 일이었다.

"대체 그 가수가 누구입니까?"

"현재 최고의 소울 가수로 불리는 송유 아닙니까?"

"배 대표님 소속이 아닌 가수인가요?"

기자들의 다양한 질문이 쏟아졌다. 그러자 배 대표가 에릭에게 신호를 주었다. 직접 발표하라는 뜻이었다. 그는 그럴 자격이 있었고, 그것이 더욱 극적 효과가 될 일이었다.

"헤이, 마이 리틀 프렌드!"

에릭이 작은 문을 향해 따악 손가락을 튕겼다.

문이 열렸다. 기자들의 눈이 모두 그곳으로 쏠렸다. 거기서 나온 건 당연히 하라였다. 하얀 한복형 드레스에 제 키만 한 카보시를 끌어안은 하라. 하지만 기자들은 의혹이 담긴 눈으로 하라의 뒤쪽을 바라보았다.

"배 대표님!"

그 뒤에 아무도 없자 술렁이기 시작하는 기자들.

"소개합니다. 이번에 제가 공동 작업을 하자고 제안한 꼬마 가수 강하라입니다!"

순간, 에릭이 하라를 가리켰다.

"우우!"

기자들은 탄식을 터뜨렸다. 하지만 에릭이 하라 옆에 나란히 서자 그 말은 곧 진리가 되었다. 에릭이 할 일 없이 한국 기자들과 농담 따먹기나 할 그릇이란 말인가?

다시 기자들의 취재 열기에 불이 붙었다.

"법사님!"

언제 왔는지 장두리가 미류 옆에 섰다.

"두리 씨……."

"진짜 감동이에요."

"그렇죠? 배 대표… 대단해요."

"은균 씨 말고 법사님 말이에요."

"나요?"

"이게 다 법사님 덕분이잖아요? 아, 정말 법사님 신통력은 진짜……."

그녀의 눈에도 눈물이 찰랑거렸다.

"다 두리 씨 남자 복이죠, 뭐. 이제 배 대표 선택한 거 후회 안 하겠네요?"

"그럼요. 지금 마음 같아서는 기자들 앞에서 교제 선언하고 싶을 지경이라니까요."

"그것도 나쁘지 않겠네요."

"하지만 저이가 아직은 그냥 지인 관계로 해달라고 해서… 참, 화요 입국하나 보던데요?"

"예?"

"촬영 팀에 제 추종자가 하나 있잖아요? 몇 번 재촬영이 나와 고생하긴 했는데 거의 마무리가 된 모양이에요. 법사님 광팬인 화요가 연락 안 했어요?"

"아침에 그냥 단순한 인사만……."

"아유, 고게 또 몰래 들어와서 법사님 놀래주려고… 하여간 상여우라니까."

"……."

"그래도 오면 많이 격려해 주세요. 이번 촬영 진짜 힘들었나 보더라고요. 중간에 그만둔 배우도 두 명이나 있대요."

"그래요?"

"화요 그 기집애도 전 같았으면 배역 버리고 튀었을 텐데 법사님 만나고 사람 됐다니까요."

"……"

"어쨌든 오늘은 저희랑 뒤풀이해요. 오늘 같은 날을 그냥 넘어갈 수 있나요? 제가 배 대표한테 압력 좀 넣을게요."

"좋죠. 금강산도 식후경이라니……."

미류는 장두리의 뜻을 흔쾌하게 받아들였다. 이거야말로 누가 사도 거하게 사야 할 판이었다.

그런데, 사실 미류에게 더 뜻깊은 건 회식이 아니라 에릭의 신당 방문이었다.

"당신, 혹시 신전을 가지고 있나요?"

어느 순간 그가 불쑥 물었다.

물론이죠!

미류가 말하자 그는 방문을 희망했다. 거절할 필요가 없었다. 회식이 끝난 다음 날, 배 대표가 에릭을 모시고 왔다.

굉장한 사람의 방문이라 모처럼 1미터짜리 장초를 세웠다. 불빛도 미류 마음을 아는지 색동색으로 올라왔다.

그는 과연 영매의 피가 흐르고 있었다.

척 보는 것만으로 신당의 분위기를 알아차린 것이다. 그는 신단의 넋전도 알았고 넋반도 알아보았다. 앞의 것은 죽은 사람이 저승에 갈 때 노자로 주는 돈이고 뒤의 것은 넋을 담을 때 쓰는 상. 그는 신단 앞에 무릎을 꿇고 두 손으로 카보시를 들어보았다.

"이분……"

무신도를 바라보던 에릭이 온화히 말을 이었다.

"본 적이 있습니다."

미류는 비로소 확신했다. 그가 영매의 핏줄이라는 걸. 지화와 부적을 구경하던 그는 미류가 지화를 접는 살재비를 하자 슬쩍 끼어

체험을 하기도 했다.

"뭐 하나 기념으로 드리고 싶은데……."

지화와 부적!

두 가지 중에서 그는 후자를 원했다.

미류는 기꺼이 부적을 그려주었다. 미류의 모든 신통력이 다 녹아들었다. 그는 강한 영적 능력을 가진 탓에 보통 부적 정도는 낙서가 될 판이었다.

미류는 그를 위해 짧고 강렬한 공수도 보여주었다. 무복을 갖춰 입고 흘림공수를 날린 것이다 흘림공수는 강신무당들이 노래처럼 던져주는 공수. 노래하는 그에게 썩 어울리는 공수였다.

"법사님, 어제 곡들 대충 녹음한 건데 대박 공수 좀 내려주세요!"

공수가 끝나자 배은균이 CD를 내밀었다.

"그런 거라면 우리 하라가 제격이죠."

미류가 하라를 바라보았다. 쌀점을 치라는 신호였다.

하라는 단박에 쌀알을 쥐고 왔다. 속임수가 없다는 걸 알리려는지 에릭에게 쌀알까지 확인시키는 하라. 에릭이 고개를 끄덕이자 하라가 신단 앞에 자리를 잡았다.

"호잇짜!"

하라의 주특기가 작렬했다. 쌀은 CD 주변에 우수수 쏟아졌다.

〈대박〉

쌀이 그린 한글은 그랬다.

"와우!"

배은균은 주먹을 불끈 쥐고 환호했다.

미류가 띄엄띄엄 설명하자 에릭은 쌀점을 카메라에 담은 후에 하라 이마에 뽀뽀를 작렬시켰다. 어쩌면 미류처럼 잘 어울려 보이는 두 사람. 미류는 하나도 질투 나지 않았다. 하라와 에릭, 이 또한 일기일회(一期一回)라, 즉 귀하고 귀한 인연에 속했다.

잠시 후에 기자들이 몰려왔지만 헛걸음이었다. 배 대표가 이미 떠나 버린 까닭이었다.

"우리 점집 골목 연합회에서 무료 봉사회 열 건데 그거나 좀 홍보해 주세요!"

눈치 빠른 타로가 나와 곁다리 홍보를 했다.

—몸주시여!

상황이 정리되자 미류는 신당에 앉았다.

—그의 전생이 보고 싶더냐?

미류 마음을 읽어낸 전생신이 물었다.

—예.

—그렇다면 보거라.

전생신의 공수와 함께 눈앞에 은빛 공간이 열렸다.

흔히 보는 전생 감응과는 조금 다른 느낌이었다. 그 숙연한 공간에 에릭의 전생이 보였다. 그는 과연 고대 마다가스카르의 영매였다. 그 위대함이 대륙과 바다까지 뻗어나갔다. 그가 신과 통하는 길은 카보시였다. 여섯 영혼의 넋과 열두 마음의 소리에 땅과 바다, 하늘의 바람결을 혼합한 악기. 거기에 천 일의 기도로 완성한 카보시는 그를 신에 필적하는 영매로 만들어 버린 것이다.

그가 줄을 탈 때마다 줄은 하나의 감정을 이루며 흘러내렸다.

팅 하면, 희(喜).

퉁 하면, 로(怒).

탱 하면, 애(哀).

통 하면, 락(樂)의 세상이 펼쳐졌다.

이 세상에 존재한다는 108가지 번뇌와 인간이 가지는 세세한 기쁨들이 그 안에 다 들어 있었다. 그는 죽을 때도 카보시로 자신의 영혼을 풀어놓았다. 혼의 마지막 한 줄까지 풀어 하늘로 보내고서야 숨을 거두었으니 바로 반신의 반열에 든 것이다.

—보았느냐?

전생신이 물었다.

—예!

—무엇을 보았느냐?

—실은, 들었습니다.

—그렇다면 제대로 본 것이다.

전생신은 그 공수를 끝으로 입을 닫았다.

미류의 궁금증은 저절로 풀렸다. 매사를 눈으로 보아야만 되는 건 아니었다. 과연, 과연 몸주다운 현묘한 공수였다.

반신의 현생! 그 현생과 하라의 만남!

하라의 길이 어떻게 열릴지 짐작케 하는 인연이었다.

감나무 헛꽃이 지면

"많이 먹고 가!"

아침 차림은 시원한 머위 된장국이었다.

깊은 육수 맛을 낸 뒤에 들어간 머위와 두부. 거기에 포인트로 올려진 잘게 썬 매운 고추 하나. 별 재료도 아니지만 위장을 편안하게 만들었다.

하라도 불만이 없었다.

아직 어리기에 고기나 햄 같은 걸 찾을 나이지만 기특하게도 반찬 투정은 거의 하지 않았다.

하라는 밥을 먹으면서도 노래 연습이다. 배은균이 또 과제를 준 모양이었다. 한국어도 있고 영어도 있었다.

배은균과 홍 팀장…….

그들을 생각하면 미류도 흐뭇해졌다.

카지노학과에 진학하기 위해 공부에 매진할 기동길도 마찬가지다. 자기 꿈을 위해 열정을 불사르는 것. 그보다 아름다운 자아의 과정이 있을까? 어쩌면 자아의 완성이란 가치 있는 일을 위해 자신을 다 태우는 게 아닌가 싶었다.

"왜 벌써?"

미류가 수저를 놓자 봉평댁이 눈을 치켜떴다.

"많이 먹었어요."

"그래도… 요양원 가신다며, 많이 먹고 가야지. 어르신들 상대하는 것도 쉬운 일은 아닌데……."

"하라도 같이 가면 좋을 텐데?"

미류가 하라를 돌아보았다.

"같이 갈까?"

하라가 반색을 한다.

"배 대표님이 싫어할 텐데?"

"……."

미류의 말에 금세 입술이 댓 발이나 튀어나오는 하라. 하고 싶은 일이 많다는 것도 인간에게는 축복이다.

요양원 봉사!

말이 봉사지 미류에게는 견학이었다.

이제 요양원 설립을 눈앞에 둔 미류였다. 그러니 그곳의 실태를 돌아보는 일이 어찌 봉사일까? 무속으로 몇몇 어르신들의 가려운 곳을 긁어준다고 해도 봉사라는 말은 지나친 사치였다.

'어머니…….'

그때가 생각났다.

요양원에서 어머니에게 발현된 전생신의 미션. 그런데 실제로 요양원 안에는 어머니보다 더 심각한 환자들도 많았다. 때로는 손발을 묶어두기도 한다. 병원 측 입장으로야 자해나 사고의 위험 때문이라지만 본인과 가족 입장에서는 가슴 아픈 일이 아닐 수 없었다.

진순애에게서 전화가 왔다. 지금 출발한다는 말이었다.

그리고… 전화 한 통이 더 울렸다. 이번에는 배은균이었다.

—법싸님!

힘이 들어간 첫마디부터 흥분의 도가니가 느껴졌다.

"귀청 떨어지겠어요. 천천히……."

—죄송합니다. 제가 지금 그럴 기분이 아니라서요.

"좋은 일이 생겼나요?"

—좋은 일 정도가 아닙니다. 대박 났어요. 아니, 대대대대박이 났다고요.

"……?"

—어젯밤에 반응도 체크할 겸 에릭과 상의해 연습곡 두 곡을 골라서 유튜브에 올려놓았거든요. 그런데 그게…….

밤사이 3천만 조회 수 돌파!

'얼마?'

미류는 그 단위가 실감 나지 않았다.

—30만이라고 해도 죽이는데… 300만도 아니고 무려 3,000만이랍니다. 3,000만!

"……!"

—지금까지 유튜브 역사상 길이 남을 조회 수예요. 법사님!

"잘됐군요. 축하드립니다."

—우리 하라 좀 바꿔주세요. 3,000만이라는 조회 수가 당장 돈이되는 건 아니지만 좀 더 다듬어서 내면 세계시장 장악도 문제가 없을 겁니다. 에릭도 그랬거든요!

좀처럼 흥분이 가라앉지 않는 배은균의 전화를 하라에게 넘겨주었다. 하라 역시 그저 좋아할 뿐 3,000만 조회 수의 위력은 잘 몰랐다. 하긴 그게 무슨 상관일까? 소울 뮤직을 할 수 있는 파트너를 찾아낸 에릭이었고 그에 화답한 하라의 보이스였다. 그것으로 충분했다.

"법사님!"

솔하이 요양원의 주차장이었다.

그 앞에서 채나연이 손을 흔들었다. 그 옆에는 진순애가 있고 양종길도 있었다. 무엇보다… 오늘은 까까머리 선강 스님까지 총출동이었다.

"이어, 멤버들!"

너스레를 떠는 건 미류와 함께 온 타로였다. 그는 역시 분위기 메이커가 분명했다.

"안녕하셨어요?"

선강이 다가와 미류에게 합장을 해보였다.

"선강 스님도 안녕?"

미류는 멤버들을 향해 손을 흔들어주었다.

"법사님, 하라가 대박 났다면서요?"

노찬숙이 물었다.

"형님이 벌써 말했어요?"

미류가 타로를 돌아보았다. 그가 유튜브 소식을 뿌린 것으로 생각한 것이다.

"어, 왜 이러서? 나 아무 말도 안 했어."

타로가 손사래를 쳤다.

"맞아요. 저 유튜브 봤거든요. 완전 간 떨림이었어요. 노래가 사람 영혼을 흔들 수 있다는 거… 사라 브라이트만 때 조금 알았지만 온

몸으로 느끼긴 처음이었거든요."

"노 선생님도 그 영상 보셨어요?"

"완전 대박이에요. 그거 아마 글로벌 히트 치고도 남을 거예요."

"법사님 하시는 일이잖아? 우리하고는 차원이 다르지."

타로가 미류를 띄웠다.

"그건 그냥 반응 보기 위해 올린 거라니까 좀 더 두고 봐야죠, 뭐. 그건 그렇고 여기 왔으니 여기 일에나 충실하죠?"

미류가 채나연을 바라보았다. 그녀는 오늘도 전생점연합회의 진행을 맡고 있었다.

"병원이 규모가 좀 있어서요, 요양원과 요양 병원이 있어요. 그리고 남자 병동과 여자 병동이 있고… 거기에 중환자와 경환자 등으로 구분이 되거든요. 그래서 팀을 둘로 나눴어요. 법사님과 진 선생님, 그리고 양종길 선생님이 한 팀이고요, 저하고 선강 스님, 타로 선생님이 한 팀이에요."

채나연의 설명은 깔끔했다. 곧이어 관리부장과 간호부장이 나와 인사를 나눴다. 그런 다음 팀은 둘로 나뉘어 쪼개졌다.

"이쪽이에요."

진순애가 병동 방향을 가리켰다. 미류와 양종길은 인도하는 간호부장을 따라 병동에 들어섰다.

"윽!"

양종길이 인상을 구겼다.

중환자실을 지날 때였다. 어쩌면 백골로 보아도 무방할 환자들이었다. 초점조차 없는 그들은 피골이 상접한 채 인간의 존엄성과는 상관없는 공간 속에 무방비로 누워 있었다. 비슷한 풍경의 두 번째 방에서 진순애가 걸음을 멈췄다. 그녀가 미류를 돌아보았다.

"여기 전생을 알고 싶은 할머니가 한 분 계셔요. 저하고 양 선생이 다 실패한……."

진순애가 미류에게 말했다.

병실로 미류 시선이 건너갔다. 유독 참담한 느낌이 오는 병실이었다. 그렇다고 해서 외면할 마음은 아니었다. 미류는 조용히 그 할머니 앞으로 다가섰다.

"귀에 대고 말하면 듣기는 하세요. 의사 표시는 손가락이나 눈 깜박임으로 하시고……."

간호부장이 할머니의 상황을 알려주었다.

"제가 이분 비녀로 전생을 보려다 그만 식겁을……."

양종길의 말을 들으며 할머니의 전생륜을 불러냈다. 할머니의 전생륜은 거친 형상이었다. 그 안의 전생령들 또한 애달픈 삶의 연속…….

해탈자나 성인 VS 빈민이나 병자!

무엇이 다를까?

다 빈손으로 세상을 떠나기는 다르지 않은 삶. 그러나 구도자의 빈 마음과 극빈자의 빈 마음이 같을 리 없었다. 꼬이고 꼬인 이 할머니의 전생들은 비명에 가까웠다. 그 비참함이 극에 달했기에 양종길이 전생을 보려다 욕을 본 것이다.

'내생…….'

미류는 그 감응이 절실해졌다.

고통으로 여러 번의 전생을 점철해 온 할머니. 이 생도 고난과 고통 속에서 마감하지만 언젠가는 구도자의 생으로 날 운명. 그 구도자의 생에 이룬 빛나는 자아의 완성을 보여줄 수 있다면…….

'큰 위로가 되려만.'

아쉽지만 미류는 할머니의 전생 한 토막을 잘라냈다.

첫 생에서 그녀가 좋은 부모를 만나 행복한 어린 시절을 보낸 장면이었다. 이후 부모가 흉사를 당하면서 가시밭보다 모진 삶을 살게 된 그녀.

그때 그녀의 갈림길은 또래의 하녀였었다.

멋도 모르고 부모의 위세를 믿고서 하녀에게 모질었던 그녀. 부모에게 횡액을 안긴 일당들 중에 하녀의 아버지가 있었다. 자신의 딸에게 모질게 군 그녀를 하녀의 아버지가 주정뱅이 상인에게 팔아넘겨 버렸다. 할머니의 고난의 생이 시작되는 순간이었다.

미류는 할머니의 부모가 흉사를 당하기 전까지만 감응을 시켰다. 군데군데 하녀에게 모진 짓을 하는 건 그대로 두었다.

부모의 사랑으로 행복한 그녀의 모습…….

그걸 감응한 할머니의 눈에서 눈물이 흘러내렸다.

이 생에서도 낳자마자 버림받은 고아. 첫 결혼을 실패하고 돈 많은 남자의 재취로 들어갔으나 결국 두 번째 남편은 사고로 반신불수. 그걸 평생 수발하다 남편은 사망. 의붓자식들은 담합하여 새어머니인 할머니를 버렸다. 여기저기 떠돌다 요양 병원으로 오게 된 할머니. 그 이후 그 어떤 지인의 방문도 없이 오늘날에 이른 것이다.

"……."

할머니는 손가락을 힘겹게 들어 허공에 글자를 적었다.

고— 마— 워!

할머니가 허공에 그린 글자는 그것이었다. 그나마 전생에서 부모에게 받은 사랑이 위로가 된 모양이었다.

"다음 생에는 꼭 좋은 생으로 날 겁니다. 좋은 생각 하면서 이번 여생 마감하세요!"

할머니의 귀에 속삭임을 남긴 미류, 시큰해진 콧날을 숨기며 병실을 나왔다. 할머니는 미류 쪽으로 힘겹게 고개를 돌린 채 성근 눈물을 보였다.

"으아, 역시……."

양종길이 엄지를 세워주었지만 위로가 되지 않았다. 더 해줄 게 없는 것이 마음 아픈 미류였다.

"잠깐요!"

다음 방을 지나치던 미류가 문득 걸음을 멈췄다. 거기서 뭔가 뒷골이 섬뜩한 느낌이 스친 것이다. 조금 전 옆방에서도 느낌이 있던 차. 그러나 강하지 않아 무시하고 나왔던 미류였다.

"왜요?"

간호부장이 미류를 돌아보았다.

"이 방……."

"그 방은 지나치세요. 환자분들이 좀 심각한 편이라……."

간호부장이 말렸지만 미류는 그 방으로 들어섰다.

입구 쪽 할머니의 머리에서 영가를 본 것이다. 검은 형체의 영가였다. 영가는 미류의 눈빛을 알아채고 할머니 가슴팍으로 숨어버렸다.

'영가?'

그러고 보니 이 병실의 느낌이 유독 음산했다. 미류는 재빨리 신방울을 꺼내 절렁, 전생신의 위엄을 알렸다.

"……!"

미류는 보았다.

네 명의 할머니 환자들. 그중 셋 위에 올라선 각양의 허접한 영가들. 그들 역시 미류가 돌아보자 환자 속으로 달아나 버렸다.

"법사님!"

진순애가 미류를 바라보았다.

"영가가 있습니다. 그것도 센!"

미류 시선이 천장으로 향했다. 퀴퀴하기는 하지만 영가의 소굴은 아니었다.

천장이 아니면 바닥?

이번에는 발밑을 주목했다. 그러나 신방울은 창문을 향해 소리를 냈다. 미류는 그쪽으로 걸었다. 창문에 나무가 있었다. 족히 백 년은 되어 보이는 감나무였다.

'흉목……'

미류는 단숨에 알아챘다.

뒤쪽 창이라 병원 앞에서는 전혀 보이지 않았던 감나무. 몸통부터 시커멓게 변색된 나무는 거목이 아니라 흉목에 다름없었다.

휴우!

한숨이 나왔다.

왜 저 나무를 자르지 않은 걸까? 나무란 삶의 환경에 너무 가까이 있으면 좋지 않다. 더구나 이 병실은 감나무의 가지들과 잎사귀로 인해 햇빛이 거의 막힌 형편이었다.

"어디 가세요?"

미류가 문을 나서자 진순애가 물었다.

"나무 좀 살펴보게요."

미류는 뒤쪽으로 나왔다. 건물은 거기서 격자꼴 형태의 나래를 펴고 있었다. 그 중심 격에 감나무가 버티고 있는 것이다.

절겅!

신방울이 저절로 울었다.

절절겅!

좀 더 다가서자 방울이 진동을 했다.

'빌어먹을······.'

미류 발아래였다.

시커멓게 뒤틀려 팬 나무 밑동 속. 거기 이 병원에서 죽어나간 상당한 영가들과 더불어 여기저기서 모여든 영가들이 바글거리고 있었다.

"법사님!"

진순애가 다가왔다.

"이 나무 당장 베어야 합니다."

"예?"

"나무에 귀신이 살아요. 하나둘도 아닙니다. 몇 분일지는 모르지만 이 나무 때문에 고통받는 환자가 많을 겁니다."

"법사님······."

"원장님 좀 불러주시겠어요?"

경직된 미류의 시선은 고집스레 흉물스러운 감나무 가지에 걸려 있었다.

"나무를 베어야 한다고요?"

간호부장을 따라온 원장의 눈이 휘둥그레졌다.

"예, 여기 나쁜 기운이 있습니다."

"그럴 리가요? 이 감나무가 오래되어 좀 스산해 보여서 그렇지 감맛이 기가 막히게 좋은데······."

원장이 부장을 돌아보았다.

"원장님 말씀이 맞아요. 저도 감 안 좋아하는데 이 감은 정말이지 색깔도 선명하게 붉은 게······."

"죄송하지만······."

미류는 잠시 숨을 돌린 후에 뒷말을 이어놓았다.

"사람의 진액을 빨아 마시고 있으니 맛이 좋을 수밖에요?"

"예?"

"저도 전에 들은 이야기인데 전쟁 때 사람이 많이 죽은 곳에 세운 과수원의 과일들이 맛이 기가 막히다고 하더군요. 같은 이치가 아니 겠습니까?"

"법사님, 그거야 과학적으로 보면 사체의 영양분 때문이겠지만 이 감나무는……."

"……!"

의사가 이의를 제기했다. 나에게 익숙한 것을 낯선 것이라고 말하 면 누구든 피곤해한다. 의사도 마찬가지였다. 그때 의사를 바라보던 미류의 눈이 매섭게 정지했다.

쉿!

빙의였다.

의사가 빙의가 된 것이다. 머리 좋은 영가들이었다. 이 병원의 실 권은 원장에게 있는 법. 감나무란 오래될수록 가지가 찢어지면서 스 산하게 보이는 것이니 천년만년 영가들의 천국을 누리려면 원장을 장악하는 게 최상이었다.

'그것도 하나가 아니고…….'

여럿?

원장의 눈이 그걸 말하고 있었다. 미류는 그의 눈을 뚫어져라 바 라보았다. 원장은 파르르 떨면서 한 발을 물러섰다.

"선생님……."

미류는 진순애에게 귀엣말을 던졌다.

말귀를 알아먹은 그녀가 원장을 데리고 돌아섰다. 원장실로 가는 것이다. 그래도 원장이니 체통이 필요한 사람. 보는 눈이 있는 곳에서 빙의 운운하며 떼어낼 수는 없는 일이었다.

"할 말이 있다고요?"

원장실에서 원장이 미류를 바라보았다.

마땅치 않다는 표정이었다. 미류는 잠시 원장실을 살펴보았다. 십자가와 예수 초상이 보였다. 그렇다면 원장은 기독교 신자. 하지만 그걸 허울뿐이었다. 십자가에는 먼지가 뽀얗게 쌓였고 초상은 구석이 찢어진 걸 투명 테이프로 붙였다. 독실한 신자라면 그럴 수 없는 일이었다. 하긴, 신실한 신앙심을 가진 사람이라면 빙의가 될 리도 없었다.

"원장님!"

미류가 원장을 돌아보았다.

"말씀하시죠."

"혹시 빙의 현상을 믿으십니까?"

"빙의?"

"예!"

"듣기는 했습니다만……."

"저는 무속인이다 보니 종종 보게 됩니다. 병원 운영과 환자 관리를 위해서도 좋을 것 같은데 한번 보시겠습니까?"

"빙의를 본다고요?"

원장이 고개를 갸우뚱거릴 때 미류는 디지털카메라를 꺼내놓았다. 채나연에게서 빌려온 것이다.

"그럼 잠시 실례를……."

미류의 방울이 쩔겅, 거친 소리를 울렸다.

"우억!"

놀란 원장이 발딱 일어섰다.

"선생님은 이거 찍으시면서 저쪽으로……."

미류는 진순애에게 디지털카메라를 안겨주며 안전거리를 확보해주었다.

원장의 눈은 서서히 뒤집혔다. 안면 근육도 무섭게 꿈틀거렸다.

"쿠억!"

원장이 미류에게 돌진해 왔다. 그걸 피한 미류가 그의 이마에 부적을 붙였다. 원장은 천천히 돌아서더니 그 자리에 주저앉았다.

"흐어……."

뒤틀린 입에서 침이 새어 나왔다. 부적에 눌렸지만 미류를 향한 반항심은 살아 있어 눈동자가 뒤룩거렸다. 진순애는 그걸 클로즈업으로 담고 있었다.

"내가 누군지 알렸다?"

미류가 전생신의 공수로 물었다.

"크어……."

"염화지옥으로 보내기 전에 썩 튀어나오지 못할까?"

쩔겅쩔겅!

신방울이 다시 위세를 뽐었다. 그러자 원장의 입에서 검은 연기 한 줄기가 새어 나왔다.

"네 이놈!"

쩔겅!

미류가 다시 방울을 울렸다. 하지만 더는 나오지 않았다. 영시를 해보니 원장 몸속에 영가는 남아 있지 않았다.

'그럴 리가?'

미류가 고개를 갸웃거렸다. 분명 한둘이 아닌 느낌이었다. 그런데 빠져나온 영가는 단 하나. 그렇다면 미류의 착오?

그럴 리가?

그 또한 그럴 리가였다.

무자격자도 아닌 특허권자가 실수를 할 리 없는 것이다. 미류는 오들거리는 검은 연기를 향해 시선을 돌렸다. 그리고 전생신의 신차를 모아 검은 연기에 영시를 쏘았다.

'웃!'

미류 입에서 탄식이 나왔다. 검은 연기의 영가 안에 또 다른 영가가 있었다.

'대체……'

껍데기의 영가를 벗겨냈다. 그러자 또 다른 껍데기 영가가 나왔다. 그 안에는 또 다른 영가, 그 안에는 또 다른 영가의 연속이었다.

양파 영가?

정신이 아뜩해졌다. 약한 영가들을 잡아다 뒤집어쓰고 자신의 방어막으로 삼은 것이다. 대체 이 영가의 본질은 몇 겹 안에 숨었는지 짐작도 되지 않았다.

그렇다면 태우는 수밖에!

미류는 서로 다른 부적 네 장을 꺼내 들었다. 그런 다음 원장 책상의 라이터를 집어 들고 남은 영가 덩어리에게 말했다.

"튀어나올 테냐? 아니면 그대로 소멸될 테냐?"

찰칵!

라이터를 부적 앞에 디밀었다. 부적에는 저승의 권능이 고스란히 박혀 있었으니 영가의 덩어리는 미친 듯이 와들거렸다.

"내 저승의 권능으로 명하노니 너희 중의 원귀(原鬼)가 튀어나오지 않으면 지금 당장 염화지옥에 던져 다시는 새 생을 갖지 못하게 하젰거니와 지옥 중에서도 최고의 지옥만을 골라 멸하고 또 멸할 것이다."

미류의 공수가 추상처럼 튀어나갔다.

그제야 덩어리가 벌어지기 시작했다.

그 겹은 마치 천 겹의 투명 용지가 벌어지는 것만 같았다. 그리고… 맨 마지막 겹이 벗겨지면서 피에 절은 저고리의 20대 여자 원귀가 모습을 드러냈다.

수십 영가로 보호막을 삼은 영가. 참으로 기괴한 광경이었다.

"쉬잇!"

원귀는 분한 듯 쉿소리를 냈다.

"네가 감나무의 원귀냐?"

미류가 공수를 뿜었다.

"그렇습니다."

대답은 원장의 입에서 나왔다.

"어찌 다른 영가들까지 네 멋대로 부리며 여러 환자들을 괴롭히고 있는 것이냐?"

"……"

"말하지 못하겠느냐?"

"다른 영가들은 오갈 데가 없다기에 하나둘 받아들이다 보니 그렇게 되었고 인간들은 할머니들이 싫어서 그렇게 되었습니다."

"할머니들이 싫다?"

"같은 여자면서도 가장 모진 게 할머니들이었소. 그래서 할머니들에게 앙갚음을 하고 있었지요."

"사연을 말해보라."

"사연……"

"어서!"

쩔겅, 다시 미류의 신방울이 울렸다.

"오래전 이야기지요. 저 감나무가 심어지고 처음으로 감이 무성하게 달린 해……."

원장의 목소리가 뒤틀린 채 계속 이어졌다.

"여긴 왜정 때 우리 집이었소. 엄마는 폐병으로 죽고 아버지와 나 단둘이 살았는데 아버지는 술과 노름에 빠져 집안을 돌보지 않았소. 그래서 나는 열두 살 어린 나이에 이웃집 애기를 돌보거나 빨래를 해주며 밥을 얻어먹고 살았습니다."

말소리와 함께 메아리 같은 소리가 줄을 이었다.

―감나무…….

―감나무 헛꽃…….

―감나무에 헛꽃이 많으면 슬픈 일이 생기지요.

웅얼거리던 메아리 소리가 그치자 원귀의 말이 이어졌다.

"그러다 아버지가 일본 순사들에게 노름판을 들켰지요. 뒷문으로 튀었지만 순사들은 결국 이 집으로 아버지를 잡으러 왔었어요."

"……."

"아버지는 잡혀가지 않으려고 사정을 했지요. 무정하게도 어린 내 옷을 발가벗겨 순사들 품에 안겨주었어요. 그날 나는 순사들보다 아버지가 더 무서웠어요. 대체 왜 아버지가? 나를 보호하는 게 아니라 순사들에게……."

"……."

"순사들의 알몸에서 뭔가가 내 속으로 들어왔어요. 아파서 울었죠. 이상한 아픔이었어요."

"……."

"하지만 더 무서운 건 따로 있었어요. 바로 동네 할머니들이었죠."

꾸륵!

영가의 감정을 한 번 뱉어낸 원장의 입이 계속 말을 이었다.

"순사들은 어린 내 몸에 욕심을 방출하고도 결국 아버지를 끌고 갔어요. 그리고 어린 저를 유린한 데 대한 보상이라는 듯 물건을 몇 개 던져주었지요."

"……."

"그게 화근이었어요. 다른 노름꾼들 집에서 압수해 온 방물과 가락지 등이었거든요."

"……."

"우리 집 상황을 살피러 온 이웃 할머니가 그걸 보았어요. 그 할머니 아들도 순사에게 잡혀갔는데 자기 집에서 가져간 가락지가 제 앞에 있으니 눈이 뒤집힌 거지요."

—이년이다!

—이년이 순사에게 밀고를 했다.

—어린년이 요망하게 순사에게 몸까지 바쳤다.

할머니의 고함에 동네 사람들이 다 몰려들었다. 소녀는 아직 옷을 갖춰 입기도 전이었다. 할머니는 소녀의 머리채를 끌고 마당을 돌았다.

"이년이 동네를 망쳤다. 어린 화냥년을 그냥 두면 동네가 망한다!"

할머니는 소녀를 감나무에 패대기치고 짓밟기 시작했다.

소녀 등에 헛꽃이 수북이 닿았다. 유난히 헛꽃이 많았던 해였다. 이웃 할머니들이 합세했다. 그 역시 자기 아들들이 순사에게 잡혀간 사람들이었다.

살려주세요, 살려주세요!

잘못했어요, 잘못했어요!

소녀가 한 말은 딱 그 네 마디뿐이었다. 뭐가 뭔지도 모르지만 쏟아져 들어오는 발길질과 돌팔매를 막아야 했던 것이다. 하지만 이미 기세가 오른 할머니들. 밤이 되자 살기까지 뿜어져 나왔다.

발길질!

돌팔매!

몽둥이질!

돌아가며 쏟아졌다. 뭣도 모르는 꼬맹이들까지 합세했고 남정네들도 발길질을 아끼지 않았다. 할머니 하나는 장항아리를 들어다 소녀에게 내려쳤다.

와창!

소리가 별을 불러왔다.

아침!

언제나 희망으로 다가오던 아침.

술 취한 아버지의 모진 구박도 아침 해가 뜨면 그치던 작은 희망의 아침. 그 아침은 소녀에게 다시 오지 않았다.

누군가의 발길질에 늑골이 나가고, 누군가의 팔매질에 눈알이 터진 소녀는 건너편 초가지붕에 널린 붉은 고추보다 더 붉은 피로 범벅이 된 채 밤을 따라 가버린 것이다.

좌아아!

가을비가 내렸다. 소녀는 원귀로서 비를 맞았다. 어디론가 가야 하는데 가지를 못했다. 무서움 때문에 너무 오래 주저한 것이다.

―감나무에 헛꽃이 많이 지면…….

―그 해에는 슬픈 일이 일어난대…….

밤마다 지는 헛꽃을 보며 그 말만 되풀이했다.

그렇게 소녀는 나무의 원귀가 되었다. 처음에는 그저 무서움과 두려움으로 서성일 뿐이었다. 그러다 자신을 때린 할머니에게 복수를 하면서 그 맛을 알게 되었다.

그 할머니였다. 맨 처음에 소녀를 몰아붙인 할머니. 두어 해쯤 뒤에 백일해에 걸려 감나무 아래에서 쉬었다.

칼락칼락!

기침 소리를 쏟아내다 깜박 잠이 들었다.

다시 눈을 뜨니 어둠이 내려 있었다. 할머니는 탐스러운 감을 보았다. 손이 닿을 듯했다. 그걸 따려다 발을 헛디뎌 개천에 빠져 죽었다. 실은 감나무의 감이 아니었다. 소녀가 할머니에게 허깨비를 보인 것이다.

세월은 변해갔다.

아버지는 죽어서 돌아왔고 소녀의 집은 무너졌다. 마을도 조금씩 사라졌다. 그사이에 어린 영가부터 길 잃은 영가들이 하나둘 감나무로 몰려들었다. 소녀는 감나무의 터줏대감 원귀였으니 그들을 부리기 시작했다.

오랜 시간이 흐른 후에 요양원이 들어왔다.

주변이 시끄러워지자 소녀의 영가는 감나무를 떠날까 생각했다. 그러다 마음이 바뀌었다. 할머니들이 보인 것이다. 그것도 한둘이 아니었다.

할머니!

그 옛날 죄 없는 자신을 짓밟은 늙은이들이 떠올랐다.

'이제야 내 세상이 오는구나!'

원귀는 행복했다. 자신을 이 꼴로 만든 늙은 쭈그렁탱이들을 가지고 놀 수 있게 된 것이다. 원귀의 이야기는 거기까지였다.

"네 딱함을 알겠다. 하지만 그 딱함이 동정의 가치를 넘었음이라!"

미류의 공수에 힘이 바짝 실렸다.

"네 나를 보거라. 내가 누군 줄은 알고 있을 것이다."

미류의 말과 함께 몸에서 오라가 뿜어져 나갔다. 원귀는 서슬 푸른 공포에 사로잡혀 오금을 펴지 못했다.

"그만하면 되었다. 그러니 네가 이 병원에 흩어놓은 영가들을 모두 감나무 구멍으로 데려가거라. 내 너희의 다음 생을 주관할 것이니 전생에 못다 한 자아의 성취는 다음 생에서 공덕을 쌓으면 기필코 누리도록 하겠다."

"알겠습니다."

후웅!

공수와 함께 미류 몸에서 숭고한 빛이 원을 그리며 튀어나왔다. 원귀가 꼬리를 흔들며 감나무로 날아가는 게 보였다. 그러자 영가들이 그 뒤를 따랐다. 주로 할머니 병동이었다.

영가들끼리 꼬리를 무는 비행이 끝나자 원장은 맥을 놓고 늘어져 버렸다.

"끝났습니다."

평범한 목소리로 돌아온 미류가 진순애에게 말했다.

"어머!"

놀란 그녀, 하마터면 카메라를 떨어뜨릴 뻔했다.

"······!"

제정신이 돌아오자 동영상을 본 원장은 말문이 막혔다. 거기 자신이 있었다. 그러나 그건 명백히 자신이 아니었다.

"오, 주여!"

황급히 두 손을 모아보지만 그런다고 동영상 내용이 변할 리 없었다. 조작도 아니었다. 동영상 속의 그는 빙의된 것이 확실했다.

"이제 믿겠습니까?"

미류가 물었다.

"후우!"

"원장님!"

"자르지요. 하긴 전에도 자를 생각이었는데 그날 저녁, 갑자기 머리가 아프더니 생각이 변했거든요."

"그날 무슨 일이 있었군요?"

"내가 속이 상해서 술을 왕창 마셨어요. 어떤 환자 보호자가 놓고 간 과도 때문에 환자들 간에 큰 사고가 났는데 그게 전부 제 책임으로 돌아왔거든요."

"그때 잠시 정신을 놓으면서 빙의가 된 것 같네요. 혹시 술을 감나무 아래서?"

"맞아요, 감나무 앞에 펼쳐둔 테이블에서……."

"예……."

알 것 같았다.

빙의는 주로 그런 식으로 일어난다. 극도의 공포나 만취, 심지어는 섹스를 할 때 지나치게 흥분을 해도 빙의에 쓸 수 있었다. 그러니 모두모두 지나친 것은 경계하시길.

감나무 앞에 좌정한 미류는 합장으로 전생신의 위세를 불렀다.

"바라건대 길 잃은 영가들을 보내니 그들을 소멸하소서. 그리하여 그들이 다음 생으로 이어지게 하소서!"

합장과 함께 미류가 신방울을 흔들었다.

소리는 감나무 끝의 잎사귀까지 흔들었다. 영가들이 떠는 것이다.

하지만 오래지 않았으니 미류가 오방에 붙인 부적이 나란히 불을 댕긴 까닭이었다. 동서남북과 나무 밑동의 음습하게 빈 속. 다섯 부적에 불이 붙자 할머니 병동에서 비명이 터져 나왔다.

"끼아악!"

"우어억!"

할머니들은 뒤틀리고 또 뒤틀렸다.

모두 그동안 영가들에게 지배를 당하며 목숨 줄이 끊겨가던 사람들이었다. 미류는 영가들의 소멸만을 확인했다. 신의 부름이 저기 있었다. 영가들은 누구 하나 부름을 거역하지 못하고 허공으로 빨려 들어갔다. 마지막은 원귀의 차례였다.

긴 세월 동안 감나무를 왕국으로 삼아 살아온 원귀, 허공에서 미류를 바라보았다.

"네 할 말이 있느냐?"

미류가 신의 공수로 물었다.

"너무 어릴 때, 죄도 없이 죽어 제가 한 일이 죄인 줄도 몰랐습니다."

"……."

"당신께서 전생신을 대리하는 분이라면 혹, 제가 저세상에서 죄의 사함을 받거든 저를 당신처럼 무속인으로 태어나게 해주세요."

"이유가 있느냐?"

"그냥… 당신이 하는 일이 왠지 가치가 있는 것 같아서요."

"이 일은 쉽지 않은 일이다. 네 생이 나아갈 자아와 맞지 않을 수도 있고……."

"제 전생보다 가혹하지는 않겠지요."

하긴…….

공감 가는 말이었다.

"네 정성이 갸륵하다면 내 몸주께서 참고하실 것이다."

미류가 대답했다. 원귀는 고요히 고개를 조아리고는 자신의 흔적을 지웠다. 소멸이었다.

주변에 막걸리가 뿌려지고 미류의 기원이 끝나자 바로 나무가 베어지기 시작했다.

슥삭슥삭!

나무는 한참 만에야 미류가 합장하고 있는 자리 반대편으로 넘어갔다.

"후아!"

미류는 자신도 모르게 어깨를 늘어뜨렸다. 길고 긴 원귀 소멸 과정의 끝이었다.

"법사님!"

채나연이 다가와 걱정스레 물었다.

"물 좀 주시겠어요?"

미류가 말했다.

"여기요."

물은 선강 스님이 가져왔다. 미류가 막 물을 들이켜는 순간, 할머니 병동 쪽에서 와아 높은 함성이 울려 퍼졌다.

"박 샘, 무슨 일이야?"

원장 옆의 간호부장이 위를 보며 외쳤다. 그러자 간호사와 요양사 몇이 고개를 내밀며 소리쳤다.

"원장님, 부장님, 빨리 좀 와보세요. 이영자 할머니가 말을 하세요. 노영귀 할머니는 처음으로 일어나 앉았고요!"

"그것만이 아니에요. 최말득 할머니는 치매 현상이 사라졌어요. 늘 가공인물과 다투시더니 지금은 아주 얌전하시다니까요."

입원 후 처음으로 일어나 앉은 사람은 바로 비녀 할머니였다. 할머니는 비녀까지 자기 손으로 꼽았다고 한다.

"오, 마이 갓!"

이번 감탄은 원장의 몫이었다.

죽을 날만 기다리던 몇 할머니들의 상태가 기적처럼 회복된 것이다. 원장은 한달음에 뛰어올라 환자들을 점검했다. 물론 미류도 동행했다. 할머니들의 몸에는 더 이상 영가의 흔적이 남아 있지 않았다.

"고맙습니다. 고맙습니다."

말문이 열린 이영자 할머니는 미류 손을 놓지 못했다.

"일자무식이라 글자를 몰라요. 죽기 전에 아들에게 하고 싶은 말이 있었는데 뭔가가 목구멍을 눌러서 할 수가 있어야죠. 이제 아들 놈 오면 유언이라도 몇 자 남기게 되었어요."

"다행이네요."

미류는 나무껍질처럼 거칠어진 할머니의 손을 놓지 않았다.

"아들이 오면 복채도 많이 드리라고 할게요."

"복채 대신 할머니 마음이나 편하게 가지세요. 그동안 고생하셨으니 그것으로 충분해요."

미류는 할머니의 부담을 덜어주었다.

"법사님!"

원장은 유구무언이었다. 일부는 환자지만 또 일부는 영가들로 인해 병이 깊어졌던 것. 그건 꿈에도 몰랐던 사실이었다.

"괜찮습니다. 무엇보다 원장님이 이해를 해주셔서 일이 잘 해결된 것 같네요."

"할 말이 없군요. 요즘 세상에 이런 일이라니… 아무튼 동영상은 바로 삭제해 주세요. 우리 애들 볼까 무섭습니다."

원장은 머쓱한 듯 뒤통수를 긁어댔다. 미류는 멍하니 선 멤버들을 향해 큰 소리로 다그쳤다.

"자자, 왜들 이래요? 이제 전생 리딩이 더 잘 먹힐 테니 대충 넘어갈 생각 마시고 전생 원하시는 환자분들에게 체험 한번 제대로 시켜 드리자고요!"

전생 팀들은 활기차게 흩어져 오늘의 역할에 충실했다.

최고의 인기는 미류와 선강 스님이었다. 물론 짐작하겠지만 최고의 기피자는 채나연이었다. 피 맛을 통해 전생 감응을 하는 건 노인들도 별로 달가워하지 않은 까닭. 의외로 타로도 인기를 구가했다. 다만 옥에 티가 있었으니 그건 바로…….

"화투로 보면 안 되나?"

…하는 할아버지들의 항의성 질문이었다.

피로가 밀린 미류는 세 명만 봐주었다.

전생 중에서 늘그막의 고독과 부합되는 걸 골랐다. 할머니들은 눈물을 흘리며 공감을 했다. 죽음을 앞둔 사람은 겸허해진다. 자기 삶에 대한 관조가 깊어지는 것이다.

이날 미류는 엄청난 공부를 한 셈이었다.

요양원 할머니, 할아버지들의 입장을 알게 되었고 요양사와 간호사 등의 요양원 인력들의 마음도 알았다. 나아가 운영자인 원장의 마음까지 엿볼 수 있는 기회였다.

"법사님!"

전생 감응 희망자에 대한 감응이 어느 정도 마무리되자 진순애가 다가왔다.

"원장님이 저녁 쏘신다는데 어쩌죠? 허락 안 하시면 병원 문 안 열어준다고……."

병원 문!

병원에서 열어주지 않으면 못 나간다. 혹시나 환자들이 잘못 나가 길을 잃을까 봐 이중 삼중의 보안 잠금을 하고 있기 때문이었다.

"다른 멤버들은요?"

"다들 미류 법사님이 정해야지 초땡이들이 무슨 결정권이 있냐고 그러덥니다."

"무슨 그런 말씀을… 저는 괜찮으니 선생님이 알아서 정해주세요."

"그나저나 아까 그 일… 진짜 대단했어요. 저는 디카만 찍은 주제에 아직도 가슴이 벌름거린다니까요."

"나무 때문입니다."

"오래된 나무에 귀신이 붙네 어쩌네 하는 얘기를 듣기는 했지만… 이거 겁나서 정원목 하나 제대로 심겠어요?"

"정원목이 다 나쁜 게 아니라 몇 가지가 있어요. 예로부터 버드나무, 은행나무, 벚나무 등이 꼽히죠. 열매가 열리는 큰 나무도 좋지 않고요."

"어머, 열매가 열리면 오히려 좋지 않나요? 꿩 먹고 알 먹고……."

"그게 좁은 정원에 나무가 너무 자라면 음양의 조화를 해치거든요. 여기 감나무도 감나무 가지와 잎이 무성한 쪽 병실 환자들에게 주로 영가가 붙었어요. 아마 입원한 환자들 중에서 사망자 통계를 내보면 그쪽 병실이 압도적으로 많을 겁니다."

"어머, 이제 보니 무속은 정원목이나 요양원 설계에도 유용하네요? 그럼 법사님이 지으시는 요양원은 정말 기가 막히겠어요."

"사소한 것들이야 제가 체크를 하겠지만 운영자의 반듯한 마음이 관건이죠, 뭐."

"그야 법사님 같은 분이 이사장으로 계시면……."

"현장에서 일하는 사람들은 의사와 간호사, 간병사들이지 이사장이 아니잖아요."

"그래도 다 설립자의 뜻을 받들게 되어 있어요."

"그럼 선생님이 그런 사람이 좀 되어주시지 않겠습니까?"

"예?"

미류 말을 들은 진순애가 발딱 고개를 들었다.

"저 지금 구애하고 있는 겁니다. 제가 지을 요양원의 어르신들 치료를 책임져 주실……."

"법사님……."

"어차피 이 생을 아름답게 마감하고 내생으로 가는 분들을 위한 가교 역할의 요양원입니다. 그러니 전생을 이해하시는 선생님 같은 분이 맡아주시면……."

"법사님……."

"당장 수락하지 않으셔도 됩니다. 사실 의사들 월급을 얼마나 드려야 하는지도 잘 모르거든요. 그래도 한 번쯤 생각은 해주셨으면 합니다. 제가 요양원 직원들 월급 갈아 먹을 생각은 없거든요."

"말씀을 하셔도……."

진순애가 얼굴을 붉혔다.

표정을 보니 그리 싫은 눈치는 아니었다. 미류는 재촉하지 않았다. 나중에 병원 설계도가 나오고 착공을 하면 그때부터 진행해도 늦을 일은 아니기 때문이었다.

"자, 그럼 회식 고고싱입니다."

원장이 앞차에서 손을 흔들었다.

미류네 일행도 각자 타고 온 차 앞으로 걸었다. 그러자 병실 창문에서 그림자들이 아른거렸다. 몸이 성한 할머니들이 손을 흔드는 것이다.

"안녕히 계세요, 또 올게요!"

선강 스님을 필두로 전생 멤버들이 소리쳤다. 미류도 손을 들어 화답을 했다. 회식, 뭐가 나올지 모르지만 먹지 않아도 배가 불렀다. 할머니들의 마음이 배 속으로 들어온 것이다.

'얼마 남지 않은 불꽃, 지는 날까지 편안히들 태우시기를……'

미류는 고이 합장을 남기고 차에 올랐다.

"하라!"

신당에 도착하자 대문 앞에 하라가 보였다. 그런데 어쩐지 뾰로통한 얼굴이었다.

"이야, 법사님 기다린 거니?"

함께 타고 온 타로가 물었다.

"아저씨는 몰라도 돼요."

하라의 심통이 뾰족하게 작렬했다.

"흐음, 기다린 게 아니라 뭔가 따지려는 눈치인데? 꼭 질투가 난 여신처럼 말이야."

"아저씨!"

"오케이, 난 사랑의 파편 같은 거 원치 않으니까 내 사무실로 잠적하마. 나도 기다리는 아가씨가 있거든."

타로가 손을 흔들며 돌아섰다.

타로점집 앞에 선 두 아가씨가 보였다. 예약인 모양이었다. 그러고 보니 꽃신선녀의 신당에도 옥수부인의 신당에도 자가용이 서 있다. 다들 바빠 보이니 그 또한 보기 좋았다.

"스승님!"

꽃신선녀 신당 앞에서 연주가 손을 흔들었다. 차 소리를 듣고 나온 모양이었다.

"그나저나 우리 하라는 왜 그렇게 심통이야? 유튜브에 올린 음원도 대박 난 판에?"

미류가 한쪽 무릎을 굽히며 물었다. 꼬마 숙녀 마음을 달래려는 생각이었다. 그런데, 하라 뒤에 주차된 차량 뒤에서 아는 얼굴이 꾸벅 인사를 해왔다. 화요의 매니저다.

"화요 씨?"

미류가 파뜩 고개를 들었다. 하라가 심통 난 원인이었던 것이다.

"흥, 저 봐… 저럴 줄 알았다니까."

하라의 콧방귀 레벨이 확 올라갔다.

"어이구, 우리 하라 아가씨, 그래서 화가 났구나?"

"몰라. 오빠 오늘 안 온다고 거짓말 쳤는데도 안 가잖아? 화요 언니 미워!"

하라 눈에 눈물이 글썽거렸다.

"하라야, 넌 이제 세계적인 가수가 될 사람이야. 마음도 넓게 가져야지."

"몰라. 화요 언니만 보면 질투가 나는 걸 어떡해? 언니는 왜 그렇게 예쁜대?"

"으음… 우리 하라도 그 못지않은데 왜 그럴까?"

"몰라. 화요 언니는 가슴도 크고 궁둥이도 빵빵하단 말이야."

"뭐어?"

"하앙, 하여간 몰라. 화요 언니는 나보다 키도 크고… 뭐든지 나보다 좋잖아?"

"다 그런 건 아니지."

"응?"

"하라하고 오빠는 날마다 같은 집에서 살잖아? 오늘은 모처럼 같이 잘까?"

"정말?"

하라의 눈이 주먹만 하게 커졌다.

"자, 약속. 대신 세계적인 가수답게, 의젓하게!"

"알았어. 나 이따가 베개 들고 갈게."

하라의 질투는 그제야 겨우 온도가 내려갔다.

"법사님!"

미류가 들어서자 거실의 화요가 벌떡 일어났다. 봉평댁은 알아서 고개를 돌렸다. 다음 일어날 일을 예측한 까닭이었다.

"잘 계셨죠?"

미류 품에 안긴 화요가 고개를 들었다.

여자 냄새가 확 끼쳐오며 미류의 남심을 흔들었다. 몸에 딱 맞는 원피스에 검정 재킷을 걸친 의상은 섹시함보다 한층 우월한 자태였다.

"언제 왔어요? 문자도 한 통 없이?"

하라의 따가운 눈총을 느낀 미류가 화요에게 물었다.

"아침에 도착해서 소속사에 들러 밀린 스케줄 확인하고 한잠 잔 다음에 바로 온 거예요. 법사님 그동안 대단했던데요?"

"대단은 무슨……."

"뭐가 그래요? 나 로케 현장에서도 매일 법사님 소식 체크했다고요."

"많이 탔네?"

"거기야 뭐 한국보다 더운 나라니까… 아, 법사님도 계셨으면 죽이는 건데……."

"일단 앉아!"

미류가 화요를 앉혔다. 그때까지도 하라의 눈에서는 레이저 광선이 멈추지 않고 있었다.

"세경이 건 정말 고마워요. 법사님이 너무 좋다고 난리지 뭐예요."

"아, 미스 코리아 아가씨?"

"부모만 다르지 내 동생이나 다름없거든요."

"무슨 소리예요? 나도 유세경 씨 덕분에 면이 좀 섰거든요. 세상에 미스 코리아가 서빙을 해주는 후원회가 또 있겠습니까?"

"그리고 두리 언니요. 법사님이 이어준 남자랑 대박 나게 생겼다면서요?"

"아, 배 대표하고 에릭……."

"안 그래도 우리 기획사에서 그 노래 OST로 쓰자고 배 대표 찾아갔어요. 혹시라도 거절하면 법사님이 좀 나서주세요. 아셨죠?"

"으음… 오시자마자 비즈니스를?"

"그건 아니지만 우리 대표님께서 투자자들이 원한다는데 어떻게 해요? 저 좀 살려주세요."

"알았어요. 서로 아는 사이들이니 일단 협의해 보세요."

"그럼 저는 법사님만 믿어요."

"네에!"

"그리고… 잠시 법사님 좀 납치해도 돼요?"

"나요?"

화요의 황당한 질문에 미류가 고개를 들었다.

환생파의 거두 마삼바바

"실은 같이 촬영한 선배 배우 한 분이 법사님 좀 꼭 소개시켜 달라고⋯⋯."

"점 보시게요?"

"그건 아니고요, 뭐 좀 확인 해달라네요. 자기에게는 아주 중요한 일이라고⋯⋯."

"그러시면⋯⋯."

미류가 수락했다.

함께 있고 싶어 하는 화요의 눈치를 알아차린 것이다. 오랫동안 해외 로케를 하고 돌아온 화요. 미류도 보고 싶은 마음이 없던 게 아니니 이심전심 만유인력이 작용했다. 게다가 여기는 하라의 레이저 공세가 너무 따갑지 않은가?

자리를 가까운 카페로 옮겼다. 화요가 미리 예약을 해둔 눈치였다. 가림막으로 분리된 공간에는 테이블 두 개가 놓여 있었다. 거기 들어서자 화요가 미류에게 푹 안겨왔다.

"법사님!"

자동으로 그녀의 입술이 다가왔다. 화요를 안은 채 키스를 했다. 한동안 보지 못한 화요. 그녀의 매력은 서로 닿을 때마다 미류의 욕망에 불을 댕겨 버렸다. 속절도 없었다.

저벅!

발소리가 들리고서야 둘은 떨어졌다. 40대의 남자가 등장했다. 영화에서 많이 보던 개성파 남자 조연이었다.

"처음 뵙겠습니다. 법사님!"

남자는 미류에게 공손히 인사를 챙겼다.

"예, 반갑습니다."

미류도 공손히 그를 맞았다. 그는 옆구리에 뭔가를 끼고 있었다. 미류는 단숨에 그 정체를 알아차렸다.

'영가……'

"이야, 명성도 높으신데 직접 보니 얼굴도 미남이시군요."

맥주 두어 병과 차가 세팅되자 남자가 미류를 띄워주었다.

"별말씀을요. 유명하신 분을 이렇게 뵐 줄 몰랐습니다."

"하핫, 요즘 대한민국 최고 인기인은 법사님 아닙니까? 아는 사람은 다 알던데……."

"제게 여쭤볼 게 있으시다고요?"

미류가 먼저 선수를 쳤다.

"아, 예… 그게……."

"유골입니다."

미류, 남자가 상자를 열기도 전에 답을 알려주었다.

"예?"

남자의 얼굴이 확 상기되는 게 보였다.

"유골……."

잿빛으로 변한 남자가 상자를 만지며 계속 중얼거렸다.

"그럼 이게……."

"선배님!"

"……."

화요가 끼어들어 보지만 남자의 굳은 얼굴은 풀리지 않았다. 남자는 대신, 상자를 열어놓았다. 오동나무 상자 안에 작은 호리병이 있었다. 손가락 크기의 호리병의 입구는 완전하게 밀봉이 된 상태였다.

"화요 씨, 잠깐 자리 좀 비켜줄래요?"

미류가 화요에게 눈짓을 보냈다. 상황을 짐작한 화요가 조용히 일어섰다.

"……."

"……."

예약실에는 침묵이 흘렀다. 남자는 호리병을 가만히 쓰다듬다가 나지막이 입을 열었다.

"고맙습니다."

"……."

"이거… 얼마 전에 돌아가신 아버지 유품입니다."

"……."

"옆구리에 차고 다니신 건데 처음에는 무슨 열쇠고리 장식품인 줄 알았었지요."

"……."

"그런데 흔들어보니 안에 뭔가 든 것 같았습니다. 망치로 깨볼까 하다가 그러면 안 될 것도 같아서 지니고 있었는데 마침 화요와 함께 촬영을 하던 중에 법사님 얘기가 나와서……."

"······."

"죄송하지만 이게 누구의 유해인지도 알 수 있을까요?"

남자가 테이블에 복채를 올려놓았다.

"여자입니다."

"여자… 그렇군요."

남자 입에서 한숨이 포개졌다.

"젊은 사람이네요. 서른에서 왔다 갔다······."

"서른 정도라면… 마른 체형인가요?"

"그런 것 같습니다."

"욱!"

미류의 대답에 남자가 가슴을 쥐어뜯었다.

"괜찮으면 이 사람의 혼을 불러볼까요?"

"그것도 가능합니까?"

"한번 해보죠."

미류, 호리병을 손에 쥐고 가만히 눈을 감았다.

절겅!

신방울이 울렸다. 전생신의 신차를 발현한 미류가 손대잡이를 시작했다.

"선생님, 저 왔어요."

"선생님, 걱정 마세요. 제가 있잖아요?"

"선생님, 전 아무렇지도 않아요."

죽은 이의 말을 무당이 대신 전해주는 손대잡이. 미류의 목소리는 마치 30대 여자처럼 낭랑하게 새어 나왔다. 표정도 그랬다. 딱 생글거리는 여자 얼굴이다. 목소리의 높낮이도 막 사랑에 빠진 30대 여자의 그것과 다르지 않았다.

"우억!"

남자는 결국 테이블에 얼굴을 묻었다. 미류는 남자를 참견하지 않았다. 남자는 튼실한 체구가 민망할 정도로 어깨를 들썩이며 오열을 참았다.

"그 여자분……."

한참 후에야 남자가 한숨 섞인 소리를 이어놓았다.

"저희 아버지 내연녀입니다."

'내연녀?'

"아버지께서 유명한 대학교수셨는데 말년에 젊은 제자와 사랑에 빠지셨어요. 그걸 저희가 알았죠. 그 여자를 만나 폭행에 가까운 실력 행사를 했습니다. 젊은 게 어디 할 일이 없어서… 우리 아버지 재산을 노리고 접근한 게 아니냐고……."

"……."

"당시 아버지께서 간경화로 투병 중이었는데 여자는 어떤 멸시도 꿋꿋이 참고 간병을 했습니다. 그리고 아버지가 호전되자 퇴원을 하루 앞둔 저녁에 홀연 자취를 감추었지요."

"……."

"아버지는 애가 탔겠지만 우리는 속이 시원했습니다. 60대 퇴임 교수와 30대 초반의 여자라뇨? 말도 안 되는 일 아닙니까?"

"……."

"그런데 나중에 알고 보니 그 여자… 아버지가 퇴원한 직후에 음독 자살을 했더군요. 원룸에서 혼자 살던 여자인데 아버지가 유해를 가지고 있는 걸 보니 아마 시신을 아버지께서 수습하신… 우욱!"

남자가 한 번 더 오열을 했다.

"그때는 몰랐는데… 나이 먹어 저도 중년이 되다 보니 아버지 마음을 알 것 같습니다. 무심한 자식들… 간병조차 하기 싫어 간병인 살 생각이나 하면서도 그저 재산이나 바라는 자식들… 그런 주제에 아버지를 헌신적으로 보살피는 여자를 추잡하다고 폄훼하면서 죽음으로 내몰았으니……."

"……."

"우리 아버지… 결국 그 여자를 잊지 못하고 이렇게… 그러면서 우리에겐 단 한마디도 없으셨으니 그 타들어간 속이 어떠셨을지……."

"……."

"법사님!"

남자가 고개를 들었다. 등불에 비친 남자의 얼굴은 눈물과 콧물로 범벅이 된 후였다. 그 얼굴은 그저 인간다운 표정뿐, 유명인의 포스 같은 건 어디에도 엿보이지 않았다.

"듣자니 법사님이 전생 감응을 선명하게 하신다던데 저도 가능할까요? 그 여자와 제가 어떤 전생 인연이었는지… 제가 대표로 형제들을 선동했다 보니 문득……."

―궁금해지네요.

남자의 마음이었다.

"그렇게 하죠."

미류는 남자에게 전생을 감응시켜 주었다.

둘은 전생연이 있었다.

둘 다 이탈리아의 수녀였다. 그 생에서 남자는 유해가 된 여자의 조수였다. 어느 해 주임신부에게 병환이 생겼다. 남자가 그 간병을 맡았다. 최선을 다했지만 신부의 병환은 점점 악화가 되었다. 남자는 여러 날 밤샘 간병을 했다. 그러다 남자가 깜빡 조는 사이에 신부가 고통에 겨워 손을 휘젓다 촛대를 치고 말았다.

침대에 불이 붙었다. 남자가 잠에서 깼을 때 침상은 이미 연기로 가득 찬 후였다. 유해가 된 여자의 전생이 뛰어왔다. 그녀는 오해를 하고 말았다. 남자가 부주의로 불을 낸 것으로 본 것이다.

신부는 죽었다.

어차피 죽을 목숨이었지만 하필 그렇게 되어버린 것. 신부의 장례식이 끝나자 유해가 된 여자의 전생이 남자의 잘못을 정식으로 제기했다. 남자는 수녀원에서 쫓겨나고 말았다. 오랜 간병에 몸이 지쳐 잠깐 존 것이 죄였지만 그녀의 증언 때문에 참작되지 않은 것이다. 짐 보따리 하나를 안고 쓸쓸히 떠나는 남자. 유해가 된 여자는 수녀원의 종탑 아래서 차가운 미소로 그 모습을 쏘아보았다. 그게 그들 전생의 마지막 장면이었다.

"……!"

감응에서 깨어난 남자가 고개를 저었다.

"마지막 장면에서 수녀의 눈빛……."

그는 목이 멘 채 뒷말을 이었다.

"제가 그녀를 닦달하던 그때와 닮았습니다."

"아마 그럴 겁니다. 당신은 이 생에서 그녀에게 진 빚을 갚은 거니까요."

"빚……."

"그래서 우리들… 살면서 타인에게 한을 남기면 안 되는 법입니다. 언젠가는 그 인과를 되받게 될 수 있으니까요."

"그렇군요… 어쩐지 그 여자… 보는 것만으로도 싫었습니다. 사실 그렇게 나쁜 인상도 아니었는데……."

"……."

"아버지에게는 불효를… 그녀에게는 괜한 앙갚음을 한 셈이로군요. 미리 법사님을 만났더라면 그냥 용서할 수도 있었을 것을……."

"그게 인과죠. 물이 차면 배가 뜨고, 바람이 불면 배가 갑니다."

"이 무거운 마음을 어떻게 하면 덜어낼 수 있을까요?"

남자가 물었다.

"아버님 묘는 어떻게 쓰셨죠?"

"그야 어머니 묘 옆에……."

"그럼 혹시 생활이 넉넉하시면… 제가 날을 받아드릴 테니… 그 여자 분의 유해는 절에 모시면 좋을 것 같습니다. 원하시면 절도 제가 추천을 해드리지요."

"그렇게 좀 부탁드립니다."

"예……."

남자가 고개를 숙이자 미류도 고개를 숙였다.

이제야 아버지를 이해하는 남자. 그렇기에 그 아버지를 사랑한 여자의 나이도 문제 되지 않는 남자. 죽어서야 이해를 받는 두 사람의 관계가 안타까웠지만 그렇지 못한 것보다는 백배 나았다.

들어올 때 한 손으로 상자를 들고 왔던 남자는 나갈 때는 두 손으로 받쳐 들고 나갔다. 그녀에 대한 마음 자세가 바뀐 것이다.

화요가 들어와 미류 어깨에 얼굴을 기댔다. 테이블 위의 촛불 두 개가 사이좋게 타들어갔다.

"촛불이 똑같이 타는 모습이 보기 좋네요."

화요가 속삭였다.

두 개의 촛불을 살랑거리며 자신의 살을 덜어 주변을 밝혔다. 얼핏 보기는 똑같지만 같을 리가 없다. 무수한 눈송이조차 정확히 똑같은 것은 단 하나도 없기 때문이었다.

그날 밤, 미류는 화요의 집에서 함께 잠들었다. 화요의 청이었다.

오랜만에 피로가 풀렸다. 음과 양의 조화는 이토록 신묘한 것일까? 전생신의 특허권을 행사하면서 마음 빈 곳이 없던 미류. 그러나 안을 풀어헤쳐 보면 어찌 빈 곳이 없었을까?

몸주로도 메울 수 없는 그 빈자리는 오직 화요만이 채울 수 있었다. 화요의 달콤한 샘물에 푹 젖은 미류는 오랜만에 꿀잠을 잤다. 아침에 부딪칠 또 하나의 운명적인 만남은 꿈도 꾸지 못한 채.

하늘이 잔뜩 흐렸다.

하지만 비는 제비 오줌만큼 내리고 그쳐 버렸다. 남부 지방은 물한 모금이 아쉬운 상황. 일부 지역은 댐이 바닥을 드러내고 식수조차 부족해 살수차로 물을 배달해 주는 형편이었다. 수십 년 만에 찾아온 가뭄. 그나마 한강을 낀 수도권은 큰 애로가 없지만 지방 쪽은 난리였다.

오죽하면 몇몇 무속인에게 기우제를 지내달라는 요청도 들어왔고, 두어 곳은 이미 기우제를 지낸 모양이었다.

'댐도 소용없는 가뭄이라니……'

걱정과 함께 미류의 점사가 시작되었다. 하라는 학교에 가고 없었다. 하지만 미류에게 폭탄 문자를 남긴 하라였다.

─오빠 언제 오는데?

늦은 밤이었다. 화요와 있을 시간이었다. 무음으로 해두었기에 아침에야 문자를 본 미류였다.

어린이에게 한 거짓말.

'쩝!'

참 대책 없는 미안함이었다. 그렇다고 사실대로 말할 수도 없는 미류였기에 '중요한 점사 중'이라는 문자 하나로 때운 밤이었다. 남녀의 합궁. 사실 그것처럼 중요한 일도 없었다. 하라에게 설명하기 어려운 것이 아쉬울 뿐.

부랴부랴 신당에 도착해 목욕재계를 하고 짧은 명상과 기도의 시간을 가졌다. 예약 손님이 와 있기에 오래 할 수도 없었다. 오전에 예약된 다섯 명의 점사를 다 치렀을 때 핸드폰이 울렸다. 양 피디였다.

―법사님!

"아, 예……."

―방송 보셨죠?

"예?"

―마삼바바 말입니다. 어제 밤 늦게 입국을 했습니다.

"……?"

―저런, 아직 모르시는 모양이군요?

"예… 제가 좀 바빠서……."

―아, 하긴 그러시겠죠. 아무튼 저희가 지금 공식 인터뷰를 나가려고요.

"아, 예……."

―지난번에 하신 말씀 기억하시죠? 마삼바바 촬영 조건에 법사님과의 회동이 있다는 거.

"그럼요."

―그럼 그쪽에서 미팅을 요구하면 저희 재량으로 장소와 날짜를 정해도 될까요?

"지금 당장 쳐들어오는 것만 아니면 준비하고 있겠습니다."

―알겠습니다. 그럼 다녀온 후에 연락드리겠습니다.

양 피디는 서둘러 전화를 끊었다.

목소리를 보니 들뜬 것 같았다. 무속 다큐멘터리를 찍으며 무속에 흠뻑 빠진 그녀였다. 그런 차에 환생론의 거두로 꼽히는 티벳 승려들이 오니 기대감이 커진 것이다.

'티벳 승려들이라……'

궁금하기는 미류도 매한가지였다.

미류는 무신도를 마주 보며 앉았다.

그들 중에서도 현재 최고의 법력자로 꼽히는 마삼바바. 그는 미류의 몸주를 만났을까? 환생한 사람이라면 그럴 가능성도 있었다. 왜냐면 티벳의 라마승들은 환생을 예언해 두고 다시 태어나기도 하는 까닭이었다.

'몸주시여!'

무신도와 눈을 맞추었다. 미류는 궁금하지만 전생신은 뭉긋한 미소뿐 별다른 말이 없었다.

이른 점심을 끝낸 미류는 전생 관련 책자들을 꺼내 들었다. 그동안 읽으며 모아둔 책이 벌써 수십 권을 넘었다. 이들 중에는 서양 학자의 책도 있고 중국, 일본, 한국의 책자도 섞여 있었다. 그리고 보니 진순애와 채나연이 공동으로 펴낸 것도 있었다. 채나연이 한 권을 주며 했던 말도 떠올랐다.

"법사님도 한 권 쓰셔야 할 거 같네요. 전생을 궁금해하는 사람들에게 큰 도움이 될 거예요."

그때 미류는 그냥 웃어넘겼다.

그동안은 분주함의 연속이었고 지금도 마찬가지였다. 오는 대로 예약을 다 받자면 앞으로 3년은 꼼짝도 못할 판이었다. 덕분에 산제도 제대로 가지 못했다. 아쉬운 대로 짧은 여정으로 동굴을 다녀오긴 했지만 감질만 날 뿐이었다. 전처럼 일주일이고 한 달이고 신의 소리로 몸이 다 젖을 때까지 산제에 묻히고 싶은 미류였다.

책을 넘기자 에릭이 스쳐 갔다. 지난 생에서 빛나는 영매였던 그는 해탈에 이르러 결국 반신이 될 수 있었다. 그렇다면 이번 생에서 또 한 번 해탈을 이루면 그는 신이 되는 걸까?

—그렇다면 이미 생불로 알려진 마삼바바는?

—그는 신의 본성을 지닌 인간으로 온 걸까?

전생의 이야기는 읽어도, 읽어도 끝이 없었다.

'아무튼!'

미류는 책을 덮었다.

마음에 설렘이 일었다. 전생을 수동적으로 기억하는 전생 기억자들과 마삼바바는 어떻게 다를까? 오후 예약자만 아니면 당장에라도 달려가고 싶을 정도였다. 하지만 지금 당장 할 일은 신당으로 들어가는 길이었다. 오후 예약자들 시간이 되었으므로.

"법사님, 마지막 손님이십니다."

오후가 깊어갈 무렵, 봉평댁이 반가운 소리를 알려왔다. 손님 발길 기다리는 무속인이 들으면 가래 욕을 먹을 소리였지만…….

마지막 손님은 여대생이었다. 늘씬하고 시원한 마스크였다.

"미인 대회에 나가고 싶어 죽겠는데 부모님이 반대를 하세요. 그런데 나가면 사람 버린다고…….'

여학생이 궁금한 건 당연히 자신의 전생이었다. 조건은 되지만 그것보다 마음이 궁금하다고 했다. 그녀의 말에 의하면 그녀는, 유치원 때부터 미인 대회를 꿈꾸고 있었다.

감응을 하니 반대로 나왔다.

그녀는 전생에 백작가의 하녀였다. 수십 명 하녀 중에 가장 못난이였다. 코는 위로 들리고 얼굴에는 검은깨가 차곡차곡… 그것으로도 모자라 검은 기미도 눈 밑에 자글거리는 얼굴이었다. 오죽하면…….

"저 아이는 식당 근처에 못 오도록 하거라."

백작이 엄명을 내릴 정도였다.

얼굴을 보면 식욕이 떨어진다는 게 이유였다. 그녀의 친구 중에 엘자라고 예쁘장한 하녀가 있었다. 이 하녀는 모든 면에서 사랑을 받았다. 얼굴도 예쁘고 성격도 좋았다. 마님으로부터 선물도 심심찮게 들어왔고 마님의 소개로 성실한 마부와 결혼도 했다.

반면 여학생의 일생은 매사가 불행했다. 얼굴로 인해 불이익을 받는 일이 많아지자 자기보다 어린 하녀들을 괴롭혔다. 분풀이였다. 엘자에 대한 험담도 갖가지로 늘어놓았다.

"행실도 못됐고… 남자들에게 꼬리나 치고……."

시기심이 커지면서 마음도 삐뚤어졌고 결국 청혼도 받지 못한 채 늙어 죽었다.

"엘자처럼 예쁘게 태어났으면……."

그녀의 희망과 절망은 늘 닮아 있었다. 그리하여 이 생에는 마침내 그 꿈을 이룬 것이다. 하지만 그 꿈을 따라온 것이 또 있었다.

바로 시기심이었다.

여학생의 운명창을 보니 질투가 가득했다. 자기보다 예쁜 친구는 예뻐서, 못생긴 친구는 못생겨서 함부로 대했다. 그러니까 그녀는 엘자의 얼굴을 가진 전생의 하녀로 보면 옳을 판이었다.

"어머!"

감응으로 미류가 자신의 속내를 들춰내자 여학생은 어쩔 줄을 몰랐다. 미류가 이렇게까지 까발릴 능력이 있을 줄은 생각지 못한 모양이었다.

"당장은 미인 대회에 나가도 떨어집니다."

미류의 점사가 나왔다.

"전생 때문인가요?"

"복합적입니다. 미인 대회에 꼭 나가고 싶다면 우선 봉사로 공덕을 쌓으세요. 노숙자 급식소든지 아니면 고아원 같은 곳에서……"

"그냥은 안 될까요?"

"미인의 미(美) 자는 신에게 바치는 양이라는 의미를 가지고 있습니다. 그래서 미인은 몸과 마음이 다 아름다워야 하는 법이죠."

"……"

"대신 전생에서 이루지 못한 꿈을 이 생에 이루기 위해 왔을 수 있으니 마음만 예쁘게 가꾼다면 미인 대회에서 좋은 성적을 낼 것으로 봅니다."

"어머, 정말요?"

"예, 이번 기회에 진짜 미인이 되시기를 바랍니다. 안팎이 다 아름다운……"

미류는 마지막 점사를 끝냈다. 여학생은 들어올 때보다 공손하게 신당을 나갔다. 어쩌면 미류 말을 따를 것도 같았다.

남은 시간에 무신도를 그렸다. 석채를 가는 것도 경면주사를 가는 것도 즐거웠다. 마음이 편해지기 때문이었다.

—법사님!

전화가 걸려온 건 20여 분이 지난 후였다. 이번에도 양 피디였다.

"말씀하시죠?"

미류가 폴더를 열었다.

—지금 마삼바바를 만나고 있는데요, 이분이 괜찮다면 당장 만날 것을 원하고 있습니다.

"예?"

—당장 말입니다. 모든 스케줄에 앞서 법사님을 먼저 뵙고 싶다고

합니다.

"……!"

—어떡할까요? 여의치 않으면 미루어둘까요?

"제가 그쪽으로 가야 합니까?"

—아닙니다. 법사님 신당을 보고 싶다고… 역시 허락한다면 법사님의 신당으로 이동하겠답니다.

"……?"

—법사님!

"……."

—죄송합니다. 이분 법력이 제가 감히 컨트롤할 수 없는 분이라서… 다시 한 번 천천히 스케줄을 조율해 보겠습니다.

양 피디가 대답하는 순간, 미류 머리에 떵하고 영적 파장이 스쳐 갔다. 그리고, 놀랍게도 목소리 하나가 전해왔다.

—당신을 만나고 싶습니다!

아련한 소리였다. 영어도 중국어도 아닌 하나의 느낌이었다.

"……?"

놀란 미류가 돌아보았다. 신당에는 누구의 기척도 없었다.

"그가 왔음이라!"

그때 전생신의 공수가 내려왔다.

"몸주님!"

"하라와 에릭이 음악적 영감으로 만났다면 너와 마삼바바는 나와 관련된 영적 인연으로 만나야 할 사람. 이미 영시로 서로를 보았으니 미룰 수 없음이라."

"그럼 방금 그 소리가?"

"맞았다. 윤회의 넓은 세상에서 너를 향해 외친 그의 소리였구나.

너 또한 화답할 수 있음이라."

"저도 말입니까?"

"너희는 지금 멀지만 가까운 곳에 있고 보지 못하지만 보고 있음에 다름이 없다."

"……."

"이는 마삼바바의 신통력이 너를 당기는 것이니 응답하도록 하거라."

"알겠습니다."

미류는 전생신의 공수에 고개를 숙였다. 그리고 영음이 날아온 곳을 돌아보았다. 거기, 아직도 마삼바바의 메아리가 돌고 있었다.

―당신을 만나고 싶습니다!

미류는 그 느낌 소리를 향해 전생신의 공수를 그대로 들려주었다.

"환영합니다!"

환영합니다.

미류의 느낌 소리도 메아리를 치고 들어갔다.

―법사님, 법사님!

주목하는 미류 귀에 양 피디 목소리가 울려왔다. 아직 전화가 끊기지 않은 것이다.

"마삼바바 님에게 제 뜻을 전했습니다. 그가 알 것입니다."

미류는 전화를 끊었다. 대화보다 높은 느낌 공수로 오간 마음. 그러니 두 번 말할 필요가 없는 일이었다.

"이모!"

미류가 거실로 나와 봉평댁을 불렀다.

"웅? 예? 법사님……."

얼떨결에 봉평댁이 돌아보았다.

"손님이 오실 겁니다. 아주 귀한 분들이에요. 모두 여섯 분이니 가장 좋은 차로 준비해 주세요."

"귀한 분이면 표승 어르신하고 숭덕 큰스님?"

"두 분도 훌륭하지만 그분들보다 더 법력이 높은 분들이십니다."

"그럼 그 티벳에서 오신다는?"

"예… 벌써 출발했을 겁니다."

"……!"

봉평댁이 얼어붙는 게 보였다.

사실은 숭덕 스님이 출동해도 어려워 어쩔 줄 모를 상황. 그런데 티벳의 대선사로 불리는 도승들이 무려 여섯. 봉평댁의 얼이 빠져도 이상할 일이 아니었다.

여섯!

양 피디가 통보한 것도 아니었다. 그렇다고 다른 보도나 방송에서 본 것도 아니었다. 그건 미류의 영시가 본 숫자였다. 마삼바바의 일행은 모두 여섯. 그들 누구도 빠지지 않고 다 올 것으로 믿었다.

하느님은 엿새 동안 천지창조를 했다더니…….

이 여섯 스님이 뭉치면 뭘 창조하시려나?

미류는 저도 모르게 대문 밖으로 넘어가는 눈길을 멈추지 못했다.

왔다!

어마어마하게 왔다. 셀 수도 없었다. 마삼바바가 아니라 보도진의 행렬이었다. 골목을 가득 메우고도 남았다.

"미류 법사!"

타로가 쫓아 들어왔다.

"스승님!"

놀란 연주도 마당으로 뛰어들었다.

'먼 곳의 손님…….'

미류는 미동도 없이 하늘을 보고 있었다. 몸은 이미 가지런한 무복 차림이었고 손에는 신방울이 들렸다.

"대체 누가 오는 거야? 대통령이라도 오시나?"

타로가 안달을 하며 물었다.

"제게는 그보다 더 중요한 분이시지요."

대답하는 미류의 발이 마당에 내려섰다. 기자들과 취재 차량으로 골목이 막힌 상황. 먼 곳의 귀한 손님을 앉아서 맞을 수 없었다.

펑펑!

차량을 뚫고 골목으로 나오자 카메라 세례가 쏟아졌다. 고맙게도 타로와 철학원장 등이 앞에서 길을 내주었다.

"미류 법사!"

꽃신선녀와 부채신녀도 보였다. 미류는 홀린 듯 골목을 걸었다. 기자들은 길을 터주며 계속 셔터를 눌러댔다.

'오시는군.'

미류의 영시에 형체가 선명해졌다. 마삼바바의 얼굴이었다. 네거리… 좌회전 신호를 받은 차들이 방향을 틀었다. 그중 세 대가 점집 골목 앞에 차곡차곡 멈춰섰다. 미류는 마지막 차를 향해 걸었다. 영시의 주체가 거기 있었던 것이다.

"법사님!"

선두 차에서 양 피디와 방송기자, 통역과 직원들이 뛰어내렸다. 그들은 인의 장막을 치며 미류와 마삼바바의 역사적인 만남의 공간을 확보해 주었다.

그리고… 마침내 마삼바바가 차에서 내렸다. 환한 아우라가 먼저 느껴졌다. 미류는 서서히 선명해지는 그의 얼굴을 보았다.

아!

미류는 아찔한 탄식부터 토했다.

'이 사람…….'

기시감이었다.

그것도 약한 느낌이 아니라 무지막지하게 강렬… 어쩌면 어머니의
배 속에서라도 함께 있었던 듯한… 미류는 아찔한 기시감에 놀랐다.
그가 환생 제도를 확립한 종파의 거두라서 그런 것일까? 그 친밀감
때문에?

"미류 님?"

그의 입에서 메아리를 닮은 온화한 음성이 새어 나왔다.

"마삼바바 님!"

미류도 다가섰다. 마삼바바가 손을 내밀었다. 그 손에서 아우라가
흘러나왔다. 미류가 내민 손 역시 푸른빛을 출렁이며 가까워졌다.

"우!"

기자들이 신음을 토했다. 미류와 마삼바바. 악수를 하자 두 손이
청량하고 눈부신 빛을 투웅 하고 뿜어낸 것이다. 하르르 흔들리는
빛의 무리는 숭고함 그 자체였다.

"만나서 반갑습니다."

"환영합니다!"

둘은 간단한 영어로 첫 인사말을 나누었다. 미류는 신당을 가리키
며 말을 이었다.

"모시겠습니다!"

이적(異蹟) 작렬

미류와 마삼바바가 나란히 걸었다. 그걸 본 연주는 차마 눈이 시렸다. 마치 극락보살들의 행진처럼 보였던 것이다.

"어머니!"

연주가 꽃신을 돌아보았다.

"너도 보았느냐?"

그녀가 물었다.

"어머니도?"

"그래. 마치 생불들의 현존 같지 않느냐?"

꽃신이 두 손을 모아 합장을 올렸다. 연주 역시 그와 다르지 않았다.

"들어가!"

신당의 입구는 타로와 원장이 확보해 주었다. 봉평댁 역시 푸짐한 덩치로 자리 확보에 한몫을 했다.

"여기가 제 작은 신당입니다."

미류가 말하자 양 피디가 데려온 통역이 말을 옮겨주었다. 하지만 마삼바바는 통역이 나오기 전에 이미 신간대를 향해 두 손을 모으고 있었다.

염화시중(拈華示衆)이라는 말이 있다.

이심전심처럼 말없이 통한다는 뜻이다. 원래는 석가모니가 연꽃을 따 들고 대중들에게 보여 마음에서 마음으로 도를 전한다는 뜻. 거기서 나온 말을 세존념화 가섭미소(世尊拈華迦葉微笑)라 하니 석가가 연꽃을 보이니 가섭이 미소를 짓는다, 라는 것이다. 지금 마삼바바와 미류의 마음이 딱 그것이었다.

언제 돌아왔는지 하라가 마당에 있었다.

그녀 역시 눈치가 없는 것이 아니니 흰 저고리에 흰 치마를 받쳐 입고 고사리 같은 두 손을 모아 마삼바바를 맞았다. 마삼바바는 하라 앞에 서서 정중하게 인사를 받았다.

딸깍!

마침내 미류의 신당이 열렸다.

마삼바바는 들어서기 전에 큰절부터 올렸다. 무신도의 전생신을 향한 절이었다. 무신도 앞에 선 마삼바바가 두 손을 모았다. 그러자 놀라운 일이 벌어졌다. 무신도의 전생신이 스르륵 걸어 나온 것이다.

전생신은 아련한 빛으로 출렁이며 마삼바바를 맞이했다. 마삼바바는 놀라지도 않고 고개를 조아렸다. 전생신은 그의 어깨를 토닥여 주고 미류를 바라보았다. 온화함이 연꽃 같은 표정이었다. 미류 역시 몸주를 향해 고개를 조아렸다. 딱 한 번 눈을 감았다 뜨니 몸주는 다시 무신도 안이었다. 손님을 맞이하고 그림으로 돌아간 것이다.

미류와 마삼바바가 신당에 좌정을 했다. 뒤를 이어 다섯 스님도 한쪽 벽에 단정하게 좌정을 했다. 봉평댁이 연꽃 차를 내왔다. 마삼바바는 익숙하게 찻잔을 들었다.

'이 사람……'

미류는 한 번 더 아찔했다.

신당에 앉으니 더욱더 명백해지는 기시감. 분명 전생에 인연이 있었다. 하지만 미류는 함부로 그의 전생을 더듬지 못했다. 어쩐지 그에게는, 허락을 받아야만 할 것 같은 마음 때문이었다.

"미류 법사님!"

마삼바바가 입을 열었다.

신당 문은 열려 있고 기자들 수십 명이 소리 죽여 주시하고 있었다. 안으로 들어온 사람은 양 피디와 통역. 그나마 통역만 미류와 마삼바바 가까이에 있을 뿐, 다들 범접조차 못하고 있었다.

"말씀하시죠."

"석채도는 법사님께서 그리셨군요?"

"예……"

"붓길 따라 혼이 알알이 배었습니다."

"고맙습니다."

"당신은 저분을 만났지요? 내가 저분을 만난 세상에서?"

"당신도?"

"파리에서 법사님 명성을 들었습니다. 보도를 보고 당신을 만나고 온 명사들을 만나보았지요. 그때부터 마음이 이토록 설레고 있었습니다."

"과찬이십니다."

"내 스승 밍포께서 말씀하시길 언젠가 환생신의 대리인이 세상에 올 거라고 하였습니다."

"……"

"그게 당신입니까?"

마삼바바의 시선이 강철처럼 묵직하게 미류를 겨누었다.

─말씀하세요.

─나는 알고 싶습니다.

그는 시선으로도 말을 했다.

"제가 그분의 신차를 받은 건 확실합니다."

"그렇다면 당신은 이 사람… 나아가 저기 우리 스님들의 전생까지도 투명하게 꿰뚫을 수 있겠군요?"

마삼바바가 소담하게 웃었다. 하지만 미류는 웃지 않았다. 바로 긴 통역이 이어졌다. 그 말은 듣지 않아도 되었다. 음성만으로도 통하고 있는 미류였다.

'증명……'

미류 뇌리에 따가운 단어가 스쳐 지나갔다.

마삼바바가 뜻하는 건 그것이었다. 세계적으로 명성을 떨치는 마삼바바. 그가 그저 인사나 나누자고 미류를 찾아온 건 아닐 게 분명했다. 그의 행보에는 그만한 의미가 있을 것이니 신의 대리인에 대한 확인차 왕림한 것이다.

무신도를 돌아보았다. 가만한 미소가 느껴졌다. 네 뜻대로 하거라. 그런 미소였다.

"무엇을 보여 드릴까요?"

공수를 읽어낸 미류가 마삼바바를 바라보았다.

"말하지 않아도 아실 것이라……"

마삼바바의 표정은 조금 전과 같았다.

"저기 다섯 분의 스님……"

미류의 시선이 입구 쪽에 나란히 좌정한 스님들에게 향했다. 미류는 그 오른편 끝을 바라보며 말을 이었다.

"이분은 두 번째 환생한 분입니다. 전생에서 라마승의 대가셨습니다. 두 번째 분은 세 번째 환생이니 역시 라마승으로서 높은 법력을 자랑하시던 분이고… 마지막 분은 네 번째 환생으로 세 번의 전생 중에서 한 번은 괴질에 걸린 몸으로도 법력을 쌓아 종파의 위대함을 서역까지 떨친 분이십니다."

짝짝!

미류의 말이 끝나자 마삼바바가 두 번의 박수로 화답했다.

짝짝!

다섯 명의 스님들도 고요한 박수로 미류를 대우했다. 마삼바바의 시선은 미류에게 꽂혀 있었다. 마치 이제 나를 꿰뚫어보라는 시선이었다.

미류와 마삼바바!

두 시선이 수평에서 만났다. 연주와 꽃신의 말이 미류 귓전을 스쳐 갔다. 그는 어찌 보면 생불로도 보였다. 반신의 영매 에릭에게 느끼던 신비감과는 비교조차 되지 않았다.

'당신의 신차로!'

'당신의 특허로!'

미류는 긴장된 마음을 내려놓고 마삼바바의 전생륜을 겨누었다. 아까는 망설여지던 전생륜 리딩. 그러나 신당 안이니 긴장은 그보다 낮았다.

"그보다 먼저……."

막 전생륜을 더듬으려 할 때 마삼바바의 입이 열렸다.

"……?"

"무턱대고 생을 더듬게 하는 것도 실례가 될 터이니 제가 화두를 드리겠습니다."

'화두?'

"우리 중에 첫 환생을 가진 스님이 누구누구이겠습니까?"

"……?"

쫑긋!

미류가 귀를 **빳빳**하게 세웠다. 단 하나의 전생을 가진 스님. 그런 사람은 이 자리에 없었다. 그럼에도 불구하고 강조해 묻는 건 다른 의미가 있다는 뜻. 그게 뭐란 말인가?

왜?

마삼바바는 왜 이런 질문을 던진 걸까?

미류는 잠시 생각에 잠겼다. 민들레는 꽃씨가 많다. 하지만 그 출발은 하나에서 시작한다. 하나하나 날아가는 홀씨들은 원래 하나에서 나뉜 것이다. 마삼바바쯤 되는 도력의 소유자라면 눈에 보이는 것을 알고 싶어 하지 않는다. 높은 도력의 소유자들은 원래, 근본을 묻는 법이다.

"당신입니다."

미류, 오랜 생각 끝에 답을 내놓았다. 마삼바바의 시선은 미동이 없었다. 미류의 답이 최소한, 빗나간 건 아닌 모양이었다.

"그렇다면 우리 중에 한 번도 전생을 가지지 못한 사람은 누구일까요?"

"그것도 마삼바바 당신!"

이번에는 주저 없이 대답했다.

"응?"

기자들 무리에서 큰 반응이 나왔다. 다들 놀란 까닭이었다. 이미 이번 생이 여덟 번째 환생이라고 공언을 한 마삼바바였다. 기자들까지 다 아는 마당에 미류 입에서 나온 말이라니?

마삼바바가 첫 환생?

기자들은 숨조차 제대로 쉬지 못했다. 그건 양 피디도 같았다. 구겨진 표정을 감추려 했지만 한순간, '물 건너갔구나' 싶은 마음이 얼굴에 서린 것이다.

"어째서 그렇죠?"

마삼바바가 미류에게 물었다.

"당신들 중에는 보통 인간의 환생과 가치가 다른 환생을 사는 사람이 있습니다. 그것은 자아의 완성을 위한 인간의 환생과 다른 것, 따로 보는 것이 옳지요. 그게 바로……."

미류는 마삼바바를 고요히 바라보며 말을 이었다.

"당신입니다."

"……?"

"틀렸나요?"

"그렇다면 두 번째 답은요?"

"한 번도 전생을 가지지 못한 사람… 맥락은 같습니다. 당신은 지금 신으로서의 환생 굴레를 가는 것이니 그 원천은 하나로 보아야 합니다. 그렇기에 또한 당신입니다."

"……!"

추상같은 미류의 공수에 마삼바바의 입술이 굳어갔다.

다섯 스님들 역시 그랬다. 기자들과 양 피디는 말할 것도 없었다. 봉평댁에게 찰싹 붙은 하라 얼굴도 그랬다. 모두의 얼굴에 짜릿한 긴장이 가득한 것이다. 마삼바바. 미류의 답을 어떻게 받아들일 것인가?

"인간의 전생이 아니다?"

마삼바바, 천천히 얼굴이 풀리더니 장삼 자락을 단정히 잡으며 한 손을 들어 올렸다. 모두의 시선이 그의 손을 따라 움직였다.

척!

마삼바바는 미류를 향해 엄지를 굳게 세워 보였다.

소위 엄지 척이었다.

기자들이 소리 낮춰 술렁거렸다. 엄지를 바라보던 미류 역시 손가락을 세웠다. 미류는 엄지에 더불어 검지까지 두 개였다.

처척!

엄지와 검지로 화답하는 미류.

이번에는 마삼바바, 환한 미소로 손가락 세 개를 세웠다.

"꿀꺽!"

기자들이 마른침을 넘겼다. 어쩌면 세기적인 만남. 그런 두 사람이 나누는 수담(手談)에서 눈을 떼지 못하는 것이다.

미류의 마무리는 주먹이었다.

두 개 펼친 손가락이 접히더니 주먹으로 변했다. 단정하게 마삼바바에게 화답하는 미류였다. 마삼바바의 마무리도 주먹이었다. 둘은 가지런히 팔을 뻗어 주먹의 정권을 서로에게 가볍게 부딪쳤다. 다시 엷은 빛의 출렁임이 주변으로 퍼져 나갔다.

"후우!"

양 피디는 땅이 꺼져라 안도의 숨을 쉬었다. 뭔지는 모르지만 잘 풀린 것 같았기 때문이었다.

"법사님!"

잠시 숨을 고른 마삼바바가 미류를 바라보았다.

"예!"

"당신은 과연 환생신의 대리인이 분명합니다. 제 무례를 빌며 원하신다면 제 미력한 법력을 시험하셔도 괜찮습니다. 당신에게는 기꺼이 시험을 당할 용의가 있습니다."

"마삼바바 님!"

"예."

"제가 감히 질문에 답하기 위해 당신의 전생을 엿보았습니다. 그중한 인과를 이 자리에서 밝혀도 되겠는지요?"

"보았군요?"

"예."

"밝히세요. 당신이 본 것이 진실임을 알고 있으니 감춰야 할 이유가 없습니다."

마삼바바의 허락이 떨어지자 미류가 일어나 큰절을 올렸다. 다시 기자들이 술렁거렸다.

"이분은 어느 한 생에서 제게 불법을 전하던 스승이셨습니다."

미류가 기자들을 돌아보며 말했다. 기자들은 입을 쩌억 벌리더니 마삼바바에게 시선을 돌렸다. 확인을 바라는 것이다.

"맞습니다. 미류 법사님은, 제 다섯 번째 생에서 거느린 수행승의 한 사람입니다. 대기만성의 직전에 그만 아깝게도 목숨을 접고 말았지요."

"우!"

마삼바바의 대답에 신당 전체가 출렁거렸다.

미류 전생의 스승.

그것 때문이었다. 그렇기에 그를 보기 무섭게 기시감이 맹렬했던 것이다. 처음에는 전생신을 통한 교감일 걸로 생각했지만 거기에 가미된 스승과 제자의 인연. 그러니 어찌 첫눈에 통하지 않았을까?

"자, 그럼 오랜만에 제자의 시험에 들어볼까?"

마삼바바의 목소리가 한결 더 온화하게 변했다.

"제가 감히 마삼바바 님을 시험한다는 것은 온당치 않습니다. 다만 지금 우리나라에 가뭄이 심한 바, 중생들의 어려움을 타파하는 의미로 가능하다면 비를 불러주시면 고맙겠습니다."

미류가 입을 열자 양 피디는 내심 쾌재를 불렀다. 그야말로 꿩 먹고 알 먹을 수 있는 제안을 던진 것이다. 마삼바바가 중국에서 수차례 비를 불렀다는 건 알려진 사실. 그러나 한국의 그 누구도 본 적은 없었다. 그러니 그가 가뭄에 찌든 남부에 비를 불러준다면? 그의 법력도 확인하고 국민들에게도 무속의 이적(異蹟)을 보여줄 수 있는 최상의 요청이었던 것이다.

"비를 부르는 기원은 당분간 그만할 생각이었습니다만, 미류 법사의 부탁이니 수락하겠습니다."

"무리가 된다면……."

"미류 법사도 무리하지 않으셨나요? 내 환생을 헤아리는 것이 쉽지는 않았을 일……."

"그럼 충분히 쉬셨다가……."

미류는 마삼바바를 염려했다. 두 사람의 한 마디 한 마디는 양 피디의 피를 말리고 또 말렸다. 그러나 마침내 마삼바바의 결정타가 나오고 말았다.

"무리를 하기에는 하루 쉬나 이틀 쉬나 진배가 없습니다. 게다가 내게 부탁할 정도라면 한국의 가뭄도 보통은 아닐 일. 당장 가시죠."

"……!"

양 피디의 동공에 지진이 일었다.

전 세계가 주목하는 마삼바바의 이능력.

미류로 인해 OK가 떨어졌다. 그것도 며칠 후가 아니라 당장!

과연, 최고의 법력자는 달랐다. 이리 재고 저리 재는 것이 아니라 시기다 싶으면 바로 응하는 것이다.

"고맙습니다."

미류가 인사하는 사이 양 피디는 기자들을 헤집고 거실로 나왔다. 그리고 서둘러 방송국에 전화를 걸었다.

"특별 촬영 인력 총동원 부탁드립니다. 지금 당장요!"

양 피디의 목소리는 하늘에라도 닿을 듯 팽팽하게 들렸다.

바스락!

남부의 상황은 정말 심각했다.

저수지 바닥에서는 흙바람이 일고 논은 거북 등처럼 갈라져 있었다. 포기해 버린 하우스 안의 작물들은 뿌리 몇 가닥만 살아 헐떡이는 상황.

기자들이 모여들기 시작했다. 마삼바바가 자리 잡은 곳은 둔덕 위였다. 천주교와 불교, 원불교 등의 지도자들이 오고, 표승과 숭덕, 꽃신과 궁천, 칠갑보살 등도 자리를 함께했다.

미류보다 조금 늦게 도착한 진순애와 타로 등의 전생점연합회 멤버들도 빠지지 않았다. 거기에 더해 지역 국회의원들과 도지사, 시장, 군수, 몇몇 기업인들도 참석을 했다. 물론 정 시장과 선일주 장관 등도 자신의 비서관을 대리로 보내왔다.

기우제!

그 기원은 인간의 시원으로 거슬러 올라간다.

우리 민족에게 있어 가뭄은 자연현상이라기보다 통치권자의 부덕함을 원인으로 보았다. 고대 왕국인 부여에서는 그리하여 왕을 바꾸는 것도 서슴지 않았다. 왕은 결정에 따랐다. 나아가 명산대천을 찾아 기우제를 올리거나 죄수 사면, 백성 구휼 등의 다양한 선정을 베풀어 노한 하늘을 달래었다.

그 어떤 국가적 혼란이 생겨도 모르쇠와 아전인수 격 입장 발표나 하며 뻔뻔하게 임기를 채우는 현대의 대통령 입장에서 보면 피를 토할 일이 아닐 수 없었다.

고려 시대에는 무속적 제사와 더불어 무당을 총동원하는 취무도우(聚巫禱雨)로 비를 내리게 하였으니 많을 때는 300여 명이 도성에 모인 적도 있었다.

300여 명의 무당!

그들이 한자리에 모여 무속의 힘을 보태는 장면은 얼마나 장관일까? 신통력 가득한 300여 무속인이 모이면 얼마나 큰 괴력을 발휘할까? 숫자의 위안은 미류로 하여금 동경심마저 들게 만들었다.

조선으로 들어오면 기우제가 크게 세 가지로 갈라진다.

유교식의 기고의례와 폭로의례, 기우제룡 등이 그것이다. 폭로의례는 가뭄의 원인 제공자라 할 수 있는 왕을 뜨거운 햇빛 아래 세워 고통을 줌으로써 비가 내리기를 바랐고, 기우제룡은 비를 몰고 다니는 용의 모습을 본뜬 형상에게 비를 내려줄 것을 비는 방식이었다.

때로는 어린아이들로 하여금 도마뱀을 잡아다 땡볕 아래서 작대기로 괴롭히며 놀게도 하였다. 도마뱀은 용을 대신하는 것이니 비를 내려달라는 소망의 한 방법이었다. 다른 경우에는 침호두(沈虎頭)라 하여 호랑이 머리를 용소에 빠뜨려 물속에 사는 용을 자극함으로써 비를 부르는 경우도 있었다.

신라의 성덕왕은 연못가에서 기우제를 올렸더니 열흘간 비가 내렸고 조선의 정조도 목면산 등에 기우제를 지내니 비가 내렸다는 등의 기록은 한둘이 아니었다.

그러나!

지금은 우주를 오가는 첨단 과학의 시대. 이제는 기우제가 아니라 과학의 힘으로 비를 내리는 세상이었다. 인공강우는 낯선 말도 아니었다. 다만 보편적인 현상이 아닐 뿐.

그런 마당에 법력으로 비를 내리게 하겠다는 마삼바바. 어쩌면 삼척동자도 웃을 일이지만 누구도 웃지 못했으니 이미 법력으로 비를 내린 전력이 있는 까닭이었다. 더구나 그의 스승은 다른 곳도 아닌 과학의 본산으로 불리는 미국의 애리조나에서 비를 불렀다.

당시 불법 따위에 코웃음 치던 코쟁이들 중 그의 법력에 놀라 병원에 실려간 사람이 한둘이 아니었을 것이다. 염력으로 숟가락을 휘는 초능력 정도에도 환호하는 미국인들이니 한 인간이 자연현상을 통제하는 일에 어찌 심장과 뇌가 뒤틀리지 않았을까?

마삼바바가 정한 자리는 거대한 저수지였다. 물이 없는 저수지. 운석이 떨어져 패인 초대형 구덩이로밖에 보이지 않았다. 물 냄새라고는 티끌만치도 끼쳐오지 않는 곳. 마삼바바는 그곳을 바라보고 있었다.

방법은 무엇일까?

도구를 쓸까?

요청 사항은?

현장 진행을 맡은 양 피디는 모든 게 궁금했지만 마삼바바의 대답은 쿨하기만 했다.

"아무것도!"

그에게 필요한 건 목에 걸린 염주와 장삼 한 벌이면 되었다.

"미류 법사님!"

그가 미류를 돌아보았다.

"예!"

"같이 가야죠?"

"예?"

"가십시다!"

마삼바바가 먼지 이는 저수지 바닥을 가리켰다.

미류는 표승을 돌아보았다. 숭덕도 돌아보았다. 미류 눈에 들어온 지인들은 한둘이 아니었다.

"저랑 말입니까?"

미류가 마삼바바에게 물었다.

"마땅히 당신, 내게 필요한 것은 오직 당신뿐입니다."

"……"

미류를 보던 표승이 고개를 끄덕거렸다. 따르라는 눈짓이었다. 다른 멤버들도 일제히 주먹을 쥐며 응원해 주었다.

후-우-웅!

저수지의 바닥…….

마치 마른 먼지를 뿌려놓은 듯 흙바람이 일고 있었다. 마삼바바가 첫발을 디뎠다. 풀썩, 먼지가 일었다. 미류도 그 뒤를 따랐다. 그리고… 이윽고 둘은 나란히 저수지의 중심을 향해 내려갔다. 가깝지 않았다. 가뭄 덕에 완전히 다른 모습으로 변했지만 저수량이 천문학적인 저수지였던 것이다.

미류와 마삼바바는 두 줄의 흙먼지를 날리며 바닥에 도착했다.

"어디가 좋을까요?"

마삼바바가 영어로 물었다. 이제 통역이 없는 까닭이었다. 미류의 눈에 바위의 흔적이 보였다. 가만 보니 바닥의 일부가 초대형 바위를 이루고 있었다. 그렇다면 두말할 필요도 없이 바위 위가 명당이었다.

그건 기도빨 때문이었다.

기우제 역시 기도빨에 속한다. 도력이나 법력 높은 자가 하늘에 기원하는 것이다. 기도빨은 인간의 의지와 땅의 기운에 하늘의 뜻이 일치할 때 극상에 이른다. 여기서 인간의 의지를 가장 강력하게 폭발시키는 곳이 바로 지기가 강한 장소다.

세계적으로 유명한 기도처는 모두 지기가 강하게 뭉쳐 있다. 한국의 계룡산, 인도의 아잔타 석굴, 그리스의 델포이 신전, 모세가 십계를 받았다는 시내산, 미국 애리조나주의 세도나 등이 대표적이다.

그 지기를 대표하는 것이 또한 바위였다. 동서양을 막론하고 이런 기도처들은 대개 바위산에 속한다. 그러니 이 저수지에서 기도빨을 가장 잘 받는 곳은 당연히 중심의 바위 위였다.

"여기입니다."

묻힌 바위를 가늠해 그 중심의 위에 올라선 미류가 답했다. 마삼바바는 온화하게 웃으며 미류 옆에 다가섰다.

"혹신 전진칠자를 아십니까?"

소맷자락을 접은 마삼바바가 물었다.

"전진도(全眞道)를 세운 왕중양의 일곱 제자라고 알고 있습니다만."

영어가 꼬이기 시작했다. 쉬운 회화가 아니니 표현을 생각할 시간도 필요했다.

"법사님이라면 더 잘 알 수 있지 않을까요?"

마삼바바가 미류를 바라보았다. 다행히 둘은 영어로도 그럭저럭 통하고 있었다.

'아!'

미류 입에서 탄식을 닮은 감탄이 새어 나왔다. 마삼바바의 한 전생이 그들 일곱의 하나였던 것이다. 미류는 다시 한 번 마삼바바를 향해 고개를 숙여 보였다.

"그때도 저는 기우제를 지냈지요. 흑수로 불리는 강가였는데 강바닥이 이렇게 말라 있었습니다."

"……."

"그때 내 곁에 있던 벗이 그 일곱 중의 하나인 '손불'이였습니다. 참으로 든든하던 친구였지요."

"예……."

"지금 법사님이 그렇듯이."

말을 끝낸 마삼바바가 바위 중심에 좌정을 했다. 그가 눈빛으로 권하자 미류도 나란히 앉았다.

"그럼 시작하겠습니다."

마삼바바가 웃었다.

"마삼바바 님!"

"법사님은 그저 간절히, 당신이 원하는 걸 내가 이루기를 간절히……."

염화시중(拈華示衆)!

그가 바라는 것은 단지 그뿐이었다.

후웅!

그가 두 손을 모으자 주변에 휘돌던 잡바람이 멈췄다. 미류 역시 합장한 채 신통력을 모아 경건함 속으로 들어갔다.

"假名易號 立天之道 地之道 人之道 隱聖顯凡……."

마삼바바의 시작은 지심귀명례처럼 보였다. 그의 법문이 얼마나 지속되었을까? 미류 역시 무아지경 속으로 들어왔다 생각되었을 때 몸이 둥실 뜨는 걸 느꼈다. 그리고… 온몸에 물이 느껴졌다. 마치 물이 찰랑거리는 저수지 표면에 앉은 것 같았다.

"슈아압!"

이윽고 온 세상을 쓸고 가는 기합이 저수지 바닥을 천둥처럼 흔들었다.

슈압!

슈압!

슈아압!

소리는 저수지 바닥을 휘돌기 시작했다. 가히 소리의 회오리였다. 그 바람에 점점 가속이 붙더니 맹렬한 돌개바람이 저수지를 뒤덮어 버렸다.

"큰스님!"

둑 위에서 내려다보던 표승이 미간을 찡그렸다. 이제 저수지 안은 보이지도 않았다. 그저 맹렬한 흙바람만이 회오리를 이루며 돌고 있을 뿐.

"비가 오겠군."

숭덕의 시선이 하늘로 향했다. 그와 동시에 저수지의 돌개바람이 벼락처럼 하늘로 치솟았다. 그건 차마 형언할 수 없는 웅혼함이었다. 마치 깊은 바닥에서 잠자던 수십 마리의 용을 일시에 깨워 승천시키는 듯한.

"우!"

둑 위의 사람들이 놀라 일제히 물러섰다. 돌개바람은 보이지 않는 곳까지 날아올라 하늘에서 폭사했다.

콰르릉!

천둥이 울었다. 돌개바람이 하늘의 무엇과 충돌한 모양이었다.

울컥!

하늘의 장막이 흔들렸다. 분명 그런 느낌이었다.

"선생님!"

타로는 저수지 바닥을 보고 있었다. 그는 시선을 떼지 않은 채 옆에 선 진순애의 팔꿈치를 툭 쳤다. 마삼바바 때문이었다. 다시 모습을 드러낸 그가 두 팔을 벌린 채 허공을 향해 강력한 영력을 펼치고 있었다.

우릉!

천둥소리가 바뀌었다.

우르릉!

소리가 점점 가까워졌다.

툭!

곧이어 몇 방울의 물이 떨어지기 시작했다.

"비다!"

누군가가 소리쳤다.

투둑!

빗방울은 조금 더 성글어 이제는 둑 위의 모든 사람들이 물방울을 깨달을 수 있을 정도였다. 순간 마삼바바의 마무리가 작렬했다. 그의 온몸에서 나온 도력이 내리던 물방울을 세운 것이다.

"……!"

그건 바로 곁의 미류도 믿을 수 없는 이적이었다. 이제 눈에 선명한 빗방울. 마른하늘에 빗방울을 떨어뜨린 것만 해도 기적인데, 그 빗방울을 세워 버리다니.

"트아아앗!"

멈춰 있던 마삼바바의 몸이 용틀임처럼 허공을 휘저었다. 그러자 멈춰 있던 빗방울들이 일제히 하강을 시작했다.

"비다!"

다시 누군가 소리쳤다.

이제는 몇 방울이 아니었다. 여름 하늘의 소나기처럼 비가 퍼붓기 시작한 것이다. 여러 종교 지도자들은 믿을 수 없다는 표정을 지었다. 그들 일부는 비 맛을 보기도 했고 고개를 젓기도 했다. 그림자의 머리를 밟는 일이 일어날지언정 인정하고 싶지 않은 일이 구현된 것이다.

촤아아!

이제 비는 폭우를 이루고 있었다. 미류는 마삼바바를 바라보았다. 아직 그는 법력의 힘 안에 있었다. 그러니 함부로 말을 건넬 수도 없는 미류였다.

촤아아아!

폭우가 마삼바바의 몸을 흠뻑 적시고서야 마삼바바는 감았던 눈을 떴다. 그리고 물었다.

"비가 옵니까?"

마치 다른 세계에 있는 듯한 목소리였다.

"마삼바바 님……."

"법사님의 소망대로 되었습니까?"

"예……."

"그럼 이 사람을 좀……."

지친 마삼바바가 손을 내밀었다. 미류가 그 손을 잡자 울컥 막이 느껴졌다. 그 막이 사라지자 마삼바바는 미류 가슴에 쓰러졌다. 그의 도력을 다 퍼부은 것이다.

"구급대, 뭘 합니까?"

현장을 지휘하던 양 피디가 소리쳤다. 만약을 위해 대비하던 방송국 의료진들이 들것을 들고 뛰었다. 서두른 탓에 두 번이나 굴렀다.

그래도 그들은 다시 일어나 뛰었다.

쇼가 아니었다.

인간이… 말로만 듣던 기우제의 신화를 재현한 것이다. 그런 마삼
바바를 도우러 가는 길. 여린 체구의 간호사까지 있었지만 그들은
숨도 고르지 않고 달렸다. 하지만 마삼바바는 의료진의 도움을 원치
않았다.

"미류 법사님이면 충분하오!"

그는 미류에게 안긴 채 손을 저었다. 결국 마삼바바는 미류에게
부축된 채 저수지 바닥을 올라왔다.

펑펑펑!

촤르르!

기자들은 이 세기적인 장면을 놓치지 않았다. 그것들은 이미 전
세계로 전송되며 인터넷을 달구어댔다. 겨우 둑까지 올라오자 마삼
바바가 미류를 바라보았다.

"미류 법사님!"

"마삼바바 님!"

"고맙습니다."

마삼바바가 손을 내밀었다. 이제 조금 숨을 돌린 모습이었다. 미류
는 기꺼이 그 손을 잡았다. 둘은 다 젖은 상태였지만 아무렇지도 않
았다. 마삼바바가 미류 손을 잡아 번쩍 치켜들었다.

짝짝짝!

박수가 쏟아졌다.

거센 폭우 속이지만 그 누구도 우산을 받치지 않은 사람들. 그들
은 마삼바바와 미류가 이루어낸 기우제의 이적에 흠뻑 젖어 있었다.
빗소리는 곧 박수 소리를 묻었다. 어느새 저수지 바닥에 물이 고이

는 게 보였다.

물!

허상이 아니고 진짜 물이었다. 때늦게 달려온 일부 농민들은 물이 고이는 바닥으로 내려가 흙탕물에 뛰어들었다. 그렇게도 좋은 것이다. 그들은 흙물에 젖은 채 마삼바바와 미류를 연호하며 환호하고 또 환호했다.

"마삼바바 님 만세!"

"미류 법사님 만세!"

소리는 폭우 속에서도 청아하게 들려왔다. 보람이 가득 담긴 소리였다.

길은 흉을 동반한다

척!

마삼바바가 미류를 향해 엄지를 세워 보였다. 미류는 아까처럼 엄지와 검지를 세워 화답했다.

처척!

마삼바바는 손가락 세 개를 세웠다. 미류는 주먹을 불끈 쥐며 마무리를 했다.

"채 선생!"

빗속에서 타로가 중얼거렸다.

시선은 미류와 마삼바바에게 있었다.

채나연은 보았다. 미류와 마삼바바… 그 둘의 몸에 서리는 숭고한 서광을… 다른 모두와 달리 두 사람에게는 무지갯빛의 서광이 출렁이고 있었던 것이다.

"역시!"

타로는 양손을 내밀어 엄지 척을 날렸다. 사실 그것도 모자란 기분이었지만 손이 둘밖에 없으니 어쩔 수 없는 일이었다.

"보십시오. 비가 오고 있습니다. 인공강우가 아니라 진짜 비입니다."

빗속에서 양 피디의 멘트가 더욱 높아지고 있었다.

"오늘 이 지역의 강수 확률은 제로였습니다만, 이렇게 비가 내리고 있습니다. 21세기에 펼쳐진 상상 불허의 법력과 도력… 우리 방송진은 처음부터 현장을 지켜보면서도 차마 믿을 수가 없습니다. 하지만 이 비는 가짜나 위조가 아니라 진짜 비입니다. 이렇게 저희 방송진의 몸을 다 적셨지 않습니까?"

양 피디는 얼굴에 흐르는 빗물을 연신 씻어 내렸다. 그 옆의 기자와 리포터들도 그랬다. 일부 여기자들은 드센 비로 본의 아니게 옷이 달라붙어 원초적 섹시함을 드러냈지만 개의치 않았다. 기우제의 신성한 분위기 때문에 그럴 생각을 할 여유조차 없었던 것이다.

촤아아!

물은 저수지 안으로 점점 흘러들었다.

우르릉!

묵직한 먹구름까지 불러 모은 비는 점점 기세를 더하고 있었다.

〈기적의 도력, 마삼바바와 미류 법사, 가뭄에 말라가던 남부를 구하다〉

수많은 뉴스들이 쏟아지기 시작했다.

다음 날까지 이어진 강수량이 무려 200밀리리터에 달했던 것이다. 더구나 당분간 비 소식도 없던 차. 기상청 역시 어깨를 으쓱할 뿐이었다.

화제가 된 건 또 있었다. 바로 미류와 마삼바바가 손가락으로 나눈 수담이었다.

"그게 대체 뭘까?"

당시 현장에 있던 양 피디는 몹시 궁금했다. 두 사람, 경지가 높았으니 손가락으로 대화를 못할 것도 없지만 피디로서의 궁금증은 그를 그냥 두지 않았다.

양 피는 마삼바바에게 먼저 확인했다.

애당초 마삼바바는 미류에게 화두를 던지고 그 답이 흡족하자 엄지를 세워 보였다.

—최고요!

처음에는 그렇게 생각했던 양 피디였다. 그러나 수담은 미류의 손가락 두 개로 옮겨갔고, 마삼바바는 세 개를 펼쳐 보였던 것. 그에 대한 마삼바바의 설명은 이랬다.

"미류 법사는 과연 전생신의 대리인다웠습니다. 엄지는 그에 대한 인정이었지요. 그랬더니 미류 법사 역시 그 그릇이 크고 깊어 저 또한 대리인이라는 의미로 손가락 두 개를 세워 보였습니다. 그때 내가 세 개를 편 것은 미류 법사와 저, 그리고 전생신을 합쳐 여기 전생을 논할 자격이 있는 세 존재가 모여 있다는 의미였습니다. 미류 법사는 그걸 받아들여 주먹을 쥐었으니 정말 그렇다는 뜻으로 보면 되겠지요."

수담 안에 심오한 뜻이 있었다.

마삼바바의 말을 들은 양 피디는 미류에게 크로스 확인에 들어갔다.

"제 생각도 같은 맥락입니다."

미류의 답도 다르지 않았다.

"이야!"

확인을 끝낸 양 피디는 무릎을 치지 않을 수 없었다. 과연 보통 사람들과 다른 차원이었다.

"다큐 마무리로 기똥차겠군."

양 피디는 콧노래가 절로 나왔다.

여러 장면들 중에서 마무리를 고심하던 양 피디였다. 고만고만한 것들이 많았던 까닭이었다. 하지만 이제는 달랐다. 가뭄에 비를 뿌린 기적의 기우제와 두 거두의 수담. 그야말로 시청률까지 홍수를 낼 아이템이 아닐 수 없었다.

그 길로 편성 본부장과 국장이 들어섰다.

"당장 방영하도록!"

두 고위직의 생각도 양 피디와 다르지 않았다. 온 국민이 지켜본 이적. 거기에 보답한 남부의 충분한 강수량. 이거야말로 방송 사상 최고의 시청률이 나올 수도 있는 대박 이벤트였다.

"알겠습니다!"

양 피디는 목이 터져라 소리쳤다.

같은 시간, 미류의 신당도 미어터지고 있었다.

마삼바바 때문이었다. 숭덕 큰스님의 요청을 받은 미류는 마삼바바를 정식으로 초청했다. 한국 측에서는 여러 스님들이 참석을 했다. 그들은 거실에서 한국과 중국의 불교에 발전 방안에 대해 이야기를 나누었다.

마삼바바는 겸허하게 자신의 소신을 들려주었다. 그러나 모두 불법에 관한 것뿐이었다. 그는 자리를 알았으니 이적에 대한 화두는 삼가고 학문과 수양으로써 불교에 대해서만 이야기했다.

"과연 고승이시군."

숭덕은 인정하지 않을 수 없었다. 그는 마삼바바의 인품에 반했다. 원래 깊은 자는 깊은 사람을 알아보는 것. 숭덕 스님은 많은 걸 배웠다며 흡족해했다.

"미류 법사 덕에 늘그막에 귀가 호강을 했네. 언제든 절로 오면 자장면 곱빼기는 보장일세."

숭덕은 다른 큰스님들과 함께 돌아갔다. 마삼바바를 기다리는 사람들이 많았던 까닭이었다.

다음은 무속인들 차례였다. 그 모임은 표승이 주도를 했다. 우담할망도 오고 칠갑보살도 오고 꽃신선녀도 끼었다. 물론 신몽대감과 궁천도인, 각지의 여러 만신들 역시 참석해 마삼바바의 기행에 대해 귀를 기울였다.

"이분이 큰 분이시군."

마삼바바가 주목한 건 궁천도인이었다. 그는 단박에 궁천의 그릇을 알아보았다. 표승과 우담할망 등의 원로 무속인들은 마삼바바의 법력에 존경을 표하고 기념 촬영을 했다.

마지막은 전생연합회 멤버들 차지였다. 마삼바바에게 너무 결례가 되는 것 아닌가 싶어 청하지 않은 모임이었는데 그가 먼저 제안을 해왔다.

"한국의 전생 전문가들을 만나고 싶습니다."

남부에 비를 내린 폭우처럼 반가운 말이었다.

미류는 즉시 타로에게 알려 전생점 멤버들을 호출했다. 진순애는 진료를 끝내기 무섭게 달려왔고 채나연 역시 조퇴를 하고 달려왔다. 전생점연합회의 마스코트로 불리는 신강 스님도 예외는 아니었다. 상대가 누구인가? 평생 한 번 독대하기 힘든 마삼바바였으니 그들의 발에 불이 난 건 당연한 일이었다.

이때의 마삼바바는 앞의 두 경우와 또 달랐다.

그는 미류와 함께 전생과 현생, 그리고 이어질 내생에 대해 많은 설법을 전해주었다. 그러는 사이사이 미류의 의견도 청했다. 두 사람의 전생신에 대한 묘사와 인식은 완전히 궤를 같이하고 있었다.

"큰 그릇이 계시군요."

신강을 본 마삼바바는 정진하라며 신강의 어깨를 잡고 격려해 주었다.

"저기……."

대담을 하던 중 타로의 못 말리는 호기심이 발동했다.

─우리가 마삼바바 님 전생을 봐도 될까?

타로의 말은 통역에 의해 미류를 거친 다음 마삼바바에게 전해졌다.

"그러시지요!"

그는 뜻밖에도 흔쾌히 수락을 해주었다.

노찬숙이 나서고 진순애가 나서고 송창명이 나섰다. 모두 전생 리딩에 실패했다.

"저는 법사님 물건을 하나 빌려주시면……."

양종길이 말하자 마삼바바는 팔목에 낀 팔찌 염주를 벗어주었다.

"내가 불교에 귀의한 해에 주지스님께 받은 것이라오."

그렇다면 수십 년은 된 물건. 양종길은 바짝 긴장한 채 염주를 만지며 전생 리딩에 들어갔다.

"억!"

잠시 후, 그의 목에서 신음이 넘어왔다.

"양 선생님!"

옆자리의 채나연이 양종길을 흔들었다.

"이건… 내가 전생을 보는 게 아니라 내 전생이 빨려드는 느낌이야."

양종길은 혀를 내두르며 리딩을 포기했다.

이번에는 반대로 마삼바바가 멤버들 전생 리딩에 들어갔다.

그 결과는 미류의 그것과 같았다. 멤버들은 미류의 능력에 대해

한 번 더 감탄하는 기회가 되었다.

"으아, 나도 전생신님 한번 리얼하게 만나봤으면."

부러운 마음에 타로가 몸서리를 쳤다. 그러자 미류가 방법을 알려주었다.

"죽으면 볼 수 있습니다만!"

미류의 한마디는 좌중을 웃겨 긴장을 풀어주었다. 거기서 마삼바바가 한 번 더 긴장의 끈을 잘라주었다. 전생신의 단점을 까발린 것이다.

"그분이 다 좋은데 가끔 조는 걸 즐기신다오."

"예? 신도 졸아요?"

다시 타로가 물었다.

"그건 여기 미류 법사가 증인일걸요?"

마삼바바는 답을 미류에게 넘겼다.

"미류 법사!"

타로가 대답을 재촉했다.

"뭐 조금 그런 취미가 있으신 건 맞습니다."

미류가 마지못해 대답했다. 그러자 거실 안은 한 번 더 웃음바다를 이루었다.

전생점연합회 멤버를 끝으로 마삼바바의 일행이 떠나갔다. 통역도 가고 궁천도 뒤를 따랐다.

"큰 굿이 하나 들어와서 말이지."

기도가 필요해.

궁천의 눈은 그렇게 말했다. 이제 슬슬 영역을 늘려가는 궁천도인이었다. 그보다 반가운 말이 없으므로 굳이 잡지 않았다.

결국 미류와 봉평댁만 남았다. 긴 시간 동안 거물들로 술렁이던 신당이 허전해 보였다. 마삼바바와의 인연은 미류에게도 각별하기만 했다. 그와 전생에 제자 관계라니… 그건 미류에게도 자부심이 되었다.

다만 아쉽게도 고춧가루도 끼었다. 기우제에 참관했던 특정 종교 대표자가 비난 성명을 낸 것이다.

〈미신에 의한 민심 현혹 경계〉

그가 내세운 주장은 그것이었다.

비 예보도 없는 하늘에서 비를 불러온 마삼바바. 무엇을 바라고 한 것도 아니었다. 대가도 환호도 원하지 않았다. 그는 다만 미류의 요청에 응답한 것뿐. 그리하여 갈라지는 논밭처럼 애가 타던 남부의 많은 국민들이 곤란을 벗어났지만 그는 인정하지 않았다.

제 눈으로 보고도!

제 몸으로 맞고도!

허얼!

그가 쓴 문장의 하나처럼 참으로 '개탄'스러운 일이었다. 더구나 그는 미류까지 들먹거렸다.

'최근 전생점을 화두로 삼아 신성한 종교의 영역을 넘보는 발칙한 무리들……'

그가 쓴 무리들은 필경 미류를 겨누는 게 분명했다.

'그래. 누가 발칙한지 두고 보지.'

미류는 그 종교인의 이름을 새겨두었다.

"미류 법사……"

둘만 남자 봉평댁이 눈물을 글썽거렸다. 이 모든 일들이 다 믿기지 않는 눈치였다. 미류는 슬쩍 다가가 그녀의 팔뚝을 잡아 비틀었다.

"아야!"

봉평댁이 펄쩍 뛰었다.

"꿈은 아니죠? 하라 올 시간이잖아요. 빨리 치우시고 예약 손님들 점사 준비도 하셔야죠."

미류는 시치미를 떼고 빗자루를 들었다.

"청소는 내가 할게. 유명하신 법사님이 어떻게 이런 허드렛일을……."

봉평댁이 빗자루를 막아섰다.

"유명한 분이 다녀가신 거지 제가 유명한 건 아니거든요. 유명이라면 이제 하라 쪽이니 빨리 들어가세요."

미류는 봉평댁의 등을 밀고 마당을 쓸었다.

쓱싹쓱싹!

미류는 환호와 들뜬 마음을 쓸어냈다.

마삼바바와의 만남은 커다란 보람이었다. 전생신을 제대로 아는 사람을 만난 건 보통 사건이 아니기 때문이었다. 하지만 그 보람에 들떠 시간을 죽이는 건 신제자의 사명이 아니었다.

바로 그때, 마당에 환한 얼굴이 들어섰다.

"화요 씨!"

미류가 고개를 들었다. 언제 봐도 눈을 박차고 드는 그녀는 분명 화요였다.

"법사님!"

화요가 다가와 미류 가슴에 얼굴을 묻었다.

"언제 왔어요?"

"조금 전에요. 안에 사람이 많은 것 같아 차에서 기다렸어요."

"어휴, 미안하게……."

"괜찮아요. 법사님이 왜 미안한데요?"

"그래도 화요 씨 같은 미녀를 기다리게 해서……."

"아뇨. 저는 법사님이 자꾸 유명해져서 좋기만 한걸요. 두리 언니, 수나 언니, 다들 난리예요. 법사님이 남부 지방에 내린 비 말이에요."

"그거야 내가 아니고 마삼바바 스님께서……."

"그 계기를 누가 만들었게요? 촬영 때문에 현장에는 못 갔지만 쉬는 짬짬이 뉴스 다 읽었어요."

"고마워요. 관심 가져줘서……."

"그건 그렇고… 다른 손님들이 있어요."

화요가 문 밖을 가리켰다.

"다른 손님?"

"법사님 찾아온 분들 같은데 제가 먼저 왔으니 기다리라고 했죠. 아마 좋은 일 같던데요?"

"좋은 일이라고요?"

"들어오세요, 법사님 시간 되신답니다."

화요, 미류에게 묻지도 않고 바락 대문을 향해 외쳤다.

"안녕하세요?"

두 팀이 들어섰다. 한 팀은 남자들이었고 또 한 팀은 여자들이었다.

"저희끼리 기다리다 순서를 정했습니다. 죄송합니다."

두 남자가 한 발 앞으로 나섰다.

"점사를 보실 거라면……."

미류가 거실을 가리켰다. 봉평댁에게 예약을 하라는 뜻이었다.

"그게 아니고 CF 때문에 왔습니다."

"CF요?"

미류가 화요를 돌아보았다.

"법사님 대박이에요. 광고 찍자는 거잖아요, 광고!"

'광고?'

미류의 머릿속이 하얗게 변했다.

무속인들.

돈 내는 광고는 많이 겪었다. 신당만 전문적으로 찾아다니며 영업하는 광고 업자들도 있었다. 돈을 내면 광고를 해준다는 거였다. 더러는 돈을 내고 케이블 TV에 나가고 또 더러는 지역 신문에 실리기도 했다.

"그거 보고 손님 한둘만 더 오면 본전 뽑는 거 아닙니까? 요즘 다 이렇게 합니다. 지금 천안하고 전주에서 대박 치는 무당들 있죠? 그 사람들 다 제가 광고 쳐준 거 아닙니까?"

미류는 대사까지도 기억하고 있었다. 오죽하면 파리 날리는 미류 신당에도 그들의 발길이 미쳤던 것이다. 그런데… CF라니?

"저 말입니까?"

미류가 되물었다.

"당연하죠. 지금 법사님이 대한민국 대세입니다. 최고로 대우해 드릴 테니 계약서에 사인을……."

남자들은 계약서부터 들이댔다.

"이봐요. 그냥 설명만 하고 법사님에게 결정권 주자고 했잖아요? 페어플레이 하자고요."

뒤에 있던 여자들이 반발을 해왔다.

"아, 거… 지금 대화 중이잖습니까? 우선권이라는 게 이만한 어드밴티지도 없는 겁니까?"

"우선권은 무슨… 가위바위보 이긴 게 무슨 장땡인가요?"

여자들은 거듭 각을 세우고 나왔다.

그때 들어선 게 바로 박혜선이었다. 효자동 박기창 회장의 딸 박혜선… 그녀 또한 못 보던 남자를 대동하고 있었다.

"법사님!"

그녀가 다가와 귀엣말을 던졌다.

"……!"

미류의 눈이 소리 없이 커지기 시작했다.

미류의 눈이 박혜선 옆의 남자에게 향했다. 남자는 공손히 허리를 숙였다.

"알겠습니다. 거기 두 분들… 서류 주시고 돌아가세요. 제가 일단 검토를 하고 연락을 드리겠습니다."

미류가 교통정리에 나섰다. 자칫하면 신당에서 몸싸움까지 날 판이었다.

"꼭 전화 주십시오. 저희는 법사님의 모든 조건을 수용할 준비가 되어 있습니다."

"저희야말로 법사님 이미지에 부합하는 광고입니다. 최고 대우를 약속드릴게요."

남녀팀은 사활을 건 듯 몇 번이고 같은 말을 강조한 후에 신당을 나갔다.

"고맙습니다. 법사님!"

그들이 나가자 박혜선이 인사를 해왔다. 이유인즉 그녀가 데려온 사람 역시 광고 모델 때문에 온 까닭이었다. 박혜선이 귓속말로 전한 건 박기창의 뜻이었다.

'최고 대우 광고 모델!'

박기창 역시 거기까지는 같았다. 하지만 혜선은 그 뒤에 다른 말을 붙여놓았다.

"아버지께서 처음부터 법사님과의 인연을 소중히 생각해 고려 중이셨습니다. 기왕 도와주신 거 법사님이 광고로 마무리까지 해주시기를 바랍니다."

간곡함이 담긴 말이었다.

더구나 박기창은 전속을 원하지도 않았다. 그저 자기 업종과 관련된 것만 피하면 어떤 CF를 찍든 환영할 것이며 오히려 지난번 후원 행사 때 만난 지인들의 기업에 강력 추천을 해주겠다는 뜻까지 전해 온 것이다.

인연!

거기에 더한 배려와 대우!

그렇다면 미류가 택할 길은 하나였다.

계약서에 사인을 했다. 모델료는 물경 20억이었다.

"악!"

계약서를 넘겨본 화요는 비명이 새는 입을 다물었다.

단발 광고로는 그녀도 넘보지 못한 액수였다. 하지만 화요는 못 본 척 입 밖에 내지 않았다. 무속과 관련된 일에 대해 꼬치꼬치 참견하고 드는 걸 싫어하는 미류. 화요는 그걸 아는 까닭이었다.

박기창의 회사를 비롯해서 미류는 모두 세 편의 CF를 받아들였다. 다른 하나는 무속신을 주제로 한 게임 광고였고 마지막은 소원 성취 캐릭터 완구 광고였다.

그중 한 곳의 모델료는 고달픈 생활을 이어가는 독거노인들을 위해 전액 성금으로 희사했다. 실은 모든 광고 모델료를 다 기부하고 싶었지만 요양원에는 아직 돈 쓸 일이 많았던 것. 소년소녀 가장이 아니라 독거노인을 택한 건 전생과의 관련 때문이었다.

새로 태어나는 사람들은 모두의 환영과 축복을 받는다. 하지만 생을 마치고 가는 사람들, 특히 돌볼 가족이 없는 독거노인들은 누구의 관심도 없이 쓸쓸히 내생을 위한 항해에 오르고 있었다.

사실은 인생의 졸업식. 그 한 과정 마치느라 수고했다고 박수받아야 할 순간이지만 날 때와는 완전히 다른 것이다. 미류의 성금은 그걸 고려해 결정되었다.

대신 광고회사 측에는 절대 비밀을 요구했다.

20억여 원에 가까운 액수가 과거의 미류로 보면 어마 무시한 돈이지만 본시 기부는 몰래 하는 게 원칙인 법. 그렇기에 그 사실은 표승에게만 알렸을 뿐 일급비밀로 가슴에 묻었다.

비밀은 미류 가슴에 달콤한 '꿀불'을 지펴놓았다. 여간해서는 꺼지지도 않았다. 비록 20억을 냈지만 미류는 200억, 아니 2,000억 만큼 행복했다.

맑은 달 뜨면 베이비, 내 생각을 해주세요.
잠 들 때도 베이비, 내 꿈을 꾸어주세요.
슬픈 날엔 베이비, 눈물 흘리지 마세요.
메모할 때 베이비, 내 이름도 써주세요.
내 작은 얼굴 베이비, 그 마음속에 있나요.
Now are you happy I belong to you forever.

하라의 정식 노래가 나왔다.

모두 네 곡이었다. 그중 하라가 꽂힌 건 포에버 베이비였다. 사랑에 빠진 어린 소녀를 경쾌한 리듬과 소울풍으로 조화를 이룬 곡이었다. 행복함 속에 엿보이는 애잔함이 하라와 딱 어울린다는 평도 나왔다.

하라도 이 노래를 특별히 좋아했다.

다음으로 꼽는 건 꿈을 잃은 청춘들이 사회를 비꼬는 스쿠루드

업이었다. 신곡 발표를 앞두고 맹연습에 빠진 하라였기에 때로는 전화로 이 두 노래를 미류에게 들려주었다.

—오빠, 나 잘했어?

노래가 끝나면 하라가 물었다.

"그럼. 하라가 최고야."

—정말이지?

"응, 오빠는 언제나 하라 편!"

—화요 언니보다도?

"노래는 하라가 화요 언니보다 짱이라니까."

—와아, 신난다!

미류의 신뢰를 받은 하라는 좋아 어쩔 줄을 몰랐다.

노래는 한국과 미국에서 동시에 발표하도록 조율되었다. 에릭의 주선이었다. 그는 이미 미국 관련사 측에 샘플을 보내 극찬을 받은 모양이었다.

미류 또한 바쁘기는 하라에 못지않았다. CF 때문이었다. 광고 기획사에서 가급적 미류의 스케줄을 존중해 주었지만 연기 전문가가 아니기에 흡족한 컷이 나오지 않았다.

그 문제의 지도는 화요가 해주었다.

동영상을 받아온 화요는 얼굴 각도를 시작으로 눈의 시선 처리, 심지어는 손발의 자세까지도 짚어주었다. 그녀는 확실히 베테랑 연기자였다. 그녀의 훈수를 적용하자 영상이 몰라보게 좋아졌다. 덕분에 몇몇 장면은 단 한 번에 끝내기도 한 미류였다.

'기도가 필요해.'

화요와 파스타를 먹은 저녁, 미류는 허기보다 푹 꺼진 영기의 부족함을 느꼈다.

광고에 올인을 한 것도 아니지만 신경을 쓰다 보니 마음이 편치 않았다. 오래 같이 있고 싶은 화요의 아쉬움을 뒤로하고 미류는 신당으로 향했다. 화요의 품도 아늑하지만 그래도 더욱 아늑한 곳, 그곳이 신당이었다.

점집 골목에는 아직 불이 꺼지지 않았다.

양 피디의 무속 다큐멘터리는 초대박을 일구었다. 시청률이 무려 50%를 넘은 것이다. 웬만한 사회적 이슈도 30%를 넘기 힘든 상황에서 이룬 쾌거였다.

물론 마삼바바의 기우제 이적이 한몫을 했다. 그의 마지막 멘트 한마디도 단단한 보탬이 되었다.

"미류 법사 같은 도력을 지닌 무속인을 만나 행복했습니다!"

그가 한국을 떠나면서 남긴 멘트였다.

그 뒤를 이어 무속 관련 기사들이 봇물처럼 터졌다.

어떤 방송은 무속과 기우제라는 타이틀로 3회 연속 방송을 하기도 했고 웬만하다는 무속인들은 죄다 인터뷰를 하기에 이르기도 했다. 덕분에 꽃신에 이어 옥수부인까지도 방송을 타는 행운을 누렸다.

그건 곧 무속 붐으로 이어졌다. 유명한 무당들에게 예약이 줄을 이었고 여기 점집 골목에도 사람들의 발길이 잦아졌다.

한편으로는 걱정도 되었다.

이럴 때일수록 무속인들이 더욱 알찬 점사를 내려야 했다. 복채가 아니라 대주나 기주를 위한 점사… 그러나 무속인의 능력은 다 같은 게 아니었으니 그게 염려되는 미류였다.

사이비 무당!

가짜 돌팔이 무당!

사람들은 점사가 틀리면 그렇게 말했다.

하지만 신내림을 받고 신당을 차렸으면 누구든 정식 무속인이다. 그저 영적 능력의 차이와 몸주의 능력 차이가 있을 뿐이다.

무당은 신내림을 받으면 나무처럼 성장한다.

세월의 무게만큼 높은 신들이 내려오는 것이다. 이때 영적 능력이 낮으면 자신의 몸주인지 아닌지의 구분이 어렵게 된다. 그리하여 허주에게 속아 몸주로 삼으면 허튼 점사가 나오는 것이다. 그러다 보면 굿을 강요하고 복채에 눈이 먼다. 그렇다고 이들이 가짜인 것은 아니다.

그것보다는 나쁜 무당이라고 보는 것이 옳았다. 세상의 모든 집단과 같이 무속인 중에도 나쁜 무당은 존재한다. 그들 역시 이런 무속 붐을 놓칠 리 없었다.

명무(名巫)가 되는 것보다 양무(良巫)가 되는 게 우선!

다들 그 초심을 새겨주길 바라는 수밖에.

미류는 신당 앞에서 랜드로버 문을 열었다. 그리고 막 신당의 대문을 열려 할 때였다. 뒤에서 누군가 미류의 이름을 불렀다.

"미류 법사?"

미류가 돌아보았다. 거기 남녀 둘이 미류를 노려보고 있었다.

'무속인?'

미류는 단숨에 그들의 정체를 알았다. 영기가 느껴진 것이다. 하지만 찌질했다. 과연 그들은 찌질한 수작을 부리기 시작했다.

"나 경산에서 제일 유명한 송복도인이오, 대한무속총본산협회 회장을 맡고 있고 이쪽은 우리 고문이신 한국 최고의 무속인 태극칠성 선녀님."

50대 후반의 남자, 명함을 내밀더니 60대 후반의 여자를 가리켰다. 그녀는 조선 시대 여자처럼 앞머리에 가르마를 내고 비녀까지 꽂고 있었다.

대한무속총본산협회!

처음 듣는 단체명이었다.

"그런데 저를 기다리신 겁니까?"

미류가 물었다.

"그렇네. 자네에게 지도가 필요한 거 같아서 말일세."

'지도?'

푸홋!

웃음이 나오는 걸 살짝 참았다.

보아하니 무속인 흉내는 내는 모양. 그러나 포스나 영기로 보아 신내림조차 제대로 받지 않은 사이비들이 분명했다.

"어떤 지도 말씀입니까?"

"듣자니 법사께서 무속계의 관행을 모르는 것 같아서 왔네만 사람이 이러면 못 쓰는 법일세. 신 이전에 인간 우선이 아닌가?"

'뭔 귀신 씻나락 까먹는 소리?'

"큰 점사도 많이 보고 내로라하는 사람들과도 교분이 있다지? 거기다 외국 스님을 불러 우리 무속의 이미지를 고양시키고 이제는 광고 모델로까지……."

"그래서요?"

"그쯤 되면 협회 일에도 신경을 써야 한다 이 말일세. 우리 무속인들 상당수가 어려운 지경에 처해 있다는 거 잘 아실 거 아닌가?"

"물론 그렇습니다만……."

"차도 외제고 수입도 천문학적일 거 같은데 협회에 와서 일도 좀 돕고 지원금도 내는 게 순리가 아니겠나?"

"하지만 처음 듣는 단체인데요?"

미류가 살짝 각을 세우고 나섰다.

"몰라서 하는 소리일세. 우리야말로 무속협회 중에서 가장 오래된 적통이라네. 그동안 무속 본연인 천제나 산제 등에 충실하느라 사회 활동을 많이 하지 않아서 그렇지……."

"그래요?"

"여기 태극칠성선녀님 명성 못 들었나? 진주에서는 바닷물도 가르시는 최고 도력을 지닌 분이시라네."

남자가 여자를 가리켰다. 도력을 내세워 은근 미류를 협박하는 것이다.

"지원금은 얼마나 원하시는 겁니까?"

"오, 이 사람 말이 통하는군. 암, 사람이 그래야 무복(巫福)이 피는 거지. 자네 혼자 잘난 거 아니라네. 다 그동안 우리들이 길을 닦아놨기 때문에 자네 꽃이 핀 거야."

"그러니까 얼마를?"

"뭐 아쉬운 대로 한 1억? 더 희사하면 자네 공덕이 제단에 높이 높이 쌓일 테고……."

"드리죠!"

"정말인가?"

미류 눈치를 보던 두 사람, 미류가 흔쾌히 수락하자 눈알이 쏟아질 듯 커졌다.

"대신 말입니다. 제 돈이 아니라 몸주께서 받으신 복채를 드리는 것이니 제 몸주의 시험이 있을 겁니다. 두 분이 참된 분들인지 거짓된 분들인지… 괜찮겠습니까?"

"괜찮고말고. 우리야 도력으로 뭉친 몸인 데다 무속 발전을 위해 나선 마당이니 대명천지의 무슨 시험인들 무슨 상관이겠는가?"

"그렇다면 우선……."

미류는 지갑에서 100만 원 수표 두 장을 꺼내 들었다. 복채로 받은 것 중의 일부였다. 그걸 각기 하나씩 나누어주었다.

"몸에 품어보시죠. 아무 일도 일어나지 않으면 1억을 채워 드리겠습니다."

"그거야……."

두 남녀는 희희낙락하며 수표를 챙겼다.

'후웁!'

미류는 눈빛 공수로 두 사람을 쏘아보았다.

일종의 의념이었다.

의념이 강한 무속인은 원거리에서도 의뢰자의 병을 고칠 수 있다. 나아가 누군가 도적질을 해갔을 경우, 그 도둑의 형상을 영기로 떠올려 고통의 축원을 줄 수도 있었다.

"……!"

먼저 신호가 온 건 남자였다.

눈알을 뒤집으며 몸을 꼰 것이다.

여자도 다르지 않았다. 그녀 역시 두 손으로 배를 부여잡고 온몸을 배배 꼬며 고통을 호소했다. 전생신의 영기를 감당하지 못하는 인간들. 돈을 노리고 온 찌질이들이 분명했다.

"당신들 무속인 아니지?"

미류가 묵직하게 물었다.

"아니… 우린 계룡산에서……."

"언제는 경산하고 진주 사신다면서?"

"그러니까 거기는 옛날에……."

"사기 치러 온 거 맞지?"

"아, 아니… 사기라기보다는 웩!"

거짓말을 할수록 남자의 고통이 커졌다. 미류는 버둥거리는 남자를 두고 여자를 돌아보았다.

"나, 난 아냐. 저이가 한 건 해서 나누자고 바람만 잡으라기에……."

혼비백산한 여자가 고개를 저었다.

"당신도 무속인 아니지?"

"그, 그냥 굿당에서 허드렛일 좀 해본……."

"누르세요!"

미류가 핸드폰을 꺼내 보였다.

미류가 누른 두 개의 번호는 1과 1이었다.

여자의 손가락은 9 쪽으로 향했다. 미류가 그냥 두지 않았다. 119는 그들에게 사치였기에 손가락 방향을 돌려 2를 눌러 버린 것이다.

다행히도 아는 형사가 달려왔다.

미류와 함께 아이의 전생 살인 현장을 수색하던 그 형사였다. 즉석에서 조회를 해보니 둘 다 사기 전과가 화려했다. 미류를 등치려다가 되레 당한 것이다.

"어이구, 이런 어리벙벙한 인간들을 봤나? 사기 칠 데가 없어서 이 법사님이야? 아주 반병신 안 된 걸 다행으로 아셔."

형사는 남자부터 차 안으로 쑤셔 넣고 돌아갔다.

허얼!

좀 허탈했다.

길흉은 앞뒤를 다툰다더니 우려하던 일이 터진 것이다. 그나마 미류를 대상으로 했기에 다행이었다. 조용히 들어서니 봉평댁은 거실 소파에서 졸고 있었다. 바닥에 떨어진 담요를 덮어주고 신당에 들어섰다.

무속인은 기도가 보약.

미류의 보약 먹기가 시작되었다.

이른 아침, 미류는 명두를 꺼내 들었다. 마고에게서 건너온 유품 명두. 세월이 역사로 녹아든 명두는 이승과 저승의 색깔을 모두 지니고 있었다.

이 신물이 한때는 매아당의 손에 있었다니. 그 생각을 하면 고개가 저어지지만 한편으로 생각하면 그런 질곡을 넘어왔기에 더욱 소중한 신물이었다.

'신할머니……'

미류는 전설로 남은 마고할망을 떠올렸다.

신아버지 표승에게 내림굿을 해주신 분. 그분 역시 기우제로 비를 내리고 억울하게 죽은 사람의 손대잡이 역할로 많은 진실을 밝힌 만신이었다.

만신!

무당들은 스스로를 그렇게 칭한다.

무속밥 10여 년을 넘으면 자신을 만신으로 칭하는 자 한둘이 아닌 것이다.

이유는 있다. 무속에서 10여 년을 뒹굴다 보면 이런저런 신을 만난다. 많게는 열을 넘고 스물도 넘을 수 있다. 숫자가 많기에 만(滿)신(?)이라는 것인가?

미류가 생각하는 만신은 그것과 달랐다.

외국에서 표본을 찾자면 마삼바바가 되어야 했고 국내에서 찾자면 표승 같은 인물이어야 했다.

명무이자 양무, 동시에 도덕과 도력을 겸비한 무당!

바로 그런 무당이 만신이 되어야 하는 것이다.

과거 무당들은 흔히 여러 개의 명두를 소유했다. 그러나 그저 숫자가 아니었다. 그것은 그 무당의 대리자였다.

그렇기에 어쩌다 같은 날 굿판이 잡히면 조금 더 위중한 곳을 먼저 가고 남은 집에는 명두를 걸어 액막이를 함과 동시에 다음 날을 잡았다. 혹은 그 자체로 점사를 내는 신경(神境)으로도 쓰였다. 쌀이나 찹쌀을 담아둔 함지에 놓아두고 축원을 한 다음에 뒷면에 붙은 쌀알의 숫자와 모양으로 길흉을 점쳤던 것.

미류는 숭고한 마음으로 명두를 닦았다.

면이 반질해지자 마고 할머니가 나오고, 표승이 나왔다. 그들이 사라지면서 두 개의 얼굴이 보였다.

'박혜선, 한택근?'

두 얼굴이 한 번에 보이는 걸 보니 함께 출동할 모양이었다.

두 사람이 슬슬 엮이기 시작하는 걸까?

한택근이 두 생에 걸쳐 품은 연모. 미류는 그 애잔함이 이루어지길 축원하며 명두를 제자리로 돌려놓았다.

"이모!"

거실로 나온 미류가 봉평댁을 불렀다.

"예, 법사님!"

"점사 시작할 테니까 준비하시고요, 박혜선 씨와 한택근 씨가 올 것 같으니 점사 쉬는 시간에 넣어주세요."

"알겠습니다."

"하라하고는 통화했어요?"

"연습 때문에 목이 아픈 거 같은데 괜찮다고 하네요. 이따 저녁에 목에 좋은 차라도 좀 가져다줘야 할까 봐요."

"그러세요."

미류는 웃으며 신당으로 돌아왔다.

오늘!

누구에게도 다시는 오지 못할 이 빛나는 하루.

어쩌면 11년 전으로 되돌아온 미류에게도 그때와 같지 않은 날. 미류는 새 하루를 힘차게 열었다.

점사 시작!

첫 손님은 회계사 합격자였다. 20대 후반으로 공부벌레다운 얼굴이었다.

"고민이 있어서요."

회계사에 합격한 재원.

옛날만큼은 아니라지만 그래도 미래가 보장된 자격증인데 고민이라니… 영시로 보니 아픈 곳은 없었다. 부모님도 원만했다. 미류는 그녀의 재물운에서 단서를 찾았다. 그녀의 재물창 안에 문이 여럿 보였다.

[門] [門] [門] [門]

'아하!'

미류는 그녀의 고민을 알았다. 말하자면 행복한 고민이었다.

"여러 곳에 합격을 하셨군요. 그래서 어느 곳을 가야 하나?"

"어머!"

미류가 먼저 운을 떼자 여자가 화들짝 놀랐다.

"네 군데… 맞습니까?"

"어머어머… 귀신……."

여자의 몸서리가 계속되었다.

학교 졸업 후에 공부만 한 사람. 사회 물이 들지 않았으니 그만큼 순수하다는 방증이기도 했다.

"말씀해 보세요. 뭘 도와드릴까요?"

"맞아요. 제가 실은 금융권 공채에 응시해서 네 군데에 서류 합격을 했어요. 그런데 공교롭게도 네 군데가 같은 날 비슷한 시간대에 면접이라 한 군데를 선택해야 해서요."

"그렇군요."

미류는 웃음을 끊었다.

알고 보면 이 고민, 굉장한 난도에 속했다. 인간이란 경우의 수가 많아지면 흐트러지게 되어 있다.

올인하기도 힘들다, 이것도 좋고, 저것도 좋아 보이고… 두 마리 토끼를 쫓으면 둘 다 놓친다는 말처럼 자칫 물거품이 될 수 있는 것이다.

"그래서 결정을 못 내리셨군요?"

"네… 다 가고 싶었던 곳이라……"

"알겠습니다. 일단 전생 한번 체크해 볼까요?"

"네!"

이미 소문을 들었는지 여자는 얌전히 눈을 감았다. 미류는 익숙하게 그녀의 전생을 감응했다.

'으음……'

네 곳의 금융권에 합격한 여자.

직전 두 생에서 돈과 관련이 있었다. 한 번은 고리대금업자로 성공을 했고 또 한 번은 은행가로 성공 가도를 달렸다. 하지만 둘 다 그 끝은 좋지 않았으니 권력과의 연관이었다.

감응을 끝낸 미류가 여자에게도 두 전생을 보여주었다. 두 번 다 마지막 장면을 강조해 주었다. 권력과의 연결. 그건 이 생에서도 여자가 경계해야 할 숙제에 속했다.

"현실로 돌아옵니다."

절겅!

방울 소리와 함께 여자가 눈을 떴다.

"어때요? 결정에 도움이 될 거 같나요?"

"네… 그러니까 저는 큰돈을 만지는 곳으로 가야 하는군요?"

"그런 것 같습니다."

"그런데 정치 권력자들로 인해 공든 탑이 무너지니 이 생에서는 권력과 가까이 말라는 건가요?"

"아마……."

"그렇군요. 세 번이나 쓰레기들에 의해 망가질 수는 없죠."

"쓰레기라고요?"

"어머, 죄송… 제가 개인적으로 정치인들을 혐오해서요."

"그 또한 인과에서 묻어온 감정일 겁니다. 잘될 거 같네요."

"고맙습니다. 덕분에 시원하게 결정하게 되었어요."

여자는 가뿐하게 물러갔다.

"법사님!"

중간 시간에 봉평댁이 신당 문을 열었다. 손님이 왔다는 의미였다.

"들이세요."

이미 짐작하고 있던 미류였기에 기꺼이 답했다. 그런데 들어선 사람은 박혜선이었다.

"어?"

미류가 고개를 들었다.

"왜요? 지금 바쁘세요?"

"그렇기도 하지만 혹시 한택근 씨랑 같이 온 거 아닌가요?"

"아뇨. 약속 안 했는데요?"

"그래요?"

미류가 고개를 갸웃거릴 때 다시 신당문이 열렸다.

"법사님, 손님이 또 한 분……."

봉평댁 뒤로 한택근의 모습이 보였다.

그럼 그렇지.

미류는 그까지 동시에 청해 들였다.

"오빠!"

"혜선아……."

신당 안에서 만난 두 사람, 우연에 놀라 말을 잇지 못했다.

"앉으세요. 천장 안 무너집니다."

미류가 두 사람을 채근했다.

인연이 있는 사람은 자주 만나게 되어 있다. 좋은 자리에서 만나면 더 좋다. 미류에게는 둘 다 반가운 사람. 미류는 둘은 흐뭇하게 바라보았다.

한택근이 가져온 소식은 요양원 설계도였다. 설계가 끝난 것이다. 박혜선은 패션 발표회 소식을 가져왔다.

"어머, 오빠는 희소식을 가져오고 나는 법사님께 짐을 가져왔네?"

박혜선이 얼굴을 붉혔다.

"짐이면 나눠 지면 되지."

한택근이 짐짓 말했다. 그의 따스한 마음이 우러나왔다.

"와우!"

미류는 감탄을 숨길 수 없었다.

한택근의 설계도.

3차원 그래픽까지 갖춘 설계도는 그냥 하나의 환상이었다. 공간

활용부터 건물 모양새와 내외부의 구조까지 미류가 원하던 딱 그것이었다.

"진짜 죽여주네요!"

미류는 거침없이 엄지를 세워 보였다.

나무를 보지 말고 숲을 보라

요양원은 그렇게 착공이 되었다.

남창수가 나서서 현장 관리를 맡아주었다. 기도환 사장 역시 역사에 길이 남을 작품 한번 남기겠다며 기염을 토했다.

황금실 이사장은 약속을 지켰다.

착수금부터 현찰이었다. 그녀는 이틀이 멀다 하고 현장을 다녀갔다. 마치 그 자신의 집을 짓는 것 같다는 애틋함도 전해왔다. 정 시장도 건물 공사에 있어 최대한의 편의를 약속해 주었다. 요양원 공사는 이제 마음을 놓아도 될 것 같았다.

문제는 운영 인력이었다.

미류의 요양원은 요양원에 복지관을 더한 개념이라 전체를 이끌 사람이 필요했다. 미류의 심중에는 진순애가 있었다. 채나연도 있었다. 그녀들이라면 마음 놓고 맡겨도 될 사람들. 일단 언질은 던져두었고, 부정적인 시그널은 오지 않았으니 회유(?)할 시기를 저울질하는 미류였다.

그사이에 두 개의 발표회가 미류를 기다리고 있었다.

하나는 하라와 에릭의 신곡이었고 또 하나는 박혜선의 작품 발표회였다. 하라의 신곡이야 배은균이 알아서 할 일이지만 박혜선의 작품 발표회에는 도움을 달라는 섭외가 들어왔다. 박혜선의 의상 모티프가 미류의 부적에서 비롯된 까닭이었다.

그러니까 박혜선, 국내에서 시연회를 연 후에, 약점 등을 보완해 프랑스로 갈 생각이었다. 그 마무리 자리를 미류에게 요청한 것이다.

실비가 내리는 날, 박혜선이 차를 보내왔다. 랜드로버로 가도 되지만, 그녀의 배려였기에 사양할 수 없었다. 미류는 특별한 꽃바구니를 먼저 보냈다.

박혜선!

따지고 보니 그녀와의 인연이 깊어져 있었다.

요양원 설계도를 그려준 한택근이 그랬고, 마삼바바를 만난 계기 또한 그녀의 공이었다. 더구나 그녀, 후원회를 열어 미류에게 많은 도움을 주었던 사람이었다. 그렇기에 허튼 꽃바구니 따위로 넘길 수 없는 자리였다.

차는 중랑천 변을 끼고 달렸다.

단장된 하천변에서 풀꽃이 아른거렸다. 저마다의 색으로 손을 흔드는 풀꽃들은 패션쇼를 미리 보는 느낌이었다. 하나하나 혼신의 힘을 기울였을 박혜선. 또한 그 작품에 생기를 불어넣을 모델들. 그것들이 저 푸른 풀꽃이 아니면 뭐란 말인가?

"법사님!"

박혜선은 발표회장 앞에 나와 있었다.

옆구리에 끼고 있는 커다란 스케치북이 잘 어울려 보였다. 그녀는 방금까지도 현장 지휘를 했던 건지 손에는 펜까지 쥐고 있었다.

"왜 그러셨어요?"

미류가 내리자 대뜸 소리를 높이는 박혜선.

"뭐가요?"

"꽃 말이에요. 스태프들이 죄다 쓰러졌잖아요. 너무 멋진 걸 보내셔서……"

"다행이네요. 난 또 내가 제일 허접한 걸 보냈으면 어쩌나 걱정했는데……"

"바구니를 두른 부적 그거 저 성공하라는 성공부였죠?"

박혜선이 물었다. 미류가 대형 꽃바구니에 긴 띠 형태의 부적을 둘러 맞춤 주문을 했던 것이다.

"맞습니다. 물론 성공하시겠지만 조금이라도 거들까 싶어서……"

"고마워요. 실은 좀 피곤했는데 법사님 부적 보는 순간 우주의 기가 꽉꽉 오더라고요."

박혜선이 앞장을 섰다. 복도를 지나자 발표장이 나왔다. 그 안쪽에 사무실이 있었다. 사람들이 많았다. 직원들과 모델까지 합쳐 서른은 넘는 것 같았다.

"여러분, 제 작품의 창작 영감을 주신 미류 법사님이십니다. 다들 아시죠?"

박혜선이 소리쳤다.

"안녕하세요?"

남녀 직원들과 모델들이 합창을 해왔다. 미류는 가만히 고개를 숙여 화답했다.

"이쪽으로 오세요."

박혜선이 다른 문을 열었다. 그러자 어둠 속으로 날개를 편 런웨이가 보였다. 소위 모델들의 워킹 스테이지였다.

"기밀 사항인데 일단 법사님께 먼저 공개할게요."

박혜선이 손을 들어 따악 손가락을 튕겼다. 그러자 실내에 불이 들어왔다.

"아!"

미류 입에서 탄식이 새어 나왔다.

패션 발표회!

방송에서는 보았던 일이었다.

패션모델을 다룬 드라마도 있었다. 하지만 코앞에서 보기는 처음이었다. 실은 그래서 놀란 건 아니었다. 무대의 문양, 그리고 벽의 문양들… 익숙한 것들이었다. 그 또한 미류의 부적에서 꺼내온 문양들이었다.

"마음에 드세요?"

"혜선 씨……."

"패션쇼라는 게 일종의 분위기거든요. 모델과 의상도 중요하지만 무대장치와 구성도 중요해요. 전 너무 마음에 드는데 법사님은요?"

"좋네요."

"진짜죠?"

"그럼요."

"나이쓰, 실은 법사님이 별로라고 생각하면 다 갈아엎을 생각이었어요."

"갈아엎는다고요?"

"그럼요. 원작 제공자가 아니라고 생각하면 제가 모티프를 잘못 살린 거잖아요?"

"하지만… 보아하니 들인 돈이 장난이 아닌 것 같은데……."

"법사님, 부적 쓰시고 마음에 안 들면 어떻게 하세요?"

"그야 당연히 태워 버리죠."

"저도 마찬가지랍니다. 법사님처럼 운명을 다루는 일은 아니지만 옷도 사람을 행복하게 할 수 있거든요. 서양 속담 중에 이발을 하면 하루가 즐겁고 새집을 사면 한 달이 즐겁고 결혼을 하면 일 년이 즐겁다고 하는데 제 생각에는 옷도 적어도 한 달은 행복을 안겨준다고 보거든요."

"멋진 말이네요."

"법사님 자리는 여기예요."

박혜선이 좌석을 가리켰다. 패션쇼장에서 최고의 위치였다.

"실은 패션 문외한인데 너무 황공하군요."

"무슨 말씀이세요. 이 자리는 어쩌면 법사님을 위한 자리라고 해도 무방할 정도예요. 제 패션 감각을 뚫어준 분은 법사님이거든요."

"그럼 열심히 보겠습니다."

"그래주세요. 프랑스로 가면 아르노뿐만 아니라 패스트 패션으로 유명한 '자라(ZARA)'의 인디텍스(INDITEX) 아만시오 오르테 회장님도 참관할 예정이라더군요."

"패스트 패션요?"

"유행을 바로바로 쫓아가는 걸 말하는데 지금 굉장한 열풍이에요. 어쩌면 아르노보다 그 사람 입김이 더 세게 작용할지도 모르겠어요. 쟈클린이나 아르노도 그 사람 영향권 안이거든요. 이분이 또 빌게이츠 찜 쪄 먹는 부호이기도 하고요."

박혜선이 사진을 보여주었다. 60대 후반의 사업가와 10대 후반의 딸이 함께 찍은 사진이었다.

'빌게이츠 급의 부호?'

미류는 아만시오 회장을 바라보았다. 노트북의 화면 안의 아만시오가 아르노의 얼굴과 겹쳐왔다.

같은 '아' 씨라서?

미류는 촌스러운 조크에 선웃음을 지으며 고개를 저었다.

그때 모델들이 장벽처럼 몰려나왔다. 하나하나 개성이 물씬 풍기고 늘씬한 조각상 같은 사람들. 그들이 무리를 지으니 그 또한 장관이었다.

"자자, 각자 실전이라고 생각하고 오더대로 진행, 처음 세 번과 나중 세 번이 역순이라는 거 명심!"

모델을 지휘하는 사람은 모델 같았다. 하지만 얼굴은 좀 아니었다. 몸매는 짱짱하지만 나이는 60대에 가까운 왕년의 모델이었다.

"이손하 씨라고 30여 년 전만 해도 한국 모델사를 다 갈아 치운 분이세요. 지금은 모델 에이전시 하시면서 후배들 육성하고 계신데 워낙 파리 경험도 많아서 제가 특별히 모셨어요."

활기찬 무대를 바라보며 박혜선이 말했다. 미류의 시선이 왕년의 모델에게 꽂혔다. 어쩐지 인상적인 사람이었다.

런웨이!

가까이서 보니 그 또한 마법이었다. 모델들에게 빨려드는 것이다. 모델이라는 게 그저 새 옷 걸치고 폼 잡으며 걷는 것으로만 알았던 미류, 그들의 워킹에도 마력이 있음을 처음으로 알게 되었다.

"아, 그리고 법사님."

다시 박혜선이 다가와 말을 이었다.

"이거 오늘 참석자 명단이에요. 법사님이 아는 분도 계실 거예요."

목록을 받아 드니 정말 그랬다.

송화요라는 이름이 첫줄에 보인 것이다. 뿐만 아니라 미스 코리아 유세경도 있었다. 나머지는 패션 전문가들과 사업가, 사진작가 등이었다.

"송화요 씨도 오네요?"

"제가 어렵게 초대했어요. 그분이 제가 꼽는 베스트 드레서거든요."

'베스트 드레서……'

"처음에는 스케줄 때문에 안 된다고 했는데 법사님 오신다고 떡밥을 뿌렸더니 물더라고요."

"……."

"다른 분들 신경 쓰이면 이거 빌려 드릴까요?"

박혜선이 내민 건 초대형 선글라스였다.

"아닙니다. 굳이……."

미류를 손사래로 사양했다.

곧이어 내빈들이 도착하기 시작했다. 그들 사이에 화요도 묻어왔다. 유세경과 둘이었다.

"법사님!"

화요의 매니저가 허리가 부러져라 인사를 해왔다.

"잘 계셨죠?"

미류는 미소로 인사를 받았다.

"법사님!"

이번에는 유세경이었다.

그녀는 미류의 팔뚝을 잡고 반가움에 겨워 깡충거렸다. 마지막은 화요. 화요는 얌전하게 손만 내밀었다. 보는 눈이 많은지라 미류도 간단하게 악수를 나눴다.

"어, 미류 법사님?"

그렇다고 모든 사람이 조용히 지나가지는 않았다.

내빈들 중에도 미류를 아는 사람은 많았다. 그들은 미류 곁에 다가와 인사를 하고 사진도 찍었다.

"자자, 착석 부탁합니다. 곧 쇼가 시작됩니다."

관계자들이 나와서 내빈들을 독려했다. 미류는 지정석에 앉았다. 화요는 미류와 나란히가 아니라 바로 뒷자리였다.

"안녕하세요? 옷 만드는 여자 박혜선입니다."

드디어 박혜선이 무대 위에 섰다.

그녀 옆에는 모델들을 진두지휘할 이손하가 서 있었다. 박혜선은 간단하게 브리핑을 마쳤다. 그런 다음 무대에서 내려와 미류 옆자리를 차지했다. 이손하는 입구의 무대 옆에 세워둔 동그란 단 위로 올라섰다. 거기서 전체 진행을 컨트롤할 모양이었다.

미류와 박혜선.

그 둘의 좌우로 패션 전문가들이 포진하고 모델과 사진작가 등이 뒤를 이었다. 내빈 자체는 20~30여 명에 불과하지만 모두 쨍쨍한 인물들이었다. 미류 옆의 박혜선, 조명이 완벽하게 내려오자 오른손을 번쩍 치켜들었다. 시작을 알리는 신호였다.

당다당당!

둥더덩덩!

낮은음악이 나오자 사람들이 고개를 들었다. 런웨이에서 익숙한 음악이 아니었다.

'북과 장구?'

미류는 점점 높아지는 그 소리를 알았다. 어느 굿판에서 녹음한 음악이었다. 북과 장구 등의 소리는 자진모리에서 휘모리까지 몰려나가며 뚝 그쳤다.

그리고!

쾅— 콰과광— 쾅!

실내를 뒤흔드는 사운드와 함께 진짜 음악이 흘러나왔다. 무대뿐만 아니라 음악까지도 부적의 묘를 살리는 박혜선이었다.

"이제 시작이에요."

박혜선의 시선이 런웨이의 출구에 꽂혔다.

짝짝짝!

첫 모델이 나오자 박수가 쏟아졌다.

첫 모델이 입은 옷의 색감은 괴황지의 그것과 같았다. 문양 역시 부적의 한 부분을 빌려왔다. 패션을 잘 모르는 미류지만 신비와 심오가 깃든 느낌은 알 수 있었다.

"법사님!"

박혜선이 분주하게 메모를 하며 입을 열었다.

"예?"

"오늘 나오는 모델 중에서 셋을 데려갈 거예요. 죄송하지만 간택 좀 부탁합니다."

"……?"

"물론 복채는 따로 챙겨 드릴게요. 그래도 제게는 너무 중요한 일이라……."

'세 명…….'

그사이에 모델은 벌써 네 번째 차례가 오고 있었다.

"작품도 중요하지만 그걸 소화할 수 있는 모델도 중요하거든요. 아르노가 준 기회인데 놓치면 국가적으로도 손해랍니다."

"그럼 박 선생님이 찜한 사람은 없다는 건가요?"

"아뇨. 물론 있습니다."

"……."

"하지만 법사님 말씀이라면 백지화하고 교체할 수 있어요."

"알려줘 보세요. 일단 박 선생님 마음에 들었다면 전생 인과가 작용했을 수도 있으니 확인부터 해보겠습니다."

"죄송해서……."

"괜찮습니다. 그게 내 일인걸요."

세 명의 모델은 열두 모델 가운데 포진해 있었다.

6번, 7번, 8번인 것이다.

'일단 6번부터…….'

미류는 무대 끝에서 심오한 포즈를 취한 모델의 전생륜을 끌어냈다. 모델들의 동작에서는 무속 냄새가 났다. 프로답게 옷의 성격을 반영하는 것. 더러는 무당의 춤사위를 응용해 무대 끝에서 잠깐의 퍼포먼스 동작을 펼치는 모델도 보였다.

패스!

6번은 무난했다. 그러나 아직 한 번의 테스트가 더 남았다. 바로 아르노였다. 박혜선을 초대한 사람은 아르노. 그러니 어쩌면 박혜선보다는 아르노에게 초점을 맞추는 게 옳을 일이었다.

미류의 영시가 바빠졌다. 패션쇼의 분위기가 올라가는 만큼 미류의 영시도 후끈하게 달아올랐다.

패스!

6번은 문제가 없었다. 박혜선과도 아르노와도…….

'7번…….'

두 번째 체크가 시작되었다.

7번은 오히려 더 좋았다. 그녀의 전생 자체가 프랑스 사람. 전생에서는 프랑스 사교계에서 날리던 마담이었다. 맵시도 좋고 스타 의식도 있고… 파리에 더 어울릴 사람이니 나무랄 데가 없었다.

패스!

두 명을 넘기고 나니 남은 건 8번이었다.

그녀의 차례가 지나갔으므로 잠시 숨을 돌렸다. 그래도 미류의 시선은 아르노에게 있었다. 일본 취향의 프랑스 문화 거물. 그의 취향 저격을 원하는 박혜선. 아르노 정복을 위한 비즈니스는 여전히 진행 중이었다.

패스!

세 번째 모델도 괜찮았다. 더구나 그녀는 무속적인 심오함이 지긋했다. 그러니 셋 중에서 박혜선의 패션 의도를 가장 잘 살릴 수 있는 편에 속했다.

'후우!'

그제야 안도의 숨을 쉬던 미류, 이번에는 그의 시선에 아만시오가 들어왔다. 잠시간의 휴식을 틈타 박혜선이 노트북을 연 것이다. 그 사진을 보는 순간 미류 머리에 와룽 천둥이 일었다.

박혜선!

그를 초대한 사람은 누구인가?

바로 아르노였다.

그래서 박혜선은 아르노의 마음에 들어야만 했다.

거기서 의문이 생겼다.

그럼 아르노는 누구의 마음에 들어야 하는가? 두말할 것도 없이 아만시오였다. 세계적인 패션 황제로 불리는 아만시오. 그의 마음을 사기 위해 아르노는 박혜선을 초대했다. 그리고 그 자리에 아만시오를 모셨다. 그렇다면 누가 진짜 주인인가? 윤집궐중(允執厥中)이라는 말이 있으니 핵심은 바로 아만시오였다.

〈아만시오〉

'젠장!'

미류의 얼굴이 확 일그러졌다. 이제껏 헛수고를 한 것이다. 문제는 박혜선과 아르노가 아니라 아만시오였던 것이다.

논리가 그랬다.

아르노가 박혜선의 물주라면 아르노의 물주는 아만시오인 것이다. 그러니 박혜선은 처음부터 아만시오를 노리는 게 옳았다. 그가 참석한다면 말이다.

—아르노: 원더풀!

—아만시노: 별로인데?

누구 말이 먹힐까?

"박 선생님!"

미류가 혜선에게 속삭였다.

"예?"

"죄송하지만 그 노트북 저 좀 빌려주시겠습니까?"

"노트북을요?"

"지금 화면 그대로요."

"예?"

"어서요."

미류가 재촉했다. 혜선은 고개를 갸웃거리며 노트북을 건네주었다. 무속인과 노트북은 어울리지 않는다고 생각한 걸까?

노트북을 받아 든 미류는 화면을 키웠다. 아만시오와 그의 막내딸 마르타가 나왔다.

'아만시오 회장……'

패션 황제로 불린다는 아만시오. 그 얼굴을 뚫어지게 보았다. 그런 다음 다시 시작되는 패션쇼를 향해 고개를 돌렸다.

6번 모델!

반전이 나왔다.

아르노에게는 없던 아만시오와의 인과였다. 그리 대단한 건 아니지만 한 생에서 아만시오와 사촌으로 지냈다. 관계도 무난했다. 그렇다면 무조건 데려가야 하는 모델이었다.

패스!

'7번 모델……'

그녀가 문제였다.

아만시오와 전생 인과가 있는 건 아니지만 아만시오가 나가는 자아의 방향과 다른 전생을 산 7번이었다. 그 방향이 반대이기에 반감을 살 우려가 있었다.

'보류!'

이번에는 8번 모델 차례였다. 그녀는 괜찮았다. 전생 인연은 없지만 역시 아만시오의 성향에 맞는 편이었다. 그러는 사이에 워킹이 끝났다. 패션쇼가 끝난 것이다.

짝짝짝!

와아아!

삑삑익!

박수와 환호, 휘파람 소리가 섞여 실내를 울렸다. 사진작가들은 일제히 무대 앞으로 가서 사진을 찍느라 바빴다. 그 덕에 모델들이 뒤섞이면서 확인 체크가 곤란하게 된 미류였다.

"법사님, 우리도 가요."

박혜선이 일어났다.

그녀는 이 패션쇼의 창조자. 당연히 나가 모델들을 격려해야 할 순간이었다. 미류는 노트북을 내려놓고 박혜선을 따라 일어섰다. 이렇게 된 이상 코앞에서 체크하는 수밖에 없었다.

"수고했어요."

박혜선은 모델들을 하나하나 챙겼다. 모델들은 발랄한 개성을 뽐내며 포즈를 취했다. 미류는 바빴다. 인사를 나누랴, 전생령을 체크하랴, 미녀들에게 둘러싸여 두 가지 일을 동시에 하는 건 쉽지 않았던 것이다.

"……!"

겨우 마지막 모델까지 체크한 미류의 허파에서 바람 새는 소리가 나왔다. 더 이상 알맞은 사람이 없었다. 굳이 추천하자면 1번이 꼽혔지만 그야말로 머릿수 채우는 것에 불과할 일.

"문제라도 생겼어요?"

미류의 표정을 본 박혜선이 물었다. 모델들은 각기 자유 포즈로 사진작가들의 요청에 응하고 있었다.

"둘밖에 못 찾았습니다."

"……?"

미류 말을 알아들은 박혜선. 표정이 단박에 어두워졌다.

"제가 꼽은 친구들 중에도요?"

"처음에는 문제가 없었습니다."

"그런데 왜?"

"아르노를 타깃으로 한다면 말입니다."

"어머, 제 목표는 아르노예요."

박혜선이 미류를 바라보았다.

"알고 있습니다. 하지만 아만시노라는 분이 온다면서요? 그가 진정한 유럽의 패션 황제라면서요?"

"……?"

"그렇다면 당신의 최종 목표는 아르노가 아니라 아만시노가 되어야 하는 것 아닙니까?"

"……!"

떠엉!

박혜선의 뇌리에 종소리가 울리는 게 들리는 것 같았다. 한 대 제대로 얻어맞은 박혜선은 벌어진 입을 다물지 못했다.

"제가 잘못 생각한 겁니까? 그렇다면 박 선생님이 원래 꼽았던 대로 데려가도 됩니다만……."

미류의 목소리는 싸하게 변해 있었다.

"아닙니다. 제가 단순했어요. 법사님 말씀이 옳아요."

"……."

"아르노는 중요한 분이지만 아만시노에게는 안 되죠. 아르노가 프랑스 패션의 대표라면 아만시노는 세계 패션의 대표거든요."

"이해하시니 다행이군요. 아무튼 일이 그렇게 되면 여기 모델로 어필하기는 조금 부족합니다."

"알겠습니다. 제가 좀 더 알아보도록 하지요. 법사님이 아니었으면 반쪽을 보고 전진할 뻔했네요."

"……."

"정말 법사님은 제 은인이세요."

박혜선이 혀를 내두를 때 이손하가 다가왔다.

"어땠어요? 애들 컨디션은 괜찮은 것 같았는데……."

"굉장했어요. 역시 선생님 안목은 최고입니다."

"파리 갈 애들은 정하셨나요?"

"그게 지금……."

"법사님은 어떠셨나요? 오늘 작품의 모티프가 다 법사님에게서 나왔다고 하던데……."

쾡한 쌍꺼풀의 이손하 시선이 미류에게 옮겨왔다.

"……!"

순간 미류의 시선이 출렁 흔들렸다. 직업 정신이 발동된 걸까? 무심결에 그녀의 전생륜을 본 까닭이었다.

'이 여자…….'

놀란 미류가 한 발 물러섰다. 그러다 그만 무대의 끝을 밟아 휘청 중심이 무너졌다.

"법사님!"

옆에 있던 화요가 다행히 팔을 잡아주었다.

미류는 자세를 낮춰 중심을 잡았다. 하마터면 불상사가 날 뻔한 순간이었다. 그럼에도 불구하고 미류의 시선은 여전히 이손하의 머리에 있었다. 그녀… 왕년의 신화였다는 모델의 원로. 그녀의 전생령이 심상치 않았던 것이다.

"박 선생님!"

미류가 박혜선을 불렀다.

"예, 법사님!"

"죄송하지만 제가 부탁 하나 해도 되겠습니까?"

"뭐든 말씀만 하세요."

"런웨이인가요? 패션쇼… 아니, 용어는 잘 모르지만 한 번만 다시 해주세요."

"예?"

박혜선이 놀란 표정을 지었다. 그건 화요와 유세경도 다르지 않았다. 이미 끝나 버린 패션쇼였다. 워킹을 마친 모델들도 하나둘 사진작가와 함께 흩어진 상황. 그런데 다시 해달라니?

"법사님!"

"내 말은… 모델들이 전부 하라는 게 아닙니다. 그저 한 사람이면 됩니다."

"한 사람?"

"곤란하시면 비공개도 괜찮고요."

"괜찮겠어요?"

미류의 청을 받은 박혜선이 이손하를 바라보았다.

"짧은 워킹이라면 괜찮아요. 하지만 다른 스케줄이 있는 모델들이 있어서……."

"당신은요?"

미류가 이손하에게 물었다.

"저야 우리 박 선생 결론을 들을 때까지 남아야죠."

"그럼 됐습니다. 모델은 다름 아닌 당신입니다."

"예?"

"당신이라고요, 당신!"

You!

미류의 손이 이손하를 겨누었다.

그건 여간해서는 굽혀지지 않을 강철의 손길이었다. 이손하는 어이가 없다는 표정을 한 채 눈을 뒤룩거렸다. 이때까지만 해도 박혜선도 비슷한 감정이었다. 하지만 박혜선은 이내 깨달았다. 미류가 장난칠 사람이 아니라는 것. 게다가 지금 저 표정은 진지하고 또 진지하지 않은가?

'뭔가 심오한 복안이 있을 일!'

박혜선은 미류를 믿었다.

"선생님, 부탁드려요."

박혜선의 간청이 나왔다.

"나 참… 이 나이에… 유명하신 법사님이시니 거절할 수도 없고……."

이손하는 어깨를 으쓱해 보였다. 그리하여 패션쇼가 다시 준비되었다. 이번에는 오직 한 사람의 모델만을 위한 쇼였다. 내빈들도 상당수 돌아간 패션쇼장. 런웨이의 출발점에 이손하가 섰다. 지켜보는 사람은 박혜선과 그의 스태프들, 그리고 미류와 화요, 유세경 등이 전부였다.

"시작해 주세요!"

사인은 미류가 냈다.

음악이 나오더니 이손하가 워킹을 시작했다. 60줄에 접어드는 초로의 할머니. 나이로 보면 그게 옳았다. 하지만 그녀는 달랐다. 현역은 아니지만 꾸준히 몸매를 관리했고, 후배 양성 교육을 하면서 실전 감각도 하나 녹슬지 않았다. 옷을 갈아입는 시간은 오히려 빨랐다. 12센티미터의 하이힐을 신고도 날아다녔다. 그녀에게 문제가 되는 건 나이라는 숫자뿐이었다.

그녀가 걸었다. 세월과 관록이 함께 걸었다. 미류 눈에는 보였다. 박혜선의 옷들이 자연스럽게 녹아드는 걸. 젊은 모델들이 입었을 때는 생기와 개성이 우러나왔지만 이손하에게서는 신비와 심오함이 배어났다. 그녀는 세 벌의 옷을 갈아입으며 워킹을 하고 무대 끝에 섰다. 음악이 끝난 것이다.

"어떤가요?"

미류가 물었다. 박혜선과 그의 직속 디자이너들을 향한 질문이었다.

"어때요?"

박혜선이 선봉을 디자이너들에게 넘겼다.

"솔직히 말하면……."

여자 디자이너, 잠시 생각을 정리한 후에 뒷말을 이었다.

"좀 아닌 거 같습니다."

"홍 선생은?"

박혜선의 시선이 남자 디자이너에게 넘어갔다.

"제가 보수적인지 모르지만 너무 파격입니다. 나이를 생각하면 전례가 없는 일 아닙니까?"

그의 견해 역시 아주 다르지는 않았다.

"됐어요. 마무리 부탁해요!"

박혜선이 디자이너들에게 말했다.

"법사님!"

박혜선이 미류를 바라보았다. 그러자…….

"이분을 메인으로 하세요!"

미류가 선수를 쳤다.

"……?"

No라고 말하려던 박혜선, 아예 단정적으로 나오는 미류의 목소리에 고개를 들었다.

"왜 그래야 하는지 보여 드리죠."

미류는 성큼 무대로 올라갔다. 이손하는 아직 그 자리에 있었다. 지금 무슨 일이 일어나는지 모르고 있는 것이다.

"이 선생님!"

미류가 이손하에게 말을 건넸다.

"예……."

"아만시오 회장이라고 아시죠?"

"물론이죠. 패션물 먹는 사람치고 그분 이름 모르는 사람이 있을까요?"

"그분과 친분이 있으신가요?"

"유감스럽게도……."

그녀가 어깨를 으쓱해 보였다.

"아뇨. 당신은 그와 인연이 깊습니다."

"법사님!"

"제가 보여 드리죠."

미류가 박혜선을 불렀다. 팔짱을 끼고 있던 박혜선이 무대로 올라왔다.

"기왕이면 편안하게 앉아서 할까요?"

미류가 여자들 가운데 앉아 양팔을 내밀었다. 3자 감응을 하려는 것이다.

"법사님……."

"일단 한번 보시죠."

미류의 눈은 고집스러웠다. 박혜선이 별수 없이 앉았다. 결국 이손하도 미류의 손을 잡고 말았다.

이손하와 아만시오 회장!

둘은 어떤 전생 인과를 가지고 있을까?

미류는 천천히 이손하의 전생령을 뽑았다. 파스텔 톤의 뾰족한 성채 지붕들이 나왔다. 쪽빛과 황색의 조화였다. 성 밖에는 엄청난 숫자의 병사들이 진을 치고 있었다. 매캐한 연기와 신음, 곳곳의 시체 썩는 냄새… 분위기에 비추어봤을 때 전쟁터였다.

장면이 성안으로 달려갔다. 거기 중앙 광장에 꿇려진 기사가 있었다. 그를 문초하는 영주가 있었다. 기사가 바로 이손하이고 영주는 아만시오의 전생이었다.

8세기의 프랑스 남부.

적이 성을 포위하고 있어 아사 직전에 있었다. 적의 영주가 노리는 것도 그것이었다. 이제는 지쳐 항복할 시기도 되었건만 영주는 버텼다. 적의 영주는 슬슬 조바심이 나고 있었다. 기다리는 그들 역시 사정이 좋지 않기는 매한가지였던 것이다.

기사가 심문을 받는 건 식량 때문이었다. 그는 성안의 식량 배급을 담당하고 있었다. 그런데 문제가 생겼다. 매일 따로 새는 식량이 나왔고 돼지 두 마리가 사라진 것. 돼지 두 마리. 빵 한 쪽이 아쉬운 처지에서 그냥 넘겨 버릴 사안이 아니었다.

"안토닌!"

영주의 손에는 장검이 들려 있었다.

그동안 철석같이 믿어온 심복 기사였다. 그런데 다들 어려운 상황에 제 배만 불렸으니 용서하기 어려웠다. 그러니 항복을 하더라도 기어이 목을 친 후에 성문을 열 생각이었다.

"내 너를 잘못 보았구나. 명예를 아는 기사가 이 어려운 상황에서 제 배를 불리기 위해 이런 치졸함을 보이다니……."

"영주님!"

"닥쳐라. 내 비록 적에게 항복의 수모를 겪을망정 너를 용서하지는 않을 것이다."

"베어야 한다면 베소서!"

"뭐라?"

"하지만 그전에 제 말을 들어주소서!"

"아직도 네게 염치가 남았단 말이냐?"

"그 돼지는 제가 먹은 게 아닙니다."

"뭐라? 그럼 돼지에 날개가 달려서 적진으로 날아갔단 말이냐?"

"식량 창고 옆을 보면 지하 쪽으로 작은 공간이 있습니다. 거기 있습니다."

"……?"

"송구하오나 적들이 성을 에워쌌을 때 저는 최악의 경우를 생각해 보았습니다. 그래서 오늘에 소용이 될까 싶어……."

"지금 그걸 말이라고 하느냐? 그렇다면 왜 내게 보고하지 않은 것이냐?"

"비상시국이니 비밀을 유지하려면 어쩔 수 없었습니다. 영주님이 아시면 다른 측근들도 아실 것이고, 그렇게 되면 혹 내통하는 자가 있어 적에게 정보가 샐 수도 있으니까요."

"……!"

"영주님의 기사로서 적을 내치지 못했으니 제 한 몸 죽는 것은 아깝지 않으나 제가 생각한 마지막 계책을 써보신 후에 제 목을 치시기 바랍니다."

"계책이라?"

"그럼……."

기사는 제 발로 걸어가 두 마리의 돼지를 몰고 나왔다. 얼마나 잘 먹였는지 살이 토실토실한 꿀돼지들이었다.

"어이구, 사람 먹을 것도 없는 판에……."

"안토닌 기사님이 돌았지. 제정신으로 할 수 있는 일이야? 저깐 돼지에게 왜 아까운 식량을……."

병사들이 혀를 찼다.

돼지를 본 영주 역시 어이가 없었다. 마지막에는 하루 한 끼도 제대로 배식하지 못한 상황. 그런데 돼지 따위에게 얼마나 먹였길래…….

꿀꿀꿀!

돼지는 마치 제 세상을 만난 듯 기운차게 광장을 활보하고 다녔다.

"커플러!"

기사는 자신의 직속 병사 몇을 불러 나지막이 지시를 내렸다.

꿰에엑!

그로부터 얼마 후 성벽 아래의 무너진 구멍을 지나 돼지 두 마리가 튀어나왔다. 병사들 몇이 돼지를 잡으려는 듯 따라 나왔지만 적군을 보고는 물러섰다. 그 광경을 적의 영주가 보았다. 놀란 돼지는 적의 영주 앞에 던져졌다. 기사 둘이 활로 꿰뚫은 것이다.

"……!"

돼지를 본 적의 영주 미간이 일그러졌다. 자기들 돼지와는 비교도 되지 않게 통통한 두 마리의 돼지. 이건 과연 무엇을 의미한단 말인가?

"놈들 식량이 상상보다 많은 모양입니다. 돼지까지 이렇게 처먹인 걸 보니……."

심복 기사들의 목소리가 무거웠다. 적의 영주는 죽은 돼지를 차버렸다. 그가 봐도 잘 먹인 돼지가 분명했다. 식량이 부족하고서야 돼지를 이렇게 먹일 수 없는 것이다.

"퇴각한다!"

적의 영주는 결단을 내렸다. 살찐 돼지 두 마리가 성을 구한 것이다.

"와아아! 적이 물러간다!"

성루의 병사들이 환호성을 질렀다.

영주는 서둘러 성루로 뛰었다. 정말 적이 철수하고 있었다. 차마 믿기지 않는 광경이었다. 영주는 성안으로 고개를 돌렸다. 안토닌 기사가 보였다. 그는 중앙 광장의 그 자리에서 무릎을 꿇은 채 영주의 처벌을 기다리고 있었다.

"안토닌!"

한달음에 달려온 영주가 기사를 안았다.

"내 실수였네. 자네가 성을 구했어!"

영주는 감격에 겨워 어쩔 줄을 몰랐다. 미류의 감응은 거기서 끝을 맺었다.

"이제 현실입니다."

쩔겅!

방울을 좀 세게 흔들었다. 이손하는 눈을 떴지만 박혜선은 그렇지 않았다. 눈을 감은 그녀의 어깨가 떨리고 있었다.

"법사님?"

겨우 눈을 뜬 박혜선이 미류를 바라보았다.

"두 가지 이유입니다. 하나는 방금 감응으로 보셨고, 또 하나는 노령화 시대에 걸맞은 포인트가 되는 것이죠. 100세 시대에 58세면 아직 청년 아닐까요? 어쩌면… 개성으로 똘똘 뭉친 신인 모델보다 원숙한 모델이 더 큰 반향이 될 수 있을지도……."

후자 때문에 굳이 솔로 패션쇼를 보자고 한 미류였다. 전생만으로 결정하기 어려운 일로 판단했기 때문이었다.

패션은 창조적인 일.

미류의 말은 그리 틀리지 않았다. 자리에서 일어난 박혜선은 미류 앞에 두 손을 모았다. 그녀의 진정한 마음이었다. 50대 후반의 퇴역 모델이 그녀의 메인 모델이 되는 순간이었다.

『특허받은 무당왕』 6권에 계속…

특허받은
무당왕 5

가프 장편소설

초판 1쇄 찍은 날 § 2016년 12월 14일
초판 1쇄 펴낸 날 § 2016년 12월 20일

지은이 § 가프
펴낸이 § 서경석

편집책임 § 조현우
편집 § 이창진, 김현미, 이지연, 조은상, 김슬기, 김경민
디자인 § 신현아
마케팅 § 서기원

펴낸곳 § 도서출판 청어람
등록번호 § 제387-1999-000006호
등록일자 § 1999. 5. 31
어람번호 § 제8-0082호

주소 § 경기도 부천시 부일로 483번길 40 서경B/D 3F (우) 14640
전화 § 032-656-4452 팩스 § 032-656-4453
http://www.chungeoram.com
E-mail § chungeorambook@daum.net

© 가프, 2016

ISBN 979-11-04-91073-9 04810
ISBN 979-11-04-91050-0 (세트)